新时代文学批评丛书
吴义勤 主编

文学批评
如何才能成为利器

吴义勤 著

山东文艺出版社

图书在版编目（CIP）数据

文学批评如何才能成为利器 / 吴义勤著 . -- 济南：山东文艺出版社，2024.3
（新时代文学批评丛书 / 吴义勤主编）
ISBN 978-7-5329-7054-4

Ⅰ . ①文… Ⅱ . ①吴… Ⅲ . ①中国文学－当代文学－文学评论－文集 Ⅳ . ① I206.7-53

中国国家版本馆 CIP 数据核字（2023）第 230406 号

文学批评如何才能成为利器
WENXUE PIPING RUHE CAINENG CHENGWEI LIQI

吴义勤　著

主管单位	山东出版传媒股份有限公司
出版发行	山东文艺出版社
社　　址	山东省济南市英雄山路 189 号
邮　　编	250002
网　　址	www.sdwypress.com
读者服务	0531-82098776（总编室）
	0531-82098775（市场营销部）
电子邮箱	sdwy@sdpress.com.cn
印　　刷	山东华立印务有限公司
开　　本	710 毫米 ×1000 毫米　1/16
印　　张	17.5
字　　数	230 千
版　　次	2024 年 3 月第 1 版
印　　次	2024 年 3 月第 1 次印刷
书　　号	ISBN 978-7-5329-7054-4
定　　价	78.00 元

版权专有，侵权必究。如有图书质量问题，请与出版社联系调换。

开辟文学批评的新时代
——"新时代文学批评丛书"总序

吴义勤

党的十八大以来，中国特色社会主义进入新时代，中国文学也翻开了崭新的一页。置身新时代新征程，面对丰富的史诗性伟大实践，广大作家胸怀"国之大者"，牢记初心使命，深入生活，扎根人民，与时代共振，与人民共情，用心用情用功书写新时代的中国故事，展现中国人民昂扬的精神风貌，谱写了新时代文学的辉煌篇章。

文学批评与文学创作是文学发展的车之两轮、鸟之两翼，一个时代的文学发展既需要广大作家的笔耕不辍、创新创造，也需要批评家的积极呼应、理论引领。在新时代文学不断攀登高峰的历史进程中，新时代文学批评也发挥了至关重要的作用，取得了丰硕的发展成果，形成了独特的新时代文学批评景观。习近平总书记高度重视文学批评工作，近年来就繁荣新时代文学批评发表了一系列重要讲话，做出了一系列重要指示批示。我们策划这套"新时代文学批评丛书"，就是要全面学习贯彻落实总书记关于文学批评的讲话与指示批示精神，一方面旨在呈现新时代文学批评的基本样貌、发展成果，另一方面也希望从中获得推动文学批评发展的经验和启示，为推动新时代文学理论批评建设和新时代文学繁荣提供有益的镜鉴。

本丛书遴选的作者都是长期持续坚守在新时代文学批评现场并卓有成就的优秀批评家。从年龄结构上，他们涵盖了"60后""70后""80后"，这也是当下文学批评的主力军；从批评对象的文学门类上，覆盖了小说、诗歌、散文等多个当下最具影响力的艺术门类，可以说是对新时代文学的全面阐释和研究。通过这套批评丛书，读者一方面可以深入了解新时代文学批评的丰富实践，同时可以通过文学批评了解新时代文学发展的基本风貌和历史特征。

在内容上，本丛书侧重于遴选研究新时代文学的评论文章，以对新时代十年来具有代表性的作家作品、有广泛影响的新文学现象、引人关注的文学热点事件以及文学发展中存在的症候性问题为主要研究对象，是对围绕新时代文学展开的文学批评成果的一次全面梳理和集中展示。我们希望以出版批评丛书的方式，深入总结文学批评发展的历史经验，同时吸引更多研究力量来增强对新时代文学研究的力度和深度。

本丛书的出版要感谢山东出版传媒股份有限公司副总经理李运才、山东文艺出版社社长徐迪南，他们提供了非常多的支持和帮助，也提出了许多富有建设性的意见和建议。新世纪之初，我曾和山东文艺出版社共同策划出版了一套"e批评丛书"，在学术界产生了良好的反响。今年，又再次在山东文艺出版社出版这套"新时代文学批评丛书"，可谓是一种极为特殊也极为难得的缘分，也体现了山东文艺出版社多年来一直积极参与、支持中国当代文学批评事业发展的出版精神。在此，我代表丛书编委会向山东文艺出版社表示衷心的感谢并致以崇高的敬意。

两套丛书虽然出版时间不同，但在内容上又有着一种延续性和整体性。"e批评丛书"着力呈现的是二十世纪九十年代文学批评的发展成果，也是当时年轻的"60后"批评家的一次集体亮相。"新时代文学批评丛书"更侧重于展现新世纪尤其是新时代以来的文学批评成果，参与作者既包括了"e批评丛书"中的部分作者，又吸纳了"70后""80后"等新生批评力量。两套丛书虽然侧重点不同，但形成了一种巧妙的呼应，构成了一种互补关系，具有了批评史意义上的"整体性"，某种意义上，它们就是一种特殊形态的近三十年来中国文学批评的发展史。

当然，对于新时代文学批评成果的总结展示并不意味着我们回避当下文学批评存在的问题。新时代以来，随着时代语境和文学生态的不断变化，文学批评面临着更为复杂严峻的形势和挑战，文学批评如何更好地发挥作用，真正成为助推文学发展的"磨刀石"和"利器"？这是所有文学批评者面临的共同课题和任务。出版这套丛书，我们一方面意在梳理总结这一时段文学批评发展的成果和经验，同时也希望能够从中析出当下文学批评发展存在的一些问题，以史为镜，为未来更好地推动中国文学批评发展，更好地发挥文学批评引导创作、推出精品、提高审美、引领风尚的作用提供启示和帮助。

新征程是充满光荣与梦想的远征，新时代文学正在我们面前浩浩荡荡地展开，作为文学发展的重要一翼，中国文学批评也正在砥砺前行，积极开辟一个文学批评的新时代。

是为序。

目录

001　新时代呼唤新文学
005　新乡土·新人物·新美学
　　　　——新时代乡土文学新样貌
011　文学批评如何才能成为利器？
018　中国当代文学"经典化"的误区
025　百年中国文学的红色基因
036　人民性与现实主义崇高美学
　　　　——评张平长篇新作《生死守护》
051　作为民族精神与美学的现实主义
　　　　——论陈彦长篇小说《主角》
067　胡学文《有生》中的"经验"与"体验"
088　生命历史诗学的构建
　　　　——再论《有生》
106　"戏曲""戏剧"如何进入"小说"？
　　　　——从陈彦的长篇小说《喜剧》《主角》说开去

124	归来依旧是少年
	——文学史视野中的《千里江山图》
140	在文学经典的延长线上
	——换个角度读《拖神》
160	"黄金时代"的叙事与抒情
	——评王蒙的长篇小说《笑的风》
177	《云中记》：艺术辩证法与"伟大的传统"
197	《回响》：探寻生活和自我的"真相"
211	《暂坐》："传统"何为？
229	《人，或所有的士兵》：历史、暴力与诗的必要性
247	日常性·戏剧性·中国故事
	——读陈彦长篇新作《喜剧》
259	成长叙事与诗意抒情
	——读徐贵祥长篇新作《琴声飞过旷野》

新时代呼唤新文学

新时代呼唤新文学，新文学反映新时代。在新的历史征程中，文学何为？中国作家需要回应时代的呼唤，创造出无愧于时代的新文学，承担更为神圣和重大的历史使命和责任。如何做到"无愧于时代"，是需要整个中国文学界认真思考、共同回答的时代命题。

新时代文学应是弘扬新时代精神的文学

习近平总书记指出，一个时代有一个时代的文艺，一个时代有一个时代的精神。任何一个时代的经典文艺作品，都是那个时代社会生活和精神的写照，都具有那个时代的烙印和特征。伟大的作品都具有强烈的时代性，都与时代生活交融在一起。中国特色社会主义新时代，是实现中华民族伟大复兴中国梦、全面建设社会主义现代化强国的史诗性时代，这个波澜壮阔、激动人心的时代所发生的一系列深刻的历史变革不仅影响和改变着中国，也会给世界和人类文明产生深远的影响。新时代文学应该是这个时代的在场者、同行者，中国作家不能在这个时代缺席、失语，应该对这个时代有深刻的领悟与认识，应该对时代的丰富内涵和巨大变革有清醒的判断，应该成为新时代的忠实、称职、合格的记录者、书写者、歌颂者。新时代文学应该能对新时代新的生活和社会景观进行迅捷的表现，应该能大手笔地描绘新时代波澜壮阔的历史进程和美好蓝图，应该能对新时代中国社会的主要矛盾的变化有准确的把握和判断，应该对人工智能、深海科技、高铁、天眼、太空探索、脱贫攻坚等人类历史上前所未有的壮举给以文学的呈现。

新时代呈现出无穷的可能和无比广阔的远景，为文学提供了源源不断的题材、故事、资源和想象的空间。新时代文学应该有与新时代相匹配、相呼应的品格、气度和境界，应该有新的文学观念、审美品格和艺术追求，应该是新时代的晴雨表和百科全书，是新时代形象的塑造者和新时代精神的承载者、阐释者。

新时代文学应是能够创造新时代典型的文学

文学是人学，文学成就的高低与人物形象塑造的成功与否有着密不可分的关系。世界文学史某种意义上就是文学典型的形象史，文学的经典性有时也就是指文学形象的经典性。习近平总书记在中国文联十大、中国作协九大以及中国文联十一大、中国作协十大开幕式上的重要讲话中也对塑造典型形象提出了明确的要求。新时代是一个伟大的时代，伟大的时代必然会产生伟大的时代英雄，新时代的文学有责任也应该有能力去发现、感受、塑造新时代英雄的典型形象，为中国当代文学乃至世界文学的人物画廊做出新的贡献。

塑造典型人物也是现实主义文学的优秀传统和必然要求。总书记在党的十九大报告中对现实主义题材创作提出了新的要求。中国特色社会主义进入新时代，社会结构和精神文化处于快速变化之中，神州大地上正在上演一幕幕精彩的中国故事，正在涌现越来越多的典型人物和英雄事迹。如活跃在扶贫战线上的扶贫干部、社会主义新农村建设中的基层党员、奔波在祖国边地执勤守卫的军人战士、实现我国航天梦想的宇航员等等。新时代可以说无时无刻不在催生新的时代英雄。新时代的文学就应该是能够保持对现实、时代、生活和人民高度敏感，弘扬现实主义文学优秀传统的文学，是能够与新时代的火热现实水乳交融、与新时代的人民心心相印的文学，是能够为时代英雄立传，使得新典型、新形象、新英雄不断以文学的方式呈现的文学。

新时代文学应是人民的主体性得到极大彰显的文学

习近平总书记指出,社会主义文艺是人民的文艺,必须坚持以人民为中心的创作导向,在深入生活、扎根人民中进行无愧于时代的文艺创造。

在任何时代,人民都是历史永恒的主体,都是推动历史前进的真正动力。新时代文学必须牢牢扎根于人民和大地,扎根于时代和人民生活,凸显人民性的价值取向,为人民代言,为人民抒写、为人民抒情、为人民抒怀。

人民是新时代文学永恒的主体,人民性是新时代文学最鲜明的艺术属性。人民性不是空洞的口号,不是宣传性的概念,不是简单化的说教,而是贯穿文学从生产到传播全过程的活生生的、有血有肉的实践。人民既是文学最重要的表现对象,也是文学最终的裁判者、评判者。新时代文学必须最大限度立足人民的主体性,书写人民的主体性,彰显人民的主体性。新时代文学必须是扎根人民、表现人民、满足人民美好生活向往的文学,是从人民中来,又回到人民中去的文学。在新时代,广大作家要重建与人民群众和百姓生活的血肉联系,切身感受时代生活的强烈脉动,亲自聆听人民大众的肺腑之声,自觉与人民同呼吸、共命运、心连心,欢乐人民的欢乐,忧患人民的忧患,做人民的代言人。

新时代文学应该是能够参与世界文学价值建构的文学

习近平总书记高度重视文化事业和文艺创作,在一系列重要讲话中反复强调了"文化自信"的重要性,党的十九大报告中更是将"文化自信"提升到了一个新的高度。

文学是文化自信和文化软实力最有代表性和说服力的载体。近年来,中国文学走出去的步伐越来越快,成效也越来越显著,中国文学的世界影响力正在不断扩大。但中国文学走出去不能仅仅停留在输出作家、作品的层次,不能仅仅满足于文学作品被翻译成几种文字,更不能满足于获得了几个外国文学奖,要按总书记"以我为主,兼收并蓄"要求,增强与西方文学平等对话的自信和勇气。我们要摆脱"滞后者""追赶者""模仿者"

的形象，要更自信地展现创造者的形象，不仅要让全世界更多地认识、阅读、了解中国作家作品，还应该在世界文学秩序和世界文学价值的同步建构中发挥主体作用，为"人类命运共同体"的建构贡献文学方面的"中国智慧"和"中国方案"。同时，文化自信也不能仅仅停留在五千年传统文化的自信层面上，还应立足于当代创造的自信。这才是新时代文学面对世界文学所应具有的气度与品质。

新时代文学应是从"高原"走向"高峰"的文学

习近平总书记在文艺工作座谈会上明确指出，在当前的文艺创作中，存在着有数量缺质量、有"高原"缺"高峰"的现象。文艺工作座谈会召开以来，文艺创作活力迸发，精品力作不断涌现，文艺气象焕然一新。党的十九大之后，中国特色社会主义进入新时代，中国文学迎来了又一个新的春天。从"高原"走向"高峰"不仅是新时代对文学的期待和要求，也应该是文学工作者自觉承担的责任与使命。只要我们始终坚持"二为"方向和"百花齐放，百家争鸣"的方针，不断增强原创性，牢牢扎根生活扎根人民，新时代的新文学必然会从量变走向质变，从"高原"走向"高峰"。从"高原"走向"高峰"的文学，应该是社会主义核心价值观、中国价值和文学魅力大放光彩的文学；是尊重艺术规律，文学的原创力、想象力、创造力极大解放的文学；是传统与现代融合，"创造性转化，创新性发展"的文学；是雅俗共赏，呈现人民美好生活图景的文学。习近平总书记说，中国共产党人的初心和使命，就是为中国人民谋幸福，为中华民族谋复兴。新时代的新文学在从"高原"走向"高峰"的过程中，也要永远牢记这个共同的奋斗目标，让新时代文学不仅能满足人民精神生活的需要，而且真正成为中国人民美好生活不可分割的一部分，成为实现中华民族伟大复兴中国梦的重要力量。

新乡土·新人物·新美学
——新时代乡土文学新样貌

自五四以降，乡土文学始终是百年中国新文学的重镇和成就最高的一脉，不仅涌现了一大批经典作家和经典作品，而且形成了以启蒙主义、人道主义和现实主义为底色的审美传统。从五四时代到新时代，乡土文学襟连乡土中国的现代历史进程，从乡土、农村、田园到城镇，从城乡二元到融合、互动，乡土文学见证了中国社会历史的沧桑巨变。同时，乡土文学也在历史的发展中建构着自身思想和文学的现代品格。乡土文化、民间文化和"地方性知识"为乡土文学提供了可依赖的资源和经验，成为与异域文学、世界文学对话的资源借助和立足点、出发地。乡土世界与时代、历史的对话、碰撞和融渗，必然导致乡土文学话语结构、叙事模式、审美体验和意趣等方面的调整与变化，而这也成为讲好中国故事和展示可信、可敬、可爱中国形象的新经验、新内容。

以大历史、大时代观整体性观照和想象"乡土"，描绘新时代乡土中国的现代图景，书写山乡巨变的新史诗，是新时代乡土文学讲述中国故事的主色调

一时代有一时代的文学。新时代以来，随着脱贫攻坚、全面小康的史诗性胜利和乡村振兴实践的全面展开，中国社会、中国大地正在发生天翻地覆的新山乡巨变，这为乡土文学提供了丰厚的土壤、资源和全新的发展机遇，乡土文学由此呈现出全新的思想艺术风貌。

乡土是乡土文学的核心母题与中心意象，是一直被不同时代乡土作家不断诠释和艺术化演绎的对象，也是一种历史命运和文化立场的织体和表征。某种意义上，乡土既是原生态的，又是被创造的。新时代的"乡土"无疑有着与既往时代的"乡土"完全不同的内涵、形态与风貌，对其的挖掘、书写与表现，是对新时代乡土作家深入生活能力、审美发现眼光的召唤与考验。新时代乡土文学对"乡土"经验的发现和审美塑造主要呈现为两种形态：一是社会政治视域下的"农村"或"新农村"，一是历史文化视域下的"乡土"或"乡村"。前者如老藤的《战国红》、赵德发的《经山海》、王松的《暖夏》、关仁山的《金谷银山》、陈毅达的《海边春秋》、梁晓声的《田园赋》等小说和李迪的《十八洞村的十八个故事》、纪红建的《乡村国是》、陈涛的《在群山之间》、余艳的《新山乡巨变》等纪实文学作品。它们注重新时代农村现实尤其是新人新事的描绘，注重以"事件"为构设情节的依据和节点，描述"乡村振兴""脱贫攻坚""美丽乡村"等国策构想的实践过程及其秩序化的结果。精准扶贫、第一书记、垃圾分类和清运、厕所革命、乡村青年返乡创业、城镇化建设、乡村治理的网络化、乡村经济发展中的互联网技术等等，被引入新农村叙述，塑造了现代化和城镇化的乡村景观。此类写作在突出农业生产和经营方式的现代化、机械化、技术化和产业化的同时，也写到农民生活方式、家庭结构和价值观念的调整和转变，从自然景观、社会景观和人文景观等方面立体展现了新时代新农村的新形新质。后者如阿来的《云中记》、胡学文的《有生》、刘庆的《唇典》、厚圃的《拖神》等，侧重描述乡村的历史形态和文化意蕴，揭示带恒久意味的"民族"特性和情调，多具自然、大地、灵魂栖所、精神家园和血地等含义。他们将生命、自然、历史交织为一体，营造一个充满神秘气息和生命感受的乡土世界，在这个世界中，人既是自然宇宙生命的一部分，又在其中再生了人的智慧、勇气和意志、力量。"乡土"由此象征化、寓言化地成了揭示中国精神风土的场域。

无论"新农村"叙事还是"乡土"再想象，均在现实与历史、社会与文化维度上互补性地构成了新时代乡土文学的新风貌、新经验。其共同点在于：其一，作家借助乡土依托乡土，超越内向化的感性个体，超越个体与群体、传统与现代之对立，将"家园""家国""责任""理想"等曾被隔离出个体的宏大语汇，重新赋予个体，体现出一种命运相牵、甘苦与共的担当。作为物质的、作为精神和文化的"乡土"，都内含深沉的"命运共同体""文化共同体"意识。其二，不拘泥于具体的乡村生活场景描述，而是在时空维度上，将乡村视为中国形象的表征。"乡土"的现实，关联历史，向未来敞开；"乡土"作为中国的缩影，牵连"世界"，或者说，它本身就是一个蕴含丰富能量和资源的"世界"。作为一种具有前瞻性眼光和全局性视野的写作，新时代乡土文学在总体上成为一种理解和把握时代精神、社会现实和文化价值的扎实而又意味深长的精神和美学实践。

以人民性立场和饱含激情的笔墨展现新时代的创业史、奋斗史，倾力塑造时代新人生动鲜活的典型形象，是新时代乡土文学人学成就的重要体现

文学是人学。百年中国乡土文学的成就与其成功塑造的一系列谱系化的农民典型形象分不开，而能否成功塑造新时代的新农民形象也是衡量新时代乡土文学成就的重要标尺。新时代是一个英雄辈出、新人不断涌现的时代。大力塑造时代英雄和中华民族复兴过程中的奋斗者、拼搏者、奉献者，是新时代文学的责任与使命。新时代乡土文学对于时代新人和时代英雄的塑造无疑是用力最专、用情最深的。作家们成功塑造了农民、手工业者、私营企业主、基层干部、进城务工者、返乡创业者等各色各样的乡村人物。这些人物以自己的生命和血色，与习见的概念化、类型化、符号化的文学形象保持了必要的距离，呈现了作为"人"的性格丰富性、复杂性。他们中有新时代的新型农民，如《金谷银山》中为带领农民摆脱贫苦，毅然放弃兴旺的生意和优越的生活而返乡创业的范少山及无条件支持他的第二任妻子闫杏儿；有脱贫攻坚一线的基层党政干部，如《经山海》中的吴小蒿，《天大地大》中的乔燕，《海边春秋》中的刘书雷；有先从城市打工后带着爱返回故乡、回报故乡的农民企业家，如尹马的《回乡时代》中的周楚阳；有献身脱贫事业的青年志愿者和牺牲者，如《大娄山》中为扶贫献出生命的娄娄、王秀林等一个个扶贫干部。这类新型人物形象在非虚构的纪实性文学中更是常见的主角，如《新山乡巨变》中带领群众

致富的共产党人谌清平、贺志昂，返乡创业的农民王保良。作家对于笔下的人物，既有着情感上的挚爱和理念上的认同，也有较常人观察和理解得更深刻透辟的地方。作为新时代精神的缩影，这些人物有着改变乡村现实的务实精神和理想精神，既有模范和表率的鼓舞动员力量，凸显出精神和信仰之美，又以亲切感、贴心感而呈现出真切感人的性格之美。这些新时代新人形象，既非传统的"农人""乡民"，亦非现代文化批判意义上的"国民性"代表或"纯美人性"的象征。作为"这一个"，他们投射着一种基于人民性和家国家园情怀的"共同体"情感和认知，有着文学典型的魅力与内涵。

与"新人"相对，当作家在历史、文化和文明层面上将"乡土"纳入更广阔的时空和更深厚的大地深层时，其笔下就出现了祭师、接生婆、商贾等略显"陈旧"的形象。《云中记》中的阿巴，《有生》中的祖奶，《唇典》中的李良萨满、郎乌春、满斗，《拖神》中的陈鹤寿，陈继明《平安批》中的郑梦梅，同样蕴含乡村"新人"的热情和活性，但他们更在生生不息的生命意义维度上，融合个人、族群和民族、人类的丰富意涵，代表了一种源自历史、文化和人性深处的活力，有着返本开新的意义。在描画此类人物时，作家注重民族历史文化和生命精神生存意志这两种元素之间的融合互渗，使文化显影为具体的生命形态，同时又赋予生命以文化的意涵和规定性，彰显了思想、精神和美学上的民族性、本土性。

以守正创新的多元化艺术探索和蓬勃旺盛的创造力想象力，构筑思想性和艺术性相统一的崭新审美风格，是新时代乡土文学美学力量的根源

文学是时代精神的体现，而时代精神的传达则需要艺术的创造来保障和实现。当代作家对新时代精神的书写既需要超越理念化、概念化的表达，也需要有与新时代相匹配的审美品质、艺术气度去呈现。在这方面，新时代乡土文学既传承了新文学乡土文学的传统，又在汲取、改造既有思想、精神和艺术成果的基础上，实现了乡土文学观念和模式的革新。这表现在：

其一，日常经验美学与宏大史诗美学的融汇再造。付秀莹的《野望》、杨志军的《农民工》、陈应松的《森林沉默》等新时代优秀的乡土文学作品，通常由乡村民间平凡小事入手，既有关于乡间伦理道德、人情世故、家常日用的微妙体察，又有对山川河流、田野大地、草木鸟兽的悉心观照。世事洞明，人情练达，耕种劳息，民情习俗，皆出自乡间生活情态细节的敏锐捕捉和通达勾画，并由此形塑独特的乡土日常经验美学。同时，作家们又不是沉迷于日常的精致，而是既有艺术家的审美眼光，又具备实干家、事业家的现实目光；不仅对乡村生活、乡土景观有持续的观察和体验，而且有较为细致的分析和较为深入的研究。这使得新时代的乡土文学能够探幽烛微，将个人、家庭、家族、村镇与宏大的时代联系起来，将群体经验与个人的经验和体验联系起来，将时代历史意识包裹在家常琐细的真切描述中，写出大历史、大时代的面目和脉动。宏广的视野、宏阔的情怀、宏大的主题既在乡土文学叙事中汇聚成时代风云之色、历史潮涌之声，又造就了"时代""民族""世界""人类"叙述的史诗品质。

其二，开放包容的现实主义美学。新时代乡土文学构成了对新文学百年现实主义传统和乡土叙事传统的赓续和更新。在经历个性意识和纯文学观念的洗礼之后，新时代乡土文学呈现多形态、多维度发展的态势，体现出个人与社会这两方面的整合形态，致力于以个性化审美"创造和判断一种整体生活方式"（雷蒙·威廉斯）。新时代乡土作家有着清晰的文学史意识和审美意识，他们用创作诚挚致敬《创业史》《三里湾》《铁木前传》《李双双小传》《平凡的世界》等乡土文学经典。《经山海》《金谷银山》与《创业史》、《新山乡巨变》与《山乡巨变》之间更构成显隐"互文"。但致敬的同时，新时代乡土作家又显然并未亦步亦趋地遵从既定的现实主义美学范式。叶舟的《敦煌本纪》、刘震云的《一日三秋》、贾平凹的《秦岭记》及《唇典》《有生》等将神话传说、民间故事和技艺、民情习俗融入叙事，兼具文化意蕴和文学意味，体现着作家的审美个性和发现乡土世界内在生活节奏和生命韵律的艺术能动性。或以简淡或繁复的风景画面予人审美餍足；或以质朴淳厚的风俗描绘，暗含"一个民族对生活的挚爱，对'活着'所感到的欢悦"和"一个民族常绿的童心"（汪曾祺）；或以人文的情怀凝视乡土，拓展乡愁的母题。乡土文学对现代主义、魔幻现实主义等的借鉴，得到了本土艺术资源的浸润，深具中国的韵味和情味。

当然，新时代虽然敞开了乡土文学的生长空间，但文学的可能性与可为性远未穷尽。与文学史上乡土文学经典相媲美的新时代经典和新时代典型还尚未出现。如何尊重生活与艺术的规律及文学叙事逻辑，去除急功近利贴标签或堆砌生活原材料的弊病；如何获得对时代和历史的深刻理解，并以文学的方式使乡土/农村世界获得一种内在于时代的深度美学表述；如何让现实、乡土和时代新人在文学中得到更典型化的提炼和更超越性的表达；如何从报告文学式的对时代主题的表层消费升华为真正具有思想艺术深度并与伟大时代相匹配的史诗性经典，都是新时代乡土文学家面临的思想和美学考验。

文学批评如何才能成为利器?

今天的文学批评无疑正在受到严峻挑战:一是随着网络和新媒体的发展,文学作品的数量出现了膨胀式的大幅增长,但读者的文学阅读热情却呈现下降趋势,大量作品因阅读危机而无人问津;二是电子化等文学阅读方式改写和冲击着读者的审美经验,文学共识的形成越来越难,对当代文学的认识、判断和评价出现了巨大分歧;三是线上线下、文学内外都充斥着对于文学批评的不信任情绪,几乎所有人都对文学批评不满,文学批评的公信力和权威性受到了全方位的质疑,而这反过来也导致了文学批评的自我怀疑。

对文学批评的最大不满和最深焦虑,恐怕就是文学批评没有力量、没有锐气、不敢"否定"、无力"批判"、不能亮剑发声、没有发挥"利器"的作用。但文学批评在今天这个时代如何才能成为一个"利器",如何才能重获力量?这个问题比较复杂,不仅没有标准答案,而且还存在许多误导、误解和伪命题。很多人都怀念二十世纪八十年代,那是一个文学批评和文学创作作为车之两轮、鸟之两翼彼此唱和、比翼双飞的时代,但我们都知道那样的文学乌托邦时代事实上已经一去不复返了。因此,网络、短视频时代的文学创作和文学批评迫切需要做的就是进行新的审美调整。这种调整,我个人以为至少涉及四个层面:

其一,对文学批评功能应该重新定位。文学批评的首要功能当然是"批评",但是"批评"不是"批判",不是只对作品局限、不足的否定和质疑,也包含着对文学价值的发现与肯定。"批评"两个字的内涵是同时包含着"肯定"和"否定"两个层面的,无法割裂开来单独强调哪一面,否则就容易形成误导。很多人似乎觉得对这个时代文学的"否定"比"肯定"更重要、更难,这其实是一个最大的误会。事实上,"否定"的前提是"肯定",离开了这个前提,为"否定"而"否定","否定"就失去了力量。因此,对文学的"肯定"远比"否定"更难、更需要勇气。一般来说,指出我们时代文学存在的问题其实容易,那些问题就摆在那儿,就如一个人脸上长了一块疤或一个麻子,人人都能看到,困难的是我们能发现这个长了疤的人的优秀之处,如品行、修养、内在人格,等等。所以,我们时代的批评家目前最缺乏的恐怕还是正常的"肯定"和"发现"的能力,首先要学会的其实是如何理直气壮地"肯定"一部文学作品,如何第一时间令人信服地"发现"一部作品的价值。我想,这可能是今天的文学批评首先必须澄清的一个问题。我认为,一个时代的文学批评,它最大的功能仍然是对这个时代文学价值的正面发现和阐释。批评应行使的使命,是要知道我们这个时代文学的价值在哪里,要把这种价值发现和阐释出来。如果说文学创作要追求真、善、美,那么文学批评就要发掘蕴藏在其中的真、善、美,并阐释其何以为真、何以为善、何以为美。文学批评应该在作家和读者之间、作品和文学史之间搭起桥梁,以推进文学走进读者和文学的经典化。面对网络化、数字化时代汹涌而来的海量的文学文本,批评家应该有能力告诉读者哪些值得阅读,哪些是具有经典价值并可以进入文学史的。我们衡量一个批评家是否优秀,通常看他两方面的能力:一是理论创新能力;二是对文学作品的领悟、阐释能力。从这个意义上说,文本研究应该是批评家的立身之本。一切从文本出发也应该是文学批评的基本原则。在文本面前是否足够敏感、足够有耐力与毅力,可以说是检验批评家能力的试金石。但令人遗憾的是,文本研究已经成了当今批评界最大的软肋。这正是批评家失去对文学"肯定"能力的原因,"肯定"是需要批评家以更专业、更高质量的阅读为基础的。

更重要的是,文学批评的功能还包括对一个时代文学基础、文学土壤的培育,对文学的理想读者的召唤,文学批评应该让今天的读者更热爱我们这个时代的文学。如果文学批评不能完成对现时代文学价值的发现与肯定,如果文学批评不能让读者看到我们时代文学的那些"肯定性"的价值,如果在一个文学传播场域里充斥的只是对文学的粗暴"否定",那文学批评同样也会成为加剧这个时代阅读危机的"罪魁祸首",它会使读者不是亲近、热爱、阅读文学，而是越来越理直气壮地逃离我们的文学。

其二，批评家的重新自我定位。过去，文学批评家的自我定位常常在某种程度上是自我神化和乌托邦化的。批评家往往不自觉地把自己定位成一个手握作家、作品生杀大权的裁判官和代言人，而且自认为由此而来的话语权是法定的、先验的、与生俱来的。随着文学生态和文学环境的变化，文学批评家的地位也在改变。文学批评家作为裁判员或代言人的话语权力、话语权威日益受到挑战。事实上，一个批评家只有在其作为称职的读者的前提下，他的裁判官和代言人身份才是合法的。如果连合格的读者都不是，那话语权力从哪儿来？批评的可信度和权威性又来自哪里呢？任何一个批评家都首先是一个文学读者，其文学批评的基础应该是批评家作为一个读者的文学感受。我们今天的文学批评家之所以常常把自己打扮成公共的知识者和批评家，变成冷冰冰的新闻发言人和法官式代言人，而忽略或掩盖自己作为一个读者的真实文学感受，其最大的原因就是他根本不是一个合格的读者，甚至连一个普通读者都不是，既不比普通读者读得多，也不比普通读者读得细、读得精，因而他根本就没有真正的阅读感受，没有个体的审美体温。他的批评没有感染力和可信性，自是必然的。

因此，当下文学批评家的首要任务是放低身段做一个合格的读者。只有成为合格的读者，才会成为合格的批评家。但是，放眼今天的评论界，能称得上合格读者的批评家确实不多。中国每年都会出版几千部长篇小说，批评家一年能读几本？能真正从头至尾把一部长篇小说认真细读过一遍的又有几人？可以说，正由于没有文本阅读量做基础，批评家已经失去了在批评对象面前的主动权。他们无法自觉、主动地选择批评对象，只能听命于媒体或某种权威的声音。许多批评家不仅不会去反复阅读、探究一部文本，而且似乎已经失去了完整阅读一部作品的耐心。我觉得，对当今批评家来说，专业基础和理论能力固然重要，但检验批评家能力和水平的最大指标其实是他的阅读量，这是一个最低的要求，却反而是批评家主体面临的最大问题。只有拥有超越普通读者的阅读量做支撑，才有可能成为合格的批评家，然后才谈得上做一个优秀的批评家。

其三，文学批评伦理的重新校正。当下文学批评的问题很大程度上还与批评伦理的扭曲、异化有很大关系。网络时代的社会环境、社会心理对文学批评的冲击很大。鲁迅曾说："批评家的错处，是在乱骂与乱捧。"①这"乱骂"与"乱捧"都是畸形文化心理造成的。这些年我们更多的是关注了"乱捧"的危害，但其实"乱骂"的危害同样值得警惕。比如说文人相轻、同行相轻、厚古薄今、厚远薄近、菲薄名家等畸形的社会文化心理进入了文学批评领域后，文学批评话语就被严重污染。在今天这个时代，我们的文学批评对同代人采取的是一种非常苛刻甚至残忍的态度，特别是网络上可以说是充满了戾气。这种苛刻和残忍造成的就是文学批评话语的扭曲。一方面，今天的文学批评连什么是讲真话都开始变得模糊：什么是讲真话？在畸形文化心理绑架之下，讲真话变成了否定当代作家、当代文学的话语行为，否定当代作家被"正义化""崇高化"，被视为勇敢、有责任、有担当的标志。另一方面，如果谁敢于正面肯定当代文学、当代作家就会被视为讲假话、没操守。在今天肯定当代文学和当代作家已经变成了一个很危险的行为，需要小心翼翼。这正是批评伦理的扭曲。

与此同时，文学批评的伦理化和道德化倾向越来越严重。很多批评家越来越轻视文学的审美分析而热衷道德分析。面对一部作品，我们不是从审美的角度去感受文学对读者的情感、思想、审美的冲击力，而是热衷从道德角度对作品进行批判。很多批评家喜欢站在伦理道德的制高点上，对作家进行审判。当然，我们承认批评应该有俯视作家的能力，但这种俯视的能力应该是一种对话的能力，应该是在与作家和文本展开真正对话基础上的俯视。然而，很多批评家简单地把这种"俯视"理解为站在道德制高点上全盘否定作家创作。在这个问题上，我们应该对批评家的道德优越感保持足够的警惕。尤其网络上，拿名人名家开刀，以意识形态和"政治"对文学作品上纲上线，甚至恨不得从"黄赌毒"层面给作家作品扣帽子的现象很普遍，这让文学批评变得面目可憎、令人恐惧。有了道德化这个"神器"，有些批评家没读作品或只是粗略浏览一下就义正辞严地否定作品，这是当下批评界最不可思议的怪事之一。道德成了对作家作品有罪推定的"万能钥匙"，当作家作品被从道德层面定位之后，作家是无法反驳、辩护、

---

① 鲁迅：《骂杀与捧杀》，见《鲁迅全集》第5卷，人民文学出版社2005年版，第615页。

自证清白的。而批评伦理化和道德化还有另一种表现形式，那就是以"现实"分析取代"文学"分析，以文学作品所描写"现实"的价值取代"文学"本身的价值。有些批评家因为肯定某些作品中特定的现实题材（如"拆迁""农民工"以及"上访"等）的价值，进而肯定作品的文学价值，完全忽略了对文学性本身的分析。这是另一种形式的买椟还珠，是值得警惕的题材决定论和生活等级论的复活。文学当然应该反映现实，但文学反映现实的目的应该是文学而不是现实。对文学批评来说，是"文学"大于"现实"，还是"现实"大于"文学"？永远是一个需要认真思考和对待的问题。

其四，澄清"剜烂苹果"的误区。习近平总书记在文艺工作座谈会上的讲话中指出："文艺批评要的就是批评，不能都是表扬甚至庸俗吹捧、阿谀奉承。""批评家要做'剜烂苹果'的工作，'把烂的剜掉，把好的留下来吃'。不能因为彼此是朋友，低头不见抬头见，抹不开面子。"①确实，文学批评要重新获得力量，成为"利器"，学会"剜烂苹果"是批评家的基本功和必修课。但如何"剜烂苹果"对许多评论家还是一个考验，这里不仅有能力问题，也有认识论和方法论的问题。

现在文学界很多人将"剜烂苹果"污名化了，使得"剜烂苹果"变成了一个充满敌意的批评行为。一位作家、一部作品一旦被"剜烂苹果"，似乎就变成"烂苹果"并被宣判了死刑、打入了另册，这让作家对"剜烂苹果"避之唯恐不及，生怕沾上"烂苹果"的边。这实际上是对"剜烂苹果"极大的误解。不管习近平总书记在文艺工作座谈会上的讲话，还是鲁迅在1933年所希望的"刻苦的批评家来做剜烂苹果的工作"②，其前提都是对"烂苹果"价值的肯定，正因为"烂苹果"有价值，所以即使有"烂"的地方也要去"剜"，用鲁迅的话说就是"实在有三点：一，指出坏的；二，奖励好的；三，倘没有，则较好的也可以"③。当然，正因为有这样的误

---

① 习近平：《在文艺工作座谈会上的讲话》，《人民日报》2015年10月15日。
② 鲁迅：《关于翻译（下）》，见《鲁迅全集》第5卷，人民文学出版社2005年版，第317页。
③ 鲁迅：《关于翻译（下）》，见《鲁迅全集》第5卷，人民文学出版社2005年版，第316页。

解和误会，对批评家来说，"剜烂苹果"才是一个高难度的技术活，需要有精准的技艺才不会误伤了"苹果"甚至错杀、毁坏了"苹果"。这方面，我觉得批评家至少需要做到几点：

第一是尊重审美差异性。"剜烂苹果"的前提是承认苹果有不同的品种、口味，每个人都有权利喜爱符合自己口味的苹果，既可以喜爱十全十美的苹果，也有权利喜爱有某些"烂"点的苹果。这种喜爱是平等的，没有对错，都应该得到尊重。我们不应该把自己的口味与喜好强加给别人，更不应该因为别人喜欢吃你不喜欢的苹果而嘲笑或贬低对方。这和文学批评是一样的。文学批评最重要的就是百花齐放、百家争鸣，其前提和基础就是学术民主，是文学观点的平等和对审美差异的尊重。审美差异是没有对错之分的，面对一部文学作品，肯定或否定，赞美或诅咒，观点本身、审美本身是平等的，并没有高低、优劣、善恶之分。当下批评界的最大问题就是还不习惯文学观点的平等，有些批评家总是不自觉地把自己的观点真理化、绝对化、神圣化、道德化。这使得文学观点之间、审美差异之间形成了莫名其妙的等级，对那些与自己观点不同的批评家，有些人甚至从人品、道德、价值、水平等层面予以讨伐。这样的情况下，学术民主、学术自由、审美观点自由都成了空话，"剜烂苹果"自然就更容易走极端，变成对作家作品的全盘否定。

第二是尊重文学本身，尊重作家劳动，对作家葆有最基本的善意。要改变作家对"剜烂苹果"的恐惧和畏惧心理，批评家需要对作家的劳动有足够的尊重，也需要对有"烂"处的苹果有足够的尊重。"剜"的出发点是爱，是对文学的爱，是对作家的尊重，是对作家的善意和期待，因此没有必要咬牙切齿，更没有必要上纲上线。"剜"是为了使苹果更好吃，而不是为了把它打碎、砸烂。面对文学作品，我们要对作家有基本的信任，相信作家的出发点是对文学的热爱和追求，而不是为了祸国殃民。作品可能没有写好，可能水平没有达到一定的标准，没有满足读者的预期，这正需要批评家去"剜"，多么尖锐都可以，但不要从人性和道德层面做有罪推定，不要从根本上否定作家的文学理想和梦想。更重要的，要确保批评的出发点始终是文学本身，"剜"的目的是出于对文学的信仰，不能被文学外的世俗因素所绑架或异化。

第三要有理性的态度，要会"讲道理"。"讲道理"的关键，一是要会"讲"，二是要真的"有道理"。"讲"就是对话能力，与作家对话，与文本对话，与自己的文学积累、文学标准、文学价值对话。说服别人，首先要说服自己，"讲道理"实际上就是讲"真话"，讲最真实的感受。"剜烂苹果"最需要的是理性，要克服情绪化。但有些批评家在追求批评的尖锐性时，似乎走了极端，特别情绪化，好像调门越高、姿态越绝对、说话越武断就越有力量。实际上，批评不是比赛嗓门大小，不是比赛张牙舞爪，越是尖锐的批评，越应与人为善、慢声细语、平心静气、娓娓道来。只有以理服人，才会让批评有力量。

第四，"剜烂苹果"要成为一种有力量的常态化的批评行为，还需要作家的自我调整。作家要学会正确对待"剜烂苹果"。阅读是对作品最大的尊重，一个作品在这个时代能被阅读是其最大的幸运。"剜"其实是以肯定为前提的，是以对作品的深度阅读为前提的，是以期待和尊重为前提的，这应是文学作品所能享受的最高礼遇。作家不要怕被批评、被否定、被"剜"，其实一个作家的地位和价值是历史形成的，既不会因为被表扬和赞美几句就高大多少，也不会因为被"骂"和否定几句就降低多少。

中国当代文学"经典化"的误区

在近年的国内外学术界,"经典"问题一直是一个研究热点。何谓经典?经典的标准是什么?经典是如何确立的?如何对待中外经典?这些问题的探讨吸引了国内外文学界、理论界和批评界的广泛参与。这主要有两个原因:一是伴随后现代主义和解构主义思潮在中国的流行,中国文学界也出现了一股否定经典、解构经典的潮流。二是在大众传媒的推动下,以《于丹〈论语〉心得》、易中天的《品三国》等为代表的把经典"通俗化""大众化"的潮流,以及影视界对所谓"红色经典"和传统经典的游戏化或"大话式"改编等等。可以说,正是在这样的背景下,中国学术界开始了对于经典的重新思考与讨论,其关注的焦点主要集中在两个方面:其一是在文化学、社会学和传播学视野中对于经典本身包含的理论问题以及当代命运的讨论。其二是从理论和实践层面上对二十世纪中国文学经典化问题的集中研究。但是,在二十世纪中国文学经典化研究领域,中国当代文学尤其是新时期文学经典化问题的研究却一直是一个薄弱和滞后的环节。许多人在经典的认知上"厚古薄今""重现代轻当代",对中国新时期文学更是持不屑一顾的态度,认为新时期文学没有经典,没有大师,根本不存在经典化问题。这某种程度上造成了当下文学经典的被遮蔽,影响了我们对于中国新时期文学成就的认识,也延宕了中国新时期文学历史化的进程。

一、关于中国当代文学的评价分歧

中国当代文学已经有了七十多年的发展历程,但对这七十多年文学的评价一直存在巨大的分歧，"极端的否定"与"极端的肯定"常常让我们看不到当代文学的真相。有人认为中国当代文学达到了前所未有的高度和水平。王蒙先生在法兰克福书展上就说：中国当代文学现在是有史以来最繁荣的时期。余秋雨、刘再复甚至认为中国当代文学的成就远远超过了现代文学。也有人极端否定中国当代文学，认为中国当代文学都是垃圾。他们认为现代文学要远远超过当代文学，中国当代文学连与现代文学比较的资格都没有。比如说，相对于鲁（迅）、郭（沫若）、茅（盾）、巴（金）、老（舍）、曹（禺）这样大师级的人物，中国当代作家都是渺小的侏儒，根本不能相提并论，两者比较就是对大师的亵渎。应该说，与对中国当代文学的肯定之声相比，对当代文学的否定和轻视显然更成气候、更为普遍也更有市场。尽管否定者各自的角度和出发点不同，但中国当代作家、作品与中外文学大师、文学经典之间不可比拟的巨大距离却是唱衰中国当代文学者的主要论据。这种判断通常沿着两个逻辑展开：一是对中外文学大师精神价值、道德价值和人格价值的夸大与拔高，对文学大师的不证自明的宗教化、神性化的崇拜。二是对文学经典的神秘化、神圣化、绝对化、空洞化的理解与阐释。什么是经典呢？就人类的文学史而言，"经典"既是一个约定俗成的概念，它是人类历史上那些杰出、伟大、震撼人心的文学作品的指称，又是一个无法进行精确检测和证明的修辞性概念，因为对于不同的人来说，因为各自的角度、背景和趣味、修养等的不同，他们对所谓"杰出""伟大""震撼人心"等等词汇的理解也可能完全不同。应该说，经典既有客观性、绝对性的一面，也有主观性、相对性的一面，经典的标准也不是僵化、固定的，政治、思想、文化、历史、艺术、美学等等因素都可能在某种特殊的历史条件下成为命名"经典"的原因或标准。但我们看到，当今人们面对当代文学经典问题时有意消解的就是它的主观性和相对性，从而形成了以"经典"的名义反"经典"的现象，并给中国当代文学的评价造成了极大的困惑与困难。

在此，我们看到了一个非常有趣的悖论：当谈论经典作家和文学大师时我们总是仰视而崇拜，他们的局限我们要么视而不见要么宽容原谅，但当我们谈论身边作家和身边作品时，我们总是专注于其弱点和局限，反而对其优点视而不见。问题还不在于这种姿态本身的厚此薄彼与伦理偏见，而是这种姿态背后所蕴含的"当代虚无主义"。这种"虚无主义"的最大后果就是对当代作家作品"经典化"的阻滞,对当代文学经典化历程的阻隔与拖延。一方面,我们视当下作家作品为"无物",拒绝对其进行"经典化"的工作,另一方面又以早就完全"经典化"了的大师和经典来作为贬低当下泥沙俱下的文学现实的依据。这种不在同一个层面上的比较,不仅毫无意义,而且只能使得文学评价上的不公正以及各种偏激的怪论愈演愈烈。

其实,说中国当代文学如何不堪或如何优秀都没有说服力。关键是要进行"经典化"的工作,只有"经典化"的工作完成了,才有可能比较客观地对当代的作家作品形成文学史的判断。对当代的"经典化"不是对过往经典、大师的否定,也不是对当代文学唱赞歌,而是要建立一个既立足文学史又与时俱进并与当代文学发展步伐同步的认识评价体系和筛选体系。当然,我们也要承认,"经典化"问题是一个非常复杂的问题,并不是凭热情和冲动一下子就能完成的,但我们至少应该完成认识论上的"转变"并真正启动这样一个"过程"。

二、当代文学"经典化"的误区

中国当代文学究竟有没有经典?中国当代作家中究竟有没有大师?对这个问题不可能有统一的答案。很多人认为,经典是过去时的,与当代无关的。理由很多,比如说,当代作品没有经过时间的考验、当代人与当代作家作品之间没有必要的审视距离等等。这种错觉的一个直接后果就是在"经典"问题上的厚古薄今,似乎没有人敢于理直气壮地对当代文学作品进行"经典"的命名,甚至还有人认为当代人连写当代史的权利都没有。但是,当代人如何跟经典发生关系呢?只是对过去经典的缅怀吗?如果当代有经典的话,难道它只与后代人发生关系,反而不与同代人产生精神联系?所以,关键的问题并不是要回答"有没有经典"的问题,而是要进行"经典化"的工作,也就是对当代作品的阅读、阐释、评判、筛选工作。只有在这个过程中,"经典"才可能浮现,才可能对当代人产生精神影响。

现在媒体上流行一些对于中国当代文学经典化冷嘲热讽的稀奇古怪的

言论，其核心一是否定中国当代文学有经典、有大师，其二是否定批评界、学术界有关"经典化"的主张，认为在一个无经典的时代，"经典"是怎么"化"也"化"不出来的，"经典化"是一个实实在在的"伪命题"。其实，对于文学，每个人有不同的判断、不同的理解这很正常，每一种观点也都值得尊重。但是，在经典和经典化这个问题上，我却不能不说上述观点存在对"经典"和"经典化"的双重误解，因而具有严重的误导性和危害性。

首先，就"经典"而言，否定中国当代文学早就不是什么新鲜事，对当代文学的虚无主义态度在很多人那里早已根深蒂固。我不想争论这背后的是与非，也不想分析这种观点背后的社会基础与人性基础。我只想指出，这种观点单从学理层面上看就已陷入了三个巨大误区：

第一个误区，是对经典的神圣化和神秘化的误区。很多人把经典想象为一个绝对的、神圣的、遥远的文学存在，觉得文学经典就是一个绝对的、乌托邦化的、十全十美的、所有人都喜欢的东西。这其实是为了阻隔当代文学和"经典"这个词发生关系。因为经典既然是绝对的、神圣的、乌托邦的、十全十美的，那我们今天哪一部作品会有这样的特性呢？如果回顾一下人类文学史，有这样特性的作品好像也没有。事实上，没有一部作品可以十全十美，也没有一部作品能让所有人喜欢。在这个问题上，我们应该明确的是，"经典"不是十全十美、无可挑剔的代名词，在人类文学史上似乎并不存在毫无缺点并能被任何人所认同的"经典"。因此，对每一个时代来说，"经典"并不是指那些高不可攀的神圣的、神秘的存在，只不过是那些比较优秀、能被比较多的人喜爱的作品而已。从这个意义上说，当今中国文坛谈论"经典"时那种神圣化、莫测高深的乌托邦姿态，不过是遮蔽和否定当代文学的一种不自觉的方式，他们假定了一种遥远、神秘、绝对、完美的"经典形象"，并以对此一本正经的信仰、崇拜和无限拔高，建立了一整套关于中国当代文学的伦理话语体系与道德话语体系，从而充满正义感地宣判着中国当代文学的死刑。

第二个误区，是经典会自动呈现的误区。很多人会说，是金子总是会发光的。但对文学来说，文学经典的产生有着特殊性，即，它不是一个"标签"，它一定是在阅读的意义上才会产生意义和价值的，也只有在阅读的意义上才能够实现价值；没有被阅读的作品、没有被发现的作品就没有价值，就不会发光。而且经典的价值本身也不是固定不变的。如果一个作品的价值一开始就是固定不变的，那这个作品的价值就一定是有限的。经典一定会在不同的时代面对不同的读者呈现出完全不同的价值。这也是所谓文学永恒性的来源。也就是说，文学的永恒性不是指它的某一个意义、某一个价值的永恒，而是指它具有意义、价值的永恒再生性，它可以不断地延伸价值，可以不断地被创造、不断地被发现，这才是经典价值的根本。所以说，经典不但不会自动呈现，而且一定要在读者的阅读或者阐释、评价中才会呈现其价值。

第三个误区，是经典命名权的误区。很多人把经典的命名视为一种特殊权力。这有两个层次的问题：一，是现代人还是后代人具有命名权；二，是权威还是普通人具有命名权。说一个时代的作品是经典，是当代人说了算还是后代人说了算？从理论上来说当然是后代人说了算。我们宁愿把一切交给时间。但是，时间本身是不可信的，它不是客观的，是意识形态化的。某种意义上，时间确会消除文学的很多污染包括意识形态的污染，时间会让我们更清楚地看清模糊的、被掩盖的真相，但是时间同时也会使文学的现场感和鲜活性受到磨损与侵蚀，甚至时间本身也难逃意识形态的污染。此外，如果把一切交给时间，还有一个前提，那就是对后代的读者要有足够的信任，要相信他们能够完成对我们这个时代文学的经典化使命。但我们对后代的读者，其实是没有信心的。我们今天已经陷入了严重的阅读危机，我们怎么能寄希望后代人有更大的阅读热情呢？幻想后代的人用考古的方式对我们这个时代的文学进行经典命名，这现实吗？我不相信后人对我们身处时代"考古"式的阐释会比我们亲历的"经验"更可靠，也不相信，后人对我们身处时代文学的理解会比我们亲历者更准确。我觉得，一部被后代命名为"经典"的作品，在它所处的时代也一定会是被认可为"经典"的作品。我不相信，在当代默默无闻的作品在后代会被"考古"挖掘为"经典"。也许有人会举张爱玲、钱钟书、沈从文的例子，但我要说的是，他们的文学价值早在他们生活的时代就已被认可了，只不过新中国成立后很长时间由于意识形态的原因我们的文学史不允许谈及他们罢了。此外，在经典命名的问题上，我们还要回答的是当代作家究竟为谁写作的问题。当代作家是为同代人写作还是为后代人写作？幻想同代人不阅读、不接受的作品会被后代人接受，这本身就是非常乌托邦的。更何况，当代作家所表现的经验以及对世界的认识，是当代人更能理解还是后代人更能理解？当然是当代人更能理解当代作家所表达的生活和经验，更能够产生共鸣。因此，从这个角度来说，当代人对一个时代经典的命名显然比后代人更重要。第二个层面，就是普通人、普通读者和权威的关系。理论上，我们都相信文学权威对一个时代文学经典命名的重要性，权威当然更有价值。但我们又不能够迷信文学权威。如果把一个时代文学经典的命名权仅仅交给几个权威，那也是非常危险的。这个危险表现在什么地方呢？就是几个人的错误会放大为整个时代的错误，几个人的偏见会放大为整个时代的偏见。我们有很多这样的文学史教训。在这个问题上，我们既要相信权威又不能迷信权威，我们要追求文学经典评价的民主化、民主性。对一个时代文学的判断应该是全体阅读者共同参与的民主化的过程，各种文学声音都应该能够有效地发出。这个时代的文学阅读，最理想的状态应该是一种互补性的阅读。为什么叫"互补性的阅读"？因为一个批评家再敬业，再劳动模范，一个人也读不过来所有的作品。举个例子：现在我们一年有四千多部长篇小说，一个批评家如果很敬业，每天在家读二十四小时，他能读多少部？一天读一部，一年也只能读三百多部。但他一个人读不完，不等于我们整个时代的读者都读不完。这就需要互补性阅读。所有的读者互补性地读完所有作品。在所有作品都被阅读过、所有的声音都能发出来的情况下，各种声音的碰撞、妥协、对话，就会形成对这个时代文学比较客观、科学的判断。因此，文学的经典不是由某一个权威命名的，而是由一个时代所有的阅读者共同命名的，可以说，每一个阅读者都是一个命名者，都有对经典进行命名的使命、责任和权力。而作为一个文学研究者或一个文学出版者，参与当代文学的进程，参与当代文学经典的筛选、淘洗和确立过程，更是一种义不容辞的责任和使命。说到底，"经典"是主观的，"经典"的确立是一个持续不断的"过程"，"经典"的价值是逐步呈现的。对于一部经典作品来说，它的当代认可、当代评价是不可或缺的。尽管这种认可和评价也许有偏颇，但是没有这种认可和评价，它就无法从浩如烟海的文本世界中突围而出，它就会永久地被埋没。从这个意义上说，在当代任何一部能够被阅读、谈论的文本都是幸运的，这是它变成"经典"的必要洗礼和必然路径。

其次，就"经典化"而言，上述观点同样存在严重的学理缺陷，体现了对"经典化"本身的无知与误解。"经典化"不是要简单地呈现一种结果，不是要简单地对一个时代的文学作品排座次，不是要武断地指出某部作品是经典，某部作品不是经典，不是要颁发一个"谁是经典"的荣誉证书，而是要进入一个发现文学价值、感受文学价值、呈现文学价值的过程。所谓"经典化"的"化"实际上就是文学价值影响人的精神生活的过程，就是通过文学阅读发现和呈现文学价值的过程。可以说，文学的"经典化"过程，既是一个历史化的过程，又更是一个当代化的过程。文学的"经典化"时时刻刻都在进行着，它需要当代人的积极参与和实践。因此，哪怕你是一个对当代文学的虚无主义者，你可以不承认当代文学有经典，但只要你还承认有文学，你还需要和相信文学，还承认当代文学对人的精神生活具有影响力，你就不应该否定当代文学"经典化"的重要性。没有这个"经典化"，当代文学就不会进入和影响当代人的生活，就失去了存在的意义。每一个人，哪怕你是权威，你也不能以自己的好恶剥夺他人阅读文学和享受文学的权利。

从这个意义上说，当代文学的"经典化"当然是一个真命题而不是一个伪命题。

百年中国文学的红色基因

2021年是建党一百周年，发端于二十世纪初的中国新文学也走过了一百多年的光辉历程。一百年来，中国共产党及其所领导的中国革命、建设、改革事业对新文学产生了深刻影响，从根本上决定了中国新文学的发展道路、呈现方式和基本形态。作为社会意识形态体系的一部分，中国新文学也以特殊的形式深度介入了二十世纪中国革命史和社会发展史，成为中国共产党领导的革命、建设、改革事业的重要组成部分。从百年党史与百年新文学史关系的角度回望历史，既能对党的辉煌历史和巨大成就有更加形象的认识，也能在对中国新文学道路和成功经验的总结中获得繁荣新时代中国特色社会主义文学的新启示。

一、中国新文学发展进步的历程与党成长壮大的历程始终相生相伴、相互呼应

中国新文学和中国共产党几乎是在二十世纪初中国社会风云激荡的历史和政治语境中一同诞生的，二者都是古老中国向"现代中国"转变历程中的必然产物。党的早期创始人李大钊、陈独秀、瞿秋白等同时都是中国新文化运动的发起者和中国新文学的开创者。在提倡新文学的同时，对马克思主义的翻译、介绍和传播也是新文学家的重要工作。新文学发展过程中，新文化运动的倡导者们创立了一大批文学报刊，推动文学革命发展，这些报刊同时也成为最早的马克思主义思想传播阵地。

1915年9月，陈独秀在上海创办《青年杂志》（后改名为《新青年》），新文化运动由此发轫。陈独秀的《文学革命论》，率先举起"文学革命"

的大旗，以鲜明的革命立场和文学理念，给旧文学以准确而猛烈的抨击。李大钊与陈独秀紧密呼应，发表《什么是新文学》一文，将新文学与"社会写实"联系起来，赋予新文学以现实性和战斗性，而这正是百年中国新文学最重要的品质和特征。瞿秋白同样是新文学运动的重要推动者和实践者。在翻译介绍马克思列宁主义的同时，还写下了记述留学经历和心路历程的《赤都心史》《饿乡纪程》等堪称新文学理念最早实践成果的纪实文学作品。

可以说，中国新文学与五四新文化运动发生伊始就拥有强烈的红色基因，为中国共产党的成立奠定了坚实的思想基础、文化基础和舆论基础。而早期中国共产党人既是马克思主义的信奉者和传播者，又是新文学基因浓烈的文学家。他们同时拥有新文学基因和红色基因，二者相互融合、相互激发，决定了中国新文学发展进步的历程与党成长壮大的历程始终相生相伴、相互交织、相互呼应。

党成立之后就十分重视新文学对于推动革命事业发展的重要作用，十分重视对文学运动、文学社团和文学思潮流派的组织和领导，在积极推动新文学发展的同时，特别注重通过文艺作品来宣传和普及革命思想。文学研究会是新文学运动中成立最早、影响和贡献非常大的文学社团之一。该社团的发起人包括沈雁冰（茅盾）、郭绍虞等后来加入中国共产党的革命作家。文学研究会主张"为人生"，以血和泪的文字揭露黑暗现实，在"启蒙"的意义上呼应了党教育、发动群众的使命。创造社是新文学运动中具有较大影响的另外一个文学社团，发起人郭沫若、成仿吾也是加入中国共产党的革命作家。1925年五卅运动后，创造社开始倾向革命或参加实际革命工作，大力提倡革命文学。《创造月刊》第1卷第3期发表郭沫若的《革命与文学》，第1卷第9期发表成仿吾的《从文学革命到革命文学》，成为提倡无产阶级革命文学的"战斗的阵营"。1924年，早期入党的革命作家蒋光慈与沈泽民成立春雷社，他们以上海《民国日报》副刊《觉悟》为阵地宣传革命思想。春雷社是我们党早期直接领导的革命文学社团之一。

1930年，中国左翼作家联盟的成立是党领导文艺运动的一个标志性事件。左翼作家联盟的旗帜是鲁迅，实际的领导者是瞿秋白。在二十世纪三十年代初至抗战爆发前的几年间，"左联"作家在文化战场上勇敢战斗，通过创办《拓荒者》《文学月报》《前哨》《北斗》《十字街头》等刊物，开辟了一批传播革命思想的文艺阵地，对二十世纪三十年代的文艺发展产生了巨大影响，为党的革命事业做出了突出贡献。

抗日战争爆发之后，文艺界在武汉成立了中华全国文艺界抗敌协会。大会选出郭沫若、茅盾、夏衍、老舍、巴金等四十五人为理事，推选老舍为总务部主任，主持日常工作。"文协"成立大会上，提出了"文章下乡，文章入伍"的口号，鼓励作家深入现实斗争。"文协"有力地团结了各地各领域的作家、艺术家，使抗战初期的文艺活动呈现出蓬勃发展的新气象。作为对中华全国文艺界抗敌协会的呼应，延安革命根据地也成立了陕甘宁边区文化界救亡协会，组织推动解放区的文艺运动。"边区文协"成立之后，又组建了诗歌总会、文艺突击社、戏剧界抗战联合总会、民众娱乐改进会、文艺战线社、大众读物社、抗战文艺工作团等机构。党在解放区创立的文艺团体和机构及其所开展的文艺活动，有力地促进了革命运动的开展，很好地发挥了文艺的政治功能和社会动员功能。

1938年4月，为培养抗战文艺干部和文艺工作者，党在延安成立了鲁迅艺术学院。毛泽东在成立大会上指出，要在民族解放的大时代去发展广大的艺术运动，在抗日民族统一战线方针的指导下，实现文学艺术在今天的中国的使命和作用。"鲁艺"的成立，是党探索培养具有革命信念的文艺工作者的新的有效方式。在抗战时期，"鲁艺"很好地承担起了工作任务，完成了历史使命。

总之，从第一次国内革命战争到第二次国内革命战争、从抗日战争到解放战争，从国统区到解放区，中国新文学始终与党同步、与革命同步、与时代同步、与历史同步，在不断发展进步的过程中服务革命、服务人民、服务走向现代的历史进程，为党领导的革命事业做出了独特的贡献。

二、党在不同时期都从革命、建设、改革事业的实际出发，及时制定和调整文艺工作的方针政策，从根本上保证中国新文学的发展道路和发展方向

一百年来，我们党始终高度重视文学事业，始终把文学事业视为党的事业的重要组成部分。党的历代领导人都高度重视文学事业并且有着强烈的文学情怀。

1942年5月2日，毛泽东《在延安文艺座谈会上的讲话》中指出："在我们为中国人民解放的斗争中，有各种的战线，就中也可以说有文武两个战线，这就是文化战线和军事战线。我们要战胜敌人，首先要依靠手里拿枪的军队。但是仅仅有这种军队是不够的，我们还要有文化的军队，这是团结自己、战胜敌人必不可少的一支军队。"

2016年11月30日，习近平总书记在中国文联十大、中国作协九大开幕式上的重要讲话中指出，文艺事业是党和人民的重要事业，文艺战线是党和人民的重要战线。他强调，文运同国运相牵，文脉同国脉相连。实现中华民族伟大复兴，是一场震古烁今的伟大事业，需要坚忍不拔的伟大精神，也需要振奋人心的伟大作品。

党对文学事业的组织、领导贯穿党的全部发展历程。从新民主主义革命到社会主义革命和建设时期，从改革开放新时期到中国特色社会主义新时代，党在不同时期都从革命、建设、改革事业的实际出发，及时制定和调整文艺工作的方针政策，从根本上保证中国新文学的发展道路和发展方向。

党特别重视新文学人才和作家队伍的建设。百年来，在党的周围形成了一支强大的党员作家队伍和党的"同路人"队伍。百年中国文学的发展历程正是党对中国现代作家的吸引、召唤、引导、培养的历程，是一代代党员作家与党同心同德、患难与共的历程，是一批批向往光明和进步的作家紧密团结在党的周围听党话、跟党走成为党的"同路人"的历程。巴金曾经说过："我们的现代文学好像是一所预备学校，把无数战士输送到革命战场。"

在新民主主义革命时期，有一大批优秀作家接受革命思想，在极其艰苦险恶的条件下，坚定地加入党组织，包括茅盾（1921年入党）、蒋光慈（1922年入党）、郭沫若（1927年入党）、夏衍（1927年入党）、冯雪峰（1927年入党）、李初梨（1928年入党）、冯乃超（1928年入党）、邓拓（1930年入党）、丁玲（1932年入党）、田汉（1932年入党）、陈荒煤（1932年入党）、周立波（1935年入党）、柳青（1936年入党）。

他们一边写作，一边投身革命实践，为革命事业发展做出了突出贡献，也付出了巨大牺牲。二十世纪三十年代，丁玲、何其芳、萧军、艾青、田间、卞之琳等一大批作家奔赴革命圣地延安。在火热的革命实践中，他们的思想和认知发生了蜕变，很多人都投入党组织的怀抱。比如，刘白羽（1938年入党）、田间（1938年入党）、魏巍（1938年入党）、何其芳（1938年入党）、欧阳山（1940年入党）、萧军（1948年入党）。

新中国成立后，中华民族开启崭新篇章。广大作家被新生的人民共和国所鼓舞和振奋，满怀豪情投身于社会主义建设，用手中的笔为新中国建设添砖加瓦。党员作家的队伍进一步发展壮大。比如，陈白尘（1950年入党）、端木蕻良（1952年入党）、欧阳予倩（1955年入党）、曹靖华（1956年入党）、曹禺（1956年入党）、黄宗英（1956年入党）、季羡林（1956年入党）、宗璞（1956年入党）、李准（1960年入党）、秦牧（1963年入党）、蹇先艾（1983年入党）、王西彦（1986年入党）等作家分别加入中国共产党。

与加入党组织的作家交相辉映，百年中国文学中还有一批在文学战线紧密团结在党的周围，与党同声相应、同气相求，与党的事业彼此呼应、彼此配合的"同路人"作家。他们虽然没有党员身份，但在革命者队伍中，同样发挥了非常重要的作用，是革命队伍不可或缺的一员。鲁迅、巴金、老舍、冰心、叶圣陶、闻一多等就是其中杰出的代表。

鲁迅是新文学运动的旗手和巨匠。他的《呐喊》《彷徨》深刻揭露旧中国的社会黑暗和国民劣根性，对广大民众产生了重要的启蒙作用。与此同时，他积极支持和投身党的革命实践，推动革命文艺发展，是中国革命最重要的"同路人"，毛泽东曾评价说："鲁迅的方向，就是中华民族新文化的方向。"巴金也是党的重要"同路人"。他的长篇小说《家》《春》《秋》充满对于旧社会、旧制度的批判，表现一代青年新人的"觉醒"，具有强烈的启蒙意义。老舍则是一位一生都在积极要求入党的"同路人"。抗战爆发后，他毅然南下武汉，投身抗战洪流，担任中华全国文艺界抗敌协会总务处主任并创作了大量面向大众的文艺作品。老舍的代表作《四世同堂》以抗战为背景表现人民的悲惨生活，控诉日军的残暴罪行，讴歌中国人民伟大的爱国精神。

在百年中国新文学发展历程中,具有党员身份的作家以及接受了革命思想的"同路人"作家构成了新文学史上最重要的历史主体,是百年中国新文学最重要的实践者和推动者,是中国新文学能取得巨大成就的人才保证。

党对文学事业的发展一直有着顶层设计和制度设计,党的文艺方针政策是马克思主义文艺理论与中国革命、建设、改革实践相结合的产物,始终有着与时俱进的实践品格。

党成立之初,就十分重视文化宣传工作,十分重视用文学的方式宣传马克思主义思想和党的主张,注重用文学作品动员、发动、教育、启蒙群众,批判、揭露敌人。中共一大就强调党的文化领导权对于革命事业的极端重要性,强调党对文学运动和出版物的领导。其后,党的文艺方针政策不断地随历史进程而进行着同步调整。第一次国内革命战争时期,党主张以各式各样的文艺形式推动宣传工作,启蒙大众,唤起人民的革命意识。第二次国内革命战争时期,党注重加强对国统区文艺的领导,注重建立文艺界的统一战线。抗战和解放战争时期,党倡导文学的大众化和战斗性,鼓励文学直接服务抗战、服务革命事业。

1942年,毛泽东在延安召开文艺座谈会,发表了《在延安文艺座谈会上的讲话》,明确文艺要"为工农兵服务、为政治服务"的方向,从根本上解决了"为什么人"的问题。这一讲话不仅深刻影响了解放区文学创作,也对新中国的文艺创作产生了重要影响。在讲话精神指引下,党实现了对于解放区文艺工作的统一领导,使文艺工作与革命工作更好地结合在一起。1943年11月,中共中央宣传部发布《关于执行党的文艺政策的决定》,明确把《在延安文艺座谈会上的讲话》作为当前中国文艺运动的基本方针,这是中共历史上首次使用"党的文艺政策"概念。

新中国成立之后,党建立了完备的文学制度。党对文艺工作的领导,主要通过设立文艺领导机构和颁布文艺政策来施行。中国的文学制度是社会主义制度的重要组成部分,文学制度的优越性也是社会主义制度优越性的体现。

1949年7月,新中国成立前夕,为进一步加强文艺工作,党中央组织召开了"第一次全国文代会"。第一次文代会产生了全国性的文艺界组织机构，即中华全国文学艺术界联合会（1953年改名为中国文学艺术界联合会）。在文学领域，成立了中华全国文学工作者协会（1953年9月改名为中国作家协会）。中国文联、中国作协以及文代会和作代会是党的文学制度的重要组织形式，是党和政府联系广大作家和文艺工作者的纽带，是社会主义政治体制的重要组成部分，为推动新中国文学艺术的繁荣发展发挥了重要作用。

1956年，毛泽东在最高国务会议上宣布将"百花齐放、百家争鸣"作为党发展科学、繁荣文学艺术的指导方针，这一方针的提出，深刻总结了我们党在多年的革命斗争中领导文艺工作的成功经验，体现了我们党对文艺自身发展规律的深刻认识。"双百"方针成为推动"十七年"文学繁荣发展最重要的文艺政策，在这一方针的指引和推动下，涌现了一大批优秀的现实主义文艺作品，比如"三红一创，青山保林"（即《红旗谱》《红岩》《红日》《创业史》《青春之歌》《山乡巨变》《保卫延安》《林海雪原》）等红色经典。

1979年，第四次文代会的召开是中国新文学发展史上又一具有特殊意义的重要事件，是党的文艺方针政策一次深刻的调整与宣示。邓小平出席大会并发表了祝词，他明确指出党对文艺工作的领导，不是发号施令，不是要求文学艺术从属于临时的、具体的、直接的政治任务，而是根据文学艺术的特征和发展规律，帮助文艺工作者获得条件来不断繁荣文学艺术事业，提高文学艺术水平，创作出无愧于我国伟大人民、伟大时代的优秀文学艺术作品和表演艺术。1980年7月26日，《人民日报》发表了《文艺为人民服务、为社会主义服务》的社论，对新"二为"思想的含义作了具体阐述。从此，我国新时期文艺事业发展的方向正式表述为"为人民服务、为社会主义服务"。

2014年，习近平总书记在北京召开文艺工作座谈会，并发表重要讲话。他号召广大作家要坚持以人民为中心的创作导向，深入生活，扎根人民。强调文艺要反映好人民心声，就要坚持为人民服务、为社会主义服务这个根本方向。这是党对文艺战线提出的一项基本要求，也是决定我国文艺事业前途命运的关键。只有牢固树立马克思主义文艺观，真正做到了以人民为中心，文艺才能发挥最大正能量。以人民为中心，就是要把满足人民精神文化需求作为文艺和文艺工作的出发点和落脚点，把人民作为文艺表现的主体，把人民作为文艺审美的鉴赏家和评判者，把为人民服务作为文艺工作者的天职。习近平总书记的重要讲话，科学回答了在新的历史条件下繁荣和发展社会主义文艺面临的一系列重大理论和实践命题，是对社会主义文艺发展经验的深刻总结，是马克思主义文艺理论中国化的最新成果，为新时代中国文学的发展指明新方向、开辟新道路。

三、党的百年历程中各个重要的历史时期、历史事件、历史人物，都在百年文学中得到生动形象的书写

党一百年波澜壮阔的历史和取得的巨大成就是最精彩的中国故事，是中国新文学最重要的写作资源和书写对象。中国新文学史某种意义上正是形象化的党史、中国革命史、中国社会主义建设史和改革开放史。党的百年历程中各个重要的历史时期、历史事件、历史人物都在百年文学中得到了生动形象的书写，并产生了一大批红色文学经典。

讲好党的故事是中国新文学的神圣使命。新民主主义革命时期，新文学就开始了对党的革命历史的同步记录和书写。1921年，郭沫若的《女神》最早表达了对共产主义的呼唤，表现出摧毁旧世界、创造新世界的革命精神；1926年，蒋光慈的小说《少年漂泊者》最早描写青年知识分子投奔共产主义的历程；1931年，巴金的小说《死去的太阳》最早表现上海、南京等地的工人运动；茅盾的《子夜》全景表现二十世纪三十年代都市生活的方方面面，书写旧世界的崩溃和新生事物的诞生，成为革命启蒙教科书；1935年，萧军的《八月的乡村》正面表现东北抗战和东北人民的生活与挣扎；1945年，贺敬之、丁毅执笔的《白毛女》深刻揭示"旧社会把人变成鬼，新社会把鬼变成人"的主题；1946年，邵子南的《李勇大摆地雷阵》生动描写敌后抗日斗争；1948年，周立波的《暴风骤雨》和丁玲的《太阳照在桑干河上》真实表现解放区土改的宏阔场景。

"十七年"时期，是社会主义建设和革命历史题材小说创作的繁盛期。吴强的《红日》描写解放战争中发生在江苏涟水，山东莱芜、孟良崮的三次重要战役，表现了敌我之间的残酷较量；杜鹏程的《保卫延安》以延安

保卫战为题材，描绘了一幅生动、壮丽的人民战争画卷；曲波的《林海雪原》展现了人民军队在东北进行的艰苦卓绝的斗争；柳青的《创业史》全面展现了合作化运动给当代农民命运造成的巨大改变；周立波的《山乡巨变》生动描写了土改给农民精神生活带来的变化；老舍的《龙须沟》通过龙须沟的古今对比，表达了对于新中国的无比热爱。

新时期以来，涌现出许多全景式反映党的革命历史的优秀文学作品。金一南的《苦难辉煌》全景式展现党建立红色政权、领导人民进行伟大长征和革命战争的恢宏历史；王树增的《抗日战争》《解放战争》全景式反映抗日战争和解放战争的伟大进程。黎汝清的《湘江之战》以红军长征途中最惨烈的湘江之战为主线，真实再现了英勇战斗、不畏牺牲的红军精神。同时，对新中国及改革开放以来中国社会发生的翻天覆地的变化也有精彩的文学表达。梁晓声的《今夜有暴风雪》《人世间》、史铁生的《我的遥远的清平湾》表现一代人的青春和热血，致敬知青们的奋斗岁月；路遥的《人生》《平凡的世界》表现改革开放之初青年一代的奋斗历程；贾平凹的《腊月·正月》、王润滋的《鲁班的子孙》、何士光的《乡场上》、高晓声的《陈奂生上城》表现现代化对于中国农民和乡村传统价值观念的冲击；徐迟的《哥德巴赫猜想》、谌容的《人到中年》表现新时期知识分子的精神历程。

党的十八大以来，中国社会发生了历史性的变革，取得了历史性的成就。陈毅达的《海边春秋》、赵德发的《经山海》、李迪的《十八洞村的十八个故事》、老藤的《战国红》、纪红建的《乡村国是》描绘了脱贫攻坚伟大事业带来的历史巨变；肖亦农的《毛乌素绿色传奇》、李青松的《告别伐木时代》、何建明的《那山，那水》讲述了当代中国践行"绿水青山就是金山银山"、建设绿色美丽家园的生动实践；徐剑的《大国重器》、许晨的《第四极——中国"蛟龙"号挑战深海》、曾平标的《中国桥——港珠澳大桥圆梦之路》、王雄的《中国速度》分别展现了我国在航天、航海、桥梁、高铁等多个尖端科技领域的迅猛发展与巨大成就。

中国新文学在不同时期对党史的书写，既有历史的景深，又有当下的温度，共同构成了对于百年党史的生动记录和形象再现。

回顾二十世纪中国新文学史，我们看到，对英雄的塑造和歌颂正是一条重要的文学主线，英雄人物特别是共产党人的英雄形象构成百年中国文学最具魅力的人物形象谱系之一。习近平总书记在中国文联十大、中国作协九大开幕式的重要讲话中指出，对中华民族的英雄，要心怀崇敬，浓墨重彩记录英雄、塑造英雄，让英雄在文艺作品中得到传扬。

党的一百年是英雄辈出的一百年，是一代代英雄儿女在党的领导下前赴后继投身革命、建设、改革的一百年。从新民主主义革命到社会主义革命，从改革开放到中国特色社会主义新时代，涌现了无数可歌可泣的人民英雄，他们感天动地的事迹和高尚的人格成为中国文学礼赞与歌颂的重要对象。文学对英雄的再现与复活，使百年中国文学具有了丰富多彩的文学英雄谱系。王愿坚《党费》中的黄新，丁玲《太阳照在桑干河上》中的张裕民，罗广斌、杨益言《红岩》中的江姐、许云峰，马识途《清江壮歌》中的任远、柳一清，梁斌《红旗谱》中的朱老忠，李英儒《野火春风斗古城》中的杨晓冬，郭澄清《大刀记》中的梁永生等，构成了新文学中"革命者"的英雄谱系；而吴强《红日》中的沈振新，魏巍《东方》中的郭祥，李存葆《高山下的花环》中的靳开来等，构成新文学中的"军人"英雄谱系；柳青《创业史》中的梁生宝，周立波《山乡巨变》中的邓秀梅，草明《乘风破浪》中的李少祥，张天民《创业》中的王进喜，贺敬之《雷锋之歌》中的雷锋，高建国《大河初心》中的焦裕禄等，构成了新中国"建设者"的英雄谱系；蒋子龙《乔厂长上任记》中的乔光朴、柯云路《新星》中的李向南、李国文《花园街五号》中的刘钊等，构成"改革者家族"的英雄谱系。

文学是人学。中国新文学的成就首先体现为典型形象塑造的成就。百年中国文学成功塑造了众多经典性的典型人物，形成了丰富多彩的人物形象谱系。在这众多的人物谱系中，具有红色基因的英雄形象最为光彩夺目。他们是民族精神的化身，是党性和信仰的化身，是人格力量的化身，是百年中国新文学的魅力之源。

在一百年的发展历程中，新文学与党一同成长、一同进步、一同发展，新文学事业与党的事业息息相关、紧密同步。一方面，党的领导、组织、引领有力地推动了新文学的发展，赋予了新文学以革命性、现实性和战斗性，提升了新文学的社会功能和影响力。党所开创的波澜壮阔的革命、建设、改革事业也为新文学提供了丰厚的生活土壤和创作源泉，极大地拓展了新文学的表现空间。另一方面，广大作家积极投身革命、建设、改革事业，努力创作弘扬中国精神、反映时代进程的优秀作品。二者在互动共生、相互促进中，共同书写了百年中国光辉灿烂的历史篇章。

人民性与现实主义崇高美学

——评张平长篇新作《生死守护》

在当代中国作家中,张平是一位有着极强的社会责任感、历史使命感的作家。他的那些被纳入"反腐小说""主旋律文学"的创作,充分体现了这一点。张平也是一位有着丰厚生活积淀和多副创作笔墨的充满创作激情、富有创作才华的作家。自九十年代起,他就通过文学实绩展示了这一点。自侧面表达反腐主题的长篇《重新生活》于2018年出版之后,张平继续以直面当代中国现实的积极姿态和切入广阔现实的深刻力度,推出《生死守护》这部值得关注的现实主义力作。《生死守护》具有怎样的思想内涵和精神质地,它们是如何得到艺术化表述的,如何界定和评价其思想和美学创造在张平乃至当代中国文学中的位置,是值得探究的问题。

一、人民性:新的历史时代的重塑

在二十世纪中国语境中,尤其是在当代中国文学中,自1949年7月周扬在第一次文代会上作题为《新的人民的文艺》报告之后,"新的人民的文艺"便成为新中国文艺的统领性主题、经典命题,并影响到文学艺术的创作方法、艺术风格、审美形式,在深层成为当代中国文学的基本思想和美学规范。"人民性"无疑是人民文艺的核心理念和命题,具有强烈的关于民族国家、现代政党的意识形态内涵建构、传播的合法性。"人民性"话语在政治、革命、历史、文化的绝对文化领导权在进入"新时期"之后,伴随着精英话语、现代化话语、后现代话语和消费文化的兴起,逐渐走出中心而被边缘化。在精英话语对激进化历史的反思和批判视野中，"人民性"被视为一种取消"个体""自由"的压迫性、压抑性和保守性力量，尤其是当它与某种既定权力话语结合时，其总体性话语霸权性质更成为精英话语的批判对象；而全球资本逻辑则将"人民"这一曾经的历史主体，巧妙地转化为面目模糊表情暧昧的商业消费文化主体——"大众"这一市场中匿名而无处不在的神秘且庸常却无处不在的"神性"存在。"在后现代视野中，总体性话语具有僵化、绝对化、整合、一劳永逸等含义，被认为是一种僵化的、不复活力、停滞不前的观念。"①流动的市场需要的分散的、可以被自身塑造、改编和吸收利用的"主体"，被市场和资本逻辑生产出的"大众"，以原子化个体形式质疑"人民"的合法性与合理性。这构成了二十世纪九十年代文学中"个人化""私人化""身体"写作潮流的历史和文化基础。与之相对照的是，"现实主义冲击波"和"底层叙事"的兴起和风行一时，貌似显示了人民性话语的回归，实际上恰恰彰显了其面临的困境：前者在城乡困境中展示了"人民"及其代言人的灰色与困顿，曾经的道德理想主义丧失了拯救"现实"和"人民"的历史能量；后者在底层苦难的展示中，使"人民"成为一种带有自然主义和存在主义色彩的苦难美学风景和寓言。

　　进入新世纪新时代以来，随着中国自身时代意识和历史意识的强化，中国主体文化自信的生成以及在此基础上对"中国/世界"关系的重审和重构，中国历史包括古代、现代和当代历史的独特个性在全球资本时代的共性中，被凸显出来。中国自身的社会历史和文化文学经验不再局限于自身，其意义是中国的也是世界的和人类的。对中国历史道路和历史经验的尊重，对新世纪中国现实的关注，意味着当下中国自我认同路径、方式和内涵的重大历史转折。基于此，与"中国故事""中国经验""中国道路"密切相关的"人民"文艺和人民性话语浮出历史地表并成为不可忽视的思想和美学现象。值得注意的是，在此崭新历史情境下的人民性言说，作为总体性表意形式，一方面，具有其与历史和传统的延续性，它将历史上的

---

① 王金胜：《韩少功与后现代——论作为一种精神与美学现象的〈修改过程〉》，《文艺争鸣》2020年第3期。

人民性作为自身言说的文化资源；另一方面，它作为一种当下中国的艺术和美学实践，也难以避免地呈现时代性和历史性特征。更需注意的是，文学文本尤其是长篇小说，毕竟是个人化的思想和美学创制，每位作家都会尽力采用自己的方式，建构属己的人民形象。如在近年颇有影响的小说中，梁晓声的《人世间》有着"人民与时代的思辨"，小说"浸润着作者本人对于中国故事的筋脉、中国精神的底质探索——在他看来，基层人民所构成的民间温情是上层意识形态的底气，两者之间互动交融，才建铸起时代稳步前行的根基。"① 阿来《云中记》中的"人民"既"关联'浩大的存在'，传达宏大之音。……是民族、历史、文化和人类诸多层面的交错。"又"汲取人学和个人话语资源，获得了言说的柔韧性、圆活性"。② 张平2018年出版的长篇《重新生活》则"在'国民性新批判'中来思考和建构一种基于人人平等、人人自由、人人享有生命尊严的社会主义新文化"。③ 其长篇新作《生死守护》在此基础上进一步强化了人民性内涵。可以说，《生死守护》是"人民作家"创作的又一部坚实厚重、情感澎湃的"人民文学"力作。

在小说中，张平对文学的"人民"和"人民性"品格进行了坚决的捍卫和视野宽广的关联性思考和言说。

首先，关于文学与"人民""人民性"，他认为："'人民'这两个字，是全世界约定俗成的概念。在文学创作中，不应任意矮化和污名化。""人民"在具有道义上的合法性同时，"人民文学"具有以文学形式为人民代言、发声的必要性："为人民写作，不应该是，也绝不能是一个不被提倡不被期许的文学精神和文学道路。"更进一步说，"人民"是文学之成为自身的依据和构成自身完整性和本质性的必要和必然因素："文学创作，如果

---

① 刘大先：《何谓当代小说的史诗性——关于〈人世间〉的札记》，《中国当代文学研究》2019年第6期。
② 王金胜：《一个人的总体性文学想象——论阿来〈云中记〉》，《南方文坛》2020年第3期。
③ 张丽军、范伊宁：《文化沉疴、国民性新批判与社会主义新文化建构——评张平长篇小说〈重新生活〉》，《中国当代文学研究》2019年第1期。

缺少人民的概念,那文学本身也是缺失的。"其次,关于"人民"与国家、执政党的命脉联系。对于社会主义共和国来说,"人民才是国家的真正主人",这关乎执政党的初心和使命,"让人民当家作主","时时刻刻要对人民保持敬畏之心","善待每一位国民,才能真正实现对公众的承诺,才是政府公信力最有力的体现"。再次,"人民"的话语形态和内涵。"人民是具体的,不是抽象的。"因此,"现实题材中的人民性写作,必须是接地气的,必须是人民乐于接受和认可的。"①

《生死守护》的"人民性"首先表现在对人物形象的塑造上。小说主人公辛一飞、市委书记田震、市长李任华、市公安局副局长沈慧、刘小江等坚决捍卫老百姓的切身利益、生死守护人民利益的党员干部,他们才是"真正的国家干部",才是"有立场有信仰的共产党员"。小说从正面塑造了一系列人民利益的捍卫者的英雄群像。他们有着实事求是的精神,有着为民做主、为民服务的工作作风,有着是非和正义的世界观和价值观,有着对真理和正义的追求,从根本上体现着"让人民当家作主"的共产党员的初心和使命。辛一飞是倾注着作家政治理想和美学理想的人物。小说以龙飞大道的修建、打通为核心事件和叙事线索,在事件引发的腐败势力、黑恶势力和代表人民利益的党政机关部门、党员干部之间的矛盾冲突中,塑造了这个有血有肉的人物形象。辛一飞形象的塑造并非偶然,他与赵德发的长篇《经山海》里的吴小嵩、陈毅达的长篇《海边春秋》中的刘书雷、滕贞甫的长篇《战国红》里的陈放等,共同构成了新时代历史情境下城乡区域中涌现的新时代新人形象谱系。②张平抓住时代脉搏,深刻切入现实的肌理和血肉中,以直面现实的勇气,以政治智慧和胆识剖析复杂的当代

---

① 张平:《生死守护·自序》,作家出版社2020年版,第3—4页。
② 对这些作品中"新人"和"新时代"文学特质的分析可参看石华鹏:《陈毅达〈海边春秋〉:塑造新时代的新人物》,《文艺报》2018年7月23日;李朝全:《正在酝酿中的乡村巨变》,《文艺报》2019年6月10日。王金胜从个人与时代关系的重构的角度,对《经山海》作为"新时代新人"的成长史的叙事进行了分析,参看《总体性的现实主义文学镜像——以〈经山海〉为中心论当下小说的若干问题》,《小说评论》2020年第1期。

生活，提炼和创造出这一属于自己的独特新人形象。辛一飞既具有理想主义又具有脚踏实地的务实精神，既雷厉风行又心思细密，他讲原则有立场有担当有责任心，又有作为一个人的良知、正义感和悲天悯人的情怀。当他被市委市政府破格提拔进入市委常委，被任命为主抓龙飞大道建设的副市长，却在人大常委会投票中未获通过时，当面临黑恶势力的利诱、污蔑、栽赃和威胁时，他始终没有退缩，反而愈益坚韧而执着、顽强而决绝。他服从组织和上级领导的安排，却又不唯领导之命之意是从。小说在重重矛盾和困境中塑造的这一形象，深含作家对时代精神的理解和人民性的价值判断，辛一飞是时代精神的审美化和人格化体现。

与之相对应的是，打通龙飞大道所必须面对的大路两边棚户区的改造。棚户区的居民人数众多、成分复杂，小说一方面写道："对一个城市管理部门来说，这样的一个人口比例，再加上这样的一个居住环境，这里必然会成为恶性事件多发之地。"同时，小说特别提到棚户区的年轻人的特点："这些年轻人简单淳朴，性情真挚。爱抱团，讲义气。最见不得倚势仗富，恃强凌弱。一旦谁家遇上了什么不公正不公平的事情，就会集体上阵，倾巢出动，常常是挺身而出，一呼百应。不讨个说法，绝不罢休。"这是一个保留了传统美德的底层社会群体。张平在《抉择》《天网》《重新生活》等作品中就对处于贫困和苦难中的社会底层有过丰富的描写，借此对官僚主义和官员的贪腐进行揭露。但《生死守护》的特别之处在于，小说主旨并不在揭露苦难、追溯苦难的社会和历史根源，也不将贫困、苦难与"腐败"直接对应甚至对立起来。除了对棚户区这些从外乡来的矿工，进行品质和道德上的肯定，小说还反复写到他们与政府、领导之间的关系："从小到大，依靠的是政府，盼望的是政府，因此，他们打心底里听政府的话，服从政府的领导。""他们最喜欢讲真话的领导，也希望那些大大小小的领导干部都能给他们讲出更多的为人民谋幸福的话语。"他们清楚地认识到自己作为"城市的基层群众和贫困阶层"身份，"因此对党和政府的扶贫政策和安置政策充满了无限的期待和美好的憧憬"，尽管他们在为私营老板和煤矿主打工，"但在心理上对政府的依赖感则越来越强"。他们痛恨那些与私营老板矿主勾结的"政府的败类""腐败分子和贪官"，他们日夜期盼"党的好政策，政府的好领导"。在棚户区改造工程中，他们把摆脱贫困的期望"寄托在能给他们派来一个好官、清官身上"。辛一飞这个有口皆碑、万民称颂的、"老百姓人人叫好的大清官"的到来让他们兴奋不已。小说中的底层民众,不仅是人民的形象载体,传达着人民的现实诉求,也作为"腐败"的他者,传达人民的意愿;同时,通过民众与政府、官员关系的设置,寄寓了作者对全民反腐的可能性、方式方法的思考和愿景。

值得注意的是,在通过棚户区人民的表现上,《生死守护》主要通过市长李任华和市委常委、工程总指挥辛一飞暗访考察的方式,描述人民大众的生活,这一方面突出其人民代言人的实质和服务实践,另一方面也触及和突出人民对自己在历史与现实中的当家做主地位及其利益诉求之所在的自觉。朴素本真的道义感,默默奉献的劳动者精神,物质财富和精神财富的创造者,寻求公平正义的执政党领导干部等等,共同在"官员"和"民众"二位一体的聚合中,生成《生死守护》的人民性精神和美学品质。

二、崇高感:作为人民性写作的美学面向

崇高是一种在历史和文化脉络和传统中发展的动态的、具有历史性的精神样式和美学范畴,它与社会、历史、文化和文学传统有着密切关联,并在特定情境下呈现或可称为"崇高变体"的具体形态。

二十世纪八十年代前期,"伤痕""反思""改革"等诸种小说在共享时代精神时,为中国文学贡献了一系列革命者、受迫害者和改革家等形象,它们在"启蒙"和"现代化"开启的历史空间中,体现着信仰、德性或精神境界的崇高之美。这些形象在延续五六十年代文学中革命英雄崇高镜像的同时,也在"人性"和"生活"等层面上转换了它。自八十年代中期开始,"寻根""先锋""新写实"及王朔等的小说,显示了一种新的美学取向,"'反崇高'成了经典崇高话语那种逻辑推演式的建构方式崩溃之后勃兴的另类崇高美学建构的框架、范式或概念,甚至是一种流行时尚或无法逃避的宿命。……恢复其实存和实感,以此为基础寻找被放逐的历史,重构被异化的崇高,成为'新时期'以来中国文学的历史性精神回归自我、回归本身的方式,或者说,重建崇高美学成了此后中国文学、文

化乃至历史的一项带有宿命色彩的责任承担。"① 进入新的历史时代以来，中国文学再次涌现大量具有崇高美学品质的作品，徐怀中的《牵风记》、陈彦的《主角》、梁晓声的《人世间》、阿来的《云中记》、赵德发的《经山海》、滕贞甫的《战国红》等历史和现实题材的长篇，都是其中各具特色的崇高美学作品。这一现象的出现，与中国文学走进中国的深层历史与现实，在开阔的历史视野和强劲的时代精神感召下，发掘中国自身内部的历史、文化和人性的丰富现实，有深层关联。

在张平的"反腐小说"中，无论是那些坚韧执着、以一己之力与腐败现象做斗争的英雄，还是身处困境却抱有生活的信心并介入反腐事件中的普通人，都蕴含着强大的信念力量和人性光辉。放在张平的崇高美学脉络中，《生死守护》可以说是其崇高美学的集大成者。

首先，小说塑造了一系列具有崇高信念和无私无畏的献身精神的英雄形象，通过他们，小说有力地传达了以阳刚之美为内核的崇高美、悲壮美。辛一飞、刘小江和沈慧等在各自的工作岗位上，以自己的方式与腐败势力、黑恶势力做生死搏斗，是崇高精神和英雄精神的化身。英雄是社会、历史、生活中也是文学中表现崇高的最鲜明最具代表性的形式。在苏联学者伊万诺夫看来，"英雄"是"崇高"的变体，他如此阐述崇高和英雄精神的关系："当杰出的社会现象和杰出的社会人物成为崇高的对象时，我们说这属于英雄精神范畴，把英雄精神看作是崇高范畴的一个变体。艺术上的崇高是通过英雄性格表现出来的，崇高是它的必然标志。崇高最接近于社会的审美理想，英雄性格则直接体现一定的社会理想的特点。苏联有些美学家把英雄精神看作一个独立的美学范畴。我们以为，那些把英雄精神当作崇高的因素，当作它的变体的美学家的意见是正确的。"② 不止于此，《生死守护》中的普通人，特别是辛一飞的母亲和棚户区的居民，同样是小说确立崇高情感的形象。前者感恩于难产之际政府和人民对他们母子生命的

---

① 王金胜、吴义勤：《莫言文学的崇高美学及其复调意味》，《文艺争鸣》2019年第4期。

② 〔俄〕伊万诺夫：《论崇高范畴的研究》，见舍斯塔科夫：《美学范畴论：系统研究和历史研究尝试》，涂途译，湖南文艺出版社1990年版，第86页。

挽救,而将儿子称为"百姓娃"直到上学以后才改名为"辛一飞","盼着他一飞冲天,长大以后能做大事,报答天下的百姓给了他这条命"。当儿子有了出息以后,每次在电话中都嘱咐儿子"一定别忘了你和妈的命都是国家给的,都是老百姓给的。咱就是再苦再累,也不能做那些对不起国家和百姓的事"。直到八十岁,辛一飞母亲仍留在农村耕种庄稼。辛一飞在吴浙县工作多年,很好地解决了县里住房的刚需,解决了贫困户和拆迁户的住房问题,而他直到就任市委常委,一直居住在早年分配的老旧职工住房,没有自己的房产,也没有供儿子出国留学的存款。从辛一飞这一形象中,可以感受到英雄面对黑恶势力和贪官奸商时的胆魄与高贵气质、日常生活的极端俭朴、在家庭生活中的高度克制等。这是一个人格化、审美化的信仰和意识形态的化身。

其次,小说塑造了那些面临拆迁的棚户区居民平凡而又伟大的崇高形象。小说通过市长李任华和市委常委辛一飞的探访调研,描述了他们的贫困生活现状和他们对党和国家的信任和怀抱的希望。他们为国家、为城市的建设和经济发展付出了一代代的血汗和牺牲,而他们仍生活在极端困难的环境中。他们既有对贪官奸商的愤怒,又保留着对政府的信赖和对"清官"的渴盼。"在更大程度上确立崇高感情的是为人类谋幸福而进行的改造自然的日常实践活动:从事宏伟的建设,开垦处女地,征服宇宙,所有这一切产生了全新的崇高观念,认为崇高就是人的功勋和创造性劳动的美的集中表现。"[1] 通过棚户区居民,《生死守护》在建立"人民利益守护者"和"人民""群众"之间血脉联系的同时,也赋予二者共同的崇高感,而对"人民"崇高感的重塑,也是对"人民利益守护者"崇高感的必要补充,赋予了后者以现实生活的依据,使原本抽象的"信仰"获得了"生活"的支持。通过对"人民"及其守护者的塑造,《生死守护》的崇高美学便在其象征意义与强烈的历史感、现实感之间建立了联系,与日常经验达成了某种具有浓烈时代精神和浓郁诗意的交流、沟通。

中国二十世纪五六十年代的文学在借助英雄形象塑造崇高美学时,作

---

[1]〔俄〕奥夫相尼科夫:《简明美学词典》,冯申译,知识出版社1981年版,第12页。

家往往发挥着政治或主流意识形态代理人的作用，并以此维系着阶级、国家的正面自我形象。那些执念于人民性宏大叙事的作家，往往把人物（典型、英雄）、事实和现实（典型的社会性、政治性环境）当作其理论、观念和预设立场的道具，从而陷入了曲解、迷误乃至错谬之中。以往那种人民性崇高美学之所以遭到质疑和消解，便是因为那种简单、僵硬、强势的，缺乏人性依据、生活逻辑和文学意味的"概念式""概述式"文学，不再让人感到真实，无法让人满意，甚至让人感到紧张和厌烦。作为一部作家本人毫不回避的"全民反腐全民监督"题材和主题的小说，《生死守护》在人民性崇高美学塑造上便存在着别有意味的复杂性。

比较容易引起争议的是，作为文学形象的辛一飞。作者在这一人物身上显然寄托着自己的政治理想和美学理想。辛一飞是小说的"内容"，也是小说的"形式"，或许因为作家强调"当代现实题材的文学创作应该是内容大于形式，社会效应大于文学效应"，辛一飞形象的塑造也是"内容"和"社会效应"大于"形式"和"文学效应"的。按照现实主义"典型化"理论来看，在辛一飞形象中，普遍性多于个性，理性化成分重于感性化因素，他更接近卢卡契对艺术的典型化理解："典型化是用这样一种方式创造出来的，它来自生活中的个别的整体。因此，这一被选作典型的个体所表现的整体不但没有消失，反而更深化了。"① 相对于"个别""个体"，《生死守护》的主人公恰好是这种"更加深化了"的"整体""典型"。按照八十年代以来的文学观念，这一典型算不上一个成功的艺术形象，他并未得到内在复杂性和丰富人性的塑造，也并未得到完满的艺术构型，按照传统说法，这是一个扁平人物而非"圆形人物"，更属于梁生宝、乔光朴、李向南式的"工农兵"英雄人物和"改革英雄"。小说在结尾部分，通过其母之口交代他的出生和成长，在母亲生他时遭遇难产大出血，是医生和全县百姓挽救了母子生命。为报救命之恩，一直到上学，他都用父母给他取的名字"百姓娃"，上学之后才由老师按照母亲和家人的意思取名"辛一飞""盼着他一飞冲天，长大后能做大事，报答天下百姓给了他这条命。"

---

① 〔荷兰〕佛克马、易布思：《二十世纪文艺理论》，林书武等译，生活·读书·新知三联书店1988年版，第142页。

每次母子通电话，母亲也反复叮嘱"一定别忘了你和妈的命都是国家给的，都是老百姓给的。咱就是再苦再累，也不能做那些对不起国家和百姓的事。"这是主人公辛一飞数十年如一日地清廉、能干，把百姓记在心上的动力和坚持原则、葆有初心的"真理性依据"。在经历组织的调查核实、还其清白之后，小说通过纪检书记之口评价辛一飞："这么多年来，很少有像你一样经得起如此严峻考验的领导干部。"按照这一评价，辛一飞式的领导干部应属少数。但这一典型的意义不在数量比例上，而是对"整体"的表达上。他具有的是个体生命神圣化所产生的崇高感，其实质是当代国人对自身力量的一种期盼心理，也是一种在中国文化传统中包括祖先、先辈和当代人奋斗历程所形成的精神境界和心灵情调。

特别值得注意的是辛一飞与政治激进时代"高大全"式英雄的不同。二者之间最大的区别是，后者几乎是清一色的道德至善至美的宗教式理想人格，在阶级斗争哲学支配下，他们的叙事职能就是工具，围绕、烘托这些主要英雄人物的是众星托月般里的"众星"——那些以"所有人物""正面人物""英雄人物"或"中间人物"面目出现的众生——"人民"。"主要英雄人物"作为人民的代表是空洞的理念化身，而被放逐的却是真正存在的"百姓"。而辛一飞作为一个"非神化"的英雄（主角、主人公），一则要接受党纪国法的约束、纪委监委的调研核实和人民群众的监督，二则他并非抽象人民性的传声筒，他恪守做人底线，关心贫困群众疾苦。在吴浙县任职期间，他很好地首先解决刚需、贫困户和拆迁户的住房问题。正因为坚决站在百姓立场上，得罪贪官奸商，多年得不到升迁，也正因此，他的副市长提名未能在人大常委会上投票通过，才会被靳如海等腐败和黑恶势力视为自己最大的障碍和对手。因此，辛一飞作为一个个体生命形象的圣化和自身事业的成功（先是作为县长连升三级成为市委常委、龙飞大道建设工程总指挥，后被人大正式选举为副市长，接着被市委市政府任命为常务副市长），是以人民性（集体性）的目的为基础的，也即，是以百姓的、人民的、族群的乃至人类的合理化发展为前提的。辛一飞体现的是一种社会正义和历史正义。这一形象的更普遍的意义便在于此。对于社会和人类来说，为获得个人利益的最大化，为获取个人的成功而舍弃和背叛公平、合理和正义的大前提，无论如何是不被接受的。

三、现实主义：作为重塑"人民性"的美学路径

从"国民""民众""工农大众"到"人民"，中国现当代文学中留下了不绝如缕的"人民影像"。特别是从左翼文学到解放区文学再到新中国的"新的人民的文艺"，"人民"伴随着历史的发展，成为中国文学叙事正当性和道德确定性的重要的乃至唯一可靠的源泉。在二十世纪七八十年代的历史—文学转型中，"人民文学"的核心位置遭到"人的文学"的质疑和替换。因为前者空洞化本质化所产生的压抑性观念机制，"人的文学"连同"纯文学"一起，宣告了"人民文学"和以社会主义现实主义为代表的现实主义文学的"终结"。这一情况的改观，发生在九十年代后期和新世纪初期。当"人""个人"遭遇市场消费文化与后现代主义文化逻辑的控制，而同样呈现出零散化、空洞化、本质化状态并陷入某种"人"和"文学"的双重无力感时，一种对"个人"和"纯文学"想象的反思，重新进入文学理论探讨和创作中，这在"现实主义冲击波"和"底层写作"中体现得尤为明显。这一反思是与对"左翼文艺""人民文艺""现实主义""社会主义文化遗产"等的重审、重评联系在一起的。一些作家和学者在看到人民、国族等族群性乃至政治性观念之压抑性的同时，也意识到其原初情境中的合理性、合法性或必然性、必要性，试图突破观念话语和惯性思维的束缚，走出"人"和"人民"的对立框架，力求释放其潜在的能量。

俄罗斯文学理论家哈利泽夫在谈到二十世纪俄国诗人、作家时，认为勃洛克、阿赫玛托娃、茨维塔耶娃、叶赛宁"真正具有人民性"，肖洛霍夫、普拉东诺夫、普里什文，尤其是索尔仁尼琴、阿斯塔菲耶夫、舒克申、拉斯普京等创作中有着更明显的人民性因素，他认为："19世纪文学经典的传统，为这些20世纪的作家积极继承下来：积极的道德（在很多情况下这是公民性的道德）取向、人民性和现实主义有机地融合于一体。"①

---

① 〔俄〕瓦·叶·哈利泽夫：《文学学导论》，周启超等译，北京大学出版社2006年版，第194页。

事实上，当我们不把现实主义仅仅理解为"对社会现实的客观再现"，而是看到其作为一种现代文学的"现代性"内涵，看到它与其所处的历史环境的关系、它前所未有的历史感，看到它将"人"理解为一种社会性存在时，作为群体观念的"人民"成为现实主义文学和文论的重要一维，也就不难理解。只不过，正如"人民""文学"是某种话语的历史塑形一样，"人民性""现实主义""宏大叙事"尽管在文学和理论言说中往往怀有一种不可改变、不容置疑的真理式自信，但它们也都处在一个被"更改"的历史过程中。正是在这个意义上，《生死守护》回归也重构了以人民性为价值和理念中心的现实主义宏大叙事传统。

首先，《生死守护》投射出现实主义激浊扬清的锐利锋芒和理想光辉。强调文学的现实介入和批判功能，是中国文学文以载道传统的当代延续和发展，也是中国现代文学"感时忧国"传统的当代继承和转换。在当下，这种文学观念被认为是脱离了"纯文学"本身的功利性写作，是一种过时落伍的陈旧观念，是一种与当下时尚性、个人性、碎片化现实不协调的另类文学样式。的确，我们在为数不少的作品中经常看到文本被简化为政治与意识形态功能的基本要素的情况，经常看到理念对生活现实的粗暴剪裁和观念意识对文学的过度操纵。我们应该对文学的"效用"做更宽泛、更广阔的理解，这种理解可以使我们进入更丰富复杂的现实层面，同时保持对生活的尊重、热爱而非抽象简化，与现实保持平等对话而非盛气凌人，如菲尔斯基所说："艺术价值与'用'密不可分，而我们对文本的处理也总是丰富多样、复杂且难以预料的。从这个意义上讲，作品的实用性不会破坏诗性，也不会将诗性排除在外。提出文学的意义在于其用途，意味着一系列实践、期望、情感、希望、梦想和阐释进行调查研究。"[①] 小说追求作品的社会效应，倡扬"全民反腐"主题，弘扬真善美，鞭笞假恶丑，将叙述和时事与社会生活紧密结合，有着突出的社会效用性和政治倾向性，属于典型的社会性政治性写作。《生死守护》有叙事，有议论说理，有对贫富分化和社会矛盾的揭露，有对官员贪腐行为和贪得无厌唯利是图

[①]〔美〕芮塔·菲尔斯基：《文学之用》，刘洋译，南京大学出版社2019年版，第12—13页。

的奸商和黑恶分子的批判。小说写城乡贫困人群和家庭的不幸，写灯红酒绿埋藏的黑暗与肮脏，也写大面积、塌方式腐败及其背后的体制弊病，传达出腐败现象的普遍性和腐败的极端危害性，在揭示这些现象时给予批判性思考。从现实主义文学特质和功能上说，《生死守护》与张平的《抉择》《十面埋伏》《重新生活》等"反腐小说"是一脉相承的，可以说，在张平看来，这些"现实题材"的文学是更大的现实世界的一部分，是更坚硬的政治议题的一部分，它与非文学事物包括意识形态战略、目的之间本身就有不容回避的根本联系：文学是政治启蒙和社会变革的潜在而有效的途径。

其次，《生死守护》具有独特的"诗性""文学性"。本文不拟对小说的文学性做出全面分析，而着眼于人民性视角下的文学性问题。哈利泽夫谈到人民性时，有两点富有启示性：一是对文学中的人民性构成不宜评价过高，不宜将其看作绝对标准和作家唯一可以选择的道路，一些不具有人民性因素而具有高度的艺术性和文化价值的精英性作品，同样是必要且有益的，他提出"应当来谈文学中的人民性"；与此相关的第二点是具有人民性的作品和精英性作品同样属于文学的"上层"，"这就从根本上使它与大众文学（文学的'下层'）区别开来。"在这里，哈利泽夫对"人民性文学"与"大众文学"的"上层/下层"的区分是很有意味的。但他同时也认为："文学作品的通俗性与人民性，乃是两个不同的现象，但在很多情况下它们可能会彼此兼容，甚至重合。"① 与此颇为相通的是马克思主义现实主义理论家卢卡契的看法："现实主义是大众喜爱的，符合'大众化'的标准，用俄语表述，即具有'人民性'……文学的人民性，就是继承文化传统，大众喜爱的文学正好是同现代派的文学相反的。"② 庄重肃穆的宏大叙事是《生死守护》现实主义的主导风格。同时，小说也照顾到中国读者的审美习惯和兴趣，采用大量通俗文学、大众文学的手法，

---

① 〔俄〕瓦·叶·哈利泽夫：《文学学导论》，周启超等译，北京大学出版社2006年版，第194—195页。

② 〔荷兰〕佛克马、易布思：《二十世纪文艺理论》，林书武等译，生活·读书·新知三联书店1988年版，第132页。

使小说呈现出摇曳多姿、张弛有序、雅俗共赏的美学风格。

《生死守护》围绕龙飞大道展开的腐败势力与反腐败力量之间斗争的复杂性、神秘性乃至惊险性和激烈性容易激发人们的好奇心和探究的兴趣，也使得读者能够充分发挥想象力，展开丰富的联想。小说充分挖掘反腐反黑斗争中的戏剧性因素，借鉴通俗小说的叙述方法，尽可能把故事加以引人入胜的表现。小说把悬疑、侦探、犯罪、伦理、爱情、亲情等多种情节要素融合在一起，充满了紧张的故事氛围。起承转合、起伏跌宕的故事架构，曲折离奇、扣人心弦的悬念设置，危机四伏、变幻多端的现实情境，错综复杂的人物关系，性格独特鲜明的人物形象等畅销小说的基本构成元素，使小说具有极强的可读性。其中，有些情节极富传奇性。如退休工程师无意中挖出的千年古墓，引来了文物贩子，自己也为此丧命，这个情节的发展极其牵动人心，让人既痛恨罪犯的丧心病狂，更为公安卫士的牺牲扼腕。

张平善于在小说的情节演绎中，设置悬念，很好地起到了渲染、烘托和调节氛围的作用，促使读者为揭开心中之谜而不中断阅读。反腐败是关系到党、国家和人民命运与前途的"生死抉择"的重大事件，但这场你死我活的反腐斗争并非总是呈现为清晰的壁垒分明的阵营对立。尽管《生死守护》写到了辛一飞、市长李任华、人大常委会主任刘利斌、纪委书记王萌亦、赵小江、沈慧、赵祯熙等体制内外的反腐阵营与以靳如海、霍怡帆、崔铭化崔晓剑父子、崔晓剑姜宸师徒等腐败黑恶分子之间的斗争，但小说也写到各种力量博弈的暗流涌动。如辛一飞未能通过人大的副市长选举，究竟为何？市文物局局长与靳如海或崔铭化父子究竟有何关系？市委书记田震、省委副书记郭健雄除了三千万贿款这一重大案件之外，是否存在其他利益关系，以至于丧失了作为领导干部的担当，在关键时刻未能支持、信任和保护辛一飞，延迟道路开通？从开始对辛一飞的支持和提拔任用，到后来的暗中阻挠，田震为何如此？等等。这些未在小说中得到充分揭示的内容，以"悬念"的形式显示了腐败作为一种"文化"现象在现实中无所不在的渗透，而靳如海被立案审查，"随即拉开了龙兴市塌方式腐败调查的序幕"。

在社会性政治性主题题材之外，小说试图纳入更多的动人、感人的人性元素，辛一飞与母亲、妻子、儿子的亲情，辛一飞与大学同学刘小江和民营企业家赵祯熙的友情，靳如海与霍怡帆的爱情，以及虽涉笔不多却给人留下深刻印象的感情关系，如崔铭化崔晓剑的父子之情、崔晓剑与姜宸的师徒之义等。其中，悲欢离合的爱情故事时常是当下小说一道不可忽略的风景，《生死守护》也讲述靳如海与霍怡帆之间的感情故事，只是张平并未对此大加渲染。霍怡帆家庭陷入困境，无法摆脱黑恶势力的威胁时，靳如海出面摆平此事，霍怡帆大学毕业后进入云翔集团，成为其旗下云翔大酒店的总经理，并出于对靳如海援手相助的感激，成为其情人，也成为靳如海权钱交易非法活动的重要参与者。她因此而获利，也因此而成为犯罪集团的重要成员。她最后为维护靳如海的利益自杀未遂。靳如海被判刑入狱之前表示无论付出何种代价都要让已处于植物人状态的她活下来，等自己出狱后终身厮守。这个令人唏嘘的孽恋故事，是放在紧张残酷的反腐反黑斗争中进行的，其意义不仅在于为"大故事"提供一段舒缓的插曲，也展示了一种以独特形式体现出的带普遍意味的人性与情感状态。这是个人化情感故事与公共性政治叙事的交融和变奏。主人公的命运、大路能够及时开通、地下文物盗掘能否及如何被及时阻止、三千万贿款真相究竟如何、辛一飞的档案年龄问题、田震在整个事件中扮演了什么角色等充满悬疑、悬念的故事，充分调动读者的阅读兴趣。《生死守护》在设计这些精彩、紧张、睿智和感人的情节的同时，也穿插着关于信仰、责任、使命、人性等问题的思考，充满着思想情感的力量，这进一步提升了作品的思想内涵和情感冲击力。

  《生死守护》在人民性表达方面，以对底层生活的挖掘，赋予人民以具体可感的形态，超越了以往当代文学作品的观念性、抽象化弊端；在此基础上生长出来的崇高感，便具有了道义上的共情感和美学感染力与说服力。小说的大众化通俗化手法，使人民性、崇高美获得了在地性，具有其前辈、老乡赵树理面对现实生活、立足民间底层立场的"故事体问题小说"的流风余韵。从张平的持续创作中，我们看到的不仅是一个作家葆守初心的韧性，也可见出当代中国现实主义文学的特有品质和多元形态。现实主义有着广阔的前途和道路。

作为民族精神与美学的现实主义

——论陈彦长篇小说《主角》

一、传统戏曲与现实主义叙述重构

与柳青、路遥、陈忠实、贾平凹等秦地作家一样,陈彦也极为崇仰文学的现实主义品格。关于陕西作家突出的忧患意识和现实主义写作传统,陈彦说:"我想这既有作家代际关系的传承,更是这块土地的自然滋养。从司马迁以降,这块土地上的文人似乎都扛着忧患、苦难的十字架,很难轻松。不是不会轻松,而是站在这块土地上的自然思考、体悟使然。……路遥、陈忠实、贾平凹对陕西作家的影响,也将是长期的,我以为他们都在做'书记员'角色。借用艾青的诗句:为什么我的眼里常含泪水,因为我对这土地爱得深沉。"① 三秦作家就像生活中的普通人,所看到的都是极普通的生活、人情和物事。陈彦在《主角》中仿佛把身之所在、心之所系、极目所见的种种普通——即便是台前风光的主角,在幕后、在台下又何尝没有难与人言的苦痛?——一一做诚实的记录,并在深刻的生活开掘基础上,进行了充满人性热度和文化深度的深挚创造。于是,我们在小说里看到了热气蒸腾、繁蔚杂陈的生活物象和苍然而郁勃的内心。

值得注意的是,陈彦有长期从事戏曲工作的经验和体会,这又使他在走向小说创作时,无意或无法忘却对戏曲的深切情感,传统戏曲中包裹的

---

① 朱强:《"我不想硬立布景一样的时代'背景板'"——〈主角〉作者陈彦谈为小人物立传》,《南方周末》2018 年 1 月 11 日。

那份沉甸甸的民族智慧、民族文化精神和强大而朴素的道德意识，促使他在这部最新长篇中有意识地思考作为现代文学的现实主义小说与作为传统文艺样式的古典戏曲之间的关联，于是"戏曲/小说"乃至常谈常新的"传统/现代"之关系，就又成为不得不面对的问题。那么，《主角》是如何衔接、传承传统的？具体来说，就是作为大传统的中国戏曲艺术和美学传统是如何落实在《主角》的创作中，小说是如何戏曲化的，戏曲乃至传统文化又是如何进入小说叙述的？这里需要慎重处理的关键问题是：如果不仅仅将《主角》的价值和意义局限于恢复传统的意义上讨论，而是将其作为当代文化语境中的美学实践，那么其创造性如何，有何当代性意涵？更进一步看，"传统"的当代创造性转换是如何完成的？

戏曲无疑是《主角》透视现实主义小说的重要美学装置。一个不可忽略的前提和重要事实是，陈彦经历了由戏剧作家向小说家的转型。《主角》是他转型后继《西京故事》《装台》之后的第三部长篇。作为戏剧家的身份和经历，对于理解《主角》的现实主义美学无疑有着极为重要的意义。正是因为秦腔这一民族传统戏曲的"外部"场域的存在，使陈彦获得了观照现实主义文学的独特视角，正是在戏曲和文学的往返之间，作家发现了重构现实主义美学的方法。

小说以戏曲丰富了现实主义叙述的抒情维度，在反映现实之外，以更为精致流丽的文字形式，重新敞开现实主义达意传情空间。现实主义强调文学文本与现实生活之间的"模仿"和"反映"关系，它以对"现实"和"外部世界"的冷静观察，揭示其内外错综复杂的关系，"致力于普遍事实的传达（比如，意识形态）以及社会万象百科全书式的展现"[1]，在理性、科学的客观性之外，"类似于悲剧，现实主义在读者的心中也实现了一种情感的仪式化涤荡，尤其是当读者对书中人物满怀同情（怜悯）和为再现的故事唏嘘不已（恐惧）之时。……现实主义所带来的这种美学享受，

---

[1] 〔美〕安敏成：《现实主义的限制：革命时代的中国小说》，江涛译，江苏人民出版社2001年版，第18页。

大部分依赖于对这些情感的唤起和宣泄"①。对于现实主义文学的读者来说，他们所获得的社会历史认知和情感体验是同步进行的，且都是通过"人物"及其"故事"的"镜子"般反映而实现的。有趣的是，陈彦也谈到"戏剧天赋的镜子功能"："戏剧不是宗教，但戏剧有比宗教更广阔而丰沛的生命物象概括能力。……戏曲故事总是企图想把历史演进、朝代兴替、人情物理、为人处世要一网打尽。"②同样以镜为喻，其含义却大有不同，"在中国文学中，'镜子'从未暗示作品对真实世界的反映，它隐喻的是一种精神境界，通过深思默想，作家使自己从主体性的遮蔽中摆脱出来，从而向'道'自由地敞开"，论者进而谈道，"在中国文论中，'镜子'意旨的精神状态，不是科学式的客观辨析，而是平和的接受；主体对客体的反应不是纯知性的，而是掺杂着情感的认同"③。

从《主角》文本来看，其"镜子"可以说杂糅了"现代小说"和"古典文艺"两方面因素。一方面，小说对1976年直至当下中国城乡生活进行冷静客观的观察，和如其所是、栩栩如生的反映。四十年间秦地百姓的生活，他们在吃喝拉撒、油盐酱醋的经验世界中的生活情态，他们的形貌、神色、心理、情感和灵魂及其在大时代的阴阳交会中，发生的或剧烈或细微的变化，都被作家精确细腻地描摹出来。忆秦娥、秦八娃、胡三元、胡彩香、苟存忠、古存孝、刘红兵、石怀玉等个性鲜明、心理饱满复杂的人物，和作家以现代人文主义为价值核心与标准对现实和人心的揭发与批判，亦清晰可见。《主角》的主体内容围绕以忆秦娥为中心的秦腔艺人展开，写他们的练功、排演和演出，以及由此而引发的种种矛盾纠葛，小说尤其写了剧团内部的各种明争暗斗：大厨、二厨和伙管之间的矛盾，团长和副团长之间的微妙关系，省秦内部"地方势力"与"省城势力"之间的斗争，"老戏老演"派和主张音乐舞蹈"现代化"的"改良派"之间的矛盾等。小说

---

① 〔美〕安敏成：《现实主义的限制：革命时代的中国小说》，江涛译，江苏人民出版社2001年版，第21页。

② 陈彦：《主角·后记》，作家出版社2018年版，第895—896页。

③ 〔美〕安敏成：《现实主义的限制：革命时代的中国小说》，江涛译，江苏人民出版社2001年版，第17页。

还频频写及秦腔人才短缺、后继乏人的窘状：苟存忠累死于舞台，以身殉戏；周存仁被地区文化局拉走；忆秦娥在县剧团脱颖而出，并在地区会演中一鸣惊人之后，被省剧团挖走，不仅挫伤了县团培养新人的积极性，也使其人心涣散、难以为继。古存孝在省秦失势后，带业余剧团在西北演出时不幸翻车身亡。作为小说主人公，忆秦娥是连接"时代""生活"、"情感"和"艺术"三部分内容或三条线索的枢纽。小说尤其对秦腔名伶历经波折、曲折艰辛却又情感丰沛的人生历程和内心世界进行了饱满而透辟的展现。她跟廖耀辉的"破事"，虽属无中生有却被别有用心的人利用；她舅胡三元与胡彩香的婚外情事，时时让她难堪；与封潇潇的感情牵连，让她异常纠结，难以释怀；刘红兵出轨，舞台坍塌死人，为救治傻子儿子刘忆，四处奔走求医问药，石怀玉的生命之作，让她陷入流言中伤的旋涡……贯穿始终的是楚嘉禾与忆秦娥之间展开的主角之争。小说在充分揭示忆秦娥心理和情感世界的同时，完整描述了楚嘉禾的情感发展层次，从得意、失意、失衡到嫉妒、记恨、报复。其他人物，如忆秦娥的母亲、姐姐、姐夫，刘红兵、封潇潇等也有着类似可怜又可恨、可悲又可叹的矛盾情感。这正是对每个人生存状态最写实的呈现。可以说，《主角》对某种独特新异、不可替代的中国现实面貌和生活片段的捕捉和表现，写出了秦地人们的生活风貌和精髓，达到了高度真实性的认识效果，使"文本的合法性由此被交付给了外部世界，因而意义框架仿佛不是来自于文本，它们自身就蕴涵在世界之中"[①]。

与此同时，小说包含了丰富甚至繁复的细节——生活的、心理的、情感的，拉拉杂杂，颇有"生活流"意味。这些细节的描摹致力于还原生活的原初性和本真性，它们以品质的具体可感性和无所不在的弥漫性，"再现"了小说世界经验意义上的真实性；更以对这些看似无关紧要的细节的包容，成为现实主义内容的特殊性得以表达的一种方式，使那些教谕性内容和推论式叙述获得细腻丰富的美学救赎。另一方面，安敏成所论通过沉思默想而达致"道"的精神境界，主要限于位居正统的中国古典诗文，对

---

① 〔美〕安敏成：《现实主义的限制：革命时代的中国小说》，江涛译，江苏人民出版社2001年版，第18页。

于被视为异端的民间戏曲曲艺,其传情达意的内容和方式则大有不同。《主角》建构"传统"所选择的资源、路径恰恰来自后者。"戏曲是诗,但又不是一般的诗,而是具有戏剧性的诗,是诗与剧的结合、曲与戏的统一,顾名'戏曲',也叫'剧诗'。"①在艺术表现上,戏曲"不拘泥于人物活动的表层现象的逻辑真实,而追求人物活动的深层心理的逻辑真实;而在追求人物活动的深层心理的逻辑真实时,又着重捕捉人物活动的情感世界的逻辑真实",它"不排斥对剧中人周围事物的描绘,然而,它绝不单纯为了表现客观生活环境而描绘客观生活环境,它描绘的只是与剧中人的情感体验有关的周围事物,与此无关的其他事物就一概扬弃了"②。中国戏曲固然有客观写实性,但"诗人的主体仍然在客体中站出来顽强地表现自己,在客观中时露主观,带有浓郁的'主观诗人'的色彩"③,对展示人物内心意志的强调,形成了"我国剧诗在戏剧动作上的抒情风格"④。

从小说叙述层面来看,《主角》注重俗世人情的表达,它充分汲取戏曲写"情"特质,围绕母女之情、母子之情、夫妻之情、师生之情、男女之情,深及个人以及人与人之间的爱与恨、生与死、罪与罚。已经演过几本大戏,成为县剧团台柱子的封潇潇,对忆秦娥的呵护、眷顾、信任和关爱,一往情深的他在失去忆秦娥后精神几近崩溃,失去了生活和艺术的热情;行署副专员公子刘红兵对忆秦娥的死缠烂打和爱恨交织、欲罢不能的爱恋;性格古怪而狂放的画家石怀玉对忆秦娥山崩地裂、雷鸣闪电般的情爱;"刀子嘴豆腐心,心肠真的不坏"的胡彩香和柔婉而坚韧的米兰对忆秦娥长期的悉心呵护与关照;忆秦娥为傻儿子四处求医问药的舐犊之情,

---

① 张庚、郭汉城主编:《中国戏曲通论》(上),文化艺术出版社2014年版,第210页。

② 张庚、郭汉城主编:《中国戏曲通论》(上),文化艺术出版社2014年版,第202页。

③ 张庚、郭汉城主编:《中国戏曲通论》(上),文化艺术出版社2014年版,第213页。

④ 张庚、郭汉城主编:《中国戏曲通论》(上),文化艺术出版社2014年版,第215页。

"忠孝仁义"、秦八娃等老艺人对忆秦娥的呵护、关爱和倾力指导等等。小说于闲话家常处流露真切情义。

从戏曲与小说之间文类关系而言,《主角》有着更为直接的抒情穿插和渲染。小说写忆秦娥、封潇潇排练《白蛇传》时,较多引用了秦腔剧本的动作、唱词。这既是二人借助戏曲人物传递心声,曲折达意,是戏内戏外情感的暗度陈仓,又是作家以戏曲形式在现代小说心理与情感刻画的"霸权"下的暗递心事。情爱与恩义,穿过了戏曲的遮掩,借助动作和对白,走出舞台如梦似幻的轻纱幔帐,降落为人间的实存。另外,县剧团败落后,六十多岁的胡彩香在街头卖凉皮时所唱的秦腔《艳娘传》片段"奴为你担惊又受怕,/奴为你不顾理和法。/奴为你伤风又败化,/奴为你美玉玷污。……"[①]虽是剧中唱词,却也是人物情思的传神写照,包含着演唱者对自身情感经历和此时此刻情境及心境的深切体会。其作用与上例近似。作者甚至专门为忆秦娥写了两出独幕秦腔戏。第一出戏写舞台坍塌事故造成单团和三个孩子死亡后,忆秦娥梦见被牛头、马面拘去地府。戏中忆秦娥与牛头、马面有长段秦腔演唱和对白。生活与文学、幽明与晦暗、真实与魅幻、生与死的界限,竟于此变得迷离恍惚起来。第二出戏,运用苦音、欢音,独唱、伴唱,花旦,黑头,二六板、二倒板、双锤带板、黄板、散板、清板、摺板,花彩腔、板胡苦音等秦腔板式、唱腔、行当,融主人公的身世经历、人生体验与思考和戏曲场景于一体,时而慷慨明快,时而深沉凄哀,一波三折,起伏跌宕。小说与戏曲的穿插,带来了叙述节奏上张弛、急缓的变化,叙述方式上的虚实、动静的调整。《主角》在这里借鉴了古典戏曲的处理时间方式,将短时间甚至瞬间的心理活动延展为长时间的人物精彩表演。

二、教谕、化育与朴素的现实主义

《主角》将传统戏曲的伦理意识和道德观念渗透到小说叙述中,延续并实践着现实主义文学的教谕功能,同时,小说又以朴素细腻的写实性笔

[①] 陈彦:《主角》,作家出版社2018年版,第818—819页。

法，将僵硬机械的教谕转换和再造为艺术和审美的化育。

韦勒克在广泛考察欧洲现实主义理论和文学实践后，说："我们必须承认，在我们最初的定义'当代社会现实的客观再现'中，就已经暗含和隐藏着训谕性。从理论上说，完全真实地再现现实将会排除任何种类的社会目的和社会主张。而显然，现实主义的理论困难，它的矛盾性，恰恰就在这里。……在现实主义中，存在着一种描绘与规范、真实与训谕之间的张力。这种矛盾无法从逻辑上加以解决，但它却构成了我们正在谈论的这种文学的特征。"①他进一步谈到，"现实主义的真正危险还不在于它僵化的惯例和排他性，而在于它可能丧失艺术与信息传达和实用劝诫之间的全部区分……当一位小说家试图成为一个社会学家和宣传家的时候，他就只能生产出一些拙劣的、沉闷的艺术，他就只会呆板地展示自己的材料，并将虚构同'新闻报道'和'历史文献'混为一谈"，所以即便同样运用现实主义方法创作，作品的美学品质却有云泥之别，"在其底层，现实主义还在退化为新闻报道、论文写作和科学说明，一句话，正在退化为非艺术，而在其最高层，由于有那些伟大的作家们，有巴尔扎克和狄更斯，陀思妥耶夫斯基和托尔斯泰，亨利·詹姆斯和易卜生甚至左拉，它就常常能超越其理论的限制，创造出富有想象的世界"。②现实主义自五四时期被引入中国，便在对"现实"的观察和表现中蕴含着丰富的道德意味："观察并非是对世界冷漠的分析性审视（西方人将此种特征与科学的现实主义相联），而是一种观察者的伦理修养阶段。同样，创作也不是对外部世界的技术性处理，而是上述过程的深化，观察中产生的道德体知喷涌而出，自然表现于文字之中。"事实上，"所有着力探索社会的小说家都会提出一个伦理问题"③。作家唯有走出个人的自我迷恋，将同情、怜悯等"真诚"

---

① 〔美〕勒内·韦勒克：《批评的诸种概念》，罗钢、王馨钵、杨德友译，曹雷雨校，上海人民出版社2015年版，第228页。

② 〔美〕勒内·韦勒克：《批评的诸种概念》，罗钢、王馨钵、杨德友译，曹雷雨校，上海人民出版社2015年版，第239页。

③ 〔美〕安敏成：《现实主义的限制：革命时代的中国小说》，江涛译，江苏人民出版社2001年版，第44、45页。

的道德感注入作品，才能达到灵魂净化的效果。在这方面，传统戏曲与现实主义小说是相同的，它对普通民众生活和承受苦难命运时表现出来的正义、善良、勇敢、坚韧、乐观和富有仁爱的同情心，有着更为直接的表露，甚至有着更为鲜明激烈的道德评价。社会变革和政治革命的强烈诉求，放大了小说和戏曲的政治教化功能，使之成为政治宣传、阶级斗争和群众自我教育的工具，戏曲演出的剧目、内容、主题、形式、角色、服装、舞美、音乐伴奏等在全面的政治改造下"脱胎换骨"，民间伦理、传统道德及其表现模式如"才子佳人""善恶果报""鬼魂复仇""大团圆"等，或被视为"封建道德""迷信思想"而彻底放逐，或被经革命化改造后为其所用，其"形"尚在而"魂"已失。《主角》可谓后革命时代的"寻魂"之作。作者发现秦腔传统戏本"大量都是讲忠义、诚信、侠骨、节孝的，里面确有'吃人'的东西存在，但这类戏已大多不再演出，永不落幕的总是那些正义战胜邪恶、好人斗败恶人、善良终落好报的'团圆戏'"。将民族戏曲置诸世界文艺之林，"这种'套路'也是不孤单的。更何况给小人物、善良者和好人以希望与出路，恐怕也正是文学艺术所应承担的责任之一"。精英化的"小众"文学，"尽可以探索人类的黑暗、龌龊和没治，但作为面对大众的戏曲艺术，尤其是面对希望在戏里找到希望的普通观众层，我们恐怕怎么都不能把那点微弱的暖光掐灭了"。①

作家以文学形式揭示生活世界中的伦理事实，传达和转化民族传统中具有典范性的道德价值观念。作为一名深谙传统戏曲经验和原则的剧作家，陈彦对戏曲的道德教化功能有着清晰的认识和认同。他认为，"民族戏曲始终有一个宗旨，那就是'高台教化'"，作为一种"愉人"的艺术形式，若只注重"娱乐""愉人"而放弃"谕人""布道"之责，是行不通的，因为"传统经典剧目的形成过程，就是一个对受众有多少'教化作用'的筛选过程，更确切地说是一种艺术、思想、宗教、哲学的沉淀过程，还没有哪一曲久演不衰的剧目是纯娱乐化的'耍戏子'作品。……艺术的本质是对人类进行严肃而深入腠理的思考……"②。又说："中国传统戏

---

① 陈彦：《深厚的根植》，见《说秦腔》，上海文艺出版社2017年版，第128—129页。
② 陈彦：《深厚的根植》，见《说秦腔》，上海文艺出版社2017年版，第124页。

曲的整体价值观,其实就是中华民族几千年来基本的做人处事方式。固然有一定的糟粕,但整体让人向善、向好,具有'高台教化'作用。无论社会怎么变、怎么现代,都得向好、向善。不管西方宗教还是东方宗教,本质上有一致性,都在'善'字上做足了文章。任何历史时代,忠诚、孝敬、仁爱、道义、诚信这些基本的东西,缺失了都会乱象横生。戏曲就始终持守着这些最基本的价值秩序,有种杜鹃啼血般的悲怆。"[1]基于这种认识,《主角》不仅不回避现实主义小说中习见的教谕和训诫功能,更以传统戏曲的"高台教化"特点渗透到叙述的方方面面,依据传统戏曲和文化中的善善恶恶、美美丑丑、老老幼幼等道德信念和伦理观塑造人物,不仅塑造了忆秦娥、秦八娃、"存字派"艺人等体现传统美德的人物,更以善恶美丑二元判断为基础设置人物关系,通过与忆秦娥等形成对照的楚嘉禾、郝大锤、黄正大、丁至柔等负面道德形象,褒扬嘉言懿行,鞭挞恶德丑行,传达善恶有报观念,且以善恶美丑的冲突构造小说情节。

安敏成认为,现实主义小说对细节的描摹"似乎对训诫性主题无甚贡献"[2]。某种程度上看,过多的细节铺陈会妨碍主题传达的直接性和有效性,但丰富而恰当的细节描写也会使训诫性主题的传达变得柔韧含蓄,更有朴素耐久的教谕效果。作为一部现实主义小说,《主角》同样提供了具有真实饱满细节的经验性事实,并在生活世相和普通公众的生活情境中,建立起一个包括戏剧观念、美学观念和道德规范在内的思想体系,把秦腔演员和普通百姓的人事和那些思想体系联系起来,把故事与关于中国传统文化的阐说联系起来,使作家要传达的思想观念不游离于人物和故事,成为人物不断增长的技艺、情感和不断丰富的人生与艺术体验的一部分,内在于鲜活细节和生动故事中,仿佛生活和人物本身的自然显示,"成为经验的令人信服的产物"。面对历史变革、时代风潮和剧团权力更迭,以及权威、信仰、爱情、暴力、名望、地位、艺术修习等宏大的实在,叙述者

---

[1] 朱强:《"我不想硬立布景一样的时代'背景板'"——〈主角〉作者陈彦谈为小人物立传》,《南方周末》2018年1月11日。
[2] 〔美〕安敏成:《现实主义的限制:革命时代的中国小说》,江涛译,江苏人民出版社2001年版,第18页。

除了耐心、细致而又具有高度参与性的描述，使之具有具体可感觉的实在性之外，另一关键是如何艺术处理道德教谕和意识形态询唤等作者的直接介入和"陈述"，使之自然化。"我们并不是在反对作者的议论，而是在反对思想与戏剧化客体之间的一种特殊的不和谐"，布斯认为，"如果小说家们必须努力去建立自己的思想规范，他们常常必须更努力使我们按那些思想规范来精确地判断他们的人物。毕竟在我们中间，对慷慨相对于卑下或善良相对于残酷的相对价值，是有着一致的尺度"[①]。《主角》在这一点上，将糅合道家纯真自然和儒家重义轻利思想贯穿叙述，凭借这些紧密关联着"民族""传统"的"一致的尺度"，作家的价值和信念得到自然、顺理成章的表达。同时，《主角》依循现实主义叙述成规，追求一种由"一系列文化成见或公认知识"造就的"文化逼真"："为了理解变化无穷的人类行为，我们还依赖另一种公认知识：文化成见。俗语常言，道德箴言，心理上的经验法则等等"，"'文化逼真'在18世纪和19世纪早期作品被作为检验叙事真实性的标准：如果人物符合当时普遍接受的类型和准则，读者就感到它是可信的。俗语和成见反映着共同的文化态度，从而就提供了证据，表明作者如实地再现了这个世界。"[②]关于这一点，《主角》亦有巧妙的艺术表现。首先，在现实生活叙述部分，《主角》以世道人心折射历史与时代的方式，通过描述人物的现实生活和情感境遇，渗透着民间理想和民间道德：普通百姓在日常生活中的乐观主义，对生活困境甚至苦难的体验和承受中，表现出来的正义、乐观和富有仁爱的同情心，以及热烈、开朗、粗朴的精神气质和眼明心亮的心性智慧。其次，小说对秦腔戏曲的化用，收到了举重若轻、画龙点睛的效果。秦腔严谨乃至刻板的形式、程式，优美的道白、唱词、唱腔与舞美，是浓郁的草根气息和优雅的文人意味的交错，亦是生命体自然本真的表达和我们这个民族"共同的文化态度"的反映。这深刻影响和浸染着《主角》，小说中的情感内容

[①]〔美〕韦恩·布斯：《小说修辞学》，华明、胡晓苏、周宪译，北京大学出版社1987年版，第204—205页。

[②]〔美〕华莱士·马丁：《当代叙事学》，伍晓明译，北京大学出版社2005年第2版，第58—59页。

及其表现亦因此有着清晰的伦理蕴含和文化指向。

三、 技、道、生命与现实主义的文化含量

现实主义是一个极为开放的美学范畴，它先在地拒绝本质化和非历史化的理解，"现实主义作为一个时代性概念，是一个不断调整的概念，一种理想的典型，它可能并不能在任何一部作品中得到彻底的实现，而在每一部具体的作品中肯定会有各种不同的特征、过去时代的遗留、对未来的期望，以及各种独具的特点结合起来"[①]。二十世纪以来，中国现实主义文学在历史的发展中，展示了丰富多元的叙述美学形态，提供了多层次的思想内涵和多向度的艺术价值。仅就新时期小说来看，伤痕小说、反思小说为现实主义提供了清晰的社会学、政治学视野和深广的历史感；风俗小说、寻根小说为之提供了深厚的民族文化根基和较早的文学自觉，前者舒缓的诗性与抒情色彩，后者的现代寓言格调，是引人注目的文学性存在；先锋小说作为文学本体论的重要美学实践，承载着作家们"纯文学"想象的极致，是现实主义美学重构的重要参照甚至"武库"；新写实小说的平视视角和原生态写作，展现了前所未有的世俗生活场景；新生代小说的边缘化立场和边缘性个体生存生命观照，展示了市场化时代个体视域下的生活和情感景观；新现实主义小说以转型期城乡粗粝现实的再现，重新恢复了文学介入现实并重新组织现实的热情，如此等等无不显示着现实主义的开放姿态、多元形态，以及随着时代而调整转换主体写作立场和叙述方式的灵活性能动性。与此同时，我们也要看到，对于包括现实主义在内的文学来说，"技术"或文学性仍然是个不可回避的重要问题，一切"现实"均需在"文学"中获得表现，并在文学性层面上得到意义和价值的评审。但对于文学包括现实主义文学来说，面对广阔、复杂、深厚和变动不居的现实，停留于技术创新或陶醉于纯粹审美幻象，却可能是买椟还珠。现实时时在敞开着文学的空间，亦时时在打开我们对文学的理解。对于作家来

[①]〔美〕勒内·韦勒克：《批评的诸种概念》，罗钢、王馨钵、杨德友译，曹雷雨校，上海人民出版社2015年版，第237页。

说，如何理解现实，应该是个文学问题；同样，如何理解文学或文学性，不仅是一个如何表述现实的问题，亦是一个更为内在更为根本的思考、把握和阐释现实的问题，或者说是一个如何建构和生产现实的问题。从这个意义上说，"技"关乎"道"，尽管在具体文学实践中，这两者之间还时时存在需要深思的偏离：或重"技"而轻"道"，或者相反，重"道"而以"技"为雕虫小技。

从这个意义上看，《主角》显然明确意识到了"技"与"道"的辩证法，并力图将之艺术化地表现出来。除了上述两部分所论，我们再看小说围绕"秦腔"所展开的思考。

"秦腔"既是小说叙述的技术性装置，亦是民族文化的表征。小说以秦腔之时间性/历史性和空间性/超地域性维度，搭建联系着大历史和小历史的文化桥梁，使处于世俗、日常、生活、情感和艺术中的人物具有历史、时代和文化相融合的宏大视域。

在直观叙述层面，《主角》有着丰富的秦腔技术、技巧因素的穿插。这种穿插，有时在具体剧目中出现，如写忆秦娥表演《打焦赞》时用到的"骨碌毛""飞脚""大跳""卧鱼""五龙绞柱""三跌叉""大绷子""刀翻身""棍缠头"等。这是秦腔技术、技巧与戏曲人物、小说人物的合一。秦腔技术的穿插，有时出现在戏曲行当的叙述中，如"大开场""包大头""打出手""闺阁行""小花旦行"。此外，还有与戏曲演出、观看有关的名词如"夭戏""晃戏""蹭戏""看戏"，"练灯""对词""排戏""练戏"，"唱腔""唱段""道白"；与演员有关的如"演技""风采""美貌""眉眼""扮相""嗓子""唱功""做功""戏缘""戏德""台缘""神韵""光彩"，如此等等。这些技术性因素看似是对秦腔知识的介绍和普及，但其意义不止于此，它们连同秦腔的历史和历代秦腔艺人的故事、掌故、逸闻一起，在不断的"讲述"中被纳入一个历经挫折而百折不回的历史发展脉络，更被注入"传统"的记忆链条，是无形"传统"的承载和显影，镌刻着鲜明的历史和文化价值印痕。

从人物塑造上说，小说注重秦腔艺人个体经验的描绘而又突破其经验的有限性和直接性，将其纳入族群和传统的经验总体和整体性文化价值体系之中。忆秦娥的良善仁厚，平淡天真，没有机心、机巧甚至愚钝痴顽，寄托着儒家"仁""恕"之道和"道法自然""大巧若拙"的道家智慧,而她艺术上的执着精进则是"君子以自强不息""上下与天地同流"的儒家生命精神的体现。忆秦娥的恩师秦八娃,博学多闻却不激不厉,神态瘦淡又天真烂漫、富有活力,讲究规矩法度却又能超越之而入自由从容之境,是"外枯而中膏""似淡而实浓""绚烂之极,归于平淡"的古典美学思想寄托。《主角》亦有佛禅思想的影子,典型者如作家借秦八娃之口所说:"艺术是通灵的,文字只是表达方式,是工具。在北山,有很厉害的剪纸艺术家,甚至可以叫剪纸大师,他们一字不识,但他们的造型、构图、意象摄取能力,甚至可以跟毕加索媲美。"再如石怀玉对忆秦娥艺术的指点:"艺术贵在体悟、悟妙、率性。贵在用它山之石攻玉。"

不同于某些"文化小说"热衷于拼贴缺乏历史感和生命感的文化景观,制造似是而非的风俗画面,亦不同于寻根小说在偏远蛮荒之地中,将文化抽象为一种疏离和对抗政治化写作的静态文化呈示,《主角》重构了文化与历史的关联,尤其是文化作为生命之智慧创造的原质。陈彦认为:"秦腔最重要的品质就是具有生命的活性与率性,高亢激越处,从不注重外在的矫饰,只完整着生命呐喊的状态。"① 在《装台》之后,陈彦再次以极具个人色彩、生活质感和艺术辨识度的文字,发掘出秦腔艺术的生命本真性。小说在生活的朴素细节中,写出生命的本原形态,它的存在和展开,它的隐忍与抗争,它的斑驳五彩和沉静的力量,让我们看到生命的认真、执着、坚忍。生命个体的努力和聚精会神,或许并未使生活变得井井有条,却以幽微而庄严的光芒照亮了生活的细腻之处。《主角》有生活泥土的厚重分量,更有生命火焰内在燃烧的热度。生命是文化的载体,文化源自生命的创造,是个体生命世世代代生生不息薪火相传的创造和积淀。个体生命与文化生命在《主角》中统一了,如同戏曲之"技"与"道"的统一。

四、文化记忆书写与民族共同体建构

以文学方式书写民族文化记忆,有着不同路径和方法。"寻根"作家

---

① 陈彦:《生命的呐喊》,见《说秦腔》,上海文艺出版社2017年版,第22页。

基于对五四割裂了传统文化的认识，有意"跨越文化断裂带"接续传统，求得当代文学的文化立足点，以之为进入"世界文学"的文化象征资本。这一以返归传统的曲折方式获取世界文学现代品格的实践，终因其内在的矛盾与悖谬而使其叙事具有明显的寓言化体征。启蒙主义视域中的文化记忆书写，往往承载国民性批判的沉重命题，诉之以"文明/愚昧"的对立性价值框架，同样具有"民族寓言"的性质。风俗小说则更多流露一脉现代性情境下民族文化受到冲击乃至流失殆尽的"乡愁"，是在人性美的田园抒情中对已逝之物的无奈而怅惘的怀旧。无论何种书写，"传统"——"民族文化"或者是带给现代人屈辱的不堪回首的"往事"，或者是被现代理性驱逐而无法寻回的"旧梦"。正如乡土小说的出现，是"现代"眼光透视下的风景一样，民族文化记忆作为中国现代境遇和体验的反向书写，时常与"乡土"想象有关。"乡土"作为一个区别于"城市"的空间，内含它在时间和历史中的滞后位置或原初性的本真状态。"城市"发现了"乡土"，而以"城市"为代表的商业文明和大众消费文化，却又使"乡土"面临冲击而分裂和沦陷。不仅如此，当改革开放将个体之人从传统文化共同体、当代社会主义集体共同体释放出来之后，尤其是当市场化的残酷现实击破了"现代化"想象共同体，而将个体纳入市场生产、交换和配置逻辑运转而成为"无力的主体"之后，如何重构"个体"与共同体关系，亦成为现实主义文学需要正面的潜在问题。正如学者所指出的那样："当代中国的个人意识不能不以某种矛盾的形态呈现出来：一方面'个人'努力从各种似乎束缚了'个人意识'发展的'共同体'（集体）中挣脱出来；另一方面从'共同体'中'解放'出来的'个人'，却只能孤零零地暴露在'市场'面前，成为'市场逻辑'所需要的'人力资源'，'个人'的'主体性'被高度地'零散化'，'解放'的结果走向了它的对立面。'个人意识'如此异化的效果，必然造成'个人'产生强烈'认同'需求：个人与共同体的关系在新的市场条件下被如何重新理解，是当代中国文学和文化迫切需要解决的问题。"① 随着中国时代和文化情境的历史转换，如何

---

① 罗岗、刘丽：《历史开裂处的个人叙述——城乡间的女性与当代文学中个人意识的悖论》，《文学评论》2008年第5期。

在新的时代情境中，重构传统文化和当代文学的内在关联，如何重塑"个体"与共同体之间的有效联系，以更好地展现多面立体、流动不居的生活和驳杂繁复的人生，为之寻索对当下现实生活的深刻理解，并从中汲取重塑个体与现实关系和走向更广阔的意义空间的力量？

对于一些作家来说，这是如何重新处置或安置"历史""传统"或"个体"的问题，而对于《主角》来说，则是一个如何从历史、文化的"断裂""转型"中建立实质性"连续"和"联系"的问题。在此，"传统"及其表意形式之一的"戏曲"，再次发挥了其强大的文化组织、整合和超越功能。在中国社会中，戏曲的主要文化功能，首先体现为对观众和民众生活世界的观念意识世界的组织，以集体伦理意识超越个人化的生活经验，以虚实相生、真幻夹杂的艺术方式扩张日常生活经验世界而进入共同的历史和更为广阔的社会意识结构的言说。

首先，以中国传统群体伦理观念，建立在共有、共享和合作、团结基础上的"大家庭"。忆秦娥的出道来自她舅舅胡三元的帮助，她对戏曲技艺修习和古典文化的体悟，来自存字派艺人、秦八娃和封子导演等的指点，她演出的成功离不开剧团其他演员、舞美、伴奏、装台等的通力合作。这里不存在交易和交换，一个人将自己给予他人，同时寄予他人亦如此做的期望。这是一个将个我汇入更大的群体性生活和文化规划、延续和发展的问题，而不是个人间的平衡和互惠问题。秦八娃视忆秦娥为"世间最好的演员"，把自己为忆秦娥写戏看作"历史机缘""写戏人的本分"，"为演员写戏，为世间最好的演员写戏，这是写戏人的福气"。① 其他老艺人、胡彩香、米兰与忆秦娥，忆秦娥与宋雨的关系即是如此。

其次，将个我献身于他人或更大群体的需要，是"大家庭"的组织原则，也是个我处理与己有关系的通行策略。在此意义上，楚嘉禾、黄正大、郝大锤、丁至柔是违背这一组织原则和道德原则的负面典型。小说着力刻画楚嘉禾的功利性、面具性人格。她唯名利是图，为达目的各种手段无所不用其极，母女二人处心积虑，多方设计，制造、传播种种流言蜚语，败坏忆秦娥名声，构陷忆秦娥，与丁至柔私下想方设法压制忆秦娥、抬高自己，结果却因违

---

① 陈彦：《主角》，作家出版社2018年版，第579页。

背"大家庭"组织原则和为人处世的道德原则而事与愿违,狼狈不堪。

再次,对戏曲的热爱是人与人、人与社会建立关系的基础,小说中的正面人物和主要人物,都热爱和依赖戏曲,并投入其中,自觉承担培育、扶植和将之发扬光大的职责。忆秦娥的舅舅胡三元,钟爱敲鼓,视鼓艺为生命,是个为敲鼓而活着的简单的人,因在领袖去世期间,以书为板鼓、练习鼓艺,而被当作"反革命分子"抓起来。他与胡彩香之间众人皆知的"爱",亦非通常的灵肉相通,其中亦有秦腔为媒,用后者的话说,就是:"胡三元对我好,尤其是在事业上帮助很大。那阵我当主演,几乎每个戏,都是他帮着抠出来的。他最懂戏的节奏,也会欣赏唱腔。"[①] 二人是热爱秦腔的同道。

《主角》中关于秦腔的历史内容和"技术"因素,不是被当作游离于叙事的知识来渲染和赏玩,其中暗含并呼应着中国传统伟大复兴的宏大题旨,是被作为其内在意韵的发散而被一一呈示的。打"传统文化即将复兴的牌"的薛桂生顺利当选省秦团长;薛团长抓业务集训,演员们"才突然感到,戏曲原来是这么有魅力、这么有难度的艺术。那些自豪着能走模特儿步、能跳各种流行舞的人,突然感到了自己脚下的轻飘"。封导提醒忆秦娥:"不管别人怎么胡搞,你恐怕还得朝传统的路子上靠。……唱戏,真是要从老艺人那里继承起呢。"薛桂生认为"省秦从本质上讲,经历了老戏的十几年封杀后,始终没有补上传统这一课"。为此,省秦从大西北旮旯拐角请出来十多个老艺人,狠抓传统继承。将省秦定位在"拼命向传统的深处勘探","把别人弃之若敝屣的东西,一点点打捞上来,重新擦洗,拨亮"。"中国戏曲的巨大魅力,就来自这苦苦修道者。……戏曲行的萎缩、衰退,有时代挤压的原因,更有从业者已无'大匠'生命形态有关。"[②] 秦腔戏曲及其所代表的传统民族文化,既作为一种当代文学创作的思想和美学资源借助,也被作为一种文化精神内质的外显,回应了当下文学如何思考、介入和表现现实的迫切要求,并提供了一种富有新意的现实主义文学创作范式。

[①] 陈彦:《主角》,作家出版社2018年版,第685页。
[②] 陈彦:《主角》,作家出版社2018年版,第895页。

胡学文《有生》中的"经验"与"体验"

胡学文的最新长篇《有生》是一部颇具民族性、传统性和现代性、开放型品格的小说。小说以作家当下的生命理解和文学体悟为基点，在广阔的历史事件跨度中，关注身边现实，聚焦文化和历史上遥远的过去，赋予历史和现实以生命价值向度的理解。《有生》以历史的生活化、人物的生命化和艺术的创新性，展示了文学向世界、向历史和现实的开放，揭示了作家的个体自我如何面对历史和文学经验，如何以个人的主体性体验和思考溢出既有经验格局，发展和创新经验的路径与可能。

一、日常语境中的现代历史经验

《有生》以宋庄、棋盘镇、张北县、张家口等城市、乡村为人物活动和故事情节铺展的"典型环境"，围绕祖奶及其父母、丈夫、儿女，以及如花、毛根、罗包、喜鹊、诗人北风（即棋盘镇镇长杨一凡）等人物，在历史与现实、乡村与城市中的日常生活情景和伦理、情感关系中，讲述百年历史中的个人／中国故事。小说关注地方性、小人物和日常生活中微小的细节，呈现出一种"微观"写作倾向，似乎让我们进入一种熟悉的经验之中，却直接触摸生活的直观。"百年历史"在小说中表现为日常生活和个体经历的经验性状态。

作家不仅把个人经历作为历史的重要部分来描绘，使个人在漫长历史的叙述中占有一席之地，提升人在历史中的主体性，突出展现历史情景下的人性，更重要的是，他把历史生活化和生命化了。人物，带着自己的个性，以贴近生活贴近历史，展现常态的历史或历史的常态，使历史展现为一幅幅浑然天成的生活图景和真切鲜活的生命场景。换一个角度看，这也是观照历史的另一面独特窗口，透过它，看到了历史质朴而非波诡云谲的一面。

如同传统现实主义小说一样，《有生》将"人"作为叙事焦点，致力于人物形象的刻画。"人物"仍然是解读《有生》重要的有效入口。这里不仅涉及小说中的人物有何特点、他们是如何被描述和塑造的等基本问题，更深层关联他们被描述的状态与历史、与小说叙事美学之间有何关系等核心问题。

就作家对人物形象品质的选择来说，小说没有塑造超出普通人生活和思想认知的理想化英雄，而是去写那些默默地生着、活着、挣扎着的凡人，写他们的人生哲学、他们的生活和朴素的方面，写普通的人生和人性的本来面目。按照是否具有历史和时代的动力性品质来衡量，他们只是自己人生悲喜剧的无意识的演绎者。

就作家对人物的叙事功能来说，这些人物不是传达历史信息和真理性认知的工具，他们的命运，也不是折射重大历史事件或时代主题的镜子。

就作家对人物的情感、态度来说，作家对人物抱着同情、体贴、哀矜的态度，贴近他们的心理和情感、思绪，表现其贫困中的艰难守持，卑贱中的忍辱负重，生命的发育、蓬勃和无声的死灭，以此呈现人性和生命的复杂面目。

就作家表现人物的路径、手法来说，作家将人物作为具有独立情感和心理世界的生命个体，在日常生活流程和具体的生活场景中，细腻描写"生活"中人物的"内心"和与历史时代无关的人物的行动。作家并不为了表达自己的认知去支配人物，借助戏剧化手段去剪裁生活、设置情节。为了表现生活和人性中平凡所需的部分，作家赋予叙事以一种自然天然的活性。在自然的常态的生活气息——这由生活自身的单纯、琐碎乃至单调庸常的细节构成——的营造中，给人一种精神慰藉和心灵抚慰，这是生活的表达程度，也是作家自我的表达，它是合情的合理的，是虚构的，也是真实的。

从人物、生活与历史的关系来看，小说没有表现时代生活中的重大事件，没有描写激荡的人生和壮丽的斗争。按照历史主义叙述原则来看，人物只是平庸凡俗、循规蹈矩甚至碌碌无为的，他们缺乏参与历史的意识和热情。

　　从人物与小说叙事美学的关系来看，小说没有以崇高的力学之美去表现历史和人物。《有生》虽写了诸多人物的悲剧性经历和命运，却没有崇高壮烈严肃的悲剧美。按照经典美学标准，小说既非史诗，又非悲剧。这一点跟小说人物地位、身份、品质以及他们与历史之间的关系，直接有关，从深层来看，则关涉作家对历史及其与生活、生命之关系的理解。小说中的人生和生命通过人物的生活得以展现，通过人物对往昔岁月的悠长回忆而得以表现，其中或有诗意的蕴含，却又不是史诗或悲剧式的壮烈，而是带有苍凉的韵致或苍茫的意味。"新世纪小说在建构日常生活诗学过程中，不仅专注于日常生活中小人物、小事情、小感受的书写，还在叙事形式上努力追求轻逸化的审美格调。这种美学特征，既与琐屑的日常生活之'轻'形成了同构关系，又借助以轻击重的方式，折射了生活和生命之重。"①《有生》用细腻的笔致、丰厚的笔墨，还原性地呈现了充满贫困、饥饿、恐惧、苦难甚至死亡的中国现代历史经验性图景。

　　主人公祖奶生活的十九世纪后半叶和二十世纪上半叶的中国，包含苦难与悲剧，包含祖奶在内的人们经历着各种各样的苦难和灾难，这些深刻根植于中国大地和现实中的苦难，不仅改变着他们的命运，而且让他们的心灵陷于惶恐不安。

　　《有生》围绕祖奶和她的家人、亲人以及被她接生过的人、事、自然现象和民间风物展开描述，呈现了生存于土地之中和大地之上的人们的生活画面、生命场景和乡村生活的富饶要素。惨苦与悲痛、烦闷与欢乐、残酷与温情，狭隘与宽广，温厚与尖刻，情感与暴力，在大自然和日常气息的包裹中，逐次在时或舒缓时或跳跃的描述中展开。乡土中国的下层人们如何受着自然和历史的双重挤压，他们自然而又强烈的求生欲望、生育和繁衍欲望如何在残酷的陷落中，强韧地挣扎，都得到作家的悲悯观照和敏锐书写。

　　《有生》展示了埋伏在历史/现实生活中的难以预料和躲避的不测、

---

① 洪治纲：《论新世纪小说的轻逸化审美追求》，《中国当代文学研究》2021年第4期。

凶险、诡异甚至死亡、失踪。"那个年月,死个人比死个猫狗还要常见。"无数人在逃荒路上因饥饿倒地而死。祖奶的母亲死于逃亡途中的生育,父亲乔全喜在为女儿购置嫁妆的途中被歹人杀死,陈尸荒野。第一任丈夫大旺在大雪后寻找食物时被狼咬死。长子李春是祖奶被强暴后产下的儿子,后参加"有地位的高粱军",做了伪蒙疆政府主席德王的侍卫、鹰犬,最终在追随德王逃亡途中中弹身亡。与大旺生下的二儿李夏为躲避抓壮丁,被迫远离家乡从事拉骆驼的营生,后来遇到抢劫财物的高粱军,竟因交出财物的动作慢了一点被扫射致死。女儿李桃婚嫁之后,日子过得很不如意,不受夫家待见,遭公婆和丈夫的刁难,无以排解的她最终自杀身亡。与第二任丈夫白礼成所生的大女儿白杏八岁时在河中溺亡。身重临产的祖奶,在有人请接生时,不顾路途遥远、身逢乱世,不顾白礼成的阻拦,决然带着生病的二女儿白果前往接生。伴随着新生命的降世,白果也被死神夺走了生命。白礼成带着白花离家不归,下落不明。祖奶与第三任丈夫于宝山生了三个儿女。被饥饿摧毁了意志的长子乔秋,几乎吃掉两亩地的土豆,被撑死。坚定刚毅、充满无私热情的次子乔冬,死于修水库炸山石时的雷管爆炸。扁女生乔石头时死于难产。祖奶第九个孩子、第五个女儿乔枝因爱情无望而自杀。

军阀混战时期和日寇入侵、扶植成立伪蒙疆政府时期,有饿死的,有被炸弹炸死或被枪杀的。宋达的独子宋留根被李守信的队伍打死,其母被日本兵射杀。前清御医薛令玄同样死于李守信手下。季家老三在张家口当兵,直到老母亲和两个哥哥离世,也杳无音信,彻底消失了。宋辇条偷偷贩运大烟,被灌辣椒水致死。包货郎为实践自己每年给大梅送新盐的诺言,搭上了自己的性命。走"正道"参加抗日的李贵,不知所终。哑巴钱拜日被抓了壮丁,给日本人挖地道,完工后被日本人活埋以防泄密,其病入膏肓的母亲因此精神失常而逝。还有其他原因的死亡,如五魁吃油炸糕撑死,二蛮子醉酒被冻死。

即便是和平时期,死亡也无处不在。胖女因生育早逝,抛下了毛根毛小根父子。如花的丈夫钱玉死于煤矿塌陷。白凤娥伙同情夫谋杀亲夫花丰收未遂,生性软弱、没有胆子和勇气的花丰收,最终却杀死了白凤娥。杨铁匠十岁的儿子掉进吴大勇的鱼塘淹死。东坡的老实巴交的男人因老婆与电工偷情，杀死了电工一家四口。卤煮店的老马死于车祸，强奸幼女刚被释放不满三个月的关大舌头同样死于横祸。

接生婆祖奶是生死的见证者，"我守着生，也目睹着死"。世道混乱，战乱不已，匪患频发，各种闻所未闻的征税和人心惶惶的强抓壮丁，"抓人的抢劫的，互相争地盘的，不分白天与黑夜，枪声和鸡鸣狗吠一样寻常"。年轻时的祖奶在置办嫁妆的路上遭到土匪强暴，一生的命运由此改变，后又在接生途中险些再次被强暴。在儿女亲人离去后，她也曾屡次产生自杀念头。

这个世界里的乡民也不都是朴实善良的，人物之间的情感和爱也不都是纯洁美好的。《有生》对历史中贫困、饥饿的下层人，和现实生活中心灵精神的"空洞"以及幽暗复杂的人性有着很深的体察。

宽容仁厚的祖奶以德报怨，救了身处难产险境的李二妮，却被心怀怨恨的后者视为杀死自己儿子的刽子手。问心无愧的乔大梅处于内心的不安，将接生喜费作为心意给李二妮，却不想由此引祸上身，被狭隘自私的李二妮和丈夫赵再元作为把柄诬告，大梅差点因此吃官司，遭受无妄之灾。喜鹊喜欢乔石头，在为自己提亲的路上遭到强暴，她要嫁给乔石头的梦想被无情击碎。悖谬的是，击碎喜鹊梦想的却是乔石头本人。后者为了战胜自己面对喜鹊时的紧张和恐惧心理，"真正成为天不怕地不怕的石头"，趁喜鹊夜晚孤身一身回村时强奸了她。人性之幽微复杂由此可见。

《有生》没有把人物当作面对严峻考验而表现出精神和气节的坚定性，并捍卫某种价值信仰的英雄。通过他们，作家对人心人性进行深切的情感体认和艺术领悟。在他看来，这种充满苦难和悲剧性的人生境况，并不只是作为个人，也不只是作为民族意义上的，而是作为人和人类存在本有的。作家赋予这些以同情、关注、怜悯、爱，他们在种种非人的境况下生存挣扎，竭尽全力求生求活，《有生》写出了这种求生的毅力、意志和求活的过程，写出了他们在苦难和悲剧情景下，虽丧失了体力、生命，却从未丧失精神能量的状态。

需要注意的是，《有生》虽然像经典现实主义小说以人物为中心，注重人物形象塑造，以人物命运遭遇组织情节，但小说并未遵循传统现实主义按过去、现在与未来的顺时序书写历史的常见路数，亦不侧重于还原历史真相、探究历史本质和规律。按照经典现实主义的文学惯例，《有生》虽然有大量外部现实和人物生活环境的描写，但前者那种注重人物与环境之间相互影响相互塑造的关系，在这部小说中亦是被极度淡化甚至付之阙如。最典型性的是，小说对历史与现实之关系的处理。小说通过历史与现实的交错叙述，将历史和现实中的片段生活和零散印象穿插，打破时序和历史发展进程，有意打破清晰稳定的历史/现实图景，使之陷入凌乱模糊的状态，借此化解了历史的连续性、秩序性和整体性。

但小说中百年中国历史并未因此而呈现割裂或断裂，它仍然通过人物的命运、家庭的命运，在日常生活中得以接续。日常凡人成为小说"历史"的主体，"人物"作为历史叙事的主体，自然是言说历史。尤其是通过祖奶的回忆讲述的"历史"和感知的"现实"，更将历史包含在"人"里，"人"成为"历史"的讲述者、演绎者和历史话语的生产者，同时也是历史的超越者。

二、历史中的现代生命体验

《有生》中固然包含作家自身的中国乡村社会生活和乡民生存经验，但更根本的则是作家对他所描写对象的深厚的同感，丰富的富有创造性的想象力，以及细腻的观察和深刻体认。

《有生》致力于寻找进入一种与自我经验密切相关的自然经验乡村经验，或者说乡土中国叙事的路径和方式，以达到对乡村的更为本真、更贴近个人生活经验和生命体验的讲述，散发着本土性的精神气质。作家对中国历史和现实的理解不是从某种既定观念和框架出发，而是以个人经验、历史记忆、民间生存和世俗生活为根基和方法，将朴素的原初场景写实、现代主义的审美方式和充满感性的弥漫的想象力以及严谨节制的语言结合起来，使乡村经验通过生命个体成长出来，将历史隐含在生活和生命场景与细节体验当中，用个人具体化的现实感替代了历史感。

《有生》以百年历史为叙事框架和背景，直接面临的问题是如何处理历史/现实之关系，如上所述，小说并未按历史时间顺序完成其史诗性营造，而是借历史/现实之穿插交错，形成"互为映照"的形式。但就形式本身来说，即便在当代文学领域这算不上创新，莫言的《红高粱家族》、霍达的《穆斯林的葬礼》等均明显采用这种结构。在我看来，《有生》如此结构编排，其实已经溢出作者的设想。按照"形式的意识形态"或"结构意识形态"的思路来看，其思想蕴涵和美学效应已非"互相映照"所能阐释。

《有生》将当代中国现实社会景观放置于历史背景之中，历史不再呈现为统一的时代背景，而是通过与现实的不断交融对话，展现为片段的形态。因此，《有生》中历史/现实之间有着较为复杂的关系。

一方面，二者形成巨幅跨度，在一种史诗性叙事中，容纳、体现了作者广阔的思考空间和宏观的思维方式，同时也在历史时空的片段和碎片中渗入自己的深沉思索。没有足够的时间长度和跨度，难以实现作家"一直想写一部表现家族百年的长篇小说"宏愿，难以体现文学的大气象，完成艺术的大营造，捍卫长篇小说这一伟大文体的尊严。另一方面，如作者所说，小说家通过历史与现实的映照，突出历史中的某些片段对当下现实的作用。"历史""过去"被当作认识和理解现实的重要路径，历史与现实之间的连续关系被凸显。作家别出心裁地通过以"祖奶"命名的章节讲述历史，展现历史画面的片段，通过以如花、毛根、罗包等命名的章节演绎、描绘现实场景，历史与现实交织融为一体。无形的历史延伸到当下现实场景，并经由当下人的叙述，"现实"中拖着长长的历史影子。现在/过去，现实/历史，通过生命的死亡与重生、故去与萌发，交织在一起，形成对应与反衬，交错与互动。在祖奶的当下讲述中，往昔岁月里的人事被赋予了新的道德内涵和审美意味，历史故事为当代人的生活经验和情感生活提供了颇为有趣的参照。在历史片段与当下生活之间（带着沧桑生命体验的浸润）穿行徘徊，营造了一个充满张力和魅力的想象世界，完成了对民族历史和生命演进的宏观描述。这一点在"死亡"叙事和"蚂蚁"意象中得到最集中体现。

此外，还有关键的另一方面便是，这种"互相映照"的处理，更在根本上体现了历史/现实的对话性、互溶性。"我们体验历史作为阐释的'虚构'力量，我们同样也体验到伟大小说是如何阐释我们与作家共同生活的世界。在这两种体验里，我们看到意识构成和征服世界所采用的模式。"① "如果我们承认每个历史叙事都带有虚构成分,我们就可以把历史编纂学的教学提高到更高的自我意识的程度。"② 这种对话性、互溶性不是一般的历史/现实的穿插交错,其意义不在小说文体或结构层面,而在小说内部蕴含的历史意识、历史精神和作家强大的主体意识。

《有生》中的历史由祖奶讲述,当历史延伸至现实中,年近百岁的祖奶只能躺在床上,以嗅觉和听觉"触摸"现实。历史和现实,由祖奶这一人物得以感受。"蚂蚁"这一感觉,可视作她对历史和现实所发出的"无词的言语"。祖奶的存在、讲述使历史个人化、主观化、碎片化,但也使历史生命隐喻化。祖奶既是百年历史的亲历者和见证者,又是民族这一巨大隐喻和象征的喻体。历史,成为生命意识的有机部分。

小说对百年历史的诸多体验中,最为重要的是"烦"。如花的爹娘日子过得不消停,三日一小吵五日一大吵,时常动手,谁也不让谁。宋慧与杨八叉夫妇:杨八叉是一个"机器天才",当他的钱被南方佬子骗得一干二净,在生活和心理上陷入困顿。他的内心充满忧伤、烦闷和苦,只能靠酗酒、打女人来加以宣泄。因此,他喝醉以后粗暴地打宋慧,宋慧却以"有些傻,有些贱"但"适合她"的挨打和嚎哭这一"现世的武器"来宣泄和疏通自己平日的压抑与郁闷。麦香既与罗包不合,却又不想轻易放弃、与罗包离婚;她既与宋品私下有染,想怀宋品的孩子,又为自己和宋品的私情而心有不安。毛根为毛小根之嗜吃嗜睡而"烦",也为自己与宋慧的关系而"烦",宋慧同样为自己的生活"烦",也"烦"与毛根的关系。

"烦"不仅存在于"现实"中,它同样在纠缠着"历史"中的人物。乔运气老婆病逝后,他几乎每夜都要打草,"不打麻烦得不行,担心自个儿会疯掉",当他在一个冬雪之夜去草野打草时,再未归来。白礼成蔚县老家的老人,"不是因为饥饿才吃草,而是因为别的",以吃草的方式摆

---

① 〔美〕海登·怀特:《作为文学虚构的历史本文》,张京媛译,见张京媛主编:《新历史主义与文学批评》,北京大学出版社1993年版,第178页。

② 〔美〕海登·怀特:《作为文学虚构的历史本文》,张京媛译,见张京媛主编:《新历史主义与文学批评》,北京大学出版社1993年版,第179页。

脱烦闷、苦恼、哀伤和绝望,"有时高兴了也吃"。孟庄婆婆拉风箱与蔚县老人吃草"本质上没什么区别,那就是祷告"。摆脱焦烦,让心安静那么几个时辰。孟庄婆婆念大半夜经为儿子祈福,也是为求得心灵的片刻安宁。祖奶去张家口寻找和规劝大儿子李春时,遇到的卖麻花的汉子在唱曲,却不是为了招揽生意,只为纾解心里的烦闷。他之所以卖光了麻花才没完没了地唱,只因"心里烦闷,唱一唱才舒服",为沉重的积郁找到出口。

除了"烦",小说还多次写到孤独、隔膜。除了钱玉,如花得不到任何人包括父母、钱庄的理解,在钱玉死后,她只能将唯一的希望寄托在乌鸦("钱玉")身上,毛根无意间射杀乌鸦("钱玉")后,她无以寄托情感、念想,找人诉说却无人理解。毛根长期陷入妻子死后的孤单寂寞中,无法融入周围的人群,他心爱宋慧却被委婉拒绝,孤独和失落使其无意间射杀乌鸦("钱玉")。祖奶和杨二妮不和。祖奶唯一的孙子乔石头却不理解她,想借祖奶的声誉和众人的膜拜,建祖奶宫牟利。喜鹊被自己深爱的乔石头强暴也是因二人的隔膜,罗包和麦香情感婚姻的破裂,亦是如此。麦香利用罗包对她的信任编造后者不能生育的谎言,将其牢牢掌握在自己手里。她挖苦、抱怨和痛斥罗包,甚至以死威胁,使其难堪、憋屈、愤怒,却只能竭力克制、退让。在与安敏同居并生子之后,麦香对罗包"不能生育"的欺骗真相大白,罗包虽然并不因此仇视麦香,对麦香屡屡上门骚扰甚至威胁,却也无可奈何。

"蚂蚁"是小说中一个频繁出现的神秘意象。我认为,将其理解为虽微渺却有强韧生命力的象征,并不确切。首先,祖奶不惧兵匪,不惧狂风,但小小的蚂蚁却让她心惊胆战。它引发祖奶强烈的恐惧心理。其次,它的每一次出现都直接关联着死亡。这一意象主要出现在祖奶的"历史"回忆和"现实"体验中。蚂蚁最初出现于祖奶的母亲在逃亡途中死于生育时,密密麻麻的蚂蚁群聚拢而来。祖奶父亲被土匪抢劫并打死,祖奶被强暴时,出现一只只体型巨大、双目鼓凸、首尾相连成链条的蚂蚁。它们在死去的父亲胸前奔窜,杀气腾腾地互相撕咬、撞击、鏖战。民国三十三年初冬的一个黄昏,祖奶诡异地在被风刮到墙角的沙蓬和八条腿下发现了数十只原本不应在冬天出现的黑色蚂蚁;晚饭后,祖奶早早躺在床上,偶尔合上眼,"到处是爬窜的蚂蚁,如同浓墨奔流"。午夜时分,她见到了已经冻硬的李夏的尸体，而李夏被高粱军打死正是在祖奶发现令她心惊肉跳的黑色蚂蚁的时候。

需要注意的是，触发祖奶蚂蚁记忆和"蚂蚁在窜""蚂蚁在咬"感受的是乔石头的出现。乔石头回来之后，对尘世已无留恋的祖奶则陷入蚂蚁的反复骚扰中。尤其是当石头告诉祖奶是他强暴了喜鹊的时候，祖奶更是陷入空前的惊恐和悲痛中，"天啦，这世界真是疯了！"蚂蚁意象再次出现："蚂蚁的大军杀出来，在我的头上、脸上、后背、前胸，在我的手臂和大腿上奔走。"她在心底狂呼："让蚂蚁吞噬我吧！"在此后的叙述中，"蚂蚁在窜蚂蚁在窜"密集出现，小说最终以"蚂蚁在窜"结尾。蚂蚁，是神秘叵测的命运和突如其来的厄运的表征，传达出祖奶对生命和死亡的极度恐惧和焦虑体验。

"蚂蚁"贯穿历史/现实的反复出现，建立了历史/现实之间的叙事联系，其内涵则是对百年历史经验的恐惧和焦虑体验。还有重要的一点是，它将现在和过去联系起来，凸显了《有生》的"体验性"历史叙事特质和由伏尔泰奠基的"存在历史观"。这一历史观无意建构线性的、目的论、进化论的历史，特别强调"体验"的作用。"体验"类似于一种超历史的审美感受、欣赏和再创造实践，体验的主体是当下的个人，体验发生于当下的个人主体与过去的历史对象的接触以及对历史的移情、体会、品味和再创造。因此，体验包含对人之超历史本质的理解，有生命哲学的意味。

《有生》意在表现百年中国历史，其切入角度设定在生命层面，其表现方式主要围绕祖奶的历史回忆和现实体验展开，虽然小说"既有历史叙述，又有当下呈现"，使历史/现实"相互映照"，但事实上，历史叙述者是祖奶，"当下呈现"则通过祖奶和由其接生的如花、毛根等五个视角人物来完成。具体方式是人物的诉说，祖奶的倾听，以及主要借助其他人物故事和心理活动、情感活动来完成。此外，小说中的历史/现实之间并无明确界限，一方面，当下生活也是被放在历史中表现的，所谓"百年历史"即是从晚清到当下；另一方面，"历史"是在当下"讲"或者"回忆"出来的，因此，它有明显的当下个人性、感受性。故而《有生》虽设置"百年历史"的框架、脉络，却未将其"历史化"，毋宁说其是非历史化的、体验性的历史。小说中的"历史"不是自我的限制,而是形成自我的条件和展现自我的空间。于是,历史不再是抽象的形而上的本质化存在,个人不再以历史及其宏大叙事为归宿和皈依。基于自我的生命发现和融入,小说在叙事美学上不再是勇敢刚烈、激昂壮烈、宏阔纵横的宏大阳刚美学,而是柔韧、含蓄、内在深永、沉静质朴的阴柔之美,它包含潜在的心灵和灵魂之力,这种力不着痕迹地渗入人物的生活细节当中。

这一历史的表现者是当下的独特个人主体。索尔仁尼琴曾经说过:"对我来说,整个世界并不是外在的世界,不是那个吸引人的世界,而是我亲身经历的那个世界,它就在我的体内,我的全部任务就是要描写那个世界。"①作家爱他笔下的那些土生土长的人,他对这些微观性人事景物的关注,具有内在的融通性和统一性,他们并非一堆弥漫的、毫不相关的碎片和个体的弥散与堆砌,其间流注作家夹杂着悲愤、伤感和忧患的挚爱,蕴含内在的历史与生命的大关怀。

三、繁复的"经验"场域

文学需要创新和创造,但文学的创新创造并非无中生有、凭空而来。在禀赋天性之外,传统经验不可或缺。有学者指出:"一种创作经验,当然可以有不同的阐释,但相近或相似的创作实践,其间必有一定的历史关联。重视这种历史关联,通过系统总结,在不同时代作家相近或相似的创作经验之间,建立一种历史联系,形成一种经验的谱系,无论是对于已有经验的传承,还是对于新经验的创造,都有重要的意义。"②一部作品的创造性、经典性来自作家与传统经验之间"亦敌亦友"般的张力关系。如何以艺术的形式有效地、创造性地表达现代中国历史经验和百年国人现代体验,是作家胡学文反复思虑的问题。从文学和文化经验上看,《有生》

---

① 〔俄〕亚·索尔仁尼琴:《古拉格群岛:1918—1956文艺性调查初探》(下册),钱诚译,群众出版社1982年版,第521页。

② 於可训:《当代文学创作经验亟待进行系统总结》,《中国当代文学研究》2021年第2期。

可谓一个繁复的"经验场域"。除了本文开篇涉及的二十世纪八十年代中期以来的日常审美经验,小说还处于乡土叙事经验、抒情经验、个人化经验、现代主义文学经验和中国哲学美学经验等谱系和脉络中。

首先,《有生》与中国乡土文学经验。《有生》与鲁迅开创的"乡土小说"和茅盾首倡的"农村小说"亦有大差别。小说尽管写到现代中国情境中的乡土和乡民,写到中国现代性对乡村社会和人际关系的冲击和重构,对乡民思想观念的封闭保守和思维方式的单一僵化也多有表现,但小说缺乏一种文化审思和批判的眼光。《有生》也写到乡村社会的政治、经济状况,尤其是乡民经济上的贫困,物质生活上的匮乏和当下商品经济的发达、生活的富足,但小说既没有描述阶级意识、阶级斗争观念的觉醒、发展,也没有写到乡民的斗争与反抗,虽然小说亦描述革命者、共产党人李贵引导他们抢夺地主钱广万的家财,但只是简略提及,李贵只是乡村社会中的极少数存在,他的观念并不为小说主人公祖奶所接受,李贵是漂浮和偶然穿过乡村生活的影子式的、让祖奶和其他乡民感到陌生的人物。财大气粗的乔石头返乡,要买下整个塄包山,投资建设,回报家乡,引发县、乡、村各级领导的重视和宋庄村民的发家致富的热望,包括黄板老家山西大同发现煤矿带出的政商勾结,以及近现代历史上的朝代更迭、军阀混战、日寇入侵等,无不关涉政治、经济、军事等事项,这些构成小说中的现实,直接影响人物的生活和命运,但小说并不是在政治结构和经济结构思考、处理"人"的处境与命运,"人"并不是站在政治组织和经济组织的土地上成为组织和生产"现实"的一部分。相反,《有生》中的"人"是作为个体感性生命处于日常生活和时光流程中的。小说人物的塑造,没有遵循传统/现代、文明/野蛮、落后/先进、革命/非革命、觉悟/蒙昧的框架,他们既非沉默的"无声的中国"的寓言式人物,又非内蕴突破坚硬地壳的熔岩般力量的反抗者,也不是具有鲜明的政治意识和经济意识的现代农民。相对来说,他们更接近于亦非田园诗小说中被美化诗化的凡俗小民。

的确,《有生》对乡村生活的表现,与废名、沈从文、孙犁的诗意抒情小说有相通之处。小说塑造了一个平民化的经验性世界,却不以世俗的生活化的眼光来看待世界,而是用富于爱和同情的眼光和一种审美的、诗的笔法，绵密细致地观察、描绘一地方一乡土特有的风景风情风俗，有浓郁的抒情意味和诗意氛围。

《有生》描画了一个斑驳多彩的乡村自然世界。小说中多有静寂、牧歌般的自然风景。这里有田野、树林、草滩，生长着酸柳、"害害"、菌菇、蒿草、蒲公英，有喜鹊、乌鸦、麻雀、野兔等生灵。地里生长着小麦、莜麦、胡麻、黍子、豆角、土豆、白菜、芹菜等庄稼和蔬菜。尚未成形的玉米棒，如奶泡般；喜鹊悦耳地鸣叫，土块中混杂着麦粒、玉米和豆子的气息。清澈的蝴蝶河边飞舞着美丽的蝴蝶，两岸的草野上，金莲花盛开，乌鸦聚集仿佛在开盛会。雪后的乡村天默地静，却能让人感觉到喜气。小说也写到乡村自然狂暴、粗野、残酷的一面：令人恐惧的狼嚎般的白毛风，直通云霄、将人和牲畜平地卷起的黑旋风，凶残的饿狼，令人恐惧不安的黑雨、红雪，漫坡遍野的罂粟花，蝴蝶的群体性死亡，铺天盖地的乌鸦群。《有生》中的乡村自然世界，是一个浑然而混沌的生命整体。

胡学文的《有生》与前辈作家孙犁的"抗战小说"颇有渊源。后者在优美自然风景纳入历史（日寇入侵、军民反抗、战火纷飞），在血与火的历史风云变幻中展示"诗"与"美"（自然、人性）的永恒魅力。《有生》表现生活的贫困、饥饿、死亡，层出不穷的苛捐杂税、抓壮丁，极写生存之难、之苦、之痛。与孙犁小说相似的是，历史在这里也作为背景凸显了"诗""美"。

孙犁用诗意笔墨塑造了诸多蕴含人性之美和生命之坚韧的女性形象，《有生》亦用优美的笔调塑造了祖奶、如花、喜鹊等鲜明形象，尤其抒写了祖奶这个勤劳、节俭、正直、善良、朴素而宽厚的乡间女性。且与残酷历史做背景和反衬，以自然美景为正衬、烘托。值得一提的是小说出场不多的人物李桂仙。她曾名列张家口四大花旦之首，艺名"牡丹红"，儿子土墩被马踢死后独自在宋庄过着贫困艰难的日子。就是这么一个失去了婀娜身姿和美丽歌喉的普通得不能再普通的乡村妇女"土墩娘"，在听到大喇叭放出的山西梆子时，本已混浊的双目"流光溢彩"，更能在被麦香诬为偷窃者时，散发出"微弱却不容忽视的傲气"。这一形象展示了不曾在俗世日常消失的生命之高贵和尊严。"现实"中的李桂仙与"历史"中的祖奶以生命之道德性和生命力，连接和贯通了百年历史。

《有生》与汪曾祺的风俗小说或有联系。汪曾祺对民俗风情、民间手艺和技艺颇为青睐，《职业》《异秉》《茶干》《王四海的黄昏》等小说有大篇幅描述。《有生》写及各行各业的技艺，小说不仅以五金店、家具店、炒货店、布匹店、熟食店、卤煮店等烘托了人间烟火气，更以对民间俗艺的描述，进入生活之心、生命之心和中国之心。乔氏父女精湛的锢炉手艺，对皮钻、弓钻、铊钻技法的介绍；围绕白礼成，写了搓胡麻、捆扫帚、剪羊毛、修瓷器、擀毡等手艺。罗家祖传做豆腐、卖豆腐，其独营的"蜂窝豆腐"、罗家豆皮，不仅是赖以谋生的生意，"这不是做豆腐，是活命的本钱"，也是独到的无可替代的手艺。罗家不是用力而是用"心"做豆腐，严控工序、水温、火候、豆腐的老嫩等。与汪曾祺的《陈小手》相似，小说以接生职业、接生者为中心，浓墨重彩地描述接生技艺。小说不仅列举孕妇生育时可能发生的种种意外和不同的生法：踩地生、撒地生、坐地生、花地生、横地生等；且对每一次接生的前后过程均做较为细致的描述。其目的不在技艺本身，而在写"生"之道，"生"之常，以"有生"对"无常"和死亡，以"生命"回应"历史"。此外，在"在叙事中抒情，用抒情的笔触叙事"[①]上，在以"和谐"处理悲剧方面，《有生》与汪曾祺小说亦有可辨析的空间。

　　《有生》不仅从"自然"和"人性"中得到了自己表现的内容，小说又进一步将"自然"的奥秘和"人性"的秘密打开，深入内部去发掘幽微复杂的内在生命景观。这就使得《有生》不再是美丽的乡村牧歌，不再是礼赞田园的诗化抒情小说。作家深怀爱与同情，进入乡民的世俗纠葛和灵魂世界，市场资本势力的渗透、各种利害关系的错综、伦理和情感关系的纠缠，被作家做透彻的观察，并在小说中得到了耐心的梳理和笔致绵密的探求。

　　其次，《有生》与现代主义文学经验。的确，胡学文在小说中更多描述了世间万物中那些最普通最日常的部分，更重在表现历史和现实的那些具体的感性的即时性的特征，这可视作对历史主义写作（现实主义写作）

[①] 汪曾祺：《小说笔谈》，见《晚翠文谈新编》，生活·读书·新知三联书店2002年版，第28页。

注重某种超感觉超感性的理性理念写作的反动，是将文学直接与感觉、直觉、心理活动、意识和现实生活经验相联系的方式。就文学与感知觉的联系而言，小说体现了与先锋小说等现代主义文学经验的联系。

《有生》不仅运用现代主义小说的审美传达方式，亦体现出现代主义小说的"感觉"的偏重。小说主体内容的表现，是通过祖奶，其"历史"部分在祖奶的回忆中讲述出来，其"现实"则通过祖奶被感知。祖奶在事后回忆中不断介入"历史"叙述，评价、剖析自己和人事，有着很强的现代主义"叙事性"。

小说"历史/现实"相互映照的结构，在历史哲学方面体现着作家存在论历史观和"体验性"历史叙事美学，而从小说形式结构上说则具有"意识流小说"和"后设小说"特征。小说在人物表现上，侧重其心理世界，而不是以中国传统小说的白描手法，通过言行简洁勾画。这一点从《有生》与孙犁、汪曾祺小说相比，尤见分别。后二人的小说更具传统色彩和文人情调，《有生》更具现代主义文学偏重繁复感知觉描写表现生命和人性幽深的特点。小说在一定程度上，表现的是个体"内面"之人，包围着人物、弥漫在人物周围的是各种气息和感觉。如小说描写毛根对宋慧的爱恋时，反复写到，"她的气息"，"浓香的玉米"，"别的很新鲜的味道"，"雨衣的味道"，宋慧身上"混杂的气味让他迷乱和陶醉"。作为猎人的毛根对猎物的感觉，有如神灵附体，对大雪覆盖时传递出来的另外的信号"有神奇的识别能力"。躺在床上不能说话不能动的祖奶"仍有感觉，我的耳朵和鼻子没有遗弃我"。她拥有敏感出奇的听觉和嗅觉，喂养她的除了各类食物缭绕的香味，"还有这世上的千万种声音"。小说充溢着气味：麦香制作的牵牛花味和花仙子味的香囊的奇香，罗包豆腐浓烈纯正的豆香，热气腾腾的豆腐散发的香气；祖奶能听到纷至沓来的千万种声音：树叶飘落的声音，村外孩子落水的哭喊声，能通过鸡叫辨识鸡的脾性。《有生》营造了一个充满现代生命体验的"感觉世界"。同时，小说对人物"孤独""烦"心理的表现，对人与人之间隔膜、疏离的表现，以及让祖奶心神不安、如芒在背的"蚂蚁"意象和"蚂蚁在窜"感觉的反复描写，也带有或浓或淡的现代主义气息。"现实主义到现代主义的转移是从现实到经验的转移，是从外部的时代之物向流布于身体里的种种零散感觉的转移。"

现代主义诞生的是一种新的非理性的主体——"新的主体性模式新的关系模式新的语气和艺术版本"。① 这种新的审美现代性是文学的理想性向度（乌托邦）的体现，它强化了文学作为一门想象性艺术所应具有的艺术的内在表现力。

小说写及诸多离奇神秘的人事。神秘、特殊而又未知的预感，自由联想，梦境，幻觉，如花与花、乌鸦（"钱玉"），喜鹊与喜鹊之间的感应，祖奶看见蚂蚁后在心神不宁中得到李夏之死的消息，可谓神秘。神秘的养蜂女用神奇的蜂针疗法，治疗困扰杨一凡多年的失眠症。养蜂女丧生于毫无征兆的火灾，同样是意外的神秘的：究竟是死于谋杀还是意外，其身份如何，即便是公安机关和破案如神的阎有道也无计可施。杨一凡莫名总感觉养蜂女的意外死亡与自己有说不清的关联。他频繁收到"蜂王来袭""蜂王复活""蜂王归来"等神秘短信；宋庄顶级的猎手毛根爷爷被淹死在半尺深的水洼里，白杏之病、之死等亦可称奇。

浪漫的与现实的、传奇的与真实的之间并不存在截然的界限，二者始终处于变幻不定的互渗状态，"对那些能够理解它的人们来说，传奇已经成为一种美质，一种内在于'真实'世界的想象力量"②。吉利恩·比尔认为，进入二十世纪以来，原本存在于"现实主义"要求和"传奇"之间的对立冲突缓和了，"因为作家们强调了这一点，即每个人在他自身内部都有一个隐蔽的和独立的世界。传奇的主观性成为通常的艺术态度。遥远、奇异在每个人那里停泊，相对主义大获全胜"③。他认为乔伊斯的名作《尤利西斯》"采用传奇的结构组织作为自觉的控制方法来展现生活中丰富的意外事件"，体现着"心理现实主义和传奇形式的成熟的和自己

---

① 〔英〕特里·伊格尔顿：《历史中的政治、哲学、爱欲》，马海良译，中国社会科学出版社1999年版，第226—227页。

② 〔英〕吉利恩·比尔：《传奇》，肖遥、邹孜彦译，昆仑出版社1993年版，第113页。

③ 〔英〕吉利恩·比尔：《传奇》，肖遥、邹孜彦译，昆仑出版社1993年版，第114页。

的融合"①。《有生》即是中国传奇志怪或魔幻现实主义小说与心理现实主义的融合。小说在赓续中国新文学经验的同时,也借助现代主义文学经验破解了传统文学范式,重新打开了文学的想象空间,释放了文学的感受力和体验力,从而重构和丰富了这一传统。

再次,《有生》蕴含中国文化广大和谐的生命精神。表现了绵延不息的生命力和天地化育万物的"广生之德"。祖奶面善心偲,是传统儒家德性哲学和仁爱伦理的体现者。黄师傅"师不嫉徒",除了介绍难产的种种状况和救治的方法、手法,还传授她处理死胎的方法,并授之以治疗其他病症的药方。更重要的是,教她接生的"五戒"和积德行善观。"接生是积德,德不分亲疏,不分大小,不管什么人找你接生,哪怕是你的仇家,都不能推。观音在上,接生婆的一言一行,都逃不过观音的眼。"祖奶感激黄师傅,对自己无意间抢了黄师傅饭吃、让自己敬重的黄师傅难堪,心怀愧疚。"正是她的'五戒'使我逐渐立德树望,而不仅仅是接生的技艺被传扬。"对于产妇和接生,她也深怀感恩之心:"人活在世上,要感恩的有很多。……若不是产妇的叫喊,我早已命丧黄泉。她,她们,不但把我从死亡的边缘拽回,还一日日地喂养着我,使活着成为必须,坚不可摧。"对于她来说,接生是不可违逆的"天命""天道"。

"天地有大德曰生",重视生生之德是中国哲学和文化的一大特色。宇宙万象生生不已,流转不息,这是一个生命充溢的创造空间。小而言之,众生平等,无有高低贵贱之分。从宋庄、营盘镇,到张北、张家口,祖奶接生万余人。其中既有农民也有牧民;既有极度贫寒之家也有官宦门第如张北县县长太太,察哈尔副都统的妻子;既有中国人也有日本人。她无分贵贱,并不因富贵而特别照顾,也不因寻常百姓而故意刁难,即使是乞丐也一视同仁。她因为给日本人接生而被人嘲讽、辱骂、仇视甚至殴打,但也被更多的人感念、感恩。祖奶是世人眼里普度众生、惠济苍生的转世观音。

扩而大之,人作为宇宙众生之一,需以自身生命契合宇宙万物生命,

---

① 〔英〕吉利恩·比尔:《传奇》,肖遥、邹孜彦译,昆仑出版社1993年版,第114页。

加入滔滔生命洪流。《有生》以诗意眼光看待世界,大千世界,生机弥漫,在在皆与人的生命相关。这是生命对世界的浸入,也是对现实生活的包含理想和超越的眼光的重新观照与"解读"。小说关注从乡村和乡土世界中生长和萌发出的生命的本真性,有意地将传统的与现代的、物质的与精神的等诸种加诸生命之上的外在因素,剥离开来,凸显生命的美德与价值,以及人性的普遍因素,尤其是善良、淳朴、坚韧的善与美的一面。

自然的性情、人物的性情和作家的性情是和谐的、协调的。从这样的和谐、协调中生长出来的《有生》,描写生存和挣扎于此种自然里的乡民,具有独特的声音、色调和特质,也就不难理解。相对于喧嚣的时代,《有生》的生命世界是安静的;相对于不断变化和转换的百年历史,它是稳定的,恒常的。它仿佛历史恢宏图卷中僻静的一隅,缓缓积淀着时代风浪卷起的泥沙。但这也是一个同历史和时代一样的活的世界,充满生命的活性。生命无处不在。生命在无声地消失,也在无声地萌发,并将自然、社会、乡间人物等世间万物联系在一起。正因此,《有生》有着以实写虚、虚实相生的美感。从大自然的花草树木到待人接物、家长里短,从民情风俗到历史演进,从近代到当下,小说扎实细腻地写出了一个坚实而广阔的世界。这个人们所熟悉的经验性、物质化、器物化的生活世界,通向的是一个抽象无形的陌生世界。

四、经验与体验的辩证

经验与体验之别具有相对性,在理解作家和文学上却又构成具有互补性的双重视角。在本文运用中,经验包括具体的历史现实经验和文化文学经验。所谓具体的历史现实经验偏重于宏观的社会、政治、经济等结构性的发展、变化、调整包括在此过程中的一切经历;同时,这种经验并非外在于人的客观存在,其中包含对它的认识、理解、总结、阐释、评价等认知智慧和文化积淀等。所谓文化文学经验偏重于作为创造者的思想家、哲学家、作家、艺术家等在历史中创造的一切积淀着人类智慧的思想和艺术。这种经验直接以某种"传统"的形式现身,其最集中的体现是文化文学经典。无论历史现实经验还是文化文学经验,都是开放的,包容的,处于实践和发展、变化之中因而是未定型的,经验处于相对稳定与不断生成的充满活力的状态中。因此,经验中无可避免地包含体验,且因为体验的存在、生成和介入、催化、淬炼,经验才避免陷入经验主义的封闭。

本文所运用的体验,同样包括历史现实体验和作家主体体验两个层面。前者指超出个人的民族的、国家的、阶级的、阶层的、地域性的、族群性的乃至世界性、人类性的人们的思想、精神、观念、意识、欲求、愿望、人格等,如《有生》在百年中国历史宏观变迁背景下对国人价值观念、社会心态、文化心理等微观变化和精神景观的刻画。后者指创作主体对两种不同经验和第一种体验的再体验再思考再创造,这种体验自然不是无中生有、从天而降,经验构成作家体验的"期待视野",作家在经验和体验的融合中建构生成了一个因人而异的"融合视界",使得再生产出具有新思想新艺术经验的优秀作品成为可能,而这会进一步丰富和发展既有经验疆域,也使自身成为源远流长的经验的一部分。

经验与体验的一体两面性,赋予我们理解作家作品的双重视角,使我们能够更加清晰、完整、辩证地把握作品。但两种经验、两种体验及其关系的思考,仅仅是"理论模型"的建构,不能说只要具备了经验和体验的四种元素便是成功之作。单就文学自身来说,问题就极为复杂。就文学经验与文学传统、文学经典的关系来看,三者内涵外延大体相当。但我认为,文学经验较之文学传统、文学经典外延更为宽泛,也更缺少"典律性""经典性"的召唤或限约,或者说,作家面对的"文学经验"更为个人化、更具体、更自由、更细腻入微,也更容易在创作"个人"主体和"文学"层面发生感应。这样说,并不是否定"文学传统""文学经典"的重要性,事实上,经典之为经典,传统所以能"传"而成"统",自有超出"个人"和"文学"层面更广博高阔的空间。因此,作家的经验、体验与文学经验、文学传统之间的关系,更为根本更为关键。

这涉及文学传统的继承与创新、艺术个性与共性的关系。艾略特认为,传统与个人是矛盾的统一体,在成熟的诗人那里,传统是其艺术个性的一部分。诗人要创新,必须认识到不断变化的"传统"的存在,认识到自己是这"传统"的一部分,也即诗人必须要有一种"历史意识"并以之消灭个性,使自己服从于比个人更有价值的东西,"就是这个意识使一个作家成为传统性的。同时也就是这个意识使一个作家最敏锐地意识到自己在时间中的地位，自己和当代的关系"①。如果说艾略特的观点具有反浪漫主义的保守色彩，过于强调传统的权威性而弱化了作家个性化的创新对于传统发展的能动作用，那么瓦特对现代小说传统的总结和对"传统"的理解更为辩证。他指出："在十八世纪初期的小说家和其主要的后继者之间，无论在叙述方式还是在社会背景方面，都具有了一种真正的延续性。结果，尽管人们不能说出十八世纪小说家确切的流派，却能通过采用一种更为广阔的眼界，不仅将他们与一些以前的虚构故事作家比较，而且还与和他们同时代的作家比较，从而看到他们已形成了一种文学运动，这个运动的成员具有许许多多的相似之处。"②进而又指出："与简·奥斯汀、巴尔扎克和司汤达相比，笛福、理查逊和菲尔丁在表现技巧上都具有相当明显的弱点。但是，从历史的意义上看，他们具有两种价值：为创立在近两个世纪中占主导地位的文学样式做出了主要贡献的明显价值，以及另一种同样重大的价值，那种价值就在于他们本质上都是独立的创新者，他们的小说为这一样式提供了三个个性鲜明的形象，从而对其后来传统的本质上的多样性作出了极为完整的概括。"③"真正的连续性"即是"传统"，而"传统"来自"独立的创新者"。

以与《有生》构成互文性的《白鹿原》的作者陈忠实为例。陈忠实早期创作注重生活经验，此时"陈忠实对'生活'与'文学'关系的理解带有革命现实主义'反映论'乃至'摹仿论'的明显痕迹"。二十世纪八十年代中期他开始反思自己创作的局限，并于二十世纪九十年代初，提出了生活体验、生命体验和艺术体验三个层次的"文学体验论"，"以'体验'为核心，重释重构了包括世界、作家、作品和读者四要素在内的文学

---

① 〔英〕T.S.艾略特：《传统与个人才能》，卞之琳、赋宁等译，上海译文出版社2012年版，第3页。
② 〔英〕伊恩·P·瓦特：《小说的兴起》，高原、董红钧译，生活·读书·新知三联书店1992年版，第344—345页。
③ 〔英〕伊恩·P·瓦特：《小说的兴起》，高原、董红钧译，生活·读书·新知三联书店1992年版，第346—347页。

含义"①。他特别强调:"艺术创造尤其重要的是个性化的创造活动。作家个人的气质和个性,作家独有的生活体验和生命体验,需要找到一种最适宜最恰当的表述形式,才能得到最完美的表述。一种创作方法或流派,既不可能适宜个性迥然的所有作家,甚至同一作家也不可能用一种写作方法去表现各种体验,这是常识。"②《白鹿原》的经典性与陈忠实对自己和柳青、王汶石等作家之间的"延续性"认识不无关系,他在此历时性传统当中,将写出一部"垫棺作枕"之作的构设置于小说自身发展的进程中,以"独立的创新"创造和发展了传统,展示了传统的多样性。

《有生》立足作家的生活经验、文学经验和生命体验,融会新文学经验、现代主义文学经验、中国古典思想美学经验,言说乡土中国的百年历史经验和生命体验。小说在民族的、传统的经验性体验性基础上,汲取现代主义文学资源,建构中国文学开放的现代品格,"这种与土地、大地直接相关的人物形象与地域空间形象,有着某种土地性大地性经验。这个经验世界,这个世界里的经验,不同于都市现代性经验,后者往往是以摩登面目出现的modern,前者却不摩登,它是'土'气的,落后的。但却是摩登风潮过后的根本,是被时尚之风暂时掩盖的事物,也是为人们提供深层滋养的源头。……这个源头,提供了穿透摩登,建立真正的现代品格——这是modern的另一层含义,也是其真正含义"③。《有生》是一部并不以摩登面目出现,却具有"真正的现代品格"的作品,它营造了一个颇具陌生化效果的生命审美世界,为模式化的文学表意系统中提供了一种独特的美学经验,反过来这种美学经验又照亮了我们所熟悉的经验化世界。

---

① 王金胜:《陈忠实论》,作家出版社2021年版,第203、288页。
② 王金胜:《陈忠实文学年谱(2001—2009)》,《中国当代文学研究》2020年第2期。
③ 王金胜:《故事、小说与中国经验书写》,《中国当代文学研究》2021年第4期。

生命历史诗学的构建
——再论《有生》

胡学文长篇新作《有生》展现了百年历史中的个人生活、家庭生活和社会风俗的画面，呈现了一个民族在岁月变迁中复杂的生活面貌、生命情态。《有生》既在作家主体性和个人化写作风格的呈现上达到了某种极致，同时也体现了个体风格内部的丰富性，为观照和表现历史与世界提供了另一独特视角。小说向个人生命主体还原，借助鲜活生动的个体生命形象，建构了独特的生命美学世界，并在生命史维度上塑造了一个别具意蕴和韵味的乡土中国形象。

一、历史或人物：以"人"进入和把握历史

《有生》有着鲜明的历史时间标识，小说中的"历史"，为人物提供了一个展示自身命运和价值的舞台。从叙事时间起点清朝末年，到漫长的军阀割据和内忧外患的民国；从兵荒马乱的伪蒙疆政府的成立和败亡，到"饥饿时代"、改革开放和市场经济时代，直到小说终篇于当下。这构成了小说人物生活的年代和基本历史背景。

《有生》之所以选择并如此讲述这些"历史"，皆因其与小说人物直接相关，并直接牵连甚至决定人物的命运。民国六年六月，祖奶父亲横死，年轻的祖奶即乔大梅被强暴玷污，从此以后"整个人都变了"。民国二十四年是一个被死亡标记的年份：宋留根被李守信的士兵打死，五年后，其母被日本兵射杀；地主钱广万死于此年，和葬礼同时进行的是残酷的遗

产之争；白姓媳妇血崩而死。对于祖奶及其第二任丈夫白礼成来说，这一年同样也是"伤痕的开始"，他们的女儿白果死于祖奶的接生过程中，"自此，哀伤如秋雨连绵不绝，挥之不去"。民国三十三年初冬，祖奶的次子李夏被抢劫财物的高粱军扫射致死。民国三十四年八月，伪蒙疆政府主席德王逃离张家口，李春在逃离途中中弹身亡。"唐山大地震那年"，麦香与收药材的南方侉子"邱猴子"私奔，等等。

"历史"能被讲述，能被如此讲述，只因它与"人"有关。《有生》中不仅刻画了祖奶、李富、李贵、李二妮、如花、毛根、喜鹊等个体意义上的人，并讲述了他们的"个人故事"。小说同时还讲述了不同家庭几代人的繁衍史：祖奶一家，从其父母到前后三任丈夫、九位儿女直至唯一的孙子乔石头；花家，从乞讨的花姓夫妇到花满仓到花丰收、白凤娥夫妇，再到喜鹊（树枝）和花志钢（小更）姐弟；毛家，从毛根的爷爷、父亲到毛根和儿子毛小根；"豆腐世家"罗家，从曾祖父罗世成到罗包父子。此外，小说还以较多笔墨描述钱氏家族的兴旺与败落，从财主钱广万到儿子钱拜月、钱拜日、钱拜辰，钱家在短时间内从风光无限迅速败落，一个大家族四分五裂、分崩离析。通过钱庄、钱玉和钱宝三兄弟个性、性格、心理的对照性描画，以横截面形式展示了家庭内部成员之间的伦理、情感关系及其在当下社会生活中的存在与发展形态，连接了较为宽广复杂的社会生活。

有研究者指出："在1980年代以来的中国文学中，生活感和以'个人'为核心的情感结构逐渐成为一种主导美学感觉。"[①]《有生》就浸淫在此情感结构和"美学感觉"中，那些具有强烈个性特征的、形形色色的、乡间生活中的平凡人物，构成了其历史叙事的主体世界。小说以极具生活实感的场景和细节讲述他们的故事。作家对每个人物、每一种个性乃至整个生命都给以充分的尊重，他极力贴近中国乡村日常生活和那些栖息与奔走于这片土地上的人的直接而具体的存在，把每个人都看作独一无二的个体，深刻地体验他们的情感、思想和心灵脉息。白礼成、乔石头、罗包、毛根、如花、宋慧、麦香、喜鹊、北风（镇长杨一凡写诗时用的笔名）、

---

① 王金胜：《论刘庆邦〈女工绘〉的现实主义新质》，《南方文坛》2021年第4期。

乔秋、乔冬、乔枝等各有各的性格、心思,各有其念想与烦恼、苦痛与伤悲。

罗包胆小懦弱,"豆腐性""蜗牛做派",吃饭慢,写字慢,做事慢。在麦香的铁匠爹的眼里,是"白净如书生,性格如娘们,看见母猪双腿发抖的样子货"。即便性格如此,罗包既能因为爱麦香而坚持与其结婚,同样也能坚持与婚后强势霸道、不理解自己而只想控制自己的麦香离婚。喜鹊自小心性孤傲要强,行事干脆利落,心劲十足,遇事绝不畏惧退缩。这与胆小软弱、时常被人欺负的父亲花丰收和弟弟花志钢形成鲜明对照。性格软弱的花丰收,即使遭到妻子白凤娥及其通奸者的谋害,却仍然不顾喜鹊的反对而坚持到监狱探视白凤娥,最终却在白出狱后杀死了她,自己身陷囹圄。喜鹊的恋人黄板好勇斗狠,胆壮生猛,遇事不畏惧不退缩,因维护村民利益遭到黑恶势力的打击,最终成了一个缺乏胆气和意志的盗墓者。钱家三兄弟中,钱庄开小卖部,是个圆滑世故、谋事周全的乡村能人,却也讲究兄弟情义,照顾钱玉钱宝;钱玉善良机智、心思灵活,能自己制造风力发电机和飞翔机;钱宝是个嗜书如命的"书虫",记忆力惊人,满脑子都是书和疯疯癫癫的念头,却每逢考试必砸,是常人眼里的傻子废物。

祖奶的子女中,李春是祖奶被歹徒强暴后的产物,遗传了其不知名父亲的心理性格,喜欢捉弄人、搞恶作剧,性格阴冷偏执,对母亲怀有情感却不外露并坚持自己的想法,最终死于自己选择的道路。李夏懂事听话,却死于大哥参加的高粱军。李桃娇惯任性,良善却囿于自我,加之不能生育,与婆家关系不好,郁悒之下自杀身亡。乔秋最大的特点是天花乱坠、滔滔不绝地"瞎白话""说大话";乔冬固执、坚定,充满无私精神和献身热情;乔枝喜欢跟下乡知青和城里来的钻井队技术员交往,追求现代思想和生活方式,与周围的乡村环境和传统观念格格不入,最后也因爱情无望自杀。

其他人物,如相貌平常、精明能干的宋丽华,目光如炬、断案如神的棋盘镇派出所所长阎有道,喜欢写诗、被失眠症困扰的棋盘镇镇长杨一凡,酷爱养花、视花如命的如花,都有鲜明个性和独特心理,作家细致敏锐地把握人物的自我经验,抓住其思想和情感,在生活的具体情境和人物关系中,通过心理、言语和行为细节加以表现,使之具有突出的现实性和鲜明的生活感。

《有生》对"人"的思考和表现是独特的,由此而呈现的"人学"成就也是引人注目的。这表现在:

首先,关注人物的伦理情感。小说通过人物的伦理关系和情感纠葛,推动情节发展,对平凡人物的情感空间给予丰富细腻的关注,在生活中重温他们的情感,用心灵贴近心灵,切近历史,在长时段的历史跨度中,记述个人命运的升降沉浮,在历史的淡薄背景上,展现个人命运和心灵的悲喜剧。

可以说,《有生》的"伞状结构"是这一内在伦理情感结构的外显形式。祖奶具有主叙述者和主要人物双重身份,整部小说通过她的回忆讲述"历史",通过她的听闻感受间接触及"现实"。贯穿小说的主线索是祖奶的人生经历,这段漫长的经历首先是其一个世纪的家庭和婚姻、生育史,祖奶与其父母,祖奶与其三任丈夫、九位儿女,祖奶与其唯一的孙子乔石头,都是建立在血缘伦理基础上的情感联系。同时,祖奶的人生历程也是世间众生的生育史、生长史和祖奶的接生史。如花、毛根、罗包、喜鹊等视角性人物,既是小说进入"现实"的功能性人物,也是祖奶接生的血肉生命,他们以及由他们连接的其他人物之间,建立的同样是伦理情感关系。

除了主人公祖奶一家,小说还花大幅笔墨描述了丧妻的毛根与家庭不和的宋慧之间的感情纠葛。心理孤独而性格执拗的毛根信任宋慧、爱宋慧却只能将爱视为两个人共同的秘密埋在心里,不为人所知。粗憨的宋慧虽然说不清与毛根的关系乃至自己内心的隐秘,却对毛根有着确定无疑的牵念。小说描述这份在现实中无法实现的隐秘情感,幽婉曲折,富有心理深度和艺术感染力。小说对其他伦理和情感关系的描述,如如花和她的父母,如花与钱玉、钱宝、钱庄,如花与毛根;毛根、毛小根与宋慧;宋慧与杨八叉;罗包与父母,罗包与麦香、安敏等,同样具有强烈的情感力量和心理深度。"文体的审美化都与'情'相关,情是鲜活的、有文化内涵的和渗透到字里行间的,因此,生命气息和文化内涵,似是历史题材文学文体的起码特征。"[①] 以伦理情感关系为"质"为"体",以"伞状结构"为

---

① 童庆炳:《总序》,见童庆炳总主编:《历史题材文学系列研究 第一卷 历史题材文学前言理论问题》,北京师范大学出版社2014年版,第23页。

"用"为"文",《有生》进入了中国社会生活深层和"中国之心",同时也敞开了多样复杂的人性空间。这一选择既契合中国日常生活的实际,也延续和传承了中国文学自古典到现代以来擅长描画世道人心的优长。

其次,对人性细腻而犀利的剖析。《有生》堪称是一个人性的"博物馆",作家全力探讨和剖析的就是这个由多种性格、多种经历的人所组成的复杂斑驳扑朔迷离的精神世界中的人性。人性的善与恶、伟大与卑劣、忠诚与背叛、堕落与救赎、绝望与希望、怜悯与恐惧、悖谬与沧桑,都淋漓尽致地展现于小说所铺陈的历史/现实的延伸中。最能代表人性力量的当然是祖奶。她从业七十载,接生万余人,当下已是一位卧床十多年的百岁老人。她在一生中经历过无数次痛苦、绝望,甚至被人唾骂、痛斥和殴打,她曾为此愤怒和怨恨,但她"终是选择了原谅""确实,我有过怨恨,但都丢掉了"。祖奶代表了一种超越历史、时代和民族的博大宽厚的善的永恒力量。

小说对人性之驳杂幽微的揭示极为深刻。祖奶的第二任丈夫白礼成灵敏聪明,多才多艺,喜欢孩子,与祖奶成家后,日子过得也算平静幸福,最终却因不能接受祖奶视接生为人生之要的做法,恐惧革命者李贵可能带来的灾祸,当二女儿白果因病夭折于一次接生后,趁着回老家的工夫,带着小女儿白花消失无踪。罗包起初真诚地爱着麦香,但麦香却不珍惜这份真爱,强烈的控制欲使罗包逐渐疏远她并与安敏情投意合。麦香坚拒与罗包离婚,既与宋品有私情,又不想与之生子。游离于感情和利害之间的麦香,最终被苦水蒙住了眼睛,变成了一个怨天尤人、随时随地向人诉苦的祥林嫂式的"苦唧唧的女人"。祖奶的孙子乔石头既爱自己的奶奶,又不顾奶奶的真实想法和声望,意图通过建祖奶宫以牟利。他心里爱着喜鹊,却又将喜鹊看作障碍,为克服心障,最终强暴了喜鹊。性格要强豪气的黄板,在经历了黑恶势力的打击之后一蹶不振,堕入心造的幻影,成为一个盗墓贼。

与人性之幽微驳杂相比,《有生》对人性之善、之美和强韧的精神力量,表现得更为突出。祖奶父亲乔全喜与李富伯由和谐到决裂再到和好如初,成为亲家,仿佛孙犁《铁木前传》的续写。毛小根患饥饿综合症,嗜睡、贪食,行为异常,却在父亲毛根的疼爱之外,得到宋慧细腻入微的照顾和退休老校长的悉心教育和关爱。祖奶与李大旺婚后，生下了第一个儿子李春，尽管李春是祖奶被强暴的结果，铭刻着耻辱的记忆，大旺却视之如己出，同等对待他与其他儿女。毛根无意间射杀乌鸦（"钱玉"），陷入了与如花的纠缠，起初他并不理解如花的想法和屡次告状的行为，但在自己对宋慧的念想被现实打破之后，便产生了与如花一样的苦痛和伤悲感受。

《有生》对笔下人物寄予广泛的爱与同情，深怀博大悲悯之心，但同时对人之"恶"亦有触目惊心的表现。赵进元为吸食大烟典押了妻子李二妮。李二妮心胸狭隘，胡搅蛮缠，颐指气使，她在赵家的日子越不好过，越是会在人前趾高气昂。她终生与祖奶不和。祖奶帮她寻找赵进元，又将李二妮从被贩卖被囚禁中解救出来，不仅没有得到自私狭隘的她的感激，反而被其埋怨和反咬。

作为一部有人学力量的现实主义小说，《有生》有着深厚的现代人文主义蕴涵。"人"在小说中所享有的突出地位，显示着作家对文学和历史的"人学"理解。这建构了《有生》历史叙事的价值选择和基本性质，即通过较长时段的历史，在平静世俗的存在状态中摸索和开拓人的精神世界，并在人物平凡而琐碎的日常生活和情感关系、伦理关系中，发现和点亮心灵的奥秘和生命的价值。小说对人物的描写触及其思想、观念、行为、希望和失落，并由此延伸，从而在个体的"特别性"上，认知民族和人类的广阔而永恒的整体，通过人物的生活际遇、生命感悟和精神特质，展现了乡土中国在百年历史脉络和广阔图景中所呈现的生活与人心之丰厚、多样。

相比之下，《有生》中的历史只是人的行为的布景，被剥夺了决定人物命运的权利。历史的主体性，让位于人的主体性，历史没有构成对于人和人性的遮蔽。在小说中，人的生活和行为不是历史行为，不具有历史性意义。历史只是有意无意地渗入其内心，参与其精神结构，影响其遭遇和命运，人物并不具有历史意识的自觉，他们作为中国乡村平凡生命的平凡生活和内心世界，在漫长历史的延伸中缓缓地得以展示。这充分证明了作家"创作主体意识"和"叙事本体意识"的自觉。他有意识地将人物从历史及其话语的象征性符号体系中解放出来，不遗余力地开拓人物的心灵空间。庞大的历史被分解为乡土中国的生存、生活和生命的故事、场景、细节，这些情节、场景和细节是《有生》为实现自己的美学理想而创造的充分而真实的背景和人物活动的空间，人物在其间孕育和生长，沉浸其中，获得自身的鲜活生动和超越其个人自身的人性和人类经验的普遍性。

二、生命与历史："历史"及其与"人"的关系

《有生》不仅在传统人道主义意义上，思考人性之驳杂形态及恒常存在，延续着"文学是人学"的命题，而且在对"人"的理解上，亦蕴含着更多现代人本主义的思想，其内涵不仅是人性的，亦是生命的。

生命是《有生》的主题，也是其形式。《有生》在淡化虚化的历史背景下，将人物形塑为有思想有灵魂的存在。通过祖奶的"缄默"追忆往昔，感验现实，来面对和言说一段含混的历史和朦胧的世界。祖奶就像一个生命长途的跋涉者，在现代的纷乱和当代的喧嚣中，她获得精神的丰足、灵魂的安妥，也深刻体验着生命的无助、无奈。此时，历史已经弥散为一个个生命的轮换，呼应和回应着从过去的风尘中一路走来的祖奶的脉息。《有生》是生命的形式化，是生命的长歌，展现了一种形式化的、抽象化的生命。

小说中，"人"与历史并没有构成对立的关系，而是呈现出某种程度的疏离。"历史"是小说有意疏离的对象，却并不是人面临的直接对手和所要克服的对象性问题，《有生》不是"人"为对抗历史以获取自由发出的呐喊，而是人在自然自在生命行状中的低吟。人物被心灵化、生命化，作为生命存在的人物，既不是黑孩儿式的沉默（莫言《透明的红萝卜》），亦非"我爷爷""我奶奶式"的呐喊（莫言《红高粱》），他们没有浸透骨髓的孤独、痛苦，亦没有激昂决绝的反抗。这些平凡的生命个体似乎既没有走向精神启蒙式的成长之路，也没有宏大意识的觉悟和觉醒。

首先，以"时间"替换"历史"，是《有生》将人物生命化的重要方式。小说中的个体生命拥有的不是社会历史，他们作为人物形象，亦非在社会学和政治学维度上得以塑造。这些平凡卑微人物的生命状态存在和展现于他们的不能被社会历史所替代和决定的日常生活，他们拥有的是个体的生活时间，而非"历史"。"时间"与"历史"两个概念有着重要的差

别。伊格尔顿在谈到海德格尔的书名为何是《存在与时间》而非《存在与历史》时，指出："时间在某种意义上是一个比历史更为抽象的概念：它使人联想到的是岁月的流逝或者我体验我个人生命形态的可能方式，而不是民族的斗争，人口的养育杀戮，或国家的建立推翻。'时间'对于海德格尔来说是一个形而上学的范畴，而'历史'对于其它思想家来说在某种意义上却不是，历史是我们实际所做的一切的产物，这就是我所谓的'历史'。"①《有生》中的人物处在中国近代现代和当代历史中，涉及清末八国联军入侵、辛亥革命推翻清王朝、共和体制取代封建、民国初年军阀混战、日寇入侵、成立伪蒙疆政府、三年严重困难、市场经济体制运行等重大事件，还通过李贵领导农民抢夺财主钱广万家和刺杀德王等事件，涉及发生在宋庄、张北等地的反帝反封建斗争，这些都属于伊格尔顿所说的包括"民族的斗争，人口的养育杀戮，或国家的建立推翻"等"我们实际所做的一切的产物"——"历史"。但《有生》给人印象最深的却不是这些。一方面，如前所述，这些"历史"只有在与"人"的生活处境、人生选择和命运走向密切相关时，才被"叙述"出来。换句话说，历史叙述实则为"人"的叙述。在此，"历史"被"人"替换。另一方面，便是"历史"被"时间"替换。四季更替、年代轮换、历史变迁和现实生活环境的变迁，乃至亲人故旧友朋的人事往来和生老病死，构成人物生活经验和生命时间流逝的基本内容。进一步看，就"历史是我与特定个人、实际社会关系和具体机构的紧密联系"②而论，《有生》以生命个体之间的血缘关系、地缘关系而非政治经济和阶级关系等为基础设定人物关系，亦与"历史"无关。钱广万是有名的财主，却不存在阶级压迫经济剥削等政治行为和压榨良善、欺男霸女等恶德。李春参与李贵主谋的哄抢钱家行为后，钱广万也没找祖奶麻烦。祖奶接生下钱家次子，刚遭抢的钱广万拿不出像样的喜赏，最终同意了祖奶不要喜赏，"权当是代儿子赔不是"的方案。传统道义伦

---

① 〔英〕特雷·伊格尔顿：《二十世纪西方文学理论》，伍晓明译，陕西师范大学出版社1987年版，第72—73页。

② 〔英〕特雷·伊格尔顿：《二十世纪西方文学理论》，伍晓明译，陕西师范大学出版社1987年版，第73页。

理替换了现代史叙述中常见的社会学政治学伦理。

其次,生命的忠实和忠诚,是《有生》将人物生命化的重要内涵。小说塑造诸多以个体生命形态出现的"人",目的并不是为了以人道主义为尺度去拷问历史或还原历史本真、探究历史真相。虽然作家以悲悯眼光对历史和现实的批判性观照在小说中随处可见,但小说对人物之生命向度的凸显、对人物命运的重视,却是为了显出作为生命意识载体之人的存在。在祖奶、李富、罗根、宋慧、如花、乔冬等人物的生命时间和空间中,对自己日常生活和自身生命情态的关注,也不可避免地牵连周边的世界和人群。他们无法掌握自己的生活和命运,无法测度自己的历史位置,遑论掌控历史进程、规划历史方案。即便如此,他们仍然忠实于生活和生命的哀乐体验,守护自己的生活和生命空间,在贫困、贫贱、艰难、无奈乃至绝望的处境中,担负自己的命运,为自己,为亲人,为儿女,继续在这样的日子和这样的世界里过活。

作为一种历史叙述,《有生》中的"历史"已不再是既往那种外在于人的抽象之物,它具体化为个体生命时间和空间,祖奶等人物成为生命时空维度中的个体,他们在属于自己的时间中,实现着属于自己的生活希冀和生命期望,展现着柔性的也是韧性的生命力量和能量。《有生》将个体/生命从历史大潮中影子一样活着的匿名者身份中释放出来,将他们从历史主体的中心位置上解放出来,使之重返自己的生活世界和生命世界。

《有生》中的生命既是民间文化和乡土历史的见证、承载,也是对其的疏离和质疑。小说频繁描述个体生命的死亡和百年中国的灾难苦难,突出的却是与"死"和"难"相关联和对照的"生"与"活"。"小说的重复,其实就是小说的风格。越是重要的小说家,这种重复就会越明显,越强烈,当然那是一种螺旋上升式的重复和重叠,那是对自己生命状态的极限式的挑战。"祖奶是九位生命的生育者和众多生命的接生者,小说反复描述生命的生育过程和祖奶的接生过程,凸显了生生不息的超越历史和时代的生命源力。① 世人眼里被视为神圣的祖奶,并非功能神异的神仙和圣贤人物,她没有高深的文化修养,不懂深奥的道理,但这个普通的乡村接生婆却凭

---

① 程光炜:《心思细密的小说家》,《中国当代文学研究》2019年第2期。

借其高尚的医德、高超的接生技艺,成为生命意识、人类精神和人类道德发展希望的象征和完整而恒久的人性与生命意志的寓言性人物。她通过自身经历和周边生命的新生与死灭,获得了灵魂的洗礼和精神的升华。

按照文艺社会学和现实主义理论,祖奶等人物是"以小见大"的典型,是揭示被意识形态化历史遮蔽的中国历史真实和中国社会变迁的一面镜子。但《有生》中的祖奶却不再是反映社会历史的镜子。和其他人物一样,她不具有鲜明的时代性、社会性品质。在纷繁复杂的历史/现实纠结中,她以柔和的形式守护和延续着生命,守护着精神世界,并从家庭环境和乡间传承、赓续的生命伦理教育中获得永恒。《有生》蕴含的历史意识与海德格尔颇为相近,"对于海德格尔来说,真正的历史是一个内向的、'真实的'或'存在的'历史——对于恐惧和虚无的支配,趋死的决心,我的精力的'聚集'——这个历史其实在作为更普通更实际的意义上的历史的替代物发生作用"[①]。祖奶作为游离和超越充满暴力、饥饿、死亡和恐惧的历史的力量,体现着历史的内面和内向性,是一种"非历史"的存在。《有生》中的历史,也具有类似的"非历史性",小说讲述的是有关土地、鲜血、死亡的故事,是有关生命降生的庄严和自我孕育繁衍的故事,是生命将会永久绵延的族群和人类的故事。

再次,生命/历史的对话性。《有生》确实更多是在疏离宏大历史,把时代和历史的宏大力量处理为淡薄的隐含的背景,回到具体的个人层面表现历史,小说中的个人生命故事与大历史并无紧密关涉,个人不再是宏大历史的注脚。但作家不是历史虚无主义者也并无否定历史的企图,小说中的个体生命同样确凿地存在于百年历史之中。虽然作家并未将个人/历史的关系作为主要表现内容,但历史始终是一种挥之不去的存在,无论在过去还是当下,它都影响了人们的生活和生命。《有生》便描述了历史/现实对生活/生命世界的侵蚀,其个人生命史书写亦存在于生命/历史的结构性关系中。

胡学文并不着眼于历史本身,历史的结构并非其小说的着力点。《有

[①] 〔英〕特雷·伊格尔顿:《二十世纪西方文学理论》,伍晓明译,陕西师范大学出版社1987年版,第73页。

生》没有按照历史逻辑来组织叙事、设计情节和人物。小说放弃了以历史为立足点和中介来认识人生、社会和世界的思路，以近乎自然的本色的直觉的方式获得世间万物的生命本质。这似乎是有意识地对历史进行现象学的悬置。"历史"成为言说"生"的媒介，而不再是一个超验的庞大意义体系。人物的生活、生存、生命与历史关联不甚紧密，其意义不再从历史中获得，主体不再被放置在某种被指定和规定的位置上。实际上，小说是将生命置于历史叙事诗学的中心，并对生命／历史之关系进行了颇为动人的表现。小说中的人物乃是一种整体性的存在。他们与世间万物一样，有自身作为生命的本质存在，并且具有突出的心理学内涵和伦理学面向。他们在某种程度上是被作为独立自主的具有本体论意义的实体来思考和表现的。人物作为一个整体，既具有疏离于历史的自律性，却又有无法摆脱的历史／现实的他律性，他们看似具有生命的自我指涉性，但也具有某种难以言说的历史伦理的神秘的意向性投射。因此，生命具有类本体地位，就是处于历史／现实和理想／意义悬置之间的有距离却不隔绝的存在。从这个意义上说，那种将历史看作是《有生》中外在的非本质的现象、偶然现象的看法，有其偏颇之处。生命／历史的非统一性是《有生》的叙事观念，通过这种非统一性，生命自身的伦理价值获得了相当充分的审美言说。但正是"历史"这一非本质的外在现象在叙事中的存在，却阻止了叙事滑向纯然理性的生命——审美自我指涉所具有的自律性幻境。

转向事物本身，将生命从外在的功利的非本质的遮蔽中解放出来，并不必然意味着放弃历史和社会，因为生命本质上具有社会历史文化伦理的规约性规定性，甚至指令性，或可说转向事物本身中的事物，正是现实所给定之物。小说在此体现了某种"矛盾性"，一方面是对不可亦不能被历史替代和覆盖的个体生命的热情与忠诚。小说写出了乡土世界的相对自足性，以及这一世界中个体生命的独特感受；另一方面，这个生命充盈的世界，不可能外在于时代巨变和历史事件，其灵韵终将消失于现代性的冲击之下，无论是导致祖奶父母、李春、李夏及众多无名民众死亡的战争暴力，还是返乡购置山地、"经营"祖奶宫、借祖奶之名望牟利的商业资本暴力。

可以说，正是生命／历史的矛盾、纠缠与互动，生成了《有生》历史叙事的诸多美学症候。其一，史诗性追求与个体生命取向的融合。小说用生命转化历史，注重内面、内向的另一种历史，却并未驱逐历史，而是用"非历史性"为过于强势的历史性祛魅。小说塑造的是没有独特光环却又具有崇高之可能和意义的平凡之人。《有生》是一部"凡人的史诗"。在这"史诗"中，生命超越并战胜了历史，以感性丰满的形态获得了比抽象的历史更强大的力量与美感。其二，人道主义立场与生命本体论蕴涵的贯通。小说关注历史中的鲜活个体之人的命运、处境，蕴含人道主义情感立场；同时又流露出对自足生命世界被打破的沉痛、担忧和惆怅。人性复杂性之展示与生命压抑与强韧之赞颂交融流灌。其三，历史之"变"与生命之"常"的对照并存。以生命之"易"应对历史之"变"，以生命之不可化约的充盈实在，对照历史/现实之干枯、压抑与烦躁，以"有生"之不可被单色调话语和单向度论述所遮蔽的丰富多彩，超出经典历史叙事单维单向之偏枯。

值得注意的是，《有生》虽将生命/历史矛盾关系的思考建立在对历史的暴力性、偶然性和无常性认知之上，却并未将充满暴力、饥饿、死亡的历史作为叙事重心，揭示历史结构对人的命运的影响和决定作用。因此，《有生》中"生"也不是以与"历史"对抗的方式建构自身意义。小说在淡化历史的同时，也相对淡化了生命/历史之间难以调和的对抗性矛盾。小说描述百年中国历史中的贫瘠、恐惧、痛苦、焦虑、迷惘等集体创伤记忆，却并未对其做过度渲染，而主要是作为人物生活经历和生命处境中不可或缺的"事实"加以描述，同时，作家又将漫长历史中带永恒和普遍意味的夫妻情、父女情、母女情、母子情及友情、乡情、恋情等人间情感作为主体内容，以之设置人物关系，组织情节发展，并形成叙事的情感主调。祖奶与其父母，祖奶与其前后三位丈夫，祖奶与其九位儿女，麦香与罗包、罗包与安敏，如花与钱玉、钱宝，镇长张一凡与神秘的养蜂女之间也存在着丝丝缕缕的情感牵系。这种对人与人之间的伦理、道德、情感关系的关注，是小说产生持久的感染力和强烈震撼力的重要原因。

三、日常性与诗意：生命历史诗学的修辞表征

围绕个体生命而展开的生育、死亡、生存、生活，尤其是围绕接生婆

祖奶而牵涉的有关事项,如饥饿、瘟疫、疾病、卫生、接生、医疗等日常生活,构成《有生》的基本经验性内容。小说没有采用波澜曲折的情节和夸饰的语言来讲述这些不能掌握自己命运的小人物的人生故事,而是全力展现一种平凡、庸常乃至停滞却又质朴自然的人生形式和生命状态。

与此相应,《有生》在文体结构、叙述节奏和笔法、气质上近乎小说、散文和诗的融合,有着散文般的日常性和诗意氛围。从散文与史诗的角度上看,《有生》的散文体长篇小说体制,打破了散文体小说和诗化小说不能写长篇、写史诗的传统看法;从日常性与秘史性角度看,历史的隐藏的本体或正潜藏了生命借以生发和栖身其间的日常性。有研究者指出:"从普遍性上看,日常生活本身就是微观的、琐碎的,而且这种琐碎很多时候是机械式的重复,带有个体生存的惯性特征,很难体现个体生命内在的深刻性和独特性,所以当代作家们在处理这种日常生活时,并非动用机械的写实主义,而是运用一种更微观的手法,沉入日常生活内部,穿透那些看似庸常的日常生活表象,发掘隐藏在表象之下的各种生存状态,捕捉那些富有生命质色的细枝末节,然后赋予其艺术想象,呈现为鲜活的文本形态。"因此"这种轻逸化的审美表达,从创作主体上看,无疑是一种耐人寻味的叙事策略,但是如果从叙事效果上看,则体现出一种诗性化的美学趣味,即一种轻盈、灵动或诙谐之中所包含的特殊意味。"①《有生》中的诗意由何而来,小说中的诗意与生命、诗性审美与"历史"构成何种关系,如何看待这一关系?这是理解其"生命历史诗学"的关键。

《有生》的淡化历史,其实只是一种叙事策略和手段。小说取消通行的历史叙事深度模式,目的是建立另一种以"生"为依据和根柢的深度模式。通过描述人在生活中的日常状况,尤其是人之平淡生活中隐含的生存意义和生命哲学,在百年曲折与苦难中,发现"生"与"活"的真知,从辽阔的土地上发现"生"与"命"的真谛。

作家让主人公祖奶在一个世纪的生命长河中,不断往返于广阔的地理空间(虞城、宋庄、张北、张家口等),这不仅是历史的见证和个人的生

---

① 洪治纲:《论新世纪小说的轻逸化审美追求》,《中国当代文学研究》2021年第4期。

活和职业经历使然，更重要的是，通过主人公无数次接生经历，慢慢将土地、母亲、民族和生命、人性等带有族群与人类语义蕴涵的语词，浸入祖奶这一个体生命形象，使其成为一个具有民间、民族乃至人性、人类意味和价值范畴的群体性象征意象。因此，在祖奶这一中国传统的接生婆形象中，蕴含了带有文化寻根和生命寻根双重意味的群体归属意向。宋庄、棋盘镇、张北等地理概念，庄稼、土地、河流等自然事物，牵连着祖奶及其表征的"生""活"和"命"，是巨大的生命母体的隐喻。世间万物，皆为生命，一个个湮没于滚滚历史洪流中的无名个体，那些历史中的无名者，在生命向度上汇聚。他们的生与死，生育与死灭，构成一个个或长或短的生命过程。这一绵延久远、亘古如斯的生命过程何尝不是"历史"？

在胡学文笔下，历史虽然并不以吞噬生命的庞然大物的形态出现，却也并未消失。同时，《有生》的"历史"，尽管是经由祖奶"回忆"的形式讲述出来，却也并非体现为进入生命晚境的特定生命个体生发出的饱含无奈与苍凉的"怀旧诗学"。胡学文通过《有生》，建立了有其生命基质的历史"诗意抒情"。生命在绵延，历史也在延伸，历史不只是过去或过去的记述，它同样存在和生长于当下的现实生活。这种历史，即是人的自然生命史、民间生活史和个人情感史，而北方中国城乡的店铺、住房、主人公接生的用具——不起眼而又神秘的"包袱"，又构成了物质文化史。扩而大之，《有生》描述的也是一部民间史、民族史乃至人类生命史。这是一种比个体更伟大、崇高和恒久的历史，其中没有盛大喧嚣的事件和轰轰烈烈的人物，即便是革命者李贵，也是一个不期然而来又悄然而去、不知所终的幽灵般的略带神秘色彩的常人。与生命降生的啼哭相比，《有生》形构的"历史"，悄无声息却绵延不绝，别有一种浩然沛然而不可御的气势，把一切人、事、景、物都涵纳其中。

《有生》的生命历史诗学蕴含一种审美浪漫主义精神。历史仍然存在于诗意氤氲的文本中，仍然作为重要动力因素引导着叙事，但它却不是以整体性形态存在。作家不再将历史作为一个整体看待——《有生》破解了那种在既有规范内按照历史主义逻辑构造整体性历史的叙事范式。小说从"生""活"和"命"的意义维度上，赋予历史以新的意义和审美观照。"文学作为一种隐喻式的把握世界的方式或詹姆逊所说的社会象征行为，不可能也不需要全然等同于生活之经验形态和'预定'的生活本相，思想观念的介入和导引不可避免，但思想观念亦应在保持其相对稳定性和连续性的同时，呈现为一种在场的、活性的实践状态。"①小说中的诗意的在场性、活性，蕴含舒缓而强大的精神渗透力、情绪感染力和直击灵魂的力量，体现着作家的心灵状态和真正的艺术本质。

首先，《有生》的诗意来自作家对生活的发现。别林斯基认为"诗就是现实本身""诗就是生活的表现。或者说得更好一点，诗就是生活本身"②。别林斯基所说的生活包括现实生活、个人私生活，也包括大自然和历史。《有生》通过创造性的感性力量和审美感受力，呈现了广阔的生活世界。其一，对乡村自然风景和民情风俗的描写。处于四季轮换中的美丽乡村风景和生活中的家常日用都是激发作家美妙诗意并创造性地传达某种情感的审美对象。"诗"根植于生活经验的具体存在及其特性中。其二，对生活之可能性、新鲜性、神奇性（神异性）甚至不稳定性的表现。诗人瓦莱里说："生活意味着每时每刻缺少什么东西……我们依靠不稳定为生，通过不稳定而生活，生活在不稳定之中，这就是敏感性的全部内容，它是有机体的生命中魔鬼般的活力……与这种力量相比还有什么更不寻常的东西可以去设想，还有什么更有'诗意'的东西要写成作品呢？"③在打破稳定乃至僵化的宏大历史叙事模型之后，生活释放出其本身固有的复杂性、可能性和不稳定性，这显示出生活自身与作家内在生命呼应、和谐的生机活力。《有生》有力呈现了生活的这一特点。历史的风起云涌，时代的潮来潮往，人心的暗流涌动，这种种不稳定的生活，造成了人的悲剧和苦难，但也以其中"'诗意'的东西"刺激作家对生活失谐、矛盾的悲剧感、苦难感的"敏感性"。造成这种悲剧感、苦难感的根本在于作为现世性世俗性存在之人的有限性。作家把生命视为一个属于个体的不可还原、不可再生的一次性过程。生命的个体化存在，是一种无法被神圣崇高化替代的感性存在（祖奶虽被奉为神明，却始终被个体记忆和周围现实人事所缠绕，

---

① 王金胜：《故事、小说与中国经验书写》，《中国当代文学研究》2021年第4期。
② 朱光潜：《西方美学史》（下卷），人民文学出版社1979年版，第552页。
③〔法〕瓦莱里：《文艺杂谈》，段映虹译，百花文艺出版社2002年版，第191页。

被"蚂蚁"所困扰)。死亡是生命的必然结局，它可以使个体摆脱各种话语的强加，祛除遮蔽，从本源意义上呈现生命本身。

《有生》饱含对命运的敬畏、屈从和对生命的肯定，写出了历史无常之下人性和伦理秩序的恒常性、稳定性，散发着人性光辉和道德光辉。这一点集中体现在祖奶形象的塑造中。自年轻时代开始，祖奶便坚守传统道德规范，勤劳善良，以德报怨，为他人排忧解难，不为小利而失大义。历经百年历史沧桑巨变之后，祖奶简单纯朴的心性仍得以完整浑然地留存。她既处在历史之中，又处于历史之外，她超越了历史本身，是民族精神的具象化，代表着一种执着的生存意志，一种世世代代、生生不息的生命态度，也是一种维持和延续现实生活秩序的意义体系和价值系统，一种强大的历史和时代巨力压抑不住的生命能量。这样一种心性、气质，这样一种萌发和生长于民间大地上的根源性价值，是回应历史灾难和时代冲击的强大力量。它作为作家观照和思索历史/生命的姿态方式和情感态度，不仅体现着其对世界和人的认知，也在根本上影响了小说的呈现方式和独特的风韵，使之成为一部蕴含着一种朝向萌发、生长、丰饶和自由的力量的长篇小说。

其次，《有生》的诗意根源于其哲学内蕴上的生命本体论倾向。小说展现历史中痛苦与欢乐、狭隘与豁达、强健与柔弱、希望与失落、偶然与命运的并存共生，揭示生活中的矛盾冲突和人性的光明幽暗，在在与生命相关。生活的诗意，恰是主体生命的感性触摸和情感投射，也是生命的象征。"由于诗源于这种灵魂的诸力量皆处在活跃之中的本源生命中，因而诗意味着一种对于整体或完整的基本要求。诗不是智性单独的产物，也不是想象单独的产物，它处在人的整体即感觉、想象、智性、爱欲、欲望、本能、活力和精神的大汇合。"[①] 通过诗意的眼光观照世界，借助诗意想象进入世界的核心，获得对世界之生命本质的理解和言说，是《有生》的根本。

其一，人与人平等共在。祖奶既为中国人接生，也面临着巨大压力为

[①] 〔法〕雅克·马利坦:《艺术与诗中的创造性直觉》，刘有元、罗选民等译，生活·读书·新知三联书店1991年版，第90页。

至少六个日本人接生过。接生时,她忘掉一切恩怨,对所有产妇一视同仁。她被接到张北城为日本人接生时,小说写道:"产妇的叫声突然提高,如长虹贯过脑袋。于我,这世上,没有什么比那种声音更有魔力,更牵动心扉。……我是来接生的,管他什么人呢。"祖奶认为:"作为接生婆,对所有的应一视同仁,拜师那天黄师傅就告诫我了,接生婆要忘掉所有的恩怨。"在数年之后,为日本人接生的经历成为控诉和批判乔大梅的罪状。她仍在内心坚持:"总之给日本女人接生压力很大,但是我仍然会去张北城,这是我的天职。"在祖奶这里,生命超越政治、阶级、民族和种族的限定,是对人的整体性观照。

其二,人与万物同一。小说关注大地万物自身的存在。如花与乌鸦的感应,喜鹊(树枝)与鸟儿喜鹊的神契,是对大地万物的"敞开",和对不可言说的存在之切近,是日常生活中神异事物的生命交响。这些神异性事物,可看作民间神秘文化因素,亦可见出"天人合一"等中国古典美学的浸淫,又何尝不可视为作家超出日常生活经验世界的功利性维度之后,在其中所发现的非功利的"诗"。这里的"诗"不是生活,而是生命。"普通世界中,无论是外在的还是内在的,其中一切可能的事物,如生命、事件、感觉和行为保持它们平常的原样,然而它们的表面与我们通常的感觉方式突然处于一种难以定义然而又完全正确的关系之中。也就是说,我们所认识的这些事物和生命——或者不如说代表着它们的观念——以某种方式改变了价值。它们相互呼应,它们以不同寻常的方式结合在一起;它们变得(请允许我使用这个表述法)音乐化了,相互共鸣,如同和谐地回应。如此定义的诗的世界与我们能够想象的梦的世界极为相似。"①正因为"诗"之生命内在性、神秘性,所以如花将乌鸦视为钱玉的化身,不为钱庄等人理解,觉得如花因毛根射杀乌鸦("钱玉")而纠缠不清,是不可思议之举;喜鹊(树枝)与喜鹊之亲密关系,在常人所代表的日常生活"原理"和世俗理性中,也显得难以理解。这种不可思议和难以理解,恰恰是生命和世界之存在性的表现,正是《有生》试图要敞开的——以"诗"的形式。"就现代文学理论的情况而言,诗成为范型更具有特殊意味。

---

① 〔法〕瓦莱里:《文艺杂谈》,段映虹译,百花文艺出版社2002年版,第283页。

因为在所有文学类型中，诗显然是最与历史绝缘的一种：在这里，'敏感性'可以以最纯粹的、最少受到社会污染的形式自由活动。"①《有生》的诗意即为其生命/历史架构的美学显影。

就文学本身来说，生命是不可或缺的构成维度和表现对象，甚至被认为是伟大文学的本质所在："伟大的文学是一种虔诚地开向生命的文学，而生命是什么又可以被伟大文学所阐明。"②对于历史文学来说，生命维度是复活历史的前提："作品言语是否充满生命气息，这是历史题材文学文体的首要因素。"③具体到《有生》，生命是进入历史、把握历史的入口，不仅以具体的个体形式出现，也关联着人性、人类、万物众生，有着生命本体论意涵。也就是说，《有生》的生命意识不只体现在生命维度层面，也体现在生命本体价值向度上。从文学与历史关系看，《有生》"复活"历史，实现了文学与生活与时代的深层对话，凸显了文学与历史的深层沟通。从文学创新和创造意义上看，《有生》借助日常性与诗意的融合，开拓了小说的历史、文学和人学空间，使之具有境界新颖、蕴涵深厚、格局宏阔的品质。可以说，"生命"打开了《有生》的精神空间，而"诗意"在这一空间中获得了深厚宏阔的品质和格局。

---

① 〔英〕特雷·伊格尔顿：《二十世纪西方文学理论》，伍晓明译，陕西师范大学出版社1987年版，第57页。
② 〔英〕特雷·伊格尔顿：《二十世纪西方文学理论》，伍晓明译，陕西师范大学出版社1987年版，第47页。
③ 童庆炳：《总序》，见童庆炳主编：《历史题材文学系列研究：第一卷：历史题材文学前言理论问题》，北京师范大学出版社2014年版，第23页。

"戏曲""戏剧"如何进入"小说"?
——从陈彦的长篇小说《喜剧》《主角》说开去

进入新世纪以来,中国文学在国内与国际的空间格局中,出现了不容忽视的"向内转"趋势。民间、民族、本土等成为文学的关注点和生产点,进入中国历史和文化内部,发掘本土思想和精神资源,在全球空间中确立区域特质和优势,建构国族文化主体认同,成为中国文学重要的创作取径。有学者指出:"横向关注他者世界是近代以还中国文化与思想的主潮,能够转向纵向瞩目自我世界,这自然是百年来中华民族伟大复兴进程中的一个质变。"[①]值得注意的是,传统、民族、本土是反思现代、西方与世界的支点,而非对抗后者的工具。为了获取对"传统"的理解,需要在当代生活的整体语境中,运用现代思想和话语系统以及现代言说方式,对之进行重新解读。秦腔、戏剧以及它们背后的传统,便是陈彦运用现代观念意识、现代话语体系"再解读"的对象,也是形成陈彦独特长篇小说叙事美学的重要元素。换句话说,陈彦借助戏曲、戏剧的思想、思维和形式力量,"重读"和"重构"了长篇小说这一现代文体的叙事美学。

陈彦的两部长篇《喜剧》和《主角》可谓一体两面、血脉相通,都提供了关于中国城市和乡村的广阔生活场景以及复杂的人际关系和纠葛,借助世道人心的路径,勾连起个人生命、艺术生命、文化生命与时代与历史,使之互融互通;都提供了关于传统文化、民族精神和文化心理结构的深层

---

① 闫海田:《中国当代文学批评的历史化、国际化与民族化转向》,《中国当代文学研究》2020年第5期。

透视和形象诠释；都借鉴秦腔、戏剧的艺术形式和旦角、丑角的角色行当，提供了大量关于戏曲、文化和道德伦理知识，集高台教化、道德教谕和知识传递、文化传承于一体，有着鲜明的认识、教育和艺术功能。

一、戏曲/戏剧的"挪用"与化用：陈彦小说中的"传统"因素

小说与戏曲均为叙事文学，有着"同源而异派"的密切关联。一方面，戏曲对小说有着切实的影响和渗透，戏曲的情节、人物的脸谱化、模式化和表演的程式化，对小说人物的类型化和故事情节的模式化描述，有着或大或小或隐或显的影响。戏曲的丑角形象、科诨艺术会强化小说的喜剧性、讽刺性；戏曲的流水分场结构与小说尤其是传统现实主义小说的顺时序叙述也不无关联。另一方面，戏曲与小说显然又具有各自的文体独立性和根本性差异。作为一种场上表演的综合性舞台艺术，戏曲主要展示声腔曲辞、身段、科介及舞台设计和服饰之美，故事情节并非其要点。小说作为案头阅读文体，以塑造人物、设计情节、讲述故事为要，其魅力更在于人物之饱满生动、情节之曲折动人。戏曲与小说如此复杂的关系决定了二者结合的可能，也显示了结合的难度和限度。尤其是五四以来，小说经历现代思想文化的洗礼，受西方小说影响，实现根本转型之后，与民族戏曲之间更呈现出雅/俗、"大说"/小戏、传统/现代的价值等级差异。这一差异加大了二者渗透融合的难度。在此意义上，陈彦将戏曲引入小说，便有着在小说文体创新和创造上的意味。

戏曲在陈彦小说中有着多方面的形态、功能和意义。首先，戏曲作为本体。陈彦小说中，有关戏曲的技术、艺术、手段、方法、技巧绝活儿的描述，琳琅满目；有关曲辞、唱腔、演奏、舞美、服饰、角色行当的内容，以及练功、排练、演出场景，层出不穷。其次，戏曲作为小说叙事线索。通过戏曲线索的贯穿和连接，展示一个艺术群体、群落的排练、演出、生活和遭遇、命运，在此基础上，勾连广阔城乡生活，折射时代社会。再次，戏曲作为方法和装置。具体又分两种情况：其一，通过这一装置，对国人生活、情感和伦理关系进行独特观照；其二，戏曲涉及技艺、哲学、智慧

和道德观念、美学品质等中国传统文化内容。陈彦小说对生活背后的历史文化根基和脉络进行了有意识的深挖和形象展示。

戏曲由本体向资源、线索乃至方法、装置的转变,发生于作家现代意识、现代体验和现代知识话语体系所提供的动力,将戏曲纳入小说,使之成为小说叙述装置和重构叙事美学的资源,不仅是一种"古典/戏曲"向"现代/小说"的文体对话与转换,更体现着作家对更古老的戏曲进行现代性观照和发掘的构想。

戏曲因素在陈彦小说中的大量出现,始自《主角》并在此达到巅峰。《主角》体现着小说与戏曲融合的方式、可能和极限。这表现在,其一,戏曲成为小说的主要题材内容和情节、人物元素。如秦腔经典剧目《游西湖》《杨排风》等,及小说人物秦八娃创作的《狐仙劫》《梨花雨》等。其二,戏曲活动在小说中得到大量呈现,唱词原文被广泛引入。以忆秦娥为代表的秦腔演员的练功、排练、演出等戏曲因子的渗透,可以说是陈彦"源于生活"的艺术创造,是其"戏曲生活"向小说艺术的自觉渗入。戏曲对小说的影响,从题材意义上看,文学功能较为单纯——即通过戏曲人物、剧团演出等具体人事的描述,扩展和丰富小说的社会文化和艺术、知识含量。但陈彦将戏曲纳入小说更突出的意义还是在艺术创造方面,这种艺术创造性在文本显性和隐性两个层面都得到了饱满的表现。

从文本显性构成上看,陈彦描述戏曲排演活动,写及曲词、唱腔、道具、绝技等,这些通常在小说中一掠而过的零碎事物,被陈彦作为塑造人物、构设情节和传达主题的重要手段,做了详尽铺排和细致描述。陈彦是一位成名已久的出色戏剧家,又是一位晚出却又成熟的个性化小说家。他兼有两种文体优势,将之融为一体,使之灵活互动。对于陈彦来说,戏曲可为我所用,成为创作资源。对于读者来说,可借此观察剧中人物和小说人物的言语行动,对于人物作剧中人物和小说人物的双重观照,在戏曲故事和小说情节、戏曲氛围和小说情景之间构成一种颇可玩味的微妙关系:人物间的对比映衬;情节的关联;氛围基调的渲染;主题意旨的彰显。二者互动产生的艺术魅力,戏里戏外互为映衬,相互缠绕,悲喜互现。

从取材上看,传统戏曲往往利用为人熟知的故事为题材,"观众在欣赏这些作品时,面对的是一些早已烂熟于心的事件,所以才能穿过作品的题材层面，不为作品中所讲述的故事所吸引，而直接接触到它所表现的情感内核。""也就是说，当观众面对的是一个他们早已熟悉的故事时，他们必然会把主要的注意力集中到戏剧所表现的情感内容方面，以及演员的演唱和表演技巧方面。"①《主角》写忆秦娥艰辛曲折却充满"天行健，君子以自强不息"精神的成名成家之路；《喜剧》写已经成为喜剧名角的贺少天不仅自己勤于练功，也时时督促、反复提醒儿子练好绝活儿，恪守丑角本分和喜剧表演底线。小说通过讲述这样一些人们耳熟能详的故事，如贺少天父子三人的家庭故事、练功演出故事，贺加贝与潘银莲、万大莲的三角恋爱故事，贺加贝、贺火炬兄弟二人由合作、和睦到矛盾渐生、合作关系破裂的故事等，在小说文本与读者和"社会大文本"之间具有突出的"互文性"，能让读者尽快进入叙事情境。此外，在人物名字上，陈彦也有意设置人物姓名与"前文本"的关系，建立勾连性的期待视野。潘银莲之与《水浒传》中潘金莲的反向互文关系，王廉举之与革命现代京剧《红灯记》中的王连举，刁顺子之与《装台》，忆秦娥之与《主角》，罗天福之与《西京故事》，"张驴儿"（潘银莲收养的流浪柯基犬）之与《窦娥冤》，潘五福与《水浒传》中的武大郎，甚至小说中红石榴度假村的武大富也被人戏称"武大郎"。借助这些故事和人物，读者可很快进入小说的生活、伦理、情感等世界。当然，这里也存在某种艺术上的风险，如果说在现代中国戏曲改造中，观众的审美惯性、心理期待和对旧戏的由衷热爱，构成了理解、接受"现代革命新剧"（"样板戏"）的阻碍，那么《喜剧》作为现代小说对传统戏曲形式、内容、人物等的借用，也可能会因作家的审美惯性或美学偏好，而在某种程度上抑制了原本可以更为开阔、舒展的思想和艺术空间。

就小说艺术的隐性层面看，戏曲的影响主要表现在叙事方式和技巧手法方面。首先是"唱"与叙述、描述的关系。在《主角》中，人物以唱词、宾白、诗词曲等形式，通过戏曲角色的独唱、对唱、独白、对白来曲折传达心声。《喜剧》则几乎没有这种"以曲代言"的方式。小说以人物串联故事，贯通全篇，紧扣人物命运，通过其人生遭际和生活波折制造大小不

---

① 傅谨：《中国戏曲艺术论》，山西教育出版社2000年版，第124页。

等的矛盾冲突和连续的悬念，读来扣人心弦。小说语言有着民间说唱艺术的诙谐生动、俚俗活泼。这跟《喜剧》以更具世俗俚俗气息的喜剧艺术为题材内容，以擅长科诨的"丑角"为主角有关，《喜剧》人物塑造方法与传统戏曲的丑角表演艺术的相通之处是，都通过动作和言行展现人物心理。从这一点上看，《喜剧》借言行动作描写人物的内心活动，更切合现代小说的心理描写，也更符合现代小说的散文化叙述方式，而非《主角》中大量戏曲的韵辞化叙述。其次是模式化。《喜剧》采纳和处理戏剧的方式更为灵活，也更符合现代小说艺术本体。但它同样隐含着较为浓厚的戏曲成分。如人物、情节设计的程式化模式化，伦理道德化的人物塑造，俚俗诙谐的语言和充满戏剧性的故事情节等。陈彦侧重于表现人伦关系，他在《喜剧》中袭用一些戏曲等口传文学（说唱艺术）的"主题"或"故事模式"，并在其中融入道德意涵。小说描述各类人物关系：父子或叔侄关系（子承父业），兄弟关系（一母同胞，性情相异；由兄弟怡怡到罅隙渐生、矛盾激化、异途分殊），夫妇关系（丑夫贤妻，夫善妻不贤），情爱关系（一见钟情、始终不渝或婚外恋情、亡命鸳鸯）等。有意味的是，小说在表现潘银莲与哥哥潘五福的兄妹关系、哥哥与嫂子好麦穗的夫妻关系、嫂子与其他男性的婚外情人关系的时候，考虑到前述人物姓名与"前文本"的互文性设置，此举不仅可以对陈彦自己的创作进行总体的观照和勾勒，更将西安城中的职业、身份、经历、性情等各不相同的人物，视为当今时代中国民间社会世俗众生的参差对照的写实，烘托出一幅驳杂混沌、烟火弥漫的人间图景，其功能既在个人、个性的映衬、对照，又在世间万物一体而存的总体生命景观：朴素却浩大，隐忍也崇高。故事情节、人物形象、人物关系的设置等方面的类型化、程式化与戏曲等说唱艺术是相似或暗合的。戏曲是靠一定的故事程式，从容裕如地进行剧场表演和技艺传承。民间说唱艺人的本领往往体现在同中求异、同中见异、犯中求避上，他们既遵循一定的模式套路，又在对其稍加改造后运用到不同的人物和场景中，使人感到似曾相识，又各异其趣。《主角》《喜剧》在借用戏曲模式时，将其放在当代的社会生活情境中，通过生活与艺术、现代与传统的相互映衬、对照，探寻"传统"之当下状态及其现代转换的可能。新人物，新故事，具体的细节描写，情节、场景和科诨、玩笑又不断在当代情境中因时因地而变换。所以,即使借用旧有主题和情节模式,陈彦小说仍能翻新出奇,引人入胜。

如是观之,贺氏父子依据现实情境的转换,将传统戏曲秦腔改变为"戏曲改良小品",便是戏曲程式的一次大的时代革新,而陈彦以喜剧、丑角为切入点,将戏曲人物和戏曲艺术作为观照对象,即是以自觉的现代小说意识对"传统的发现",以及对"传统"的现代命运及转换可能的思考。而站在戏曲而非小说的角度看,又何尝不是一次更根本也更具革命性的犯中求避?

二、抒情性或戏剧性:《主角》与《喜剧》的同与异

《西京故事》《装台》是通常意义上的以叙事为主的朴素温和的现实主义小说,《主角》充分显示了将戏曲及其内蕴的传统文化美学和戏曲诗词等传统艺术融入现代小说叙事的自觉,是陈彦延续现实主义文学精神,重铸长篇小说文体的最初尝试。这部小说以显在的戏曲设置,展示了其作为长篇小说文体的另类性存在。《喜剧》是《主角》的延续,也是其发展和创新实践。

《主角》充分实践了传统戏曲美学精神和创造原则。作为一部叙事性的小说,《主角》注重人物经历、生活场景和事件过程的真实性表现,同时也借鉴了传统戏曲注重通过细节和行为揭示人物内心世界的方法,更突出的是小说对忆秦娥演剧片段的引入,实际上是在小说所追求的生活真实中,借助戏曲的假定性、虚拟化、写意性的表演手法,通过戏曲人物的唱腔、唱词、语言、动作、舞美等形式,将人物的心理活动、心灵世界,间接却也鲜明、强烈地刻画出来。

《喜剧》同样具有浓郁的戏曲元素,不同之处在于《主角》中的秦腔承担了更为复杂和阔大的文化政治意涵,[①]而《喜剧》则更体现着小说在叙事场景、情节故事和人物命运的结构作用上,以喜剧形式讲述苦情、悲

---

① 有关《主角》文化政治意涵的分析,参见王金胜:《现实主义总体性重建与文化中国想象——论陈彦〈主角〉兼及〈白鹿原〉》,《中国当代文学研究》2019 年第 4 期。

情的情感戏、伦理戏，从而形成映照和反衬。同时，由于《喜剧》中的丑角行当与《主角》的旦角行当之角色功能的差异，后者以抒情性、写意性见长，而前者的叙事性、写实性较强，这同样形成了相反相成的格局。《主角》塑造忆秦娥这一德艺双馨的文化传承者和发扬光大者形象时，突出其久经生活考验和艺术淬炼的"文化英雄"气质，通过营造浓郁的诗性抒情氛围，生发出超越生活超越个体生命的民族文化和世界文化境界，其意义空间广阔而舒展。相比之下，《喜剧》更具紧张紧凑的戏剧性因素和反讽性，有更多引人发笑的滑稽幽默、调侃因素。较之《主角》，《喜剧》在小说美学意蕴的悲喜相间与比照等方面，有着集中突出的戏剧性元素，比如，万大莲、潘银莲二人虽形貌相似，但心理结构却存在巨大差异；贺加贝、贺火炬兄弟同为出色的丑角演员，但在个性、心理上却水火不容。

《喜剧》是一个杂糅诸多矛盾性因素的复杂文本。一方面，小说有着理念成分，如悲与喜、美与丑的辩证，道德教化意蕴和关于丑角艺术表演、编剧等的知识性、观念性阐述，并在一定程度上有着戏曲角色行当的配置，小说的主导情节围绕某种思想观念或意识的冲突展开。另一方面，作家又力图破解戏剧程式对人物塑造、情节设置等的限制，致力于人物形象的完整性、生动性和情节的连贯性、明晰性，力求以鲜活生动、柔韧泼辣的语言，讲清故事的来龙去脉，勾画错综复杂的人物关系和矛盾冲突的人物心理、情感。于是，在戏剧的观念化、程式化与小说的形象化、生动性之间形成了一种释放与约束、开放与封闭的充满矛盾的复杂关系。

与《喜剧》相比，《主角》有着突出的诗性抒情气质，戏曲性成分更充分浓厚。这是中国戏曲以"情"感人的抒情美学表征。与布莱希特强调戏剧的"间离效果"不同，"中国表演艺术的'目标'，在于以'感动人'来促使人们进入'深情'，使得观众参与'感天动地'的情感之域成为可能。……即使听上去有点笼统，我们还是可以说，'像感天动地一样的感动人'，正突出了这个系统的审美理想。"[1]《喜剧》的情节设计一如《主角》，但在内在情境、意象的经营和发掘上则有所欠缺。造成这一问题或

---

[1] 颜海平：《论戏剧能动性——在全球化时代中对中国艺术传统的重新思考》，见曹天予等主编：《文化与社会转型》，浙江大学出版社2006年版，第275页。

现象的原因，与戏曲、戏剧作为小说表现对象、内容和表演程式、美学品格等方面的区别有关，如有学者指出的："中国戏曲并不是以展示戏剧冲突、追求逼真的戏剧效果见长，主要还是通过意象的营构来表现丰厚的情韵——一方面，戏曲舞台向观众展现的是一个绚丽的意象世界，另一方面，更显出戏曲自身审美特质，以意象的表现和感受为中介，建构出一种独特的表现方式与'观—演'关系。"①而戏剧——《喜剧》中指的是"戏曲改良小品"显然不同于传统戏曲的审美特质。

虽然《主角》人物众多，关系复杂，时间、空间均有大幅度的延伸和位移，情节和人物的戏剧性却也在开阔的城乡空间和海内外空间，以及近半个世纪的主人公成长历史中，得到从容裕如的叙述和耐心细致的刻画。《西京故事》《装台》中，作为主体叙事内容的生活经验部分，也在《主角》中得到充分的展现。与《主角》相比，《喜剧》的戏剧性成分得到明显强化。从某种意义上看，《喜剧》已将《主角》中的"戏曲"转换为"戏剧"，由"曲"转换为"戏"，将唱词、身段、服饰、动作转换为动作和独白、对白等语言艺术。小说的情节、人物和场面更具现代性，更具戏剧性。关于戏剧性，威廉斯在考察 dramatic 时说：一般而言，从十八世纪起，dramatic 指的是只设一种具有情景（spectacle）与惊异（surprise）特质——与剧本或上演的戏剧所包含的特质相类似——的行动或情况。②《喜剧》中的人物命运随着喜剧艺术和丑角人物的命运而起伏跌宕，贺少天、贺加贝、贺火炬、潘银莲、万大莲等主要人物的生活经历中充满各种曲折、矛盾冲突和偶然性因素；小说的情节和场景也具有很强的戏剧性成分，情节紧张，结构紧凑，变化激烈，冲突尖锐。《喜剧》同样注重情感和心理的表现，但与《主角》那种结合戏曲唱词或古体诗词以渲染和强化抒情氛围的方式大不相同，《喜剧》的抒情主要是围绕人物极度激动、兴奋、紧张的心理活动展开，通过人物剧烈的内心矛盾和人物之间强烈的语言、行为和心理冲突，情感得到宣抒。如果说，《主角》是抒情与写意，叙事性、

---

①施旭升：《中国戏曲审美文化论》，北京广播学院出版社2002年版，第87页。
②〔英〕雷蒙·威廉斯：《关键词：文化与社会的词汇》，刘建基译，生活·读书·新知三联书店2005年版，第137页。

戏曲性和抒情性的融合,戏曲是抒情的主要手段,中国传统戏曲的写意性决定了小说抒情品质、方式,并调节了叙事节奏;那么,《喜剧》是戏剧性、抒情性与写实性叙事的融合,其中戏剧性占据统御叙事和抒情的主导地位,人物情节、矛盾冲突的戏剧化设置决定了小说的叙事架构和情感表现特质。

《主角》的抒情性虽然包含心理活动和冲突,是人物内心情感的反映,但相对于小说的叙事部分,这些出之以韵辞唱段的抒情因素具有相对独立的审美性,并在一定程度起到调节叙述节奏、缓和叙事紧张感的效果,使情节推进不至于过于迅疾,情感心理活动得到较为自然的流露。或许有人认为,这些抒情片段的插入显得僵硬、直接,但是这种插入却真正起到了虚实相映相生的效果,在虚与实、叙事与抒情、写实与写意之间有着内在的"有机性"。

《喜剧》的丑角形象塑造和喜剧性色彩,不同于《主角》旦角形象塑造和略带悲情色彩的崇高感,这也影响到小说的美学基质。

其一,丑角和喜剧本身便是对戏曲抒情性的某种解构。丑角和喜剧固然可以起到调节氛围、调动情绪的作用,但对人物自身的情感世界表现来说,也有阻遏和抑制作用。

其二,小说的情感表现有着不同于《主角》的独特方式。一是抒情融入小说叙事流程中,本身不具有相对独立的审美性。《喜剧》没有那种类似于《主角》中与忆秦娥有关的戏曲、唱词和诗词等相对独立的抒情片段。二是小说将抒情融入心理描写,情感表现被"心理描写"化。《主角》中的抒情,自然也包含人物的心理矛盾和冲突,是人物心理和心境的投射,但心理心境往往是通过抒情得以曲折隐微的表现,具有"暗示性"。《喜剧》的抒情则更从属于人物内心矛盾激烈斗争的结果,是人物心理描写造成的某种自然的效果,是叙事和描写编织出的语言效果。也就是说,《喜剧》的情感表现附着于小说营造的"生活现实"和"心理现实"。是故,虽然我们可借由情感之径进入人物内心,并可观照时代现实冲击下的生活现场,但却难以产生相应的深层情感呼应——即共情。

从小说文体上看,《主角》可谓时空穿插综合艺术,而《喜剧》则基本体现着时间艺术特征。与戏剧相比,小说是一种时间艺术。但《主角》

因保留了较多传统艺术形式（戏曲唱词、独幕剧设计、诗词曲等）而具有了相对的空间性特征，而《喜剧》则更能体现作为时间艺术的小说特征。《主角》的时空综合性，在以时间推进描述主人公成长过程和体验时，又能以情感、心理和唱词诗词所开拓出的空间，使小说保持一种急缓分明、张弛有序、高潮与低潮相间并柔和过渡的叙述节奏。而《喜剧》在祛除《主角》的抒情方式之后，在情节编织、矛盾构设、心理冲突的剖析、人物塑造及人物关系的设置等方面更具动作化特征，即使心理发掘也具有突出的激情特征，给人紧张、急促、兴奋与压抑的感觉。情节的起伏、心理的跌宕、人物的命运固然相辅相成，但也缺少了更开阔的让人回味和思考的空间，缓与急、张与弛的节奏处理，不如《主角》理想，心理冲击力强化的同时，情感的感染力相应有所弱化。

其三，喜剧突出的动作性、视觉性特征，也在一定程度上影响情感体验的表达。蓝凡认为："悲剧善于抒情，喜剧长于行动，这乃是中西喜剧所共同具有的性格品貌。"进而阐述道："所谓'喜剧长于行动'，就是与悲剧相比较，喜剧更着重舞台表演的'内心外化'，将人物内心的潜在运动转换成特殊的舞台视觉形象。换言之，如果说悲剧演员侧重于思想情感深度的体验，那么喜剧演员则更侧重于对语言、形体等外部技巧的训练。即喜剧更多的是以外形式的刺激和打动，来引起观众对内容的共鸣。因此，喜剧表演（主要体现在丑角上）比起悲剧来，不但其外部的形体动作更多，而且其动作的幅度也更大，所谓'无丑不成戏'，在喜剧中也就是'无丑不成喜'。"①《主角》《喜剧》虽然不是文类意义上的悲剧、喜剧，却也处处渗透着这两种文类中根深蒂固的戏剧思维、艺术程式乃至道德意识和美学趣味。显而易见的是，陈彦把悲剧戏曲美学之深度思想情感经验带入了《主角》，也经由丑角形象，把喜剧美学重视语言、动作的性格品貌植入《喜剧》之中。

关于《主角》的"悲剧性"和《喜剧》的"喜剧性"，我们还可以从两部小说对"身体"的表现来进一步分析。伯格森认为滑稽与身体、精神之间存在如此规律："任何能使我们只注意到人的身体而把其中的精神方

---

① 蓝凡：《中西戏剧比较论》，学林出版社2008年版，第576页。

面撇开的事都是滑稽的。"① 具体到悲剧来说:"悲剧作家总是小心翼翼地避免把人们的注意力吸引到主人公的身体上来。一旦使观众产生了对身体方面的担心,滑稽的因素就可能渗透进来,整个悲剧效果就会前功尽弃。正是这个原因,悲剧中的主人公不吃不喝,也不烤火取暖。他甚至尽可能不坐下来。"② 戏曲中的人物自然经历多番技术、绝活儿的身体训练,但戏曲中的身体不仅是人物物质性肉身,更是技术的变身、艺术的化身和文化的美学传达介质。《主角》中的忆秦娥便是典型例子。在常人眼里,她更多呈现为容貌形体之美,而在戏曲人和懂得欣赏艺术的观众眼里,她则是艺术之美、精神之美的化身。她的由"技"而"艺"到"道"的成长之路,则是从依托身体到超越肉身,融入中国文化深远境界的过程。无论是作为民族文化主体还是更具普遍性的人类化身,思想、精神、情感等"精神方面"因素超越并重塑了忆秦娥"人的身体"。"在戏曲中,人物的抒情通常是可以借助肢体语言如水袖、甩发得到渲染与发挥,人物的抒情性也不妨是受'有目的有意志的行为'的激发、砥砺。"③ 现实中《主角》的读者与小说中看忆秦娥演出的观众,通过她的肢体语言、心理活动和情感脉息,实现了文本内外的共鸣与共情。《喜剧》中由丑角而产生的滑稽性、喜剧性,相对来说,更与身体直接相关。"身体"的可笑,产生并强化喜剧演出的可笑。演员的长相、容貌、形体、动作、语言等与身体直接相关的因素是产生喜剧性的根本因素。如果说,贺少天、南大寿等老一辈喜剧艺人尚能在身体与精神之间保持必要的张力,严守喜剧的道德和美学底线,那么王廉举则与之形成对照,他以"身体的可笑"迎合观众之举却触摸和突破了这一底线,贺加贝则逐渐抛弃"道"与"艺"而专注"技",完整地呈现了喜剧从精神到身体的滑落或堕落过程。喜剧的物质之"丑"压倒了精神之"美",其社会价值和美学价值不能通过"寓庄于谐"的方式来获得,引发观众笑声的是"身体"之"丑"与"谐",是职业性和技术性的滑稽与可笑。《喜剧》以喜剧的命运遭遇,思考悲剧、喜剧、闹剧

---

① 〔法〕亨利·伯格森:《笑与滑稽》,广东人民出版社2000年版,第36页。
② 〔法〕亨利·伯格森:《笑与滑稽》,广东人民出版社2000年版,第37页。
③ 刘艳卉:《戏曲创作思维》,上海人民出版社2016年版,第132页。

和正剧之辩证关系，在众声喧哗中传达了对喜剧本质与"喜剧精神"的严肃思考，以谐写庄、寓庄于谐、"庄谐并作"。

总之，《主角》《喜剧》引发我们关注与思考的是如何处理小说与戏曲、戏剧之关系，以实现其深层的、有机的、合宜的融合的问题，以及如何处理传统戏曲戏剧与现代小说的关系的问题。对此，我国著名戏剧家曹禺评价俄罗斯伟大小说家和剧作家契诃夫所说，颇有启示意义："契诃夫的戏，没有我们通常所说的那种动作，实际上它是有动作的。戏剧不可能没有动作，没有动作就不成其为戏剧。只是契诃夫剧本中的动作并不表现在我们通常安排的高潮、悬念和矛盾冲突之中。他看得更深，写真实的人在命运中有所悟，在思想感情上……把许多杂念都洗涤清净了。"① 契诃夫对人物的把握和塑造已臻出神入化之境，他无需刻意去为人物寻找直接关联情节、引发冲突的行动。作家已与人物合二为一，人物的嬉笑怒骂、言行举止完全出自其经历、心理、性格和情感，天然而出，无须强加。

三、喜／悲辩证与小说／戏剧的文体"约定"：《喜剧》与喜剧及小说之关系

首先，《喜剧》与中国传统喜剧的关系。在中国传统戏曲中，丑角往往是"正角"之外的"副角"，是"主角"之下的"配角"，是戏曲演出穿插在"正色"中的"间色"。丑角在传统戏曲中起着穿插、调剂和辅助作用，所谓"插"科打诨的意思。相对于生角旦角的主角地位，丑角却因其"间""副""插"的独特地位和作用，缺少了剧情、剧场的限制，具有更大的表演灵活性和自由性。

在戏曲美学意蕴上，丑角与他角形成谐与庄、邪与正的对照和互补；在艺术形式上，丑角与他角构成造型、服饰、舞台动作等对比，共同构成"有意味的戏曲形式"。在戏曲舞台上，丑角与他角对照互补、辩证统一，共同以视觉、听觉等感性的形式表达国人的生活情状、伦理观念和文化精

---

① 曹禺：《和剧作家们谈读书和写作》，见《曹禺论创作》，上海文艺出版社1986年版，第412页。

神。在这种"有意味的形式"中，丑角是非中心的、非主要的，但也是机动的、灵活的，他有极强的现实适应性、现实参与性和直接的现实干预性。《喜剧》中贺氏父子两代三个丑角，在二十世纪八十年代以来中国迎来"喜剧时代"并非仅仅是时代心理和人们思想观念、审美趣味的变化，也与丑角的角色功能和特质有关。从小说来看，贺氏父子扮演的并非中国传统戏曲中的肯定性歌颂性丑角，而是否定性批评性丑角，这类丑角因其丑恶、愚蠢、奸猾品质，总体上处于陪衬地位，"中国喜剧中的否定性喜剧人物一般都是以陪衬的面目出现的。即中国喜剧中被笑的对象，如果是作否定的讽刺意义上的处理，一般就不是主要人物。这不能不说是一种非常有趣的现象"。① 在这个"喜剧时代"，万大莲、廖俊卿等曾经作为主角的旦角和生角成了"配角"，而丑角这一曾经的配角却成了"主角"。无论是肯定性丑角还是否定性丑角，往往在外形上滑稽、丑陋，表演插科打诨、动作夸张，兼有奇才绝技，能起到滑稽可笑、逗笑取乐的效果。即便是否定性、批判性丑角，也应出之以艺术之美，即角色外观形态上的"美态化"——"美形之丑"："中国戏谚说的'丑味三分'，就是指喜剧人物外观形态上总带点滑稽可笑，如丑角的粉面乌嘴（豆腐块）、盲目瘸腿等等，但既是'三分'，就不能过分，即不能以丑为丑，强化人物外部特征的畸形感，弄得人物/角色在外观形态上丑态百出，面目可憎，而是要丑中见美，于人物造型的'三分'丑上作美态化的处理。"② 贺少天等老一辈丑角艺人深谙此道，他们反对自我丑化、自我作践也在于此传统丑角形象美学。"无技不成丑"，高超的、有难度和高度的技巧本身就是一种相对独立的艺术美和"审美观念上的一种笑的体现"，"即使中国喜剧中的反面丑角，为了揭示其丑态，……也仍然需要运用美的艺术形式和高超的艺术技巧""也正是由于如此，历来的丑行艺术，更注重追求'艺不惊人死不休'的苦练精神"。③ 从贺少天的苦练绝活儿到贺加贝的偷懒懈怠，从南大寿的遭受冷遇侮辱和王廉举的受捧走红，正可以见出丑行艺

---

① 蓝凡：《中西戏剧比较论》，学林出版社2008年版，第568页。
② 蓝凡：《中西戏剧比较论》，学林出版社2008年版，第595页。
③ 蓝凡：《中西戏剧比较论》，学林出版社2008年版，第597—599页。

术的衰败和真正的喜剧精神的流失。

《喜剧》的戏剧性，首先体现为"喜剧性"。从戏剧表演层面看，贺氏父子扮丑角、演喜剧，之所以能成角儿成家，关键在于其外貌、形态的滑稽、丑陋，表演动作的夸张搞笑、插科打诨。他们虽有世故老成、偏执、言行不合常规、越出常情常理之处，但也有善良、能干、吃苦等优点。作为戏剧中的丑角，他们可能不算良善之人，但作为小说人物，却是肯定性的、正面的滑稽人物，与他们所扮演的那些阴险毒辣、狡诈刁钻、卑鄙贪婪的批判性反面人物判然有别。"中国喜剧正面人物的喜剧性，往往是在优点和缺点的相配中得到的。所谓'相配'，不是美与丑、善与恶的对比，而是优点中包含着缺点，即缺点是优点的延伸，优点又是缺点的补偿，两者判然不分而组成喜剧人物的性格色彩。"① 贺火炬真诚细心，喜欢喜剧艺术，却对人情世故不甚了了，以至在生活中处处碰壁；贺加贝有喜剧天分，却并不安心于扮丑角，他对万大莲一往情深，是个情痴，却显迂酸呆直，他不顾后果的深情，严重地伤害了潘银莲。南大寿是个严谨而有才华的喜剧编剧，心直口快，面对武大富的嘲讽贬斥却瞠目结舌，不知所答。潘银莲宽容忍让、大方得体，有社会阅历和处世智慧，面对贺加贝的背叛却无计可施。万大莲有心计却又不乏善良，做事有度却也不够得体，有意无意间放任了贺加贝而伤害了潘银莲。《喜剧》人物塑造深得中国传统喜剧的精髓，虽然不乏对丑恶、粗陋和庸俗之人事的讽刺和揭穿，但通过旁敲侧击、寓庄于谐等手法，表达了对现实生活中的美好事物和情感的肯定和赞许。

蓝凡指出中国传统喜剧在结构上具有"悲喜相间性"，"中国戏曲的剧本结构，按旧的说法，不管是什么故事，什么情节，多用'悲欢离合'这四个字来作为概括（一般是没有一闹到底的）。究其原因，是因中国喜剧内容与形式的美之丑（悖乖之丑），从根本上要求悲剧性美感的介入，并以此而增加剧作的感情色彩"②。《喜剧》充满强烈的情感色彩，小说尊重生活的本来面目和人的本真体验，将喜剧性内容、情节、体验与悲剧

---

① 蓝凡：《中西戏剧比较论》，学林出版社2008年版，第563页。
② 蓝凡：《中西戏剧比较论》，学林出版社2008年版，第604页。

性内容、情节、体验融合一处，使小说在情节结构和情感体验上悲喜相间，悲喜交织，有离有合，相反相成。人物命运、遭遇如此，如贺少天之演艺生涯，年少时代的曲折，红火时期突患绝症，追悼会上悲剧氛围中的喜剧乃至闹剧色彩；如贺加贝与万大莲、与潘银莲的爱情、婚姻、家庭经历，贺加贝与贺火炬的兄弟感情，也是悲欢杳现，离合并生。其他，如潘五福与好麦穗的婚姻、家庭，好麦穗与情人张青山的离合悲欢，经历两次不幸婚姻后的万大莲终与廖俊卿复婚，爱情无望的贺加贝跳楼自杀，本是悲剧，却又因被电线夹住了脑袋侥幸生还，只摔断了一条腿，"这可能就是喜剧了"。小说人物的生活经历和感情归宿如此，喜剧艺术亦是如此。从喜剧时代来临时的红火热闹，到面临冲击、多方实验以求突围，再到贺氏喜剧帝国的巅峰，又到梁柱倾圮、难以为继；面临"小鲜肉"汹涌而来的冲击，贺火炬力图东山再起的心志和规划。《喜剧》一部，七情并现，哀乐之感，交错其间，悲欣之情，双管齐下，小说在凄惨暗淡的悲剧性情节和喜剧性场面之间做回环安排，使得悲剧与喜剧的界限不再泾渭分明，而这也是中国古典喜剧在结构上的个性特色，亦合乎"寓哭泣于歌笑"的中国古典喜剧的美感经验。小说在最后部分，通过贺火炬感慨，戏剧舞台"太神奇太诡异：成就了多少角儿，又败葬了多少角儿啊！"戏如人生，人生如戏。悲喜交错，悲欣交集，是为正剧。包含喜剧、悲剧各种元素的"大家现在正在进行的生活"便是正剧。《喜剧》描写人世悲欢离合，除了带来鲜明的悲与喜的情感体验，更蕴含超越情感和情绪之上的心灵涤荡和理性感悟，小说会让人笑，让人流泪，但作家严肃的思考和介入现实与人心的态度，又使小说具有了积极寻求艺术与生活的真谛，探索精神与灵魂的归宿的超越悲喜的德性、智性的启迪和快感。《喜剧》汲取了中国古典世情小说和传统戏剧的手法，既反映时代生活现实，贴近人们最现实的生活和情感，用带有喜剧性的活脱的手法描述当代国人的困扰与忧虑，又以冷峻凝重的理性思考、智性感悟和积极的生命人格意志在更深层传达了时代声音。

其次，现代小说、戏剧与传统戏曲的文体界限。传统戏曲与现代戏剧、传统戏曲与现代小说、现代戏剧与现代小说之间的联系与区别，并非单纯的文类文体或艺术规律之别，在其联系和区别及文体、形式区分的背后，有着时代和历史的强大助力。焦菊隐在谈戏剧与现实生活的表现时，比较了从西方学习来的话剧与中国传统戏曲的差异："……中国话剧之所以采取了现在的形式而没有采取戏曲传统的形式，正是由它的内容决定的，由它所担负的历史任务和政治使命决定的。所以，话剧这一形式，较之戏曲，更适合于表现现代的生活，在反映革命和斗争上，更有优越的条件和能力。而且，它既然是在现代政治的社会发展过程中诞生的，它也就会随着社会向前发展而更加发展，社会越向前发展，它的内容便越丰富多彩，表现力便越强大，形式也将越加完整，风格越加民族化。""话剧舞台上展示的生活，比起戏曲来，更接近于现实生活。"①正如《喜剧》所写，二十世纪八十年代喜剧和丑角艺术的崛起，一方面是由于生活的变迁、社会发展进入了一个需要休闲娱乐的时代，是一个需要"笑"的"喜剧时代"，但另一方面，则是贺氏父子的"戏曲改良小品"的喜剧形式更接近于话剧，较之传统戏曲和旦角、生角艺术，更"适合于表现现代的生活"。这便是文类、形式与时代、历史的关系——"内容"决定"形式"。

如果说《装台》只是戏曲元素的萌芽，那么在《主角》和《喜剧》中，这一种子逐渐成长壮大。相比之下，《主角》着眼于本土与世界、传统与现代、特殊性与普遍性的相通性，叙事格局开阔，风格舒展自如。《喜剧》延续《主角》的民间性、世俗性品格和对戏曲人物命运的温和关注，但人伦关系、道德意识、教谕功能等戏曲元素的深层渗透，又使小说在格局上略显局促，节奏风格也更具紧张感、焦灼感。同时，尽管两部小说有所差异，但《喜剧》对戏曲的处理更为内在。《主角》中多次出现的练功、排演场景，尤其是戏曲唱段和诗词的插入几乎没有在《喜剧》中再出现，小说的抒情写意成分减少，而写实叙事色彩突出，小说将更多经验纳入叙事，以破解过于显眼的"戏曲形式的牢笼"。

戏曲作为一种叙事装置，在与小说的融合方面，莫言的《檀香刑》可谓极致。在这部小说中，猫腔流贯全篇，小说被戏曲化，历史也被戏曲化，曾经真实发生的历史事件和真实的历史人物，呈现为戏曲舞台上的角色扮

---

① 焦菊隐：《略论话剧的民族形式与民族风格》，见《焦菊隐戏剧论文集》，华文出版社2011年版，第277—278、279页。

演。这部小说隐含人性剖析、国民性批判等新文学主题，但其精神蕴含却被模糊化乃至出现价值取向的游离、暧昧乃至"翻转"。《檀香刑》的文体意义，被莫言本人和学者反复强调（如"文源论"），并被放在民间、民族文化的深广视域中加以肯定，以之为对抗异域文化和奢靡时尚文风的利器。《檀香刑》的叙述立场、姿态和叙事结构、手法等，展开于戏曲与小说、民间与官方、中国与西方、侵略与反侵略、通俗与高雅的二元性框架中，以对立、颠覆的形式构建民族文化、民间文化的主体性。从某种意义上说，以"戏曲"结构和重塑小说，是一次极具革命性的冲击和解放，是对小说文体可能性的极致性探索，也是戏曲生命力的一次挖掘和释放。

同时也要看到，彻底打破小说与戏曲边界，亦是对小说文体的一次约束，甚至禁锢。小说文体的自由度，以及它所承载和表现的历史，在戏曲的程式化、角色化等美学范型中，很难得到自由、开阔和舒展的表现，丰厚的历史和人性经验未能突破形式和"语言的牢笼"而得以充分释放，莫言的其他小说如《四十一炮》等也有类似的局限和不足。《檀香刑》等小说文体形式和语言的创新意义，更在于作者"断其一指"的勇气、决绝和由此引发的轰动效应，其启示或许是小说应得到更为开阔粗放的生长空间，需要以丰厚的历史、生活和文学经验作为真正的艺术创造的支撑资源。目的性太强的自我设限，对于真正的艺术创造而非技术创新来说，未必全然是幸事。

总体来看，《主角》中的民间戏曲——秦腔，通过合乎现代生活逻辑和传统美学艺术逻辑的改良，取得了以"传统"形式表现"现代"生活和情感的成功，获得了民间性、民族性和世界性的有机融合。《喜剧》对"传统的现代转化"问题的思考一以贯之。贺氏父子的"戏剧改良小品"既切合了当代中国的情感结构而受到欢迎，又受到背离传统精神、迎合时尚趣味的批评。如何化丑为美，如何化俗为雅，以"谐"寓"庄"，雅俗共赏，寓教于乐？如何在承继传统精神和艺术品格的同时，又能表现当代中国社会现实和当代国人的生活情感？如何才能做到既不孤芳自赏，画地为牢，又不从众媚俗，放任自流？更具体地说，如何将传统戏曲、曲艺、诗词、民间传奇故事等艺术与现代小说融合，以创造一种融溶古今且最大程度体现作家的个人主体性的美学创制，来传达民间、民族的心声，并能在人性层面上汇入世界文学大潮，是陈彦和当代中国作家面临的共同挑战。全球化境遇催生民族文化复兴浪潮，作家的创造不是基于本土化与全球化的对立，而只能在中国与世界、本土与全球化的细腻而复杂的永不停歇的动态生成中。

归来依旧是少年
——文学史视野中的《千里江山图》

孙甘露是我极为喜欢的先锋作家,他在小说语言本体化方面的成就在中国当代作家中可谓首屈一指,但他产量极低,长篇《呼吸》之后就几乎鲜有小说问世,这让我一直对他保持着期待。2022年,他终于不负众望,令人"惊艳"地推出了长篇小说《千里江山图》,并一炮打响成了现象级的作品。我是在一个星期天从上午到晚上两点一口气读完这部作品的。小说开门见山,叙事节奏精妙,反转、暗扣,暗流涌动,悬念迭起,步步惊心,毫不拖泥带水,最后是戛然而止。语言简洁、干净、利落、白描、水墨、留白,点到即止,无一处冗笔闲笔。人物命运令人揪心,信仰、崇高、智慧、勇气感人至深。读完躺在床上久久不能入睡,书中的人物和历史场景一直挥之不去。真是"归来仍然是少年",孙甘露就是孙甘露,好久没有这么奇妙的阅读感受了。关于这部小说的话题很多,但孙甘露从一位先锋作家转向"正史"乃至红色革命历史叙述背后的审美探索和风格新变无疑是最令人关注的。在我看来,《千里江山图》对历史的重述和重塑,也是对我们当下现实与历史处境的再思和重构,包含着作家对历史、现实与文学关系,对何谓文学、文学何为等问题的再思考。孙甘露上次类似的思考发生于二十世纪八十年代中期。两次思考与选择,均涉及文学与历史、与意识形态的关系,现实主义与现代主义,内容与形式,写什么和怎么写等常谈常新的老话题,在更深的历史脉络中这些话题关系到"文学革命/革命文学"的关系。在与这些问题的关联上,《千里江山图》是具有启示性的个案,孙甘露从先锋小说到《呼吸》再到《千里江山图》的创作历程,也是重新观照二十世纪八十年代"新时期"至新世纪和新时代文学的切口。

一、"大说"传统的赓续与再造

历史文化传统和时代文化潮流,是一个作家难以摆脱的宿命。乔纳森·卡勒在谈到文学的"自我折射性"(Self-reflexivity)时说:"小说在某种程度上是关于多部小说的作品,是关于再现和创造,或者赋予经验意义的作品。……文学是一种作者力图提高或更新文学的实践,因此它永远含有对文学的折射。"①《千里江山图》这部重述中国现代革命历史的小说,可以被看作是一部关联经典革命历史小说、新历史小说、谍战小说(新革命历史小说)乃至先锋小说等"多部小说"的作品,是孙甘露"力图提高或更新文学的实践"。这部小说意义表述的方式和具体做法,包含其与"多部小说"意义表述方式的比较对照。尤其是当它所关涉的"多部小说"已经模式化、惯例化时,《千里江山图》是否与其构成了一种有针对性的内在紧张,是评价小说是否具有个人化创造性的重要标尺。

归根到底,一个作家能否写出有力的作品,在于他能否得宜地处理他与"传统"和"潮流"的关系。孙甘露对此有清晰的认识:"相对于风格和独创性,今日的艺术家更热衷于从各种传统中汲取养分,这在电影领域尤其如此。但是,有时传统往往是在否定中被继承下来的,一如对历史的改写渐渐地被纳入历史的叙述之中。虽然这取决于历史的意志,而无数微小的改写正是历史意志的一部分。"②需要注意的是,孙甘露早期的先锋小说并非纯属个人的突发奇想,它们离不开二十世纪八十年代中国现实及其文化与文学潮流的深刻影响和制约。同样,《千里江山图》也离不开它所由产生的时代现实。二十世纪八十年代的孙甘露以"反小说"抵达实验的极致,他的这部重述革命历史之作,以另类的姿态和精神根性写作,溢

---

① 〔美〕乔纳森·卡勒:《文学理论》,李平译,辽宁教育出版社、牛津大学出版社1998年版,第36页。
② 孙甘露:《秦颂》,见《我又听到了郊区的声音》,华东师范大学出版社2021年版,第288页。

出了潮流性的无根的怀旧型想象,破坏了怀旧型书写的貌似神秘实则夸饰空洞的仪式感,他通过生活的日常性与历史的革命性实践的糅合,通过社会、政治、经济特别是革命者的地下斗争,重塑了一种具有历史沉重感和纵深感的小说叙事美学。

《千里江山图》没有采取时下流行的民间史和个人生活史的写法,它不以民间或日常性视角和立场观史、写史。那类作品揭示不为正史所重的个人生活和民间生活,隐含反思乃至解构正史叙事的意图,具有不可低估的历史和美学意义。但孙甘露却并未将此作为重述历史的选择。当民间史、生活史成为一种"新潮流"和"新范式"时,孙甘露对特定历史题材的选择仿佛又回归"旧传统",面临被"旧模式"窒息的危险。

不过,《千里江山图》既不遵从既定的革命历史叙事规范,也不戏仿它们。独特的时空设置,是《千里江山图》构造新型历史叙事的一个有效途径。1933年农历新年前后的上海,是小说的叙事时间与空间的鲜明标识。波澜壮阔的现代中国革命史被浓缩在这一有限的时空内。在上海这个独特空间内,作者以城市街道、建筑、商场店铺等铺展了一幅清明上河图式的人世场景,将其作为现代历史展示的舞台、布景;将出场人物的对话、活动及政治集团的大的行动,作为一幅更广阔的千里江山进行细致的描画。但《千里江山图》终究不是张择端和王希孟这两位北宋画家两幅名画的叠印,不是市井生活场景和自然山水风光的交融,"千里江山图行动"是党中央转移行动的代号,是一场震撼中外的现代历史事件。历史的阴云笼罩着市井和江山,历史的光辉穿透了阴云,照射着市井和江山。《千里江山图》历史叙事的新意,就源自对既有历史叙事成规的空间化"改造"和转换。

首先,对二十世纪五十年代至六十年代经典革命历史小说的"改造"。经典革命历史小说通过新/旧社会和国家的对比,建立一种历史本质论和必然论的规律性叙述。这类小说将抽象的超验性话语做一种形象化经验化的演绎。从旧民主主义革命到新民主主义革命再到社会主义革命,构成了一个秩序井然的完整发展链条,过去(旧社会旧中国)—现在(社会主义新中国)—未来(共产主义)呈现为历史的有机的发展。经典革命历史小说是一种阐释本质的叙事,也是一种逐渐发现和建构本质性的叙事。本质性的获得是一个历史的过程,是一个历史在其发展中动态生成的过程。因此，革命历史小说便是一种形象演示这一过程的"过程性"写作（尽管本质早已被"规律"规定）。这一点从《保卫延安》《红旗谱》到《红岩》及其被接受的状况可以看出。类似情况也存在于从《三里湾》到《山乡巨变》《创业史》再到《艳阳天》《金光大道》等作品中。历史唯物主义、唯物主义辩证法是此类小说的哲学基础，历史主义哲学决定了它们创作和发展上的历史化特征。所谓史诗性便来自这一历史主义信念。时间/历史维度决定了小说的情节性戏剧性追求，而对于那些可能滞缓情节动态发展的静态因素如空间（个人心理空间、外在社会空间），则往往被排除在外。

相比之下，《千里江山图》在保留时间/历史维度，突出历史的动态发展的同时，容纳了更多的非历史化的空间。苏区、国民党统治区，上海、广州，城市街头巷尾，影剧院、图书馆、饭店、药铺、咖啡馆，构成了历史叙事的空间化语境。这些空间并非如《创业史》《上海的早晨》《红岩》那样完全被历史化和同质化，而是保留了充分的"生活"和"人性""人生"内容。由此，小说借平常而繁复的空间设置，呈现了历史（叙事）的复杂性。

其次，对带后现代色彩的空间化历史叙事的"再造"。二十世纪九十年代以来盛行的新历史小说总体上具有空间化叙事色彩。它打破历史必然性逻辑链之后，非历史反历史的时间凝结为空间化片段。这些片段失去了历史的关联，取消了历史的深度，而它对人性的片面性解读也无可避免地陷入停滞机械的模式陷阱。《千里江山图》凸显空间因素化解旧模式，却并不沿袭新套路。小说并不将时间与空间截然分立，而是调和历史世界和"生活世界"、历史时间与日常时间，以历史事件为中心，却将其聚焦在为数不多的各有其职业、公开身份、经历和性格、心理的人物身上，让他们走出龙华看守所的狭窄空间（小说中有小组成员被捕后被抓入龙华看守所，又被特务机构假意释放，以达到放长线钓大鱼的目的），穿行于城市（上海、广州、南京）的街巷、店铺。这打破了《红岩》中革命者被牢狱囚禁的封闭性叙事结构，将更广阔的世界呈现出来，同时也展现了历史时间与生活世界相纠缠的复杂性，使严酷紧迫的历史画面与充满世俗烟火气和丰富人性内涵的生活画面，同步呈现出来。

《千里江山图》淡化阶级意识，对敌我双方未如以往那样做非此即彼的道德化、脸谱化描写或者理念性的阐释与图解，而是注重人性、人格的挖掘与较量,在革命者生活、情感、个性等方面倾注了更多笔墨,人物刻画的简练灵活,体现了对"人"和"文学"的理解与尊重。"历史著作也有其立场和使命,但立足客观再现;文学作品则富有主观选择,可更多地关注历史的细节和人物命运。"①在这方面,小说与二十世纪九十年代的"新革命历史小说"颇有暗通和衔接。后者重新召回被经典革命历史小说驱逐、否定的传统中国血缘伦理家庭结构,以家庭伦理、生活伦理和情感伦理弥补乃至重构革命叙述的日常伦理和人性维度。在陈千里、陈千元之间,陈千里与叶桃、陈千元与董慧文、凌汶与龙冬之间,存在的不仅是志同道合的革命者关系,陈氏兄弟血浓于水的亲情,恋人们对美好幸福生活的向往,构成了小说感人至深的部分。

《千里江山图》中饱满的生活世界、情感生活和人性空间,并不妨碍小说历史感的传达,在人物形象身上,作家寄寓了理想主义、英雄主义和自由、民主、平等的价值内涵。小说借此实现历史的救赎和当代人的精神、灵魂的救赎,同时也以审美创造补救当下历史叙事精神空洞化和审美模式化、浅表化之弊。

贯穿始终的故事主线,轮番出场或同站一台的敌对性人物,情节交错缠绕却又或缓或急的复杂性,思想和情感的丰富性,人物心理的微妙,突如其来的偶发事件,密集在极为有限的时空内,使小说在结构、场景、情节、节奏、氛围等方面颇富戏剧性和传奇性。而这只是《千里江山图》叙述特征的一个方面,它还有另一个突出特点——孙甘露在这部小说中重新发现和描写社会生活和情感生活的现在进行时的细致。这一发现,源自作家对日常生活世界的热情和熟稔,来自他作为一个二十世纪八十年代"极端的先锋作家"出色的形式感。这使他能够在浩荡的历史激流中冷静地观察和体验历史的瞬间,将其做慢镜头或短暂定格的处理,或者说,他将通常的历史感受转化为个人化的具体的现在的时间,从而使历史叙事走出了其难以摆脱的戏剧性窠臼。

---

① 颜敏、裴齐容:《历史的跨域想象》,《中国当代文学研究》2019 年第 2 期。

二、"先锋"的基因与重生

《千里江山图》蕴含具体的历史事件、历史时刻以及那个历史时期的政治、经济、文化等方方面面的信息,尤其是提供和重构了能够帮我们理解它所表现的那个时代的想象性再现方式,从这一点上看,它有鲜明的现实主义文本特质。但同时,小说又拥有作为一个文学文本的自身法则,在一定程度上体现了审美自治性和形式自律性,具有现代主义或先锋小说的气质和意味。

现代主义背离文学的社会历史真实,转向马尔库塞所说的形式化,即"一件艺术作品真实与否,不看它的内容,也不看它的'纯'形式,而要看内容是否变成了形式"[①]。在先锋式写作中,文学文本的个性受到崇拜,这导致它与孕育其生命的历史现实割裂开来,并因为这种独立性和自律性获得了或许过分的价值认可。"仍由文学领域的扭曲而产生的新的异化现象,几乎把文学完全与其他社会语言隔离开来,关注个人作品,忽视整体历史进程,怀疑任何关于时间领域里文学发展变化的观念。"[②] 应该看到,这种被称为"异化现象"的写作方式,普遍存在于二十世纪九十年代以来的中国文学中。

有学者认为:"现实主义尤其是中国主流的现实主义是一种致力于建构具有总体性品格的文学形式。"[③] 现实主义文学所倚重的历史话语就其本质而言是一种意识形态,而现代主义的审美本质在抗拒和颠覆意识形态,宏大历史话语则因其意识形态性、政治性顺理成章地成为现代主义抗拒和颠覆的对象。类似现象同样存在于二十世纪八十年代中期中国现实主

---

① 〔美〕赫·马尔库塞等:《现代美学析疑》,绿原译,文化艺术出版社1987年版,第8页。

② 〔加〕伊娃·库什纳:《文学的历史结构》,见〔加〕马克·昂热诺等主编:《问题与观点:20世纪文学理论综论(修订版)》,史忠义、田庆生译,河南大学出版社2010年版,第109页。

③ 王金胜:《当代历史的现实主义美学重构》,《中国当代文学研究》2021年第6期。

义遭遇现代主义冲击之际，此时的现代主义尤其是带有后现代性品格的先锋小说，将二十世纪中国主流文学（启蒙型和政治型，现实主义）中的历史视为意识形态制导下制造出来的"真实的幻象"或"虚假的真实"。在先锋小说家眼里，是先在的超验的意识形态生产了整体性的宏大"历史"，"现实"被作为整体性历史的一个环节或内容，而"现实主义"美学实践则以其仿真性起了推波助澜的作用。主流现实主义文学连同它包含的浪漫主义、理想主义和乐观主义，遭到先锋式写作的阻击。"历史"也作为意识形态的代言人成为攻击和解构的对象。

问题在于，先锋小说艺术的"自律"体现了一种摆脱外在限制和束缚的消极自由，而非积极意义上的"自我决定"。"艺术作品对现实的对应更多体现在形式而非内容上。作品之所以成为人类自由本质的化身，不是通过呼吁民族独立或者支持废奴运动，而是通过作为独特的个体存在。你还可以补充，其自我决定的形象导致它们更多反映出可能性而非事实。……如果说作品能超越自身，它指向的是一种救赎式的未来。"[1] 通常认为，重大题材、宏大主题、丰富驳杂的材料、历史、文体等都是一种限制或制约；但我们却很少意识到日常题材、世俗价值取向、个人等，同样是一种限制和制约。事实上，现实生活的种种限制或制约，恰恰是文学存在的意义，也是伊格尔顿将所有艺术品都看作乌托邦，指向"一种救赎式的未来"的原因。

所谓艺术的自主和自律，并非摒弃规则的天马行空，而是将这种制约化为己有，作为建构自我/文学主体性的基石。二十世纪八十年代的先锋作家们意识到现实主义的规约，现代主义小说、文学的自治性和自律性成为其突破现实主义成规的资源借助、审美标尺。但"反小说"在展示小说文体实验极限的同时，也耗尽了实验可能性，显示出一种力求挣脱束缚和控制的消极自由的局限。在此脉络中，可以看出《千里江山图》在种种规约中"自我立法"的自觉。作家意识到并领受作品所承受的种种先在的制约，同时也意识到这种现实制约并不等同于作品对现实的表现和反映。二十世

---

[1]〔英〕特里·伊格尔顿：《文学事件》，阴志科译，陈晓菲校译，河南大学出版社2017年版，第161页。

纪三十年代国共两党的政治斗争，中共临时中央的转移行动，行动小组极为有限的活动空间，上海的城市的建设发展和历史文化等，都是《千里江山图》创作的限制性因素，但孙甘露的小说并不是"反映"这些因素，而是把这些限制性因素转化成自我创造的素材。按照伊格尔顿的说法："艺术将这些约束条件内化，把它们吸收为自己的血肉，转化成自我生产的原料，进而制约自身。因为这种自我生产有自己的一套逻辑，所以它无法摆脱某种必然性。但这种必然性是它自己在不断展开进行的过程中创造出来的。……文本创造出自身的必然性，遵循自己建构的逻辑，忠于自我施加的法则。"①《千里江山图》将不可回避的前提化为艺术创造的条件，在各种规约造就的有限空间内，将这些前提和规约转化成叙述"材料"，遵从艺术自身的逻辑和必然性，从而成就了孙甘露式的独特先锋性。

《千里江山图》在历史真实性的追求与充满想象力的艺术创造之间保持了必要的平衡，显示了现实主义的潜力与小说形式创新的可能性。对于孙甘露来说，这种可能性的实现来自他对现实主义与现代主义、先锋小说的双重反思：现实主义作为一种现代历史叙事的总体性与可为性、开放性、变易性，以及现代主义的"整体性"。用孙甘露所欣赏的昆德拉的话说："大学教授的现代主义排除了'整体'的概念，布洛赫则非常愿意使用这个词。他用这个词的含义是：在社会分工极其精细的时代，在疯狂的专业化时代，小说成了最后的岗位之一，在这个岗位上人们还可以保持跟生活整体的关系。"②现代主义小说的"整体感"不同于现实主义的总体性，但它却是在与现实主义之间割不断的历史/传统联系中，即对历史/传统的继承和探寻中获得的。孙甘露从先锋小说到《呼吸》直至《千里江山图》的转变便是一个合宜的例子。

《千里江山图》的先锋性，不在于对欧美现代主义或二十世纪八十年代先锋小说的挪用，这部小说很谨慎地保持了与既往经典之作的距离，避

---

① 〔英〕特里·伊格尔顿：《文学事件》，阴志科译，陈晓菲校译，河南大学出版社2017年版，第162页。
② 〔捷克〕米兰·昆德拉：《受〈梦游者〉启发而作的札记》，见《小说的艺术》，董强译，上海译文出版社2004年版，第86页。

免从他人的角度来看待上海这个城市、看待我们自身。在全球/本土、民族/世界的无止息的相互影响和塑造的往复中，孙甘露看到，"本土"和"传统"更多时候实为"全球"和"世界"生产出来的所指暧昧不明、游移不定的能指。他意识到，在历史被认为是一种叙述之后，反讽性地重述历史并非首务。每一个有想法有作为的作家，都应身在当下而对当下保持一份清醒，都应以个体经验为依据而对个体葆有一份反思，都应意识到无法摆脱潮流而又不随波逐流。对于孙甘露来说，在自我内部建立一种反思性机制，是获得重述历史有效性的前提。而现代意义上的反思并非发生于个体内部，而是与历史、世界有关。他收集梳理史料文献的目的不在于做一个历史知识的传播者，而是要参与历史，做一个历史的参与者。因此，作家孙甘露面临的问题便是如何以真正的小说作家的方式参与历史，《千里江山图》如何以小说的形式言说和参与历史。

《千里江山图》以人为中心和界面，构造了彼此连通的两个世界——外部世界与内部世界。由社会、历史构成的"外部世界"，是一个融合物质性和精神性因素的有意义的世界，与此相连的"内部世界"同样是一个意义饱满的世界。

"内部世界"包括主体意义上的个人与文学本体意义上的形式。就前者而言，以"人"沟通历史与文学，走出"形式"陷阱。如果说，后现代历史编纂学在叙事层面上沟通乃至混淆了历史与文学之间的界限，那么这一点恰恰是孙甘露所要规避的，虽然他未必不能接受后现代史学的某些观点。在这部小说中，他要做的首先是如何穿透各种关于历史的浮华修饰而获得历史原初的在场性和本真性。为此，他建立了历史与文学沟通的"人"之路径。《千里江山图》对历史与人的关系的处理，在情感和心理层面上有着清晰的体现，即小说主要人物如陈千年、叶桃、陈千元、凌汶、董慧文、老方、卫达夫等人的心理、情感。小说不仅保持了对个人主体世界的尊重，注重描述日常的和人性的一面，而且展示了作家对历史的个人化介入方式。历史在小说中不仅体现为行动小组奉命转移临时中央的外部行动，它同样被转换和提升到人的内心事件的范畴。这典型地体现在凌汶、龙冬与易君年（即打入组织内部的国民党间谍卢忠德）的关系中。凌汶始终无法相信龙冬已被杀害的传言，却又无法得到确切消息，她长时间陷入往事回想和爱情怀恋中。小说写凌汶的心理和情感,用意不只在表现女性人物情感的深挚,亦在描述革命过程与波折,在此过程中简要描画不同革命者形象。而在叙述层面,这也是一条贯穿性线索,直至凌汶被易君年杀害以及后者间谍面目的彻底暴露,斗争形势出现重大转机。小说同时描述了凌汶在与其上级易君年接触时的心理感受和活动,包括时常浮现于凌汶心里的易君年与龙冬的对比,也暗示了易君年真实身份和来路究竟如何的可疑。外部的历史情境化为人的心理世界,历史事件转化为内心事件,同样体现在行动小组成员对"究竟谁是叛徒"的困惑和揭秘中,叶桃与陈千里的爱情这一私人情感领域,也始终隐含着"外部世界",贯穿着历史事件,叶桃即牺牲于获取广州地下党领导人是否叛变投敌这一重要情报的过程中。《千里江山图》没有停留于外部世界和历史事件的细腻客观的描绘,亦未耽于人的内心表现,它联系和沟通了公共/私人、外部/内部、历史/内心、历史/人这似乎有着彼此对立、无法弥合之裂隙的世界。

《千里江山图》重述历史,更接近于"作为认同的历史"而非"作为说明的历史"。①"作为说明的历史"更强调以科学的态度分析作为客观研究对象的历史本身的规律,"作为认同的历史"强调当下与过去的人们的相遇、共感。历史学者把共感定义为:一个人能够理解他人的情感与立场,并对其进行恰当反应的能力。②"也就是说,人可以通过共感,明白'为人'的意义,领悟理解他人(的幸福、悲伤、痛苦)的重要性。"③有论者进一步区分了共感与同情这两个在情绪上有共同点的概念,"与被

---

① 韩国历史学者白永瑞认为:"至今我们所认为的历史学可以说是'作为科学的历史学',即追求关于过去史实的原因和结果的知识的、作为'说明(或分析)的历史'。除了这种'作为说明的历史'之外,我还想强调认同(identification)的历史。这两者都是我们面对过去的方式。不过,'作为认同的历史'意味着以想象力或认同与过去相遇。"参见〔韩〕白永瑞:《共感与批评的历史学》,见〔美〕裴宜理、陈红民主编:《什么是最好的历史学》,浙江大学出版社2015年版,第22—23页。

② 〔韩〕白永瑞:《共感与批评的历史学》,见〔美〕裴宜理、陈红民主编:《什么是最好的历史学》,浙江大学出版社2015年版,第23页。

③ 〔韩〕白永瑞:《共感与批评的历史学》,见〔美〕裴宜理、陈红民主编:《什么是最好的历史学》,浙江大学出版社2015年版,第23页。

动的同情相反,共感是出于积极主动的意图,即一个人愿意自发地成为他人经验的一部分,共享他人对经验的感受。"①他认为:"'共感的历史学'注重与过去的人们形成共感关系,力求理解隐藏在历史人物的行为背后的情感和动机,而不仅仅是观察他们的行为并对其进行道德判断。"②《千里江山图》自有政治立场和道德立场上的判断,而且在政治评判和道德评判的关联上,在某种程度上延续了中国传统的政治道德化和道德政治化的影响,如在叶启年、游天啸和卢忠德形象塑造上,但并未完全恪守传统原则,而是做出一定微调,如叶启年对女儿叶桃近乎偏执的感情、卢忠德对小凤凰不乏真挚的感情。但小说重点与作家理解历史人物的方式却并不停留在将人物形象做善恶融合的复杂化处理上,而在寻求其行为背后的情感与动机,尤其是行动小组完成自身所承担的任务或者说党中央所交给的使命的历史过程中,小组成员所关心的问题、他们的担忧、以及他们生活与行动中的经验和智慧。《千里江山图》以近乎实证的精神进入历史,又超越对历史实体世界的实证主义的认识,以严肃谨严的态度把握其精神内核,以创造性的想象力和突出的共感能力,在文学的人学维度上完成了历史重述。

就后者而言,《千里江山图》延续先锋小说的文学性或文学自治性诉求。文学自治性诉求表现之一是小说有着突出的形式感。孙甘露在其先锋小说中,凸显叙述欲望和形式策略,凸显个人主观化的感觉体验,追求独异的语言效果,在叙事结构上以零散化的方式标新立异。放逐人物和故事的典型性和完整性,消解主体和历史。在《呼吸》中,孙甘露转换写法,注重故事的完整,弱化叙事实验,人物形象也清晰可辨。但历史与主体的权威地位并未完全恢复。历史在幽微迷离的生命体验和感觉中,依旧是模糊的无法辨认的影像,是融化于感性生命中用以传达某种困惑和质疑的祭品。与先锋小说形式感的不同之处是,《千里江山图》的形式感由直观的外显转为内在的隐含,从先锋性的反小说和语言的诗性弥散,转换为朴素

---

① 〔韩〕白永瑞:《共感与批评的历史学》,见〔美〕裴宜理、陈红民主编:《什么是最好的历史学》,浙江大学出版社2015年版,第24页。
② 〔韩〕白永瑞:《共感与批评的历史学》,见〔美〕裴宜理、陈红民主编:《什么是最好的历史学》,浙江大学出版社2015年版,第24页。

简洁的写实性。《千里江山图》文学先锋性诉求的另一表现是，在密集设置时间标识的同时，在局部采用否定时间性的策略。否定时间性是现代主义小说寻求艺术自治的方法之一，其表现是以个体感觉的方式传递静态经验。所谓静态经验就是说时间被祛除了原因、目的和过程，存在于这种时间中的人物和事物，在一个视角到另一个视角的移动中，自发地运动。这种视角的移动（运动），替代了现实主义小说中事件的发展和运动。孙甘露的先锋小说，便体现了这种通过否定时间性以求艺术自治的努力。《千里江山图》一开始对市井街头场景的描述，也明显具有以视角运动否定时间性的先锋意味。但与先锋小说最根本的区别在于，这种视角的运动，很快就被事件运动所取代，同时动态的历史经验也覆盖和取代了静态经验，而个人化的感觉和直觉却被保留下来，并在总体上赋予小说某种独特的先锋质感和现代意味。

可以说，《千里江山图》是一部局部采用现代主义小说技法的具有先锋气质的现实主义小说。从现实主义角度看，小说在扎实的写实性中融入历史动量，从而具有了现实主义的基本特质。其实，即便是所谓无形式的现实主义小说，也是一种仿真性、模拟性或社会化、生活化的形式，所谓典型，便是内容与形式的合一。关于现实主义与现代主义的关系，更是一个庞大的话题。现代主义不只是导致现实主义危机的颠覆者，从更深层看，是现实主义本身以及它所依赖的历史意识陷入了困境，导致再现论文学无法为主体的社会—政治身份建构提供真理性支持，因为它不再被看作主体认识它所处的社会历史现实的可靠路径，因而再现是虚假的和无效的。基于此，现代主义寻找一种个体的内在真实。现代主义的真实性及其意义是，它瞩目那些被现实主义遮蔽，或无法纳入现实主义成规的那些东西或者说是现实主义无法讲述之物，而这不仅是文学自身的革命，也是主体认知自我和世界的革命。这场革命同样借助于暴力，与历史、与现实主义的结构性对立，决定了自诩自由自治的现代主义也是一种文化霸权。社会历史和政治意识形态，同样也被其排除在个体感觉和叙事形式之外。因此，《千里江山图》将历史作为表现对象，必然会将现代主义的暴力连同现实主义的暴力，同时作为反思对象。作为这一双重反思的结果，写实性、历史性与先锋性、个体感受性有机融合在《千里江山图》之中。

三、"经验"的在场与"体验"的穿越

有学者认为,当代文学理论"文化转向"的理论基础是对"文学性"的全新理解:"文学性是特定社会历史文化关系的集中体现,是在这种关系结构或生活实践中飘浮的能指。"并指出:"这就是文学性问题的具体性、历史性和实践性之所在。任何以普遍性面目出现的关于文学性的抽象性论述,其本身就是一种意识形态,是值得我们探讨和质询的历史文化现象。"[1]如果说,孙甘露的先锋小说以诗意片段的漂移和拼贴,显示出对形式技巧的借鉴,那么,他在《千里江山图》中则在一个更高的层面上意识到形式与内容和主题之关联的内在性,发现了手法技巧背后的历史文化,以及以现代小说重述现代历史的形式和文体自觉。

孙甘露及其同道们的先锋小说形式实验,以主动逃离的方式被动地承受社会历史文化的压力,极其隐晦地传达社会历史文化信息。其后果便是历史、主体的消隐和溃散。而在《千里江山图》中,社会历史和意识形态成为回归、凸显的对象,形式也随着新的"文学性"理解获得了新的具体的意涵。如果说,二十世纪五六十年代的红色经典建构了一种革命历史叙述模式,先锋小说和新历史小说以戏仿的方式建构了另一种模式,那么《千里江山图》则需突破这两种模式,"我觉得要突破一种比较概念化的写作,在形式上找到一种比较特殊的、跟这个小说的故事内容比较吻合的方式"[2]。概括地说,这部小说采用了与地下隐秘斗争相符合的谍战小说模式,其实,这一大众化、通俗化的模式并不新鲜,其形态在《红岩》《小城春秋》《野火春风斗古城》等小说中便已奠基和成型。虽然它们并未冠以谍战之名,但其隐秘性、传奇性、通俗化等品格却使其成为新世纪谍战小说的镜鉴。与半个世纪前描写地下斗争的革命传奇小说相比,《千里江山图》有何真正的文学性创造?这个问题的思考,需要与塑造了"文

---

[1] 周小仪:《文学性》,见赵一凡等主编,《西方文论关键词》,外语教学与研究出版社2006年版,第606—607页。

[2] 孙甘露、黄平:《"小说家有点儿像个间谍"》,《文艺报》2022年7月13日。

学性"新内涵的时代联系起来。

二十世纪九十年代以来具有代表性的"文学性"新内涵包括日常经验审美及个人体验审美。而《千里江山图》则蕴含经验性写作和体验性写作的双重品质。

首先,作为历史还原的经验性写作,《千里江山图》力求走向历史原初状态,还原历史本色。小说不仅描述大的历史背景、历史事件和过程,城市的建设和发展状况,上海各方势力的格局分布和彼此的关系及变动,更涉及徐枕亚、鲁迅、孙中山、彭湃等人物。小说借助各种文献史料,建构一个特定时期的上海城市、一段特定的历史是如何发生、演进和完成的。作家细致梳理那个时代社会现实经验,并对此有着细致深入的研究,他用研究分析的眼光,在可见的城市生活和革命斗争经验之外,进而提供了一种深层的文化经验和丰富的历史信息:关于那个时期城市和市民的生活方式、生活习惯、日常情态、休闲娱乐、民风习俗等生活信息;关于二十世纪三十年代复杂国际形势下国共两党的斗争和中共中央由上海向瑞金转移的信息。前者平和、具体而实际,落实到日常生活的一举一动中,是日常生活经验的点滴积累。后者暗流涌动,激荡着超出日常生活常规的激情,革命者不以个人生活幸福为诉求,不安于单纯的平静生活状态,他们关心自由、平等等"超验"事物,明了生与死的终极奥义。

负载了如此丰富的生活、历史和思想信息的《千里江山图》,就不再仅仅以讲故事为己任。关于这段历史的"故事"固然精彩,按照孙甘露的说法,小说远远比不上历史本身精彩,但小说之特色和所长却不能为历史(叙事或故事)所替代。"生活"和"人"对"历史"的介入、渗透和转换、改造,以人事和世界的具体性、敏感细腻的体验感受性和自由翱翔的想象力,摆脱了"只能选择部分历史"或"不能突破历史真实界限"的限制。这就再次关联孙甘露小说的审美问题。《千里江山图》不是历史/生活与形式审美的简单拼合,而是在融合二者基础上的一次超越和提升。它更注重小说与人、生活、历史、世界之间的动态关系,通过当下情境中的创作主体,反思小说这一现代文体与现代历史叙事之关系建构,而不是过多纠缠于叙事视角、人称、时间、语体等叙事学层面的问题。这样说并不是否定小说在叙事方面的创新,而是说孙甘露以新的小说观("文学性"的新内涵）来克服形式主义弊端，通过小说文体形式、结构、审美风格与思想、话语内容的融合，创造了一个新的历史/审美世界。

值得注意的是，《千里江山图》对历史之日常经验的表现，是有选择性或针对性的。它偏重的是市井街巷、日常家居、街头商铺等生活性一面，而不是百货商场、歌舞厅、影剧院、消闲杂志、衣饰风尚等商业性一面。在小说中，看不到二十世纪九十年代以来频频出现于上海想象中的繁华奢靡的商业景观。这可看作是对上海怀旧热潮的有意回避或解构，也是对流行大众趣味和历史叙事之商品属性的规避。孙甘露承续了日常性审美风格，但又将其延伸至更广阔的历史想象和对社会现实情境的反思。在这里，上海这个城市不是被商业意识召唤出来的"奇观"，历史不是投射当下意绪的"景观"。《千里江山图》不只提供了生活方面的具体经验，也提供了一种特定的历史经验，关键在于，小说对其进行历史化重组，将具体的历史事件，放在中国现代历史的转折和发展的大势中，重塑革命者形象，召回在二十世纪九十年代历史叙事中被淡化、被抹去的上海革命历史，将其作为当代历史及其叙事的合法性、正当性的渊源，和当代人建构深度价值认同的精神资源。

其二，作为精神穿越的体验性写作，《千里江山图》融入了孙甘露个人的生活体验和精神体验。他把自己自小到大在上海生活的经验、感觉和体悟，深入地悄无声息地融入小说叙述。在个人体验基础上，小说又在这座城市的历史中发掘一种特别的现代革命历史精神，一种反抗、斗争和无私无畏的精神，一种坚守内心、信仰，崇尚自由和民主的精神。作家以此为创作宗旨和精神旨归，将其灌注进有形的城市和无形的逝去的历史，使之具有一种别致的光彩和"灵韵"。需要注意的是，"'个人'视角的出现，既是摆脱总体性话语束缚的产物和表征，又是失去全知全能的'普遍的视角'之后，无力把握周围世界和现实的症候"[①]。"个人"是根源性基础，却非终极性归宿，其意义感和价值感的获得与"普遍的视角"——世界和广阔的现实、无边的人群相关。《千里江山图》作为注重历史精神还原的体验性写作，其意义建构既基于个人体验而又超越个人当下体验，凝结、

---

① 王金胜：《故事、小说与中国经验书写》，《中国当代文学研究》2021年第4期。

体现了人之为人的生存和生命的精神性维度。与时下流行的注重世俗表象和"瞬间"感觉沉溺的流行性写作模式和趣味相比，《千里江山图》对具有永恒意义的生命形态和精神价值的表现，其深潜经验生活之流，清理、聚合片段生活经验的价值向度和叙事能力，具有了审视和批判当代文化和文学现状的突出价值。

无论何种题材、何种写法，关键还在于作家个体的思想穿透力、精神体验力、文学想象力与塑形力。这些因素均关乎作家的生活体验、生命体验和美学体验。体验是作家精神和文学超越的生命基础，也是淬炼经验的主体能量。体验不是纯粹本能性肉身性的，其中包含至为关键的智性元素和反思性向度。对于作家个人来说，孙甘露反思并最终走出了先锋式写作的困境，他找到了一条走出个体生命冥想的路径，以思想的穿透力、令人惊艳的精神魅力和举重若轻的艺术把握力，建构了自己的精神价值和成熟的美学风格。尤其值得注意的是，小说虽然叙述的是一次极为隐秘的历史事件，却没有采取二十世纪九十年代以来通常的秘史写法，没有刻意回避或有意渲染社会历史本身，小说突出信仰、信念和智慧、勇气的强大力量，却没有对此做太多过滤和精神升华，作者凭借个人的历史经验和生命体验，触摸历史的深脉，进入人物的心灵世界，有效避免了历史叙述的主观性和偏执性，使小说具有了与其意识形态性题材本身重要性相吻合的应有分量。

《千里江山图》与当下社会思想文化环境有着密切联系，是在这一环境中被生产出来并被阅读和消费。它处于一个大的变动或被改变中的不确定的社会文化情境之中，是宏大社会能量循环系统的一部分。《千里江山图》与此系统中的思想和文化构成一种复杂的关联和对话，它既是这一系统的产物，又对与其关联和对话的文化和意识形态施加影响。《千里江山图》重述的历史虽然是二十世纪三十年代的现代史，却又是"当代史"，小说重述历史的过程也是历史再次现身和创造自身的过程。历史留下了纪念馆、纪念碑和史料、档案，小说以想象和形象的方式激活这些物质性历史中存在的精神能量。历史不再被封闭在坚硬冰冷的碑石和残破发黄的史料中，它打破了物质的桎梏，放射出璀璨的精神和人格光辉。《千里江山图》通过重写历史，使之向现实敞开，并参与现时代文化实践。历史由此获得了开放的未完成性品格。

在文学经典的延长线上
——换个角度读《拖神》

文学经典既是文学创作的思想、精神资源和艺术美学借助，但同时也构成创新和创造的难度乃至障碍。某些作品被认为是文学经典的事实依据"在于陌生性，这是一种无法同化的原创性，或是一种我们完全认同而不再视为异端的原创性"[1]。文学经典突出鲜明的原创性，思想深度、力度和精神高度，树立了作家创造和读者阅读期待的标高，而后辈作家很难摆脱由经典所形成的独特的文化空间和广博厚重的"意义场域"。每一位作家面对的不只是一部具体的作品，而是庞大的"经典体系"：这不仅是如何通过个人化创造性的再叙事编码，改写和化用源文本的叙事、修辞、手法、技巧，更根本的是后辈作家必然面对和处理经典叙事背后的思想世界、精神境界、文化记忆和美学世界。技巧、手法不难学，难的是如何创造真正的意义和价值。置身经典所构成的强大意义系统，作家如何以思想和艺术个性、创作风格和习惯，构造自身创作原创性，以免成为经典的附属品、衍生品？这方面，厚圃的《拖神》提供了一个很好的范例，它让我们看到了一位有才华的年轻作家是如何克服文学经典的"影响焦虑"并进入个人的创新性文学实践的。

---

[1]〔美〕哈罗德·布鲁姆：《西方正典：伟大作家和不朽作品》，江宁康译，译林出版社2005年版，第2页。

一、《拖神》与马尔克斯的小说

《拖神》的作者厚圃是一位"七〇后"年轻作家,中外文学经典对他的滋养是浓郁而真实的。扑朔迷离的时空设置,梦境、幻境与现实的交织,人与鬼的糅合,神秘的命运感,包括但不限于由马尔克斯句式展现出的叙事技术……从《拖神》中,我们可以清晰地感受到扑面而来的马尔克斯小说气息。甚至,从魔幻写实和爱情表现的维度,我们也不难发现《拖神》与《百年孤独》和《霍乱时期的爱情》的"互文性"。

首先,创世神话。主人公陈鹤寿被迫踏上背井离乡之路,在此过程中他成功诱使暖玉与自己私奔,落脚蛮荒之地,怀孕生子、开荒拓土,从为"樟树湾"命名,到流民聚居,初创樟树村,到通过"自戕"解决樟树村和疍民械斗,被推举为樟树村的主事人,开启樟树村"真正的生命之旅",直至樟树埠成为商贸繁华之地。小说完整地叙述了樟树埠由初建、繁华到衰落的历史。尤其是,四面八方各类人群向樟树埠的聚集,店铺的涌现,传教士的来临和教堂的建设,政府的组织管理,反抗、暴力和战争,现代文明的蚕食和侵袭,道德和人心的沦丧……这些无疑都显示了《拖神》与《百年孤独》的"互文"关系。甚至陈鹤寿悄然离开樟树埠、过番南洋并重返樟树埠也与何塞阿卡迪奥走出马孔多,远渡重洋,最终回归颇为相似。奥雷连诺·布恩迪亚上校从追求自尊到追求权力并在战争中沉沦,再到获得荣誉后回到小作坊,做小金鱼,做成再毁掉,周而复始。陈鹤寿晚年也与其近似,他精心构思缜密设计"繁盛里",前后耗时四十年之久。

某种意义上,《拖神》中的樟树埠与马尔克斯的马孔多镇、莫言的高密东北乡是颇为相似的。陈鹤寿的家族与布恩迪亚家族、高密东北乡的"红高粱家族"及《丰乳肥臀》中的司马家、上官家也是相近的。可以说,这些作品中所展现的村落市镇从荒凉到繁华,民众的繁衍生息,长期的动荡,纷繁的矛盾与争斗,层出不穷的天灾与人祸,内部的矛盾和外来文化文明的冲击,传统与现代的纠缠博弈等等,正是中外不同族群历史荒诞而又真实的写照。

其次,时空设置。小说主体部分开篇暖玉出场,便运用了马尔克斯《百年孤独》式的典型句式,"暖玉骗得了别人骗不了自己,哪怕到了生命的终点,她还能清清楚楚地记得当初跳上马车的感觉……即使过去多年,那团黑仍然没有完全消散,有时以为它飘散了,可不知哪来的一阵风,将它重新刮回来。"[1]这是暖玉临终时对陈鹤寿诱骗自己离家出走时的回忆。几十年的记忆凝聚着人世沧桑。马尔克斯句式的运用主要是在个人情感层面,与无休止的历史循环无关。当二人落脚樟树村,陈鹤寿捉鬼火做灯笼时,"一两年后,当暖玉看到自己的棚屋门口挂着各种颜色、飘忽不定的'鬼火灯笼',就会想起梦境里的……"同样是个人感觉中的今昔对照,衬托的是曾经的梦想破灭后的暗淡处境和心情。

再次,预叙与神秘预感。《拖神》的叙述有着典型的"预叙"特征。比如,小说中的一个细节:天空飞来的无数白色鸟,拨动了陈鹤寿"隐秘的心弦","多年以后陈鹤寿才弄明白,这些白色大鸟与他的命运紧密地连接在一起,其意义可与生命等量齐观"。此处人物神秘的预感,对此后情节的发展和人物的命运起着预叙作用。再比如,在陈鹤寿雕刻水流神的过程中,插入"不久的将来,从南洋返乡迷失航向的水手和番客(海外侨胞),也正是循着这股激荡心肺、提神醒脑的气味投入樟树湾的怀抱"。同样是此后樟树埠发展和人们过番谋生情节的预叙。

最后,魔幻现实。每年必至的飓风、荒野游荡的粼粼鬼火,水流神偶雕成不久樟树村骤成流民聚集之地等。水流神进驻新庙后,原本频发的怪事日渐减少。《百年孤独》中马孔多人集体患上让他们失去记忆的失眠症,《拖神》有樟树村人也患上"思乡症"的重要情节。陈鹤寿流亡南洋归来时,把"思乡症"也带回来并蔓延开来,传染了村里人。漫游归来经过樟树村的大先生看到这个村庄笼罩在宛若雾霾、神秘而又混沌的气体中。众人神情忧郁呆若木鸡,恍惚如失去心魂,亲朋好友见面亦若不识。人们陷入可怕的幻觉,沉浸在忧伤悲怜的情绪中。传染上神秘病症的牲畜毫无食欲,慢慢骨瘦如柴,进而失去生命体征。整个村庄仿佛回到原初洪荒年代。大先生用荒诞离奇却又立竿见影的方法,解救了陈鹤寿和村民。究其根源,

---

[1] 厚圃:《拖神》,作家出版社2021年版,第11页。本文作品引述如未说明,则均出自该书,不另注。

疫病的发生在于经年累月的贫困而乏味的生活。最终人们疯狂的笑声驱逐了阴霾,一切恢复如常,"生机和活力犹如黎明的曙光越来越亮,再次照彻这片差点昏睡过去的土地"。

此外,小说还写到平原上"人鬼沟通"的方式——"问死鬼"。陈鹤寿隐瞒草头妻,以致暖玉一直被草头妻鬼魂困扰,只好找大先生"问死鬼",与草头妻人鬼对话。小说中还有陈鹤寿与深夜扮成缠足小姑娘作怪的溺死老妪对话交流,将其"劝走"的情节。

当然,指出《拖神》与《百年孤独》的"互文性"并不是为了否定其"创造性"。事实上,《拖神》有着与《百年孤独》完全不同的中国化的哲学观与生命观。《百年孤独》重点描述纷乱世事中人生的可悲与荒诞,每个人都在挣扎却无法摆脱宿命,马孔多最终也难逃消失的劫难。用乌苏拉临终前的感觉便是"时间其实只在原地转圈"。与《百年孤独》周而复始的循环宿命不同,《拖神》传达了开放、进取和秉持初心的信念与热情。随着汕头埠的崛起发达,被"历史"抛弃的樟树埠没落了。船主卖掉木帆船转行,红头船公所面临解散,陈鹤寿"心里不免涌出一股无可奈何的感伤",但他明白此为历史大势,"这个国家正遭遇数千年未有的强敌,正处于数千年未有的大变局",樟树埠如同清王朝的覆没在所难免,他伤感"属于他的好时光正在成为过去"。汕头埠已成洋港,平原不可久待,陈鹤寿深谋远虑,将家中洋船全部卖掉筹措资金供浩云创业。火轮的普及使潮汕平原掀起了向海外移民的浪潮,人们抱着置生死于不顾的决心和勇气远渡重洋,在能谋生求利之处安营扎寨。

陈鹤寿将带领樟树埠人走出困境的希望寄托在三子浩云身上。与同龄人相比,浩云"拥有了更加开阔的视野,足够的自信还有在实践中不断增长的智慧"。小说塑造浩云形象传递的是薪火相传、信念永在之于创造自身生命价值和创造历史与未来的意识。陈鹤寿历经四十年修建"繁盛里"亦是其理想、信仰的实践,这与布恩迪亚上校离群索居、反复熔铸和销毁小金鱼不同。"繁盛里"是陈鹤寿善举的一部分,其宏大的规模、雄伟的气势、精心设计的庞大结构和庄严肃穆的氛围,使参加祭拜的子孙在与祖先的一轮又一轮的对话中"滋生出一股向心向上的神秘伟力"。从高处俯瞰,这座百鸟朝凤式宅群的轮廓仿佛红头巨船卧于万顷碧波,"繁盛里在他的心目中就是另一艘巨舟,这么多年他引领大伙寻找'乐土'的践行从未中辍"。

与《百年孤独》中的轮回时间观不同,《拖神》蕴含的是现代历史哲学。《拖神》中不仅主要人物陈氏父子有着超越世俗功名利禄的精神性和创造人间乐土的热烈信念,其他人物如麦青也同样在寻找灵魂、信仰和生存的意义。大先生对历史大势和世道人心的洞悉,同样出于为民众、为民族寻求出路的建设性目的。

面对门多萨"布恩迪亚家族的孤独源自何处"的问题,马尔克斯回答:"我个人认为,是因为他们缺乏爱。……布恩迪亚家族的人不懂爱情,不通人道,这就是他们孤独和受挫的秘密。我认为,孤独的反义词是团结。"[①]情之至也,使生者死,也使死者生。陈鹤寿与草头妻和暖玉之间长达六十余年的爱情和牵念,让人想起马尔克斯的另一部经典长篇《霍乱时期的爱情》发生在阿里萨和费尔米纳之间的爱情。阿里萨经过长达五十一年多的漫长而充满畸形的自我折磨的等待,终于在七十六岁时等到了费尔米纳丈夫乌尔比诺的意外死亡,获得了向时年七十二岁的费尔米纳坦白的机会:"我为这个机会等了半个多世纪。"

与《霍乱时期的爱情》相比,《拖神》书写的爱情不仅有主人公陈鹤寿的绝世之恋,还有发生于雅茹与愚弄欺骗始乱终弃的黄志扬(即后又过番归来的黄仰岳)之间的短暂情爱,投身反朝廷斗争的桑田与赛英之间注定无法实现的错位之恋,赛英与浩云之间突破传统伦理观念束缚、终成眷属的爱情,林昂与麦青之间纠缠着真情、歉疚、不满和功利的情感。此外,陈鹤寿与柳三娘之间被习俗信仰压抑下的隐秘之爱,蔡厚道对暖玉炽烈深沉却难以启齿的眷恋,魏阿星与马知县因出身和身份差异、拘于世俗观念而被隐藏和扼杀的爱情,这些故事虽用墨极少却予人深刻印象。值得注意的是雅茹与传教士黎德新的爱情。两人善良勇敢,他们在饥荒瘟疫发生时因救助灾民彼此相知相爱,这场中国式的"霍乱时期的爱情"同样发自生命深处,情爱使他们跨越地域、人种和信仰的界限,但黎德新在灵肉之间

[①]〔哥伦比亚〕马尔克斯、〔哥伦比亚〕门多萨:《番石榴飘香》,林一安译,南海出版公司2015年版,第98页。

不可调和的矛盾的困扰中不能解脱，最终失去了爱情和一家人的天伦之乐。这是一场"现实"的爱情悲剧。《霍乱时期的爱情》则是"反现实"或者说超越现实的，是超出常规和世俗偏见的"属于未来的现实"，如汪晖所说："在马尔克斯那里，爱情不仅是对常规的僭越、对一切中产阶级世俗偏见的挑战，而且是一种'千真万确的现实'。它既不属于过去，也不属于未来，从而爱情本身就是幻想的摒弃，对真实——仅属于当下现在的人的真实的追寻。"① 如果说，马尔克斯以乌托邦形式对"真实"的爱情的表现，蕴含着他以当下现实中生命本质及其不可遏制的生命创造性对"人类末日"的抵抗，那么《拖神》爱情故事的讲述，更包含中国人的情感内涵，尽管小说肯定性地表现了爱情的生命本质，但赋予了更多道德维度，其表现方式也是基于现世的结构完整、有始有终，首尾均有所交待：陈鹤寿与暖玉、麦青、草头妻乃至柳三娘，雅茹与黄志扬、黎德新，赛英与桑田、浩云，无不如此。草头妻魂灵苦等陈鹤寿六十余年，看似逾越常规，却是人世间情感逻辑的延伸。雅茹与黎德新"霍乱时期的爱情"作为众多中国爱情故事中的一个，而非马尔克斯由一个爱情故事揭示生命与真实的寓言性书写，是与小说中其他的爱情故事及围绕陈鹤寿和樟树埠人的大同理想一致，"乐土"存在于现实和历史的创造中，"爱情"有其过去、现在和未来维度，它的实现并不拘泥于当下现实，正如陈鹤寿、桑田等人的死亡、陈鹤寿与麦青的感情由绚烂归于平淡，由肉体欢愉、情感躁动而归于心灵平静、灵魂安妥，是一种超越现世和世俗的"未来"。无论在《霍乱时期的爱情》还是《拖神》中，爱情、死亡都是动荡而残酷历史中的事实，但如汪晖指出的："对于马尔克斯来说，阿里沙与达萨的爱不正表明他力图用一种伟大的精神创造来超越这个充满了残杀、苦难、疾病和一切罪恶的世界吗？"②《拖神》中草头妻死于难产，她与陈鹤寿的爱情会在来世延续；暖玉死于进入老年身心俱疲，她与陈鹤寿的爱情堪称圆满；桑

---

① 汪晖：《真实的与乌托邦的——读马尔克斯〈霍乱时期的爱情〉》，见《旧影与新知》，辽宁教育出版社1996年版，第72页。

② 汪晖：《真实的与乌托邦的——读马尔克斯〈霍乱时期的爱情〉》，见《旧影与新知》，辽宁教育出版社1996年版，第77页。

田死于反抗帝制的斗争，他与赛英未能实现的婚姻爱情由浩云"代偿"，而他的牺牲更有大义存焉。死亡、爱情在《拖神》中以个体生命逸出历史或在现实中创造历史的形式，成为历史的逸出、见证而非超越，情感在这里的主要功能是对"人"和"历史"叙事的丰富。

马尔克斯并不是在个人心理意义上、而是在政治意义和拉美现代历史命运的意义上谈到"孤独"，同样他将"团结"作为"孤独"的反义词，政治意义更加鲜明直接。"孤独"关乎马尔克斯对哥伦比亚、拉丁美洲和人类命运的思考，马孔多以落后、封闭、被现代历史遗忘的边缘化的处境，成为后现代国家或地区的象征。《拖神》中的樟树埠并非马孔多式的市镇，现代历史进入它，影响着樟树埠人的命运选择，虽然在汕头开埠之后，它没落了，却并未重返原始洪荒，他们以充满勇气和胆识的过番，改变了自己和樟树埠的命运。这与马孔多最终被飓风从大地上一扫而光的结局迥然相异。陈鹤寿、暖玉、麦青、沧海、浩云、赛英等樟树埠人都不是孤独者，他们有爱，樟树埠人虽然同样遭受飓风、瘟疫等的袭击，但他们表现出的同舟共济、患难与共的团结，更是马孔多人无法相比的。爱和团结，这些导致马孔多人无法逃避的"孤独"宿命的因素，恰恰是樟树埠人、潮汕人所葆有的宝贵品质。凭借这些，樟树埠人摆脱地缘文化和政治意义上的孤独，摆脱封闭落后和被边缘化的命运。

马尔克斯在诺贝尔文学奖受奖演说词中说道："我们感到有权利相信：着手创造一种与这种乌托邦相反的现实还为时不晚。到那里，任何人无权决定他人的生活或者死亡的方式；到那里，爱情将成为千真万确的现实，幸福将成为可能；到那时，那些命运注定成为百年孤独的家族，将最终得到在地球上永远生存的第二次机会。"[①] 马尔克斯的"与这种乌托邦相反的现实"庶几近乎陈鹤寿终生热忱企盼并投入全部钱财和精力的"乐土"，不仅如此，《拖神》中的陈鹤寿和樟树埠人毕竟不同于布恩迪亚家族、奥雷连诺家族和马孔多人，爱情、幸福、团结并没有远离他们，他们在数千年历史大变局中并不孤独，辛劳、智慧、勇气、胆识、团结让他们走出樟

---

① 〔哥伦比亚〕加西亚·马尔克斯：《拉丁美洲的孤独》，张永泰译，见吕同六编选：《拉丁美洲的孤独》，时代文艺出版社1995年版，第89页。

树埠的困局，走向广阔的世界，获得了"生存的第二次机会"。他们的民族摆脱了马孔多的宿命和预言。由此可说，《拖神》是一个预言，一个现时代的历史预言，也是现时代中国的文化寓言。

对于中国作家来说，马尔克斯并非孤独的存在，在他周围是更多被放在"魔幻现实主义"名目下的众多作家，如鲁尔福、略萨、富恩特斯、卡彭铁尔、帕斯。同样，《拖神》也不是"直面马尔克斯"的孤立文本，它所面对的是魔幻现实主义及其"中国版本"。

二、"文学爆炸"的启示与中国作家的"释读"

在中国，将魔幻现实主义最早引入文学创作并集中体现其影响的是寻根小说。莫言、扎西达娃、郑万隆、韩少功、张炜等小说中留下了魔幻现实主义或浓或淡的影子。相似的被殖民的历史，贫穷闭塞的生活环境和封闭落后蒙昧状态的农耕文化，扑面而来的现代气息的冲击和诱惑，专制与反抗，殖民与反殖民，战乱与瘟疫，相同或相近的遭遇、处境，是中国作家与拉美作家产生深层共鸣的重要原因。中国作家在拉美作家身上获得了"走向世界文学"的入口和启示。

首先，作为一种方法，拉美文学促进了中国作家"文学自觉"的迅速苏醒。"'寻根派'和现代派一样表明中国文学在这个时期回到文学本身的时机已经初露端倪。"① 莫言得到启示："传说是架通历史与文学的桥梁"，而这是《百年孤独》之所以被富恩特斯誉为"拉丁美洲的圣经"的主要原因。② "传说"不仅成为莫言小说的题材内容，其中包含的民间意趣和价值观更在深层更新了其历史观和文学观。郑万隆发现的是"超感觉"（神话、梦、幻想）和"荒诞"。③

---

① 陈晓明：《文学观念与话语的解放》，《中国当代文学研究》2019 年第 1 期。
② 莫言：《故乡的传说》，见邱华栋编：《我与加西亚·马尔克斯》，华文出版社 2014 年版，第 1 页。
③ 郑万隆：《我的"根"（代后记）》，见《生命的图腾》，中国文联出版公司 1988 年版。

特别值得一提的是,"传奇"的发现。"魔幻"打开了长期被中国作家遗忘的"传奇"资源。对于拉美作家来说,魔幻不是一种用于虚构和展示想象力的技巧,而是拉丁美洲的现实。对于中国作家来说,神鬼传奇、狐鬼故事、灵魂转世、狐仙树妖、唐传奇、宋元话本和明清小说《西游记》《聊斋志异》等文人创作以及更为广泛地流传于乡村和市井民间的故事传说,被发现并艺术化为小说文本,成为中国作家与"魔幻现实"分庭抗礼的资源和依据。魔幻现实主义激活的不仅是作家的个体记忆,也是当代中国文学中某些长期被压抑的文化记忆。中国传统中的"非典籍文化"被作为反抗和逃离主流文化理念与模式的资源和力量,如同现代主义和魔幻现实主义被作为反抗僵硬现实主义模式的资源借助。

寻根作家由拉美魔幻现实主义发现"文学",是二十世纪八十年代"纯文学""文学性"想象的延续和"文学本体"思考的推进。这包括中国古典诗文和小说修辞、表述方式和语言等方面的自觉和现代小说尤其是现代主义小说叙事学方面的自觉双重内涵。比如:自由穿梭于历史与现实、混淆时空界限、颠倒时空秩序、现实与虚构的交织混淆、不同生命世界的交叉融合、铺陈夸张繁复渲染的手法,等等。

其次,作为一种方法,拉美文学推动了中国作家对传统文化、民族和民间文化的自觉以及地域文化意识和"地方主义"意识的觉醒。中国作家通过拉美文学发现了中国民间文化的气息与根脉,深掘时代表层之下被遮盖的民间文化和传统文化的地下河。莫言谈道:"地方主义在空间上是有限的,在时间上则是无限的;地方主义在时间上是有限的,在空间上则是无限的。加西亚·马尔克斯和福克纳都是地方主义,因此都生动地体现了人类灵魂家园的草创和毁弃的历史,都显示了人类社会发展的螺旋状轨道。因此,他们是大家气象,是恢弘的、哲学丰富的著作家,不是浅薄的、猎奇的、通俗的小说匠。"[①] 从二十世纪八十年代中期开始,莫言在《天堂蒜薹之歌》《酒国》《十三步》等小说中大量运用西方现代主义小说技巧,表达对中国现实和文化心理的批判性思考,有着现代主义和魔幻现实主义文学或多或少的影响。进入新世纪以来的《檀香刑》《四十一炮》《生

---

① 莫言:《两座灼热的高炉》,《世界文学》1986年第3期。

死疲劳》更多体现了作家向民间文艺和中国古典小说的学习，追求以民间故事传说等资源对抗西方现代主义叙事的资源。

更为年轻的作家阿来从"来自欧陆的超现实主义文学的影响"和"拉美本土印第安文化传统在西班牙语的拉美文学中的复活"两方面的汇聚，解读拉美文学爆炸："这样一种文学大潮的出现，既与来自外部世界的艺术观念与技术试验有很大关系，更与复活本土文化意识的努力密切相关。"拉美文学爆炸并非没有先决条件的孤立现象，来自外部的超现实主义的冲击和启示，激活拉美本土的印第安神话传说，"复活其中一些审美与认知方式"。① 外来的与本土的、现代的与传统的事物之间并非对立，它们的融合产生了新的创造性的文学。《尘埃落定》和《云中记》也在其中。

再次，作为一种方法论启示，魔幻现实主义促进了中国作家历史意识的觉醒和转换。二十世纪中国文学有着强大的历史意识，以至于由于直接的功利性、社会性诉求而导致了"过度历史化"的压抑。二十世纪八十年代开始，随着历史意识的淡化，"人的文学"逐渐突破"人民文学"的话语范畴，在精神和世俗两个层面展现了自身的活力。在此过程中，"人"在人性、个性和生命、欲望两个维度上交织混杂，呈现了强烈的感性化和生命化特征，"历史"尤其是现代国族历史的讲述随之呈现淡化趋势，这典型地体现在先锋小说和新历史小说、新写实小说中。众多寻根小说亦在"淡化历史"上与之相似，但它在祛除历史话语遮蔽的同时，也在"民间"和"文化"意义上重构历史。

复次，借助拉美文学，中国作家通过马尔克斯、鲁尔福、富恩特斯、略萨等拉美作家与伍尔芙、乔伊斯、福克纳、卡夫卡、巴塞尔姆、卡尔维诺等现代主义后现代主义作家，获得了"现代主义"意义上的文学意识启蒙。作为魔幻现实主义的代表作之一，《百年孤独》是一部典型的现代主义小说，甚至是现代主义小说的经典之作。其魔幻奇异的叙事表象之下，隐含着作家心灵感知和理性认知的真实。这一真实是借助马孔多和布恩迪亚家族六代人呈现出的拉丁美洲的真实，也是更高的人类和世界、宇宙的

---

① 阿来：《世界：不止一副面孔》，见邱华栋编：《我与加西亚·马尔克斯》，华文出版社2014年版，第46—47页。

真实。王安忆解读《百年孤独》有两个主要判断。她用一句话定义这部小说："这句话定义就是，一个生命的运动景象，这景象是以自我的消亡为结局。"其次是，《百年孤独》用"科学的，非常具有操作性"的"提炼和概括"来表达对拉丁美洲和世界的思考，而这是现代小说的最大特征——"理性主义"，"它和以前古典小说不同的地方就是它不那么情感和感性，情感的力量不那么强，但它有理性的力量"[1]。"自我的消亡"结局传递出一种无法摆脱的悲剧性、荒诞性和宿命感，"理性主义"意味着本质性的世界图景展示，也意味着现代主义小说的技术操作性特征，其突出的技巧性不同于现实主义小说的生活感、现实感，易于成为被模仿的对象。寻根小说、先锋小说对现代主义和魔幻现实主义的技术性模仿便与其"理性主义"有关。

余华认为胡安·鲁尔福的写作"没有边界"，马尔克斯的阅读同样"没有边界"，浩瀚的写作引发同样浩瀚的无边无际的阅读，余华称之为"想象的力量"，"想象可以使原本不存在的事物凸现出来"，想象能够产生现实，"产生不了现实的，我想就不应该是想象，这大概是幻想"。反之亦然，作家的"现实"是充满想象的现实，是"内心的生活"而不是世俗生活现实："一个充满想象的作家……的作品里必须具有真正意义上的想象，而不是虚幻和离奇，想象应该有现实的依据，或者说想象应该产生事实，否则就只是臆造和谎言。"[2] 余华对鲁尔福与马尔克斯、《佩德罗·巴拉莫》与《百年孤独》的解读具有更为抽象的"先锋"性，他突出"叙述的未完成性和开放性"及与虚幻、幻想、离奇有根本不同的"想象"，在余华看来，这两部魔幻现实主义小说代表作更是现代主义小说，体现着纯粹而有力的"文学力量"。因此，在他的谈论中，没有出现诸如本土、民族、神话传说、魔幻现实等字眼，更没有"拉丁美洲的历史与现实"之类表述。由此可见"先锋小说"与"寻根小说"不同之一斑。这也是余华用"先

---

[1] 王安忆：《一堂课：马尔克斯的〈百年孤独〉》，见邱华栋编：《我与加西亚·马尔克斯》，华文出版社2014年版，第34页。

[2] 余华：《胡安·鲁尔福与加西亚·马尔克斯》，见邱华栋编：《我与加西亚·马尔克斯》，华文出版社2014年版，第57—58页。

锋眼光"对"魔幻现实"的重构和超越尝试,或许可以说,这是二十世纪八十年代中期的先锋作家极力超越文学的民族、国家和社会、政治层面,而获得"世界性""人类性"的野心使然。由是观之,余华在《活着》《许三观卖血记》及《兄弟》《第七天》《文城》等的"转向"与"调整"别有意味。

最后,也是最根本的是作家独立主体性的进一步确立和巩固。阎连科在肯定二十世纪八十年代先锋小说(他称为"心理探索小说")的文学史意义时,指出:"……但之后余华、格非、苏童的写作转向,大约与他们所处的现实的思考不无关系。"而"他们(指略萨、马尔克斯等)的小说,自始至终,都没有脱离现实这块土壤。"进一步指出:"如何让文学更有个性地、深刻地抵达现实的心脏,这是当前中国文学最致命的软肋,也是我自己在每部小说的写作中,最为痛苦的所在。"在同一篇文章中,阎连科特别谈到马尔克斯对中国作家影响的三个方面:"让中国作家重新发现了艺术与土地的关系","让我们重新认识了'民间资源'对于写作的意义",马尔克斯和博尔赫斯等作家一起"确立了个性在写作中的地位"。与大多数中国作家一样,阎连科具有强烈现实主义精神,他一方面肯定"个性""技巧"的人学和文学(艺术)意义,但同时他们也不能忘怀于社会生活和历史现实。他们将"个性""技巧"作为文学(艺术)的基础而非本质、目的,因而他们对魔幻现实主义的解读不同于余华、格非、苏童等更为年轻的"先锋作家"。他不满二十世纪欧美文学某些流派"太过讲究技术和技巧"甚至完全沉浸在技术迷恋中,"而这时的拉美文学,在个性、技巧的基础上,却始终没有脱离拉美那块土地的现实和历史。无论是魔幻现实主义,还是神奇的现实,他们的出发点和立足点也都绝不脱离作家生存的土地、社会和现实"[①]。

二十世纪八十年代以来,中国作家对土地及生活在土地之上的"人民"的发现,使作家逐渐从发生在土地之上的政治经济文化观念变革的"时代性"层面进入土地的深层或"本体","民间"从"土地"的重新发现中

---

① 阎连科:《重新认识拉美文学》,见邱华栋编:《我与加西亚·马尔克斯》,华文出版社2014年版,第67页。

生长和壮大。"土地"和"民间"的再发现，与"人"和"自我"的发现都是现代主体重建的表征，也是其历史过程的关键环节。

某种意义上，我们对于《拖神》的解读与评判既不能离开拉美文学对中国当代文学、当代作家的启示这个背景，更不能离开中国当代作家在重新"释读"拉美传统时的创造性实践这条重要线索。《拖神》将"个性""技巧"和"土地"的历史与现实加以融合，从中可见现实主义文学观与纯文学想象、魔幻现实主义文学因素与现代主义文学因素、先锋意识、文化意识和历史意识的融合。能在融合诸元素基础上，形成形式和风格的创新、创造，则是作者强烈的"自我"意识涌动的结果。在这一点上，《拖神》与《白鹿原》又有着某种"管中窥豹"的内在联系。《白鹿原》是陈忠实实现"奠棺作枕"抱负的多重超越之作：超越作家以往的经典现实主义模式，超越欧美现代主义文学、魔幻现实主义文学和中国寻根文学。而《拖神》与《白鹿原》在精神风格和内在品质上似乎有着相近的血缘，这两个文本潜在的承接、对话、超越关系也因此尤其值得重视。

三、在文学经典延长线上的《白鹿原》和《拖神》

经典的确立在于其内涵意义的不断被阐释和发现，经典本身便是不断累积和不断建构、生成的过程。文学史由经典构成和支持，经典也在文学的历史流变中将历史纳入自身内部，使自身成为一部独特的文学史或进入文学史的一个重要视角。经典可以传承和影响后世，后辈作家也可以通过再解读再叙事，赋予经典以新的内涵、新的棱面和视角。"过去/历史"在"现在/当下"重生，"现在/当下"也融入"过去/历史"。作家对经典的当下个体化"解读"，挑战了过去对经典的"共识"积淀，照亮了通往过去的路径。从"经典重写"的角度出发，比较《白鹿原》和《拖神》的艺术世界，也许我们会有非常有趣的发现。

首先，人物形象塑造与人物关系设置。陈鹤寿可看作白嘉轩，大先生与朱先生亦颇相似，陈鹤寿与商场情场竞争对手林昂之间的争斗和博弈，颇似白嘉轩与鹿子霖的明争暗斗。白嘉轩与朱先生之间的浓厚情谊和彼此亲密敬重的关系，则近乎陈鹤寿与大先生。

其一，白嘉轩与陈鹤寿。白嘉轩是白鹿两家的族长，白鹿原人的领头人和道德标杆；陈鹤寿是樟树埠的拓荒者，也是普通民众利益的维护者和精神引领者。为反抗县府征收"印章税"，白嘉轩鸡毛传帖，策动"交农"事件，反对苛政，迫使其收回成命。他整饬民风，修宗祠、祭先祖、续族谱、立乡约。遵从耕读传家古训，办学堂、送儿女读书；讲仁义，关注民生、赈济灾荒、体恤孤寡、排解纠纷。陈鹤寿有着白嘉轩式的济世苍生的情怀。他如白嘉轩一样，有着慷慨仗义、隐忍执著、历练老到和踏实上进的实干精神和进取精神。为了保护樟树村、维护民众的利益，年轻时他九闯县衙，为民请愿，争取垦荒免税；在樟树村面临十三乡械斗冲击陷入危境时，他又挺身而出以机谋击败十三乡潘氏强族。他以德报怨，忍受被赶出乡里的耻辱和经年所受的非议，收购毕家虫蚀的绿豆，对曾归附林昂、站在自己对立面的苏铁匠等人宽容以待、知人善任。陈忠实在关中文化语境中塑造白嘉轩，将其作为儒家仁义精神的代表。厚圃将陈鹤寿放在潮汕文化中，从讲求实际的现实品格和寻求乐土的理想主义两方面塑造形象。看似分殊，其实同源，"潮汕地区的文化传统，既代表着北方文化的迁徙，也意味着正统的中原文化的南方袭传"①，二者皆为中国文化的分脉，共同体现着中国文化的精髓。

其二，大先生与朱先生。二者都有常人所不能解的异能神通，如神秘的预测能力。逆时光生长的"异人"大先生，是个以驱逐人们梦中鬼魂为业的净梦师，学识渊博、强闻博记、见解高远，不仅对天下大势了然于胸，前世今生后世亦无所不晓。此外，大先生和朱先生都注重耕读传家、道德教化。他在樟树村兴"蒙馆"村塾，办莲峰书院，教化村民，并亲自讲授，与朱先生有着同样的文化传承与教化之功。

大先生与朱先生在历史中的遭遇、处境和命运也极为相似。朱先生早年游历天下，为民生奔走疾呼，晚年则避居书院，以撰著县志为业，失去了参与历史的热情和干预历史的能力。《拖神》写乱世颓败之相，提到曾经香火繁盛的青龙帝君庙，即便换由神通广大的大先生主持，也难以挽救

---

① 曾攀：《文化传统与现代中国——关于陈继明长篇小说〈平安批〉》，《中国当代文学研究》2022 年第 2 期。

香火日稀的颓势。

这里有必要在其与朱先生的联系之外，说一下大先生。陈忠实创作《白鹿原》受到古巴作家卡彭铁尔的《人间王国》的启发，《拖神》中大先生这一形象与卡彭铁尔另一部名作《返本归源》中的人物非常相似。《返本归源》描述了一个老人死而复生，逆行走过其人生各个阶段，最后又回到孕育他的母腹之中。伴随这一过程的是周围世界同样在返本归源，回到最初的形态。导致发生这一切的因素是卡彭铁尔神奇的时间观即时间的倒溯、可逆。时间仿佛倒流之河，人逆而上，死而复生，恋爱结婚，顽皮淘气，直至重回母体。除了艺术探索和实验的原因，卡彭铁尔创作如此小说的原因还在于拉美人关于死亡与生命绝非对立的生死观，死亡并非生命的终结，生命将在死亡中延续，生命与死亡都是无限循环的生命运动的一环。世界也处于轮回再生的循环中。《拖神》在大先生塑造中借用了这一形象，所表达的却非卡彭铁尔式的轮回生命观，除了增加"异人"的魔幻色彩，更多的可能还是作为近代历史的见证和陈鹤寿、樟树埠乃至民族国家新的生命诞生的可能性象征。《返本归源》的时间是可逆的、循环的、存在本体论意义上的，而《拖神》的时间是不可逆的、向前推进的社会学和现代性历史意义上的。这可看作卡彭铁尔"神奇现实主义"马尔克斯《百年孤独》封闭、轮回史观和《白鹿原》《拖神》等借鉴的同时，又根据中国现代史观所作的现代性本土性转换。

如此来看，《拖神》与《白鹿原》、厚圃与陈忠实在马尔克斯之外，又通过卡彭铁尔（《人间王国》或《返本归源》）建立了草蛇灰线般的微妙联系——"魔幻"。

其三，就女性形象来说，陈鹤寿的发妻暖玉性情和家庭地位与仙草相似，勤勉、温和、明事理，讲人情。独特的是，陈鹤寿因难产早亡的草头妻与《白鹿原》中的田小娥，在情感的执著、深挚，压抑不住的勃勃生机和始终无法释然的怨念等方面，亦颇有相通之处。草头妻离世之后化为鬼魂，困扰暖玉多年。其至情至性、满腔怨念颇似田小娥；其阴魂不散也与田小娥近似。《白鹿原》中田小娥阴魂不散，同样困扰鹿三和整个白鹿原人。

其次，"鬼魂"叙事。陈忠实特别指出，《白鹿原》中的"鬼神"不同于拉美民间土壤里生出的"魔幻"，也非一般批判意义上的"迷信"，它"蕴涵着不尽的文化,也应是中国某些人'文化心理结构'的一根构件,即使是小小的不起眼的一件",小说里的"闹鬼"情节,"却不是为了制造神秘魔幻,而是出于人物自身的特殊境遇下的心理异常"。①借用中国传统鬼神传说的目的不在增加叙事的神秘性,而是基于"人"的表现,这是《拖神》和《白鹿原》的共性,情节的设定、发展围绕对"人"的处境、命运和心理、情感的刻画展开。

"鬼神"在《白鹿原》中是局部的存在,主要出现在田小娥死后显灵、扰乱白鹿原世道人心方面,凸显其执拗反抗的生命意志。陈忠实主要是在"反封建伦理道德"意义上,张扬田小娥所代表的被压抑和被剥夺的生命权利。相比之下,"鬼神"在《拖神》中占有更多的叙事内容和分量,其叙事功能也与《白鹿原》大异其趣。《拖神》中"鬼"主要是陈鹤寿的草头妻因情执着,不欲转世,以鬼魂游荡人间,她的故事集中在"鬼迷心窍"共三章,"神"则主要是天妃娘娘和三山国王。天妃娘娘的故事集中在"海国安澜"共两章,三山国王的故事集中在"国王下山"共两章。可见,小说"鬼神"叙事达七章之多。这是《白鹿原》无法比拟的。

"鬼神"在两部小说中的叙事功能差异颇大。除了生命正义的涵义,田小娥的鬼魂还展示了一种正统儒家文化之外的民间神秘文化的存在,增加了《白鹿原》历史——文化叙事的神秘性、混沌性。《拖神》中,一则鬼与神、鬼与人虽有沟通却并不多,仅有天妃娘娘自述曾与草头妻交流、暖玉与草头妻梦中相遇等少数内容;二则草头妻虽为鬼,却也附身神偶,故也为神,而这两种情形只为神鬼彼此所知,与人无涉。因此,"鬼神"与"人"的世界几乎无关。

天妃娘娘是生于江海、往于舟船的疍人的祭拜之神。小说在"海国安澜"两章中叙述了众多与小说围绕陈鹤寿展开的叙事几无直接关系的内容。关于谎言与真相、与真话诤言,关于谎言与专制、谎言与爱情,关于过去与未来、真情与假意、虚幻与现实的密集思辨,关联着中国专制史、中国近代史的荒诞和百姓的凄惨等。草头妻是潮汕平原的守护神,樟树埠

---

① 陈忠实:《打开自己》,见邱华栋编:《我与加西亚·马尔克斯》,华文出版社2014年版,第43页。

兴衰荣枯的见证者。她不甘心跟陈鹤寿情深缘浅，她焦灼、燥渴、愤怒，充满对陈鹤寿的怨念。作为游荡世间的幽灵，她虽不能介入人世间的纠纷争斗，却是人的隐私、奥秘和生存之谜的勘破者。小说以其内心倾诉和自我剖白的形式，回顾她与陈鹤寿的前世之情、诉说其爱恨交织的心理情结。草头妻既是一个透视人心、评判情感的视角，也是一个隐形"出场"的人物形象。三山国王是古越人后裔畲族的祭拜之神。他们是樟树村发展的见证者，见证了荒凉偏僻的江湾因陈鹤寿等人的到来，变得不平静，经过与畲族疍族的争斗和融合，逐渐形成一个个村落和繁华市镇的历史。原先信奉老庄哲学，内心通透，"恬淡自在，与世无争"，提倡尊重生命尊重自然，知足常乐，看不惯为人世奔走的天妃娘娘，不满其逾越权限做事。后来，他们改变了淡泊出世的态度，如天妃娘娘般以神明的方式介入历史和民众生存。

《拖神》的主体叙述部分以主人公的个人经历为主线展开，呈现为一种时间性的"命运结构"，"鬼神"叙述则聚焦人物内心世界，心理化、主观化较强，关于历史、人性、世界、时间、信仰等问题的思考，造成一种具有较强随意性或选择性的空间化效果。"鬼神"叙述不仅在心理层面上扩大了叙事空间，也以全知全能的叙事视角，超越主体叙述的"命运结构"，将现实层面的叙述进行凝练、提升，起到了丰富作品思想意蕴的作用。这类似于复调音乐的"对位法结构"，在"鬼神"七章与其余主体部分六章之间，形成表层几乎不相干的独立的平行线索，而在深层则隐含呼应、对照、隐喻等关系，力求作品整体上的统一。只是小说以神话传说为基础重构的"鬼神"叙述并不完全在幻想和心理层面运行，因为其现实性社会性指涉，而在总体上呼应、沟通围绕主人公们展开的写实性现实叙述，因此，《拖神》在形式上是"对位法结构"，而在内蕴上则是"命运结构"。

再次，"历史"叙事。《白鹿原》和《拖神》都有鲜明的历史背景，注重将人物放在中国历史剧烈转型时刻，思考人的生活状态、生命情态和遭际命运。前者关涉自晚清直至当代半个世纪的历史，后者的故事时间从1840至1900年，与《白鹿原》大体相当。二者在表现历史的方式上，都注重将历史生活化、民间化，从侧面描述历史引发的效应或后果入手，将历史放在生活中，观察其引发的民间生活状态，因而历史呈现为混沌状态。

在这两部小说中,"历史不是抽象的观念化的存在,它由无数的有名无名的个体生活组成,历史的生命便来源于此"①。相比之下,《白鹿原》中人们的生活和人物命运更直接受历史牵引、控制,朱先生、白嘉轩、鹿子霖、田小娥、白灵、黑娃、白孝文等人物的命运直接牵连历史,历史造就人物,决定着他们的生生死死。《拖神》中的历史表现更为间接和隐含,小说前半部分侧重表现主人公的情感、家庭生活,通过陈鹤寿在樟树湾的见闻和言行作为,描述樟树村的诞生,在家长里短日常琐细中讲述樟树湾地区由荒凉偏僻到逐渐繁荣的过程,以及在此过程中畲族、疍族、汉族等有着不同生活方式和信仰的族群的融合过程。随着官府建制、征收赋税和林昂、传教士黎德新进入樟树埠,历史才逐渐展开。即便如此,外国势力的侵入、中外不平等条约的签订、太平天国运动、两次鸦片战争等重大历史事件,洪秀全、李鸿章等重要历史人物,也是通过人物之口简洁说出,或通过人物命运如桑田、沧海、石槌之死写及,均着墨不多。

最后,传统/现代关系的辩证。进入民族传统文化深处,在现代思想视野中,思考"传统"的现代命运,将传统作为当下鉴取的资源,是陈忠实和厚圃小说的另一相通之处。但《白鹿原》以民族文化心理结构作为塑造人物形象、设置人物关系、编排情节冲突的重要依据,小说表现的,一是以仁义为代表的儒家文化的两面性,这种两面性不仅是白嘉轩的君子人格与鹿子霖的小人人格,也体现在白嘉轩、朱先生集仁义与残酷于一体的复杂性,他们既是仁义的化身,也是家族宗法伦理的代表,惩治田小娥、黑娃,即便在田小娥含冤惨死之后,也不放过,修塔镇邪让其永不翻身。二是儒家文化传统在现代历史中的败落、崩溃。朱先生、白嘉轩先后失去对白鹿原的影响力,重回祠堂皈依传统的黑娃死去,白孝文投机和堕落,整个白鹿原失去宗法礼教的护持,人心不古,道德失序,暴力横行。《拖神》以南方荒僻的儒家文化影响较小的"化外之地"作为叙事空间,侧重描写这一区域各种民间文化和信仰的冲突与融合过程,而非一种"大一统"文化的失落和衰败过程。如果说,《白鹿原》写出了汉民族儒家传统文

---

① 王金胜:《〈有生〉与先锋小说新历史小说比较论》,《中国现代文学研究丛刊》2022年第3期。

化的"解构"过程,《拖神》则表现出各民族文化信仰的"建构"过程。儒家文化被"解构"的过程,就是暴力充斥挤压扭曲人性,美德信义失落的过程。陈忠实称之为"剥离",实则为一个民族充满痛苦的转型。在这个意义上,可以说《白鹿原》是痛心之作、痛惜之作、痛苦之作。《拖神》的建构品质在于通过陈鹤寿终生不渝的为民为国、寻找大同世界的梦想与实践体现出来。作者在他以及桑田、浩云、沧海等身上,灌注了一种反抗专制、反抗异族侵略,民族和谐、民众团结、奋发有为的民族精神。这种精神在父子之间薪火相传,绵延不息,冲破了白鹿原上"翻鳌子"般的历史循环。在深明大义、明了历史大势的陈鹤寿的引导、教谕和支持下,浩云过番南洋,不仅使樟树埠人走出封闭,而且实现了海内外商业贸易的大循环。中国传统文化随着浩云们远播海外。陈鹤寿与浩云形象中,不仅寄寓仁义的德性哲学,也体现了"天行健,君子以自强不息"的另一"君子人格"。

陈忠实生前多次说过"大树底下好乘凉,但是大树底下也不长草"。这是他从事《白鹿原》创作的切身体会,其《白鹿原》和柳青的《创业史》之间的关系亦是如此。《创业史》是陈忠实极为推崇和学习的经典,其《白鹿原》之前的创作深受《创业史》影响。陈忠实之被称为"小柳青"也算大树底下好乘凉的例子,但陈忠实能写出《白鹿原》这样的经典之作,却是其走出"乘凉树荫",从"现实主义"和"史诗"两个维度上进行创造性重构的结果。

《拖神》呈现了自信、开放和兼收并蓄的态度,它跳出狭隘的"地方"本位和文化保守主义立场,却又发掘传统的"内在"活力;它放弃孤芳自赏或声色俱厉的文化精英主义,却又整合现代元素融入中国经验叙事,进入民众的生活世界,并从中获得精神性和文化性,尊重人的主体性、创造性,鲜活地表达个体、群体的生活经验、生命体验、身体经验和心理体验。在小说中,我们既看到了文学跋涉的艰辛,也看到了作家追求创新创造的责任与激情。《拖神》是当代作家向经典致敬的产物,是当代创作主体与过去、历史和时代之间的自觉对话。

一时代有一时代之文学。《拖神》体现了特定时代语境中立足于中国历史与现实的,积极参与和实践的移情式讲述。它不同于传统的沉思或静观的审美态度,而是召唤着读者共同参与历史实践的热情和信念。这是召唤性、鼓动性、充分调动各方资源的年轻态写作。年轻的写作有不成熟的一面,但这不成熟却也许更能激发读者对其所创造的激情和信念空间的移情投入。陈鹤寿的祖父、陈鹤寿自己和他的儿子们从理想出发一步步走向"乐土""大同",从五四新文学以来一代代中国作家们也在通往文学王国的道路上,踏实前行。就二十世纪八十年代中期至今的中国文学来说,从"中国式现代派"到寻根小说、先锋小说直至进入民族文化复兴的新世纪、新时代,中国作家也像陈鹤寿们一样,意识到了时运国势之于自身创作的契机,自觉以创作回应和应对着历史与现实。在这文学的大道上,《拖神》回应现实回应历史,以个人化的转化再造,显示了文学创新的可能。

"黄金时代"的叙事与抒情

——评王蒙的长篇小说《笑的风》

王蒙是一位有着强大思维活性和持续艺术创造力的作家,他的作品以鲜明的时代感和深邃的思想内涵,紧密关联着当代中国历史的发展和美学的变革与创新,成为当代文学史的重要标志,是透视当代中国及其文学言说的一面镜子和一扇窗口。从二十世纪五十年代开始至新世纪,王蒙创作了《青春万岁》《组织部新来的年轻人》《春之声》《活动变人形》《恋爱的季节》《失态的季节》《踌躇的季节》《狂欢的季节》《这边风景》《闷与狂》等数十部长篇小说,体现了旺盛而持久的创造力。近年来,王蒙"在'青春激情、革命激情、历史激情'的多重激荡中"①,展现出更为丰沛的创作活力,奉献了《生死恋》《奇葩奇葩处处哀》《邮事》等一系列新作。2019年9月被授予"人民艺术家"称号的王蒙,年底在《人民文学》发表了他的《笑的风》,进而在2020年将这部中篇以"只重于大于而不是轻于小于夏季原作的力度"砥砺、修订为"一个真正的新长篇小说"②由作家出版社推出。王蒙于耄耋之年所创作的这部新长篇与其以往的思想和创作有何关系?与其所说的"小说黄金时代"③有何关系?本文拟由此入手,对这部小说的叙述基质、美学品格及其在王蒙思想与文学谱系中的

---

① 温奉桥、姜尚:《静拔生命之摆或超越生死之维》,《中国当代文学研究》2019年第3期。

② 王蒙:《笑的风·致读者》,作家出版社2020年版。

③ 王蒙:《笑的风》,作家出版社2020年版,第275页。

位置和意义进行探讨。

一、时代性与历史感的文学表达

《笑的风》以1958年至2019年这六十余年间主人公傅大成的人生经历和命运轨迹为主线索,讲述那些围绕着他而发生的生活和情感故事。傅大成与白甜美、杜小娟的婚姻、爱情、家庭生活和遭遇是主要内容。由于时代、政治和家庭成分等原因,正读高中的傅大成与比大他七岁而又没知识少文化的渔村女子白甜美结婚成家,并生育一儿一女。1979年,已具有一定文学影响的傅大成,在北京参加文学创作座谈会时,遇到世家名门出身的诗人杜小娟,与之一见钟情,几经波折,最终与白甜美离婚与杜小娟结婚。但小说的目的并非讲述一个平庸的"婚外恋"或"始乱终弃"的模式化故事,而是将人物置于时代风云变幻的背景和现实中,通过一个个具体的人的命运,通过他们婚恋、家庭的破裂与重组,透视六十余年间中国社会现实生活的沧桑巨变,重新思考和辩证"时代与人"的关系。

《笑的风》在描述当代中国人的生活伦理和情感,关注其生活、思想、情感和观念意识及其变化着、发展着的形态和状态的同时,也在关注时代,关注中国当代历史与现实的发展着、变化着的形态和状态,所以小说有着将现实与历史相牵连、将个人与时代相牵连的思路设计:作家既在呈现当代中国历史发展和变革的现实,也在表现着另一种现实——人的现实,人的情感、心理以及爱情、婚姻、家庭等伦理观念的现实。小说以新世纪新时代的中国为立足点,从整体上对一个长时段的历史进行宏观观照,讲述这段历史的沧海桑田和人世与情感的曲折涌动、千回百转。包括夫妻之情、父女、父子、母女、母子之情在内的交错纠缠的情感关系,是小说的主体内容,也是勾连小说脉络、推进小说情节演进的动力。时代的"外部现实"和人的"内部现实"相互牵连、彼此渗透,前者带给后者的机遇和命运,后者如何呼应、顺应或感应前者,二者的交互关系、沟通情境如何,正是《笑的风》所要表达和思考的。

《笑的风》呈现了作家与生俱来的语言感觉和成熟老到的文字技艺,写得驾轻就熟、举重若轻、洋洋洒洒、下笔万言。挥洒自如的文字背后,是王蒙对自己所经历的半个多世纪的历史与现实的总结，是对个人与时代、中国之难分难解的纠缠的感喟和慨叹。在谈到发表、出版于1993年、1994年、1997年和新世纪初年的《恋爱的季节》《失态的季节》《踌躇的季节》《狂欢的季节》等"季节系列"长篇时，王蒙曾说："它是我的怀念，它是我的辩护，它是我的豪情，它是我的反思乃至忏悔。它是我的眼泪，它是我的调笑，它是我的游戏也是我心头流淌的血。它更是我的和我们的经验。它是我的过程，它是我的混乱和清明，它是我的寄语和诘难。它是我的纪念和旧梦、新梦、美梦和噩梦。它是我的独语、狂语、呓语、禅语和献辞。它是我的软弱和顽强，理智和痴迷。"①《笑的风》固然不似"季节系列"那样具有王蒙自叙传的印迹，没有那么多的"噩梦"和"流淌的血"，也不突出"辩护""忏悔""混乱"乃至"诘难"，但在"怀念""豪情""眼泪""调笑""游戏""旧梦、新梦、美梦"和"我和我们的经验表达"上，它确是王蒙的或王蒙式的：除此一家，别无分店。这部小说有着与青年时代王蒙的《青春万岁》《组织部新来的年轻人》相似的青春、爱情、理想、追求，有着与中年时代王蒙的《杂色》《春之声》《海的梦》相似的斑驳与生机，却少了些《活动变人形》的无法摆脱的压抑和难以克制的尖锐与沉重。

在更深层更根本的精神气质和思想意识上，《笑的风》接续和发展的是"季节系列"，而在修辞造句和语感上，它展现着"新时期王蒙"小说如《闷与狂》的典型风格。这部小说具有突出的语感性，在并不复杂的故事讲述中，作者充分利用汉语的语言、文字特性及其历史文化蕴含，释放出汉语本身的能量。小说大量引用、化用古典诗词，并对其进行情境化、心境化改造，以契合小说人物的心灵、情感和他们的小说家和诗人身份。大量同义词、近义词甚至反义词等词汇的并置、铺排，在造成滔滔不绝语流的同时，也揭示了人物或矛盾游移或激昂欢快的心理、情感。这可以说是"新时期王蒙"语言表达先锋性探索的延续和发展。《笑的风》的阅读快感和审美体验，首先便是来自这一与人物处境、心境和时代生活气息相

---

① 王蒙：《长图裁制血抽丝》，见《文艺新观察》第一辑，长江文艺出版社2001年版。

呼应相匹配的语言运用。这是对语词稳定内涵和使用规则的少许偏离，通过对语言惯性的游离和词汇的陌生化连接，产生语义的扩张，是对人物心境、处境和时代情境、氛围的充满张力的延伸和发掘，正是在语词的灵活自如的调配、使用中，展现了作者的情感、体悟和思想的可能性。

《笑的风》既是语言的"呈现"，也是作家主体形象的"表现"和"展示"。就前者而言，它是能指的，语言呈现了其本身的活性和魅力，也是所指的，它指涉着人物、时代和历史；这种语言是自在的，也是自为的，从中可以感受到汉语语言、文学和文化的内蓄力量，也可以感受到创作主体的心境、心态、心灵的状态和力量。小说语言出之以描写，出之于情感抒发，细腻入微，感情丰沛，是叙述中的超级"能指"，充分扩大了其"所指"区域。就后者而言，《笑的风》的语言，蕴含作者进入个体深层情思、深入时代氛围和传统文化内部的坚韧，体现着具有一贯先锋性品质的作家对既有言说方式的扬弃和超越。小说展示了一个鲜明的，在当下与历史、在"新时期"与"新世纪""新时代"自如穿行的"王蒙语言形象"，洋溢着一个正在从事艺术创造的主体的乐观、自豪与自信。

《笑的风》是作家的历史记忆，是作家所处和所理解的"伟大时代"及"小说黄金时代"对历史的言说。个体记忆在言说中、在文字的流淌和激荡中复活，历史在时代的观照下获得新的生命。王蒙仍然是那个青春的、理想的、包容的、先锋的王蒙，他试图通过让汉语的符号的力量从被漠视被压抑中重新生长，在成长中的"个人"和"生活"维度上，对五十至七十年代和八十年代以来的"历史转换"，进行自然化、人性化和情感化的链接，获得一种当代中国历史的整体感。在这一历史叙述建构中，当代中国社会和历史内部的差异性，以"发展"和"进步"的形式得到表现。如果说，在对五十至七十年代的处理上，小说主要采用家庭化和社区伦理化的方式，写出传统文化和民间伦理在激进时代对"共同体"的维系，写出"动荡年代的平安与幸福"，用叙述者的话说，在"政治运动如火如荼，高亢入云"的严峻形势下，傅大成"渐渐意识到他与白甜美的婚配是一件好事"，尽管没有古今中外文学中描写的罗曼司的浪漫，没有情话情诗，没有自由的"现代爱情"，但在白甜美和一儿一女两个孩子构成的家庭中却获得了乱世中难得的安稳和幸福，"他们平安幸福地度过了动荡的年代！"而对八九十年代以来中国社会和情感的处理,小说主要借助服饰、用具、物件、饮食、娱乐形式、节庆聚会、旅游出行乃至家常寒暄、人情礼节等写实性、社会性、艺术性、语言性的各种记忆载体,来进行丰富多样、摇曳多姿的表现。如此一来,小说在傅大成和白甜美、杜小娟这条婚恋、情感和家庭伦理线索之外,又通过各种记忆载体的互相渗透、重叠,揭示了1958年至2019年这六十余年间中国社会的价值共识和群体意识。

小说通过富有标识性的事物、事件,在人的情感和家庭状态描述中,建立起小说的时代感,又通过人物情感和命运的悲欢离合写出当代中国历史的起承转合,在长时段叙述中建立更深层的历史感,将个人的生活故事和情感故事,讲述为一个更具庞大品格和世界视野的中国故事。小说写道:"到处是生活,到处是时代,到处都撼动着历史趋向的变革与调整,点点滴滴,蓬蓬勃勃,吵吵闹闹,纷纷乱乱。中国人的生活,正在迈上一个新的平台。"这段文字出自白甜美、傅大成夫妇创办"相思"棋牌茶室,无意中与李谷一"乡恋"无缝接轨而引发的感慨和议论,它巧妙地把1979年边地小城萌发的新机与京沪大城市、十一届三中全会、港澳台歌曲、日本电影、帕瓦罗蒂乃至整个中国正在发生的历史性变迁联系起来,将"个人""生活"与"时代"、与"历史"联系起来,将"中国"与"世界"联系起来,傅大成、白甜美"不只是躬逢其盛,而且是趁盛势直冲云天","他们的茶室搭对文艺快车,攀上历史巨轮。"总之,"小地方小人物小茶室随着历史的节拍而摇曳多趣","什么叫伟大的时代?那是一个让鱼鳖村的贫农儿子,不但上高中,而且上大学,不但当干部而且写诗,不但坐飞机而且蓬拆拆跳起舞来的时代呦!"小说写中国作家参加西柏林艺术节,有两个细节颇有意味。通过写外国观众观看昆曲演出,写"人情与艺术的共鸣",接着写到君特·格拉斯家做客,"他的经历相当符合当代中国的人民化理论观点,是社会生活锤炼出了这样的一个怪诞创新、独树一帜的作家","用中国的说法,生活是创作的源泉,人民是文学的母亲。格拉斯作证。"作者在这里并未以"人的文学"否定"人民文学",也未固守"人民文学"的狭义界定,而是在寻找"人情"与"人民"的内在沟通性。这个细节的症候性意义,不仅在于它直接贯穿和连通了五十至七十年代的"革命中国"与八十年代"改革开放中国"和九十年代"市场经济中国",

更在于整部小说的叙述都是以此为价值理念基点而展开的。

正是因为有着讲述"大故事"的欲求和意图，《笑的风》便不再局限于讲述"小故事""小悲欢"，而是要讲述"大时代""大历史"。如何由"小"致"大"，由"小"见"大"？如何在有限的篇幅内，容纳中国与世界、社会与文艺、历史与现实，如何处理流动的、多维面的历史与"个人"及情感、心理等"内心"的深层、复杂的关系？小说的处理方式是，通过傅大成、杜小娟等的个人经历和感想，通过他们的人生体验、历练和感悟，连接外部的、动荡的时代风云。这种处理虽然是王蒙的长处和强项，但也面临着诸多艺术上的新难题与新挑战。傅大成、白甜美和他们的儿女，除了在离婚这一事件上的矛盾关系之外，他们的生活和情感片段能否有效地纳入更广大复杂的人物关系中，能否牵连更广阔深厚的中国现实生活？傅大成和杜小娟的爱情、婚姻主要以北京上海开会、书信往来、诗歌小说互通心声、世界各地旅游等方式展开，其与傅前妻白甜美和儿女的故事之间是否可以建立起更紧密的情节联系？傅大成的中学同学赵光彩也是与当代中国历史发展密切相关的人物形象，他的相对独立的故事能否更丰满地展开并与傅大成的故事"交叉互补"从而成为复杂历史叙述和"大故事"的一部分？时代改变了人物的命运，使人、事、情和家庭偏离了原有的轨道，王蒙在书写这种种改变带来的刻骨铭心的经验、体悟、思考、慨叹的同时，也总是试图写出历史与人心的幽深、时代与历史对人的意识和情感结构的深层影响。无疑，《笑的风》以王蒙式的"小说智慧"呈现了在个人经历、体验与时代、历史风云间别有意味的张力或疏离关系。

二、个人体验、中国经验与"世界"视野

如果说，六十余年的中国经验和个人体验是《笑的风》所要表达的主要内容，那么将中国经验充分"个人体验"化，是王蒙一以贯之的美学追求。与其五六十年代和八九十年代的作品不无相似的是，《笑的风》同样呈现了王蒙式的个人主观性和对时代的敏感神经，个人的经历、体验强烈地渗透和融贯在他对人、事、情、境的书写中，以个人/历史与体验/判断的融合以及浓郁的抒情诗意色彩化解了叙述的沉闷。

有研究者指出，"王蒙是一个历史意识很强的作家，但他笔下的历史却是一部心灵化的历史"[1]，"王蒙的思想是个人体验和历史判断的共同产物"[2]。王蒙的思想并不出之以玄奥的思辨，他刻意回避某种理念的阐述和传达。《笑的风》蕴含的思想与二十世纪中国的历史和文化、现实密切相关，是对自身体验和经验、感知的总结，是一种对这种总结的平和而理性的表达。即便有象征或特别的寓意，也不会让读者被"晦涩难解"带来的沮丧所困扰，陷入"阐释的难度"。如何释读"笑的风"这一时时浮现于文本之流中的词组或意象，便是突出一例。无论对这个内涵较为含混的标题做何解读，无论是傅大成如厕之夜偶然听到风中传来的清脆活泼天真烂漫的笑声"风因笑而迷人，笑因风而起伏。然后随风而逝，渐行渐远，恋恋不舍"，还是傅大成赴京参加创作座谈会，与中文系学生联欢，听到杜小娟唱歌时，联想到曾听过的《哈萨克圆舞曲》的感受："哈哈，融笑入歌，融歌入笑。歌笑旋风，阵阵吹过。"抑或二人在畅游欧洲时"快乐的风啊，快乐的风啊，大笑的风啊"的"新时期的新生活"的畅意和幸福感；无论是苏联电影插曲《快乐的风》，还是《人民文学》"卷首"中所写小说"旋起五十余年的时代之风"，无论是"风声笑语，青春无限"还是"声如响雷笑如风"，"笑的风"都以其可触摸的感性、可理解的质朴，让读者在释然、坦然中感受到王蒙不无忧伤、喟叹的喜悦、欣慰、恬淡和悠然，"笑不待风而自御，笑不待诗人而自然成诗。道法自然，诗发自然，笑当然最自然"。《笑的风》是王蒙"最自然"的"笑"的"诗"，这首"诗"发自个人的历史记忆和现实体验，来自"人心"，是时代春风对"人心"的鼓荡和激发，也是"人心"对"时代"的反映和回应。作家不仅是在回忆历史，也是在抒发对生活的生命体验，这种体验不是"逝者如斯夫，不舍昼夜"的已逝或惜时之感，而是新的生命与时代、历史的共同生长感，"新的生命正在萌发，生命永远鲜活纯美"，即便笑声会随风而去，"新的笑声多半会无待而自来"。这种心境来自王蒙式的理想主义和乐观主义、来

---

[1] 於可训：《〈青春万岁〉的精神现象学——王蒙创作的文化心理阐释之一》，见《当代文学：建构与阐释》，武汉大学出版社2005年版，第264页。

[2] 南帆：《后革命的转移》，北京大学出版社2005年版，第36页。

自对当代中国历史进步和发展的认知与信心:"从此改革开放与发展建设疾风含笑,春潮澎湃,富民强国,仰天长啸。"小说"饱满的不仅仅是中国和中国人所经历的历史生活信息,更在于看似随处溜达的视角和活泛如水的语言之上,在主要人物的履迹和奇闻中,旋起五十余年的时代之风。"《人民文学》"卷首"所写,点出了这部小说与中国历史、现实的关系,王蒙的思想和表达襟连着历史与现实中的中国和中国人。正是这一关注和观照,使小说那些先锋性修辞、表述成为整体叙述中的局部,成为"大故事"讲述的某种权宜性策略,以"非典型性先锋"避免了成为"典型"先锋小说所皈依的"悬浮的所指"命运。

《笑的风》讲述"中国和中国人"的故事,兼顾故事、情节、人物形象等传统现实主义要素和叙述语言的情绪性流动(所谓"活泛如水的语言"),既注意作为叙述对象和表述内容的客观真实性,又浸入叙述者的情感真实、情绪真实和心理真实,不让"中国和中国人"的故事被朦胧含蓄的主观印象和心理色彩所淹没,不让"怎么写""怎么反映"(即"看似随处溜达的视角")覆盖"写什么""反映什么"(即"中国和中国人所经历的历史生活信息"和"五十余年的时代之风")。小说既要"反映""再现",也要"反应""表现",它要把王蒙的个人性、主体性和心理性内容作为改变"反映""再现"之机械、僵硬弊端的不可或缺的"革命性潜力"因素,在更个人化的更高层面上"反应"历史和时代。

"体验"是连接"经验"和"符号"的关键性介质。如何在"经验""体验"和"符号"之间建立自由、和谐的交流互通关系,让三者共同笼罩在艺术的光辉中,是作家孜孜以求的目标。《笑的风》中体现了强烈的主体介入欲望,这种主体对"时代中国"的介入,使得小说叙述具有了透明化效果。它们往往以抒情性议论的形式中断着也延续和推动着叙述的语流、节奏。"社会主义的古老巨大中国在经过大动乱之后走向新时期。""二十世纪八十年代,青烟家家冒、再再冒、坟坟冒、呼呼地冒。""他正骑在向现代化全球化地球村小康大康富强民主文明疾奔的时代骏马上,冲啊,喔!""这是一个大发展大变化的时代,是一个突然改变了许多,倒塌了许多障碍的时代。""这是一个大开眼界的时代,这是一个怎么新鲜怎么来的时代,这是一个突然明白了那么多,又增加了那么多新的困惑与苦恼的时代。"此类文字，俯拾皆是。甚至生下来就被母亲送养、长达四十一年未曾见面的立德在见到母亲后，也表示"他理解母亲爱母亲，为自己的母亲骄傲，为改革开放欢呼，改革开放万岁！"并下了"历史性结论性断语"："他有一个伟大的妈妈，伟大中国缺少的正是这样的敢想敢干敢说敢作的妈妈，这样的母亲会使中国人的精神面貌焕然一新，会使中国成为全新的中国。"一个人、一位母亲和一个民族、一个国家，在"伟大"这一点上联系在一起。在小说结尾，傅大成去看望回家养老的中学同学赵光彩时说："反正我们没有白活，我们赶上的是高潮再加高潮，前进接着前进，创新接着创新。"跟孔子、李白、柳宗元、王安石、王阳明、曾国藩等古人和李大钊、瞿秋白等今人相比，"我们就算活得有声有色的了。我们比古人差的不是环境也不是运气，是自己的本事、智慧和品质。再说这说那，那是不公正的"。不仅是作为"个人"的"我"，"我们"同样不能辜负这个伟大的时代。

　　不同于此类叙述者不可遏制的直接现身，通过故事情节和人物塑造来体现"个人"与"时代中国"之间的感应，也是《笑的风》的更为重要和巧妙的叙述方式。1979 年春傅大成赴京参加作品研讨会的感受——"改革开放，返老还童，重温好梦"，不仅属于三十九周岁的傅大成，也属于它的创造者、时年四十五周岁的王蒙。王蒙特意安排自己创造的人物与刘心武、贾大山、陆文夫、方之、邓友梅、张弦、从维熙和王蒙自己等"已经歇菜二十多年已经四五十岁的当年'青年作家'"见面，共同响应"'写吧，加油吧，解放自己吧'的号召"。王蒙还安排傅大成读自己的小说《活动变人形》，让他了解形形色色的五四氛围中成长起来的知识分子，感受新与旧的文化冲突，思考包办婚姻与自由恋爱问题。这是 2019 年的王蒙将自己重新纳入那个鼓荡人心的文学时代的实践，也是王蒙以当下心境、认知重新梳理这个伟大时代的实践。在小说中，王蒙将对中国和世界的观照有意识地纳入个人体验、感受、领悟、思索和想象中，将对历史的社会性摹写转化为"个人化"文学形式，出之于个人化形象体系和符号形态／系统。从横向的叙述语言层面看，《笑的风》包含着作家对六十余年中国人世风景的个性化感受与体验，小说叙述的中国的沧桑巨变和历史风云明显打上了王蒙的"体验"烙印，这些人世风景和表现它们的语言，涌动着作家的心境、情绪和态度，共同分享着作家的"自由"。

《笑的风》讲究语言文字趣味，注重从感觉、印象和视角等层面的变化，以"笑的风"作为贯穿小说的线索和烘托情绪氛围的意象，从骨子里、整体上有着对生活和人生诗意般的热爱和把握。正是这种对个人、心理和情感真实在叙述中存在和生长权利的确认和坚持，使得这部讲述"中国和中国人"故事的小说，具有了充分"响亮"的艺术性。叙述、语言的感觉化，映照出"个人"的影子，成为当代中国历史进程在主体的时代意识和审美意识中投射的"映像"或印痕。这决定了《笑的风》蕴含的既不是纯粹的传统工具论语言—文学观，也不是先锋意义上的语言—文学自足观。作为"新时期"最早的"展示了一种新的语言形态"并"产生了一种示范作用"①的中国式现代主义文学代表作家之一，王蒙对语言的理解可以说无人可比，《笑的风》同时写出了语言—文学作为创造的自足乃至能动的一面，"现实"不再被语言—文学所反映，语言—文学不再被动地反映现实，"现实"能被"语言—文学"创造出来，或者说，"语言—文学"能够领先或引领现实。如小说所写："生活产生文学，文学要模仿，要书写生活的映象。也有时候文学走在前面，它虚构了事件，而后生活现实模仿了文学。"小说不仅列举了张爱玲的《色戒》和此后上海真实发生的刺杀事件和电视剧《加里森敢死队》播放后中国出现的与此类似的匪徒作案，还通过小说人物傅大成思考"爱情与爱情文学的关系"——究竟是先有爱情后有爱情文学爱情诗爱情故事，还是更多的人通过爱情文学"才学会了去爱恋、去相怜、去怀春，去风流，而不仅仅是配种站的操作呢？"傅大成坚持与白甜美离婚，跟他的文学阅读有很大关系，从鲁迅的作品和巴金的"激流三部曲"，从《长恨歌》《钗头凤》《牡丹亭》到《罗密欧与朱丽叶》《安娜·卡列尼娜》《假如生活欺骗了你》，而他与杜小娟由北京到上海再到西柏林的见面、旅行和书信往来，也是文学造就的机遇、情缘和命运，她是与他"共同读过或者听过，感动过或者陶醉过舒曼、克拉拉、勃拉姆斯的音乐"的"艺术的与文学的加外国语的知音与伴侣"。最终"小

---

① 张卫中：《新时期小说语言探索的三个维度》，《中国当代文学研究》2020 年第 1 期。

娟的文学,引领了也创造了他们的生活与命运。生活与命运终于落实了报应,经过文学的路径,落实的结果将带来什么新的文学或者是非文学的契机呢?"在他们看来,文学与爱、生命因"自由"和"创造"而紧密牵连。

将傅大成和杜小娟联系起来的是"文学"。八十年代是文学的春天,是"个人"和"生命"意识被发现的时代,而文学是个体生命意识的觉醒的表征,是个人恢复生命感受和中国生命苏醒的标识。小说特别写到对健全"身体"的发现和欣赏、面对与爱恋,是"正常""开朗",是"诚实的生命的颂歌,是古老中华的一个现代性进展"。鲁迅《狂人日记》和郁达夫《沉沦》式的"身体/国族"隐喻在七十年后的"新时期"得到了奇妙的文学呼应。这是新时期向五四的回归,也是"(文学)"中国向"世界(文学)"的再次敞开。从北京到上海再到西柏林,从国内到国外,小说借助主人公和他们的文学同伴们的"文学行旅",见证着中国(文学)的变化,见证着也参与着"中国与世界"关系的刷新与建构。

西柏林是一个"奇点"。它是一座城市,是欧洲也是世界政治地理和文化地理的交汇处,它便是一个"世界"的具体而微的缩影。中国作家和世界作家、中国文学和世界文学在这里碰撞、交融,它也是傅大成与杜小娟爱情发生质变的地点,"改革开放的中国"和由它催生的"新时期文学"在这里被"世界"认识、评价和认可。作为一座城市,"西柏林"是物质性的存在;作为东西方政治、文化、艺术交融、交错的所在,它是思想与精神的存在。在这里,中国紧连着世界,世界注视着中国,"他傅大成祖宗的坟头,伟大中国人祷告祖先以求保佑的坟头,大冒青烟喽您哪!"尽管与"伟大世界伟大事业伟大人物"相比,傅大成只是一个微不足道的小人物,但也与闻"大人物大时代大事件"之事之盛,"他正在变成一个越来越个儿大的土豆儿"。置身西柏林,面对夜生活丰富的城市,傅大成的感慨中包含着经由"世界"对"中国"的重新发现和认知:"与欧洲的资本主义相比,社会主义中国是多么健康与省心啊。"在这个"世界"中,"个人"深切体验了"个人"与"世界"和"中国"的同步行进、彼此呼应:"世界呀世界,你是多么有意思;中国啊中国,人们是多么有机遇;大成啊大成,古今中外,谁能赶上你这样的八面来风、五月开花、春阳普照、万年不遇、千年不再的了不起的缘分!""个人"不仅在"中国/世界"

的空间中确认自我,也使自己在"时代/历史"中再次获得深度主体生成和存在体验。"个人"见证了一个时代一个世界的发生之初,感受到无形却有力的历史和生命、文学的创造与发展潜能。

三、"革命的第二天"与"诗情词意"

在王蒙看来,我们所处的时代是一个"到处都有故事、天天都有情节,有人物、有抒情、有思考、有戏的小说黄金时代",他自问"你的小说对得起你的时代吗?"① 既要"如实"书写这个时代,自不能回避那些值得怀恋的"如意"之处。记忆和回味过去的生活和历史经验,固然为自己曾经的糊涂、愚蠢、懦弱和无知而感到尴尬、懊悔和遗憾,"喜上眉梢的同时,难道不多多少少地感觉到悲从心来吗?"但也正如傅大成在考虑创办一个以甜美命名的中国婚姻博物馆时所想:"不必那样强调悲剧,是悲剧也不宜说什么太多的悲呀伤呀哀呀痛呀什么的,小知识分子的悲剧感其实是太廉价了,……所有哭天抹泪、怨天尤人的家伙那里,有几个人配说自己的生活是悲剧呢?不是丑剧闹剧已经难能了。""能变成亲切的怀恋的往事,是幸运的往事。能亲切地怀恋往事的人,不但是幸运的,而且是最最善良的人。而最不幸的人是,回首往事的时候只有冤屈和怨怼,只有恶毒和诅咒。""悲剧"是不必强调的,"悲剧感"是廉价的,任谁也不愿做一个"最不幸的人",那么,接下来的问题是,作为伟大时代伟大历史的"幸运"的见证者和参与者,如何书写"幸运的往事"和时代?

王蒙在《笑的风》中延续了《青春万岁》《组织部新来的年轻人》《春之声》和"季节系列"等小说的抒情诗意追求。他"往往是以写诗的心情来写小说的",其作品常饱含"诗情词意"②。他用小说抒写这个时代的革命、变革和改革,这个时代的创新、创意和创造,这个时代人的歌哭欢笑和柔情、温情、激情。

---

① 王蒙:《笑的风·出小说的黄金时代(跋)》,作家出版社2020年版,第275页。
② 王蒙:《诗情词意》,见《王蒙文集》第7卷,华艺出版社1993年版,第647—648页。

这是一个叙事的时代，也是一个抒情的时代。如果说叙事组织的是对这个时代的本质性认知，那么，抒情的功能则在于对时代本质性的吟咏和歌唱。在文学与非文学、诗与散文、此时代和彼时代之间并无截然的界限。生活、时代和历史都是"一种文学的视角"，文学可以反映生活，也可以创造生活和历史。风云激荡的革命是诗，"后革命"同样是一个有"诗"和"抒情"的"小说黄金时代"。

早在1982年，评论家吴亮就指出，从艺术表现上看，王蒙"又提供了两个世界：一个是呈现于外的世界——它喧喧嚷嚷、忙乱变动、光怪陆离、千演万化；另一个是收缩与隐藏其内的世界——它凝定着，有着节律，有着步奏，它恒在，它冥冥中支配和注视着人世的变化。王蒙的前一个世界是开放的，接纳所有的印象，他描写它们的时候几乎是毫无偏心，写得草率而又细致、粗野而又优雅；写得诙谐而又严谨、尖刻而又宽容。王蒙的后一世界则又为自己的观念国土划了疆界，这条疆界使他的思想趋于稳定。他并不随风倒，无原则地接受所有新思潮。相反，他维护民族传统，强调人的和谐，相信进步，提倡谦让、宽容、勤勉和耐心；他厌恶空话而倡导做事，并在精神生活和感情需要的意义上增强我们频遭打击的自信心——我们有很多好的、珍贵的东西和品质，而不应老是悲叹万事不如别人。""这一切，在王蒙看来，是社会进步的内在条件。进步是缓慢的，但进步仍然是进步。"[1]尽管吴亮的判断已经过去四十多年，但仍有助于我们对《笑的风》的理解。这部小说仍然呈现了王蒙的思想和文学世界中存在的两个世界的矛盾。在前一个世界中，他崇尚革命、理想、青春、激情，希望能用理想主义、浪漫主义和革命热情、青春激情，来摆脱庸俗的纠缠、世俗的消磨，走出日常的泥淖和失去激情的平庸。《青春万岁》《组织部新来的年轻人》借助共和国初期年轻人的革命、建设与浪漫、爱情、美的紧密关联传达了这一点。在经历了冰冷、严峻的现实和"迷惘、痛苦乃至恐怖"[2]的体验之后，王蒙在更多沧桑感和反思意味的《恋爱的季节》

---

[1] 吴亮：《王蒙小说思想漫评》，见《文学的选择》，华东师范大学出版社2014年版，第153—154页。

[2] 王蒙：《访苏心潮》，《十月》1984年第6期。

中仍然怀念着那个年代特定的明朗、乐观、积极、昂扬、单纯、快乐的氛围，散发着激动人心的热烈气氛和清新朗健的时代气息。

如果说，"季节系列"是革命历史的深沉反思和怀旧式的伤感的结合，那么《笑的风》则是对历史和现实举重若轻的纯净、流畅叙述和某种略带感伤的温热情感抒发的交融。这其中有王蒙的个性、性格和气质因素，如其自言："我身上有两种倾向或两种走向都非常鲜明，比如一种是幽默，一种是伤感……我非常真实地感受到这两种力量，既有幽默的，讽刺的，解脱的，尖刻的甚至恶毒的情绪，另一方面又有伤感的，温情的，纠缠的，原谅的，永远不能忘却的情怀甚至于自恋。"[1]此外，还有王蒙的思想因素在起作用，他对俄苏文学如《钢铁是怎样炼成的》《拖拉机站站长和总农艺师》和艾特玛托夫的《别了，古利萨雷》《白轮船》《一日长于百年》、契诃夫的《草原》的喜爱，使其不仅受到社会主义现实主义的影响，也受到人道主义、理想主义、浪漫主义、批判现实主义等思想和美学的影响，他对欧美现实主义和现代主义文学包括意识流、荒诞派小说的兼收并蓄，也从风格、手法等方面影响了其创作：夸张、变形、亲切、幽默、纯净、清爽、简洁、含蓄、明快、优雅、从容等。王蒙对契佛"怨而不怒、哀而不伤、乐而不淫、讽而不刺"[2]的作品尤其欣赏。当然，在与外国作家的心会中，也隐含着王蒙对中国古典诗学的独特感悟。他认为，"李商隐的诗特别是抒情诗常常是忧伤的，但读他的诗获得的绝对不仅仅是消沉和颓唐的丧气"，王蒙欣赏李诗中"中国式的'乐而不淫，怨而不怒，哀而不伤'的诗艺、诗美、诗教"，因此，在他看来："真正的艺术（有时还包括学术）是具备一种'免疫力'的，它带来忧愁也带来慰安与超脱，它带来热烈也带来清明与矜持，它带来冷峻也带来宽解与慈和。"[3]王蒙

---

[1] 王蒙：《王蒙、王干对话录》，见《王蒙文集》第8卷，华艺出版社1993年版，第570页。

[2] 王蒙：《我为什么喜爱契佛》，见《王蒙文集》第7卷，华艺出版社1993年版，第440页。

[3] 王蒙：《雨在义山》，见《王蒙文集》第8卷，华艺出版社1993年版，第359—360页。

不仅用中国古典"诗情词意"的优美、飘逸转换了"意识流"小说的朦胧晦涩、艰深芜杂，也用中国古典"温柔敦厚"的诗教改造了历史记忆和文化反思书写的严峻、激烈，使他的那些"反思小说"具有别样的精神蕴含和美学质地。《笑的风》对"温柔敦厚"的诗教有延续也有衍生、发展。从文体上看，它是一部小说，从叙述因素构成和主体精神气质上看，它则是一部寄托着作者历史思索的时代随想录和沉思录，是情感丰沛、激情洋溢的诗、歌、曲。小说文本里镶嵌着杜小娟署名"鸢橙"的诗《只不过是想念你》、新中国成立前学生运动歌曲、丹麦或芬兰的民歌、歌曲《花好月圆》、歌德词舒伯特曲的艺术歌曲、电影《马路天使》插曲、1990年阿凤唱红的歌、Z城人根据苏联赫鲁晓夫时期故事编的民谣、1991年杜小娟为紫丁香女子乐团当红大歌星写的歌……这些华丽多彩、琳琅满目的"诗、歌、曲"，成了小说内在情绪和旋律的催化剂。而整部小说也仿佛是一首交响曲，时而激越，时而高亢，时而曲折，时而欢快，时而悲伤，时而舒缓，最后又终归于平静。

不同之处在于，新中国成立后出生的傅大成、杜小娟，没有"季节系列"主人公们参加革命斗争的经历，他们的"革命"主要发生在个人心灵和思想观念层面，尽管他们同样"受到了革命的教育"，但小说更多叙述了其"思想革命"与文学阅读的密切关系。相对来说，傅大成主要接受的是五四新文学的影响，杜小娟则因城市知识分子家庭出身和个性方面的原因，其文艺视野更为开阔，叛逆性、革命性也更为突出，"我渴望的是革命、文学、爱情和变革"，"我行我素，要与男人合力生一个孩子"，六岁时与父亲讨论要孵一个鸡蛋，"我期待孵出生命的伟大神圣"并"绝对不听父亲劝阻，我以命相争"。她欣赏中日女性作家小说中"女性的革命与献身的急迫，离开自己平平淡淡的丈夫，唾弃了平庸和安宁。她们选择的是背叛与革命"。她瞧不起不会虚构的作家，对生活得狼狈不堪却"虚构得才华横溢"的作家顶礼膜拜。她会用捷克共产党员作家伏契克的话祷告。她不怕困难不怕麻烦，"如果生下来就一帆风顺，那与安心享受在蜜罐子兼骨灰罐子里的福分又有什么区别？"她将自己十九岁时的"第一个革命行动"生下的儿子送给了别人，二十一年后，她更希望自己的儿子参加了拉美革命家切·格瓦拉的游击队。此时青春的、理想的甚至革命的杜小娟，是傅大成眼里的"神明"。

但二人感情危机的种子并非不存在。早在西柏林时，杜小娟对张爱玲《色戒》里的故事和中情局女特工与卡斯特罗的罗曼司咏叹调的热衷，在大成看来是"可怕的八卦"，让他感到与以前相比杜小娟"怎样地大异其趣"。从杜小娟的《无法投递》中对于安徒生《海的女儿》的引用，到当她写出《孵蛋记》而渐渐遗忘"海的女儿"时，当她与儿子、儿媳和孪生孙子一家沉醉于祖孙三代的天伦之乐，成为一个"真正的慈祥老奶奶"时，傅大成感到"那种已经获得了完成了固化为结婚证书了的爱情是多么平庸与乏味"，"爱情成了眷属以后，永远再追不上写起来唱起来演起来跳起来乃至画起来的美妙与理想"，"理想实现不了，你宁愿为理想而献身，理想实现了，你永远不会全面与长久地满意再满意，欢呼再欢呼"。与傅大成的自始至终的"文学情结"不同，杜小娟在与失而复得的儿子相认后，在后辈儿孙面前很难说"有什么激越的抒情和表演"，"大成反而觉得，小娟有了变化，与过去标榜自己的文学、英语、爱情浪漫相比，她现在更大的关注是做妈妈和奶奶，是吃喝、炊事、玩具、儿童医学营养学与教育学"。她关心烹调烹饪中华料理秘笈。从五十至七十年代到八十年代，是政治革命、阶级斗争时代到思想解放、文学革命的时代，革命、青春、爱情、生命连同理想主义、浪漫主义，伴随着反叛、变革的激情与梦想，点燃起照亮世俗和庸常的火光。当杜小娟由"海的女儿过渡到演变到海的老祖母"时，那个热切向往革命、神往切·格瓦拉和伏契克的林道静般的杜小娟消失了，仿佛曾经高声宣示"我是我自己的，他们谁也没有干涉我的权利"的子君（鲁迅《伤逝》）回归凡俗平庸的日常生活。

这就是"革命的第二天"的生活。它是非文学的、非诗的，傅大成在此时失落了"文学"的感受和"爱情"的体验。从八十年代到九十年代和新世纪，中国文学也经历了这样一个世俗化过程，而这个过程正是傅大成、杜小娟从相识、相恋到结婚成家和杜小娟立德母子相认的过程。个人的、家庭的、时代的诸种内外因素，使得青春、激情、浪漫、诗意、理想主义逐渐远去。但对于傅大成（及王蒙）来说，惶惑带来失落、灰败，也带来更深层的思考："什么是货真价实的爱情？有没有货真价实的文学？非文学是不是其实也是一种文学的视角呢？"在"革命的第二天"，爱情、文学这些理想主义者所牵念的东西能否担当其革命性的召唤和救赎功能？

王蒙的信仰和他在当代历史中的遭遇，使他既看到了革命、理想的崇高和神圣，又看到其中存在着解放性与压抑性、纯净性与芜杂性、秩序性与暴力性、理念性与非理性、自由与束缚等彼此纠缠、无法摆脱的悖谬状态。他在"季节系列"小说中表达对平凡人生状态的认同，如《失态的季节》中的人物钱文所感叹的"做一个平庸的人是多么幸福呀"。革命是为求得民族解放和人民解放，是求得独立、民主、自由和切实的生存、生活和生命，这不仅是抽象宏大的信念和信仰，也是最基本最日常甚至庸常却又不可脱离和超越的常识，一种关乎日常生活、情感和伦理的，与高调、抽象不同却又不虚妄、浮夸的生活维度。王蒙意识到"生活本淡淡，何必怨词人"，所以，他会描述这样的细节：杜小娟庄严肃穆地学唱《天伦》主题歌，会让大成落泪，深感"天伦重于泰山，人心深于北海，母子祖孙情撼天地，老老幼幼所愿，慷慨牺牲奉献"。他会让自己心爱的人物在不可挽回的爱情和青春的悲痛、伤感中遗憾却又平和地分手。他会让傅大成对白甜美突然逝去感到持久愧疚，让傅大成由自己与白甜美的婚姻和白甜美的命运遭遇引发对女性与时代、历史关系的反思。这是对女性和那些被历史遗忘的弱者、牺牲和平凡人物命运的关注。

创作《笑的风》的王蒙，还是那个写出了《青春万岁》《春之声》《躲避崇高》和"季节系列"的王蒙。《笑的风》是王蒙在宏大的史诗意识、历史意识退场后的"后革命"散文时代，从个人体验出发，立足个人内在主体性，以诗意的感受将日常琐碎的个人感觉和生活感受重新纳入社会人群和整体性想象的美学实践。小说在一个整体性意义和价值被质疑乃至被掏空的世界，以个体和生活意义的点滴捕捉和攫取，重构了一个精神超越和意义回归的史诗/抒情诗的世界，为身在"散文世界"的小说如何面对和言说时代，如何处理小我与大我、"抒情"与"叙事"、"有情"与"事功"、"史"与"诗"、史诗性和抒情性之关系，提供了独特而有益的镜鉴。

《云中记》：艺术辩证法与"伟大的传统"

我一直相信，阿来是中国当代文学的一个奇迹，是对我们这个时代的文学馈赠，没有阿来，中国当代文学的精神成色会降低很多，拥有阿来是中国当代文学的幸运和福分。从《尘埃落定》开始，阿来与生俱来的文学气质，他的世界观、人生观、生命观、自然观，他书写灵魂、宗教、历史、文化、自然时独一无二的小说品质，就一直给我们带来惊喜。长篇新作《云中记》又是一部中国当代文学的"神来之笔"，是一部只有他才能写出来的、足以标示我们这个时代文学高度的优秀作品。阿来要通过《云中记》写出灵魂的力量、信仰的力量、生命的力量，写出一种由微弱到光亮的人性之光，借以照亮地震带来的"至暗时刻"，照亮这个广阔的世界和自己对这个时刻这个世界的书写，他要写出一种基于人性的光亮，"即便这光芒难以照亮现实世界，至少也要把我自己创造的那个世界照亮。要写出这种光明，唯一可以仰仗的是语言。必须雅正庄重。必须使情感充溢饱满，同时又节制而含蓄。必须使语言在呈现事物的同时，发出声音，如颂诗般吟唱"[①]。阿来从语言入手自述《云中记》创作，无疑是独辟蹊径却又切中肯綮的，其中涉及两个颇有意味的问题：其一，情感质地与语言的表情品质的关系：充溢饱满/含蓄节制；其二，语言的表现功能及其内在"形式"：呈现事物/发出声音（诵诗般吟唱）。从文本叙述上看，这两个语言问题大体关联着简与繁、动与静的辩证。

[①] 阿来：《关于〈云中记〉，谈谈语言》，《扬子江评论》2019年第6期。

一、简／繁的交错共生：生命的细节聚焦

从某种意义上说，文学就是如何处理简与繁的艺术。所谓简与繁的问题，不是描述（情感和事物）文字的多少，而直接关系到描述所包含的情思内容、质地与描述的方式、风格之间的相应程度。简笔与繁墨只具有相对的意义，一切关乎意义、意思或意味的表达。在"言"与"意"的关系上，笔墨简练而意义丰赡，谓之"言约意丰"；行文繁复而内涵寡淡，谓之言辞空洞、无病呻吟。因此，简与繁并非只是字数和篇幅问题，不能脱离内容或作者的情思做抽象论断。如何根据"意"之传达需要，以合宜的方式处理叙述、描写、结构、修辞等，可以看出作家的艺术修养、文学能力、思想能力乃至根本的精神境界，可以窥见作家的能力、涵养和境界究竟达到何种境地和层次。《云中记》就是一篇在简与繁关系的思考和处理上，给人深刻印象的、蕴含作家的强大审美能力的长篇杰作。

首先，小说有着化繁为简、化简为繁的独特构思。它将一个围绕着大地震灾害展开的具有极强的社会性、主题性，牵涉面极为广泛的"宏大题材"，进行了艺术构思上的巧妙处理，将关注焦点从"社会""现实"转移到"人"。此可谓化繁为简。从故事情节上看，《云中记》写的是一个祭师阿巴在地震发生五年、他和劫后余生的云中村村民迁移到移民村四年多以后，他又孤身一人返回已在地震中成为废墟的云中村祭山、安魂的故事。小说主体情节就围绕着阿巴返乡、祭祀山神、抚慰鬼魂展开，最终不愿离开云中村的阿巴，与整个村庄一起滑入大江之中。小说的故事情节并不复杂，叙事线索也比较集中甚至单一，远远谈不上繁复驳杂。

与此形成对照的是，阿来在这个围绕着"一个人"的经历和命运展开的、看似极简的故事中，储存了大量的"信息"，将丰富的、需要细读才能体会和发现的细腻的生活经历和生命体验，融入情节发展和社会风俗、风景风情的描述中，使一个简洁的故事"复杂化"，变得极富蕴涵和情致。作为有着自己历史与现实的复杂生命体，主人公阿巴的行为与心理、情感世界，尤其是他在震后的村庄废墟和广阔的自然世界中，对于已逝的和正在生长的一切生命的体验、困惑、思考和感悟，成为小说叙述的中心。此

可谓化简为繁。

小说追随阿巴返乡祭山和安魂的行迹,通过他的"心"与"眼",移动叙述视角,观照人、事、景、物;通过他由眼前景、物和人、事引发的回忆、联想和想象,将自己、家人、村庄以及与此相关的历史、文化、宗教、风俗,以及更为广阔的中国社会现实,纳入其中。"简"容纳也融化了"繁","繁"化入也丰满了"简"。在这番描述中,予人印象最深、感悟最深的是,小说借助阿巴重新"发现"了生命并将其转化为对山、川、草、木、花、动物,对自然之物和云中村每家每户的院落、庄稼的观察和体味。《云中记》将这种萦绕不去的生命感,呈现在细腻入微的既繁复又精细、透明的描述中。于是,一个情节简洁明晰,几乎没有多少"故事性"可言的村庄——云中村的故事,一个最后的祭师或唯一的震后返乡村民——阿巴的故事,一个震灾、救灾和移民安置的故事,因为无数"生命"的发现和触摸,感受和体味,拒绝化约为简单的模式化讲述,它们在阿来的笔下获得饱满的弥漫性的诗性意味,并附身在我们可以直接触摸到的语言上,在一种平静、朴素而又绚烂、明净的语言中,慢慢地萌芽、生长和绽放。地震灾害意味着震区生命的摧毁、消失或迁移,但在人的生命从震区消失后,更多的生命却在此时此地悄然而蓬勃地生长出来。于是,语言就有了生命,它通情,达意。《云中记》叙述意义的产生,就来自这种语言作为文本的完成性和未完成性之间的张力,产生于虚与实、简与繁、动与静以及生与死的深隐的紧张关系之中。

从"社会"回到"自然"(震后的云中村实际上已经重归自然、大地,或者说已经"自然化"了)"一个人",是一个"简化"的艺术选择;以"一个人"面对村庄和自然,则是另一层面上对"繁复"的回归。《云中记》体现出作者化繁为简、以简驭繁的超强艺术功力。

尽管小说以阿巴返乡祭祀山神和安抚鬼魂为中心,情节单纯,一切都以阿巴的经历、见闻、观感为中心叙述,但小说叙述却围绕着阿巴关联诸多人物和事件。从内容上看,小说实际上是一个繁复的文本,它之所以经得起多重解读,如从文学类型上对它的"地震文学""抗灾文学""灾难文学""环保文学"("绿色文学")乃至"地域小说""边地小说"等命名,与其包含的丰富内容、涉及的诸多问题,有直接关系。

一方面，《云中记》包含很多"故事"和社会性、风俗性内容。比如阿巴和父母、妹妹一家人的故事，阿巴和仁钦舅甥的故事以及他们之间情、理、法的冲突，阿巴从少年到青年的成长经历；地震的发生、经过、场景和震后"一方有难八方支援"的抗震救灾故事；云中村历史由来和时代变迁的故事，老喇嘛的故事，谢巴一家人的生活和命运，"电视的孩子"的故事，央金姑娘的故事，祥巴一家尤其是祥巴三兄弟的故事，阿巴和给他输送给养的朋友云丹的故事；云中村旅游开发和经济发展的问题，政府安置移民和发生在移民村的故事，等等。通过这些故事关联"传统与现代"的关系问题，关于贫困地区经济发展的问题，关于自然保护、抗震救灾、"非物质文化遗产"的传承与保护、灾民安置、灾民创伤心理的救助、"消费苦难"等问题。小说多方透露了当代中国意识形态和商业文化、消费文化对"传统"社会、伦理秩序的渗透和侵蚀，并通过仁钦的遭遇触及官场人物和官场文化，尤其是通过文化公司包装央金、中祥巴策划旅游观光项目，批判无孔不入的市场逻辑对苦难和不幸的消费。

另一方面，阿来化繁为简，以简驭繁，将叙述聚焦在一个"村庄"和与它生死不离不弃的"一个人"上。关于云中村由来的神话、传说，以及云中村与周围村庄因宗教信仰发生的复杂关系，使一个终将消失的村庄，获得了一种被风情习俗、宗教文化等紧密包裹着的"在地性"，成为独特的、无法被取代的"这一个"。进而言之，祭师阿巴返回已是废墟的云中村祭祀山神、安抚鬼魂以及最后与云中村一起滑入江中的过程，才是小说叙述的重中之重。早在返乡之前，阿巴就决意留在云中村，选择与村庄一起消失的命运。小说写阿巴七天和六个月的按部就班的生活，他一丝不苟地做一个祭师需要做的事，做与村庄共同沉江前的一切准备。在每时每刻、每天每月中，阿巴按照自己的意愿沉静地走向那个可知却不可改变的结局。因为小说以一个人和一个村庄废墟以及二者之关系作为核心架构，这就决定了小说在绝大多数时间和篇幅内，是在这一"简洁"的关系中展开：孤身一人的阿巴，"与世隔绝"的村庄，似乎注定小说只能描述"沉默"，描写阿巴——一个祭师、一个人的世界，和他所进入的村庄、自然，描写他与鬼魂、马、动物、植物的"关系"与对话。

小说以"第一天""第二天和第三天""第四天""第五天和第六天""第

七天""第一月"……"第六月""那一天",作为每章的标题,鲜明地出之以顺时序讲述阿巴每日每月的行踪和作为,并借此记录一个人、一个村庄如何从人世消失的过程。但小说并不就此做一番"抽象的概括和归纳",而是要在这看似单调或纯粹的时间标识后,写出一个世间万物变与不变、生成与成长、萌发与死亡的实有的具体"过程",写出生命一体相牵的根本关系及其内在的少为人知的律动。小说从纵向上看,是在时间的延展中生命的滋生、化育、繁衍、强旺、消逝、重生,是有与无、荣与衰。云中村由神话传说而来,最终又成为"传说";死去的老柏树,荒芜的田园和土地,阿巴和他的妹妹,黑蹄和白额,那盆花苞绽放的鸢尾,亦是如此。从横向角度看,世间人事万物,花草庄稼、动物、人乃至"鬼魂""神灵",阴阳互荡,彼摄互通,构成自然、自在的生命秩序。地震的死难者,云中村和随之消失的阿巴,他们都被庞大无边的生命节律所拥抱,成为包含着丰富而神秘的生命内容的宇宙大化的一部分,连同时令、节气、物候、世事、人情,在进与退、消与长的节奏和秩序中,一次次经历着由滋生、萌发、健壮、盛大到衰落、消亡、腐朽,再到新生的过程。伴随着时间的平静流淌而不是一切皆是无可挽回的"流逝",《云中记》的叙述渐渐化为与时间节律相呼应的、富有生命节奏的吟唱,小说中更多了音乐和诗的韵味,仿佛阿巴祭祀山神、抚慰亡魂的动作步伐和神秘咒语,进入一种与万物生命节奏相契合的情思状态,人的情感律动、生命气息的脉动、小说的叙述节奏与诗、歌、音乐,获得了自然而内在的统一。

于是,小说在"聚焦"中开始展现出细腻繁复的一面,大量与"人"和"生命"有关的描写因素开始弥散并布满叙述空间。如对孤身一人的阿巴内心活动、情感世界的描写;如通过废墟现场的阿巴,对离开四年后的村庄及周边自然环境和景物的观察、体验,对五年前及更早的村庄历史和村民生活的回忆等。

"云中村"由此被"细节"打开了,不再是满目疮痍、杂乱无序的废墟,阿巴被"打开"了,他的过去、现在和将来,他的心灵、情感,他的眼睛、耳朵、鼻子……在双重打开中,我们看到了这个村庄和这个人的深层生命融合,我们闻到了各种味道和气味:云中村的味道、阿巴的味道、马匹和马鞍的味道、祭师行头的味道、熏香的味道、木柴燃烧的味道、尘土的味道,庄稼的香气，糌粑和麦子的香气，草和花的香气，废弃发电站蓄水池中水的气味，水草和绿藻的不新鲜的气味……我们听到了各种声音：鸟鸣声，风吹声，溪水激溅声，残墙和石碉的回声……而这些声音的接受者或发出者，都是一个"人"——阿巴：阿巴拍打袍子上尘土的声音，击鼓摇铃声，阿巴一个人唱古歌，在阿巴耳边回响的记忆中的歌唱，甚至刚回到云中村才几天原本不爱说话的阿巴也变成了一个喋喋不休的饶舌的人，他情不自禁就自己说话，和鬼魂、草木、岩石说话。于是就有了"动/静"的关系。

二、动/静的相反相成：生命意识的重构

简与繁同步共生，动与静亦是如此，且动/静与简/繁始终彼此缠绕互相生发。动/静不是通常所说的动态描写和静态描写的机械分类，这种分类与主体情思的传达并无太大关系。如果不把"动静相宜"做表面理解，庶几近乎艺术和美的真意：大象无形，大音希声。

《云中记》的叙述始于一片寂静："阿巴一个人在山道上攀爬。"独句，独行，独段。仿佛写尽了小说的全部内容，奠定了小说叙述的气质和基调。陡峭、粗粝的山壁，稀疏的植被，裸露的石骨，从雪山顶上刮来的带着寒意的风，被风吹起的马鬃，只有"咕吱咕吱"的"好像是耸起又落下的马的肩胛发出的声响"，还有马出汗发出的令阿巴感到心安的浓烈腥膻味。这种味道是阿巴曾经的故乡、现在的废墟云中村的味道。这气味和寂静属于现在的云中村和阿巴。味道的消失和寂静的来临，根源在大地深处的那一场剧烈错动：仿佛亘古沉寂的大地骤然撕扯、开裂，深沉的轰鸣声从一道道裂隙中透出，它狂暴地颠覆和吞噬一切，留下的只是无边的死寂。当这一切暂停一个短暂的间歇期，阿巴一个人翻山越岭走进了已经千疮百孔的破败村落。在无边的寂静中，他发现了一个人的寂寞、孤独和恐惧，也发现了一群人的寂寞、孤独和恐惧。他发现了许多人的沉默和他们的声音。于是，有了动与静的对照："阿巴坐在那里，回想着以前的热烈与喧闹，眼前的寂静让他倍感凄凉与哀伤。"[①] 阿巴感觉"周围实在是太安静了。

---

① 阿来：《云中记》，北京十月文艺出版社2019年版，第168页。

风拂过树和草的声音不算,鸟在枝头的叫声不算。阿巴觉得除了这些声音,还得弄出些声响"①。于是,他一个人喋喋不休,于是他和马说话,他取出作法用的法器铜铃系在马脖子上,让它们发出叮当的响声,于是他挨家挨户击鼓摇铃,和死去的人说话。

《云中记》倾听大地之上的喧嚣和沉寂,在大地自身的律动与由此引发的自然与人世变动之间建立了生命的深沉联系。

小说在"动"中发现"静",将"动"捕捉和凝定为"静",写出寂静的深度。大地以摧毁性的"动"打破偏僻村庄和人们生活秩序的稳定,使安静祥和的大地陷入无可遏止的"动"——对它承载的一切的摧毁中。作家写出了这种致命的"动",同时又以沉静低回的笔调,将之定格为生命的瞬间,将人类无法控制的自然、大地之"动"凝练为生命无声而痛苦的呻唤,凝结为生命遭受困厄和死亡威胁时肃穆、悲悯的目光。《云中记》将永恒之动捕捉和凝定为"瞬间"之静,深刻、别致地写出了生命的悲剧感、命运感。阿巴在妹妹葬身其下的巨石旁,听到鸢尾一朵一朵绽放的声音。在寂静中写出生命的绽放,生命的绽放来自亲人之间的诉说、倾听和回应,这是亲情的关联,生命的沟通。独自完成祭祀山神的仪式后,疲惫的阿巴一个人"坐在那里,回想着以前的热烈与喧闹,眼前的寂静让他倍感凄凉与哀伤"。②"静"是生命无可挽回的消逝,是一切生命的宿命,"静"也是肃穆的大地的面目,它残忍也悲悯。

"声音"是"动"的现身形式。打破寂静并衬托寂静的是"声音"。小说写云中村下坠之前的景致,各种声音交错成一曲音响的合奏。这里有自然界的声音:动物和鸟儿的鸣叫,风在吹拂,鸟在鸣叫,断壁残垣静静地立在阳光下,石碉静静地站在那里,死了的老柏树依然站在那里,两匹马站在分崩离析的大地上,发出低沉的嘶鸣,马脖子上的铃铛发出清脆的声响,马嘴里"还发出细细的鸟鸣一样的声音"。大地深处裂开的低沉的轰鸣声,惊飞的红嘴鸦凄厉的鸣叫,石碉倒塌的轰然巨响,鸽群翅膀扇动空气"发出风的呼啸",而一弯新月寂然挂在天上。

---

① 阿来:《云中记》,北京十月文艺出版社2019年版,第26页。
② 阿来:《云中记》,北京十月文艺出版社2019年版,第168页。

"动"是生命的声音,"静"亦如此。生命以静默的形式显现自身另一种存在。《云中记》对"静"的思考和表现,在两个层面上展开。其一,对"静"的发现。总体来说,小说并不着眼于"动"尤其是常谓之"动"——历史的发展、时代的变换等。虽然写到了抗震救灾,但这并非小说描述重点,面对灾难的发生和后果,作者只是步步为营,缜密沉稳、踏踏实实地围绕灾难写出人的生命情态和人性本身。其二,震后大地陷入无边的死寂,余生者在平原上的移民村过上了平静的生活,失去亲人和家园的痛苦被埋在心里;云中村最终滑落江中,重回沉静的大地怀抱。大地和它承载的一切,仿佛又一次回到往常的平静。但平静之下,自然和人类的一切生命都以自己的方式悄然运行。大地如常,永远是平静与暗流涌动,像田野里兀自生长的油菜、麦子、玉米、柳树、绣线菊、疯长的荒草等植物、庄稼,和那些鸣叫着翻飞的红嘴鸦、野鸽子、画眉、云雀等生灵。

"歌声"是"人"这一独特生命存在的独特声音,它是动的,也是静的。缓缓下沉的云中村,冉冉升起的热气球,古老的悲歌和颂歌,草原,夕阳,闪闪发光的河流,它们都在为云中村、为阿巴送行,也都在迎接它们。"没有太大的声音,只有来自大地深处的低沉轰鸣。"小说特别写道:"在大地深处发出的低沉的轰鸣声中,整个瓦约乡都悚然不动。"真正的瓦约乡很少有人去看这场地质奇观,"他们只是在听。他们甚至不在听。他们只是端坐不动。云丹端坐不动。他觉得阿巴并肩和他坐在一起。仁钦端坐不动。他忍不住泪流满面。"于无声处听惊雷,于大动中写出大静,于大静中写出大悲大痛。小说完整、清晰地捕捉了云中村的滑落过程。在一片寂静中,仁钦听得见一块石头翻滚着跌向江流的声音。深受舅舅阿巴浸染的仁钦,也变成了一个阿巴式的生命的倾听者和发现者:他理解了舅舅的选择,看到了作为母亲化身的鸢尾的悄然开放和母亲灵魂的飞翔。

中国古典美学和艺术中的"静"内涵丰富,既指环境的安静,与喧嚣相对;又指内心的宁静,不为纷扰世事所扰;还指没有生灭变化的绝对平和的静,无生无灭、无古无今,是一种心灵彻底宁静的"大道"之径(静),是一种超越时空的永恒的宇宙精神。《云中记》在"静"的前两种内涵表现上颇有中国古典美学和诗学的气韵,但作为当代作家书写当代人事、情思之作,《云中记》尽管不以社会性主题指涉为主,但其现代观念意识却是无可回避的存在。这主要体现在小说在"静"的绵密衍生和铺张中，始终没有遗忘历史之"动"和永恒的生命之"动"。

首先，是历史之"动"。《云中记》以地震灾害发生的现实场景和灾后援救、移民安置等一系列问题为主线，此为小说对"社会事件"的动态叙述，是小说"简笔"部分，其中又以阿巴从移民村返回人去村空的云中村安魂经历为核心，这可以说是"心理（精神）事件"的动态叙述，这是"繁墨"部分。"社会事件"以动态为主，聚焦政府和社会各方的救援力量；"心理（精神）事件"则以静态为主，聚焦人物的内心，包括阿巴的所思所想、心理和情感活动，以及他对家庭和自身经历的回忆。

阿巴的回忆构成小说中的倒叙。这部分的主要内容是自五十年代至今的当代历史对云中村的进入，对村庄及其历史和文化的改造。历史的进入和改造打破了云中村的平静，将其从有着自己神话起源、宗教信仰和文化脉络的村落，纳入历史唯物主义话语范畴，改造为现代意义上的"农村"。在激进的革命年代，阿巴的父亲由职业祭师转变为村民，他从此只能偷偷地在深夜安抚游魂。村里建起了水电站、装上了电灯，并逐渐开始旅游开放，云中村由"传统"进入了"现代"，并在此后进入当代市场经济情境中。这些讲述历史和社会之动态发展的内容，被纳入回村祭祀、安魂的阿巴面对破败、无人村落的回想之中，"静谧"包容了历史的骚动。此谓纳动于静，以静融动。

其次，是永恒的生命之"动"。相比历史、时代、思想情感、观念意识和伦理道德之"动"的易为人感知，我们称之为"自然"的变动却呈现为"静态"，从四季轮回、落雨飞雪到犬吠鸟鸣叶落花开，仿佛只是自然之本质的自在呈现，我们并不以"动"视之，"蝉噪林逾静，鸟鸣山更幽"便是这动与静的辩证法。"静"却出之以"动"，这种反衬的修辞，在一个更大更开阔的文学空间中，往往在深层体现为一种艺术哲学或美学辩证法，一种深沉悠远的诗意由此生发并氤氲出一个天地无言的境界。

震前的云中村人感觉不到自己和村庄周边更广阔的自然环境的变动，周围的一切仿佛那座肃穆的雪山，只是无言地伫立。震后的云中村变为一片废墟，人们或被埋于废墟之下，或远走他乡异地，世俗生命的远离留出了自然生命的空间。返乡的阿巴以祭师身份沟通了神灵也沟通了自然生命。自然界的一切，按照自己的节律和方式生长，阿巴只是这生命的发现者和观察者、体验者。他初到云中村的孤独，是他作为"人"初离人群、历史和社会的后天性反应。人作为社会分子，为社会之"动"塑造，自然会以"动"来衡量周边事物，渴望与人交流，但当真正进入祭师身份和招魂状态之后，他开始超离"人"的思想观念，并感觉和发现了自然万物的生命存在，进而将自己融入自然生命之中。正如岳雯指出的："在与鬼和神的沟通过程中，阿巴不知不觉发生了变化，实现了从普普通通的人到神的飞跃。这是小说隐而不现的主题。阿巴这一形象，是文学史中非常有意味的形象，是一个兼具人性与神性的形象。成为神，意味着发现自然的美，与自然融为一体。"[1]阿巴告诉朋友云丹："我喜欢云中村现在的样子，没有死亡，只有生长。什么东西都在生长。瞧，连这么多年埋在地下的种子，只要松一松土，再来一点雨水，就又发芽生长了。伙计，我喜欢云中村现在的样子。"[2]小说最后，写云中村的消失并非社会和历史之"动"，如同地震是地壳释放能量的方式，是地壳板块内部和板块之间的错动、破裂一样，村庄的沉江也是自然的生命存在方式和现身方式。阿巴最终选择与村庄同沉江底，也说明了他已经将自己视为自然生命的一部分，起于尘土，归于尘土。就此而言，小说写的是一个人的生命体验，一个超越了"人"的思维、体验的人的生命体验和对生命的重新发现。

我们通常见到的相近题材的文学作品，要么聚焦于历史板块的错动后震动所引发的喧嚣，书写时代风潮下的心理躁动，强烈的情感冲动，甚至标语口号的喧哗与热闹，要么描写死水微澜、杯水风波，殊难在平静与不安、犀利与平和、尖锐与柔软、痛苦与幸福、波涛澎湃与暗流涌动、绚烂与平淡之间保持一种充满内在张力的微妙平衡。而《云中记》在艺术和精神层面上做到了这一点。阿来认为："文学从来不是一个自由的命题。托妮·莫里森、马尔克斯，有时在自由的环境中写作，有时也是受打压的。他们在写作时，非常注意语言的边界，非常注意用什么样的方式说话。文

---

[1] 岳雯：《安魂——读阿来长篇小说〈云中记〉》，《中国当代文学研究》2019年第2期。

[2] 阿来：《云中记》，北京十月文艺出版社2019年版，第246页。

学并非像新闻那样揭露矛盾。很多作家，像左拉，参加政治活动很积极，但在作品中却很冷静，并不声嘶力竭地大吵大闹。作为作家，他的内心不虚弱，而是充满勇气。"[①] 所谓"语言的边界"就是如何用审美眼光重新照亮矛盾、斗争和灾难、苦难等现实，如何用更具审美力量的方式来表现那些社会性、政治性的主题、内容。基于这种对文学"语言"和"发声"位置、方式的理解，在对地震灾害的发生、抗灾救灾和灾后重建等问题的反映上，《云中记》没有客观再现震灾和救灾的过程、场景，作家将"事实"和"问题"一一分解、打碎之后，通过感同身受的融入和想象，在内心加以重建。《云中记》是重建内心经历的结晶，它要通过生与死的哲思，发掘生者的情感、心理，寻找"事实"背后的精神蕴藏，写出一份深怀肃穆的敬意和痛楚彻骨的怀念、纪念和悼念，告慰死者亦启示生者，照亮来路亦照亮归路。

三、生/死的沟通：生命世界的再敞开

生/死通常与宗教有关，但我们的文学作品却常常缺乏真正的宗教感，有时还会谈宗教而色变，这原因就在于我们习惯于把抽象的宗教问题具体化、现实化。阿来给我们呈现了一种与终极、灵魂、救赎有关的真正的宗教感，一种打通宇宙万物、勾连现实与超验、超越生死边界的宗教感。地震划出了生与死的界限。阿巴的祭师身份，决定了他是生者与死者沟通的"中介"。这是阿来思考和表现生/死问题的关键人物。《云中记》以生者阿巴来见证和言说死者，思考生/死。

小说通过阿爸父子的"现代"遭遇揭示了以祭师为代表的"传统"被"现代"——历史唯物主义去除合法性，并对其进行"反封建迷信"的现代改造过程。阿巴是一个"不合格"的、无法通神的"祭师"。他的父亲原本是一个祖祖辈辈传袭的祭师，在"政府还号召不信鬼神，禁止祭师活动的时候"，却只能在夜深无人时给鬼施食、安抚鬼魂。他在修机耕道的爆破任务中沉江而死。作为在现代性语境成长起来的人物，阿巴徒然传承

---

① 阿来、吴道毅：《文学是温暖人心的东西》，《上海文学》2014年第9期。

了由父亲沿袭下来的"祭师"身份,而并未掌握相关的程序和技能,他只是在黑夜里偷偷看到过父亲给鬼施食的场面。此后他开始接受现代知识和理念的改造,成为一名"现代人"——农业技术员和云中村有史以来第一个水力发电站的发电员。

在地震发生之前,阿巴再次接受"现代"对他的命名,重新被"现代"召唤为"传统"的代表,成为一个"非物质文化遗产传承人",参加了政府组织的"非遗"培训班,并由此学习和掌握了祭神仪式。"非物质文化遗产传承人"是一个他从未接触过的陌生名词,一个他始终难以理解和彻底进入的角色,他甚至不能完整地表述它。他只是在当上"非遗"传承人后,才开始"笨拙地扮演祭师"。事实上,从"祭师"到"传承人",他已经"成长"为一个"现代人","在有没有鬼魂这件事情上,他并不十分肯定。阿巴已经不是以前那些相信世界上绝对有鬼魂存在的祭师了,他是生活在飞速变化的世界里的阿巴"[1]。地震发生前十天,阿巴和云中村村民一起接受了"旅游业"等现代产业观念的"洗礼"。"山神节"的日子本来是依据地里庄稼生长的情况临时决定的,但为方便旅游推广、推动旅游业发展,副县长要阿巴和云中村人"改变观念","建议云中村最好把山神节的日子固定下来,每年如期举行"。按照"现代观念""移风易俗","等旅游业发展起来,庄稼上的收入就不算什么了。那时的农业是观光农业",山神节、观花节只是"云中村这个旅游目的地"的"重头戏"。当祭神仪式也被改造为一种展示民族特色文化的仪式表演时,其原先崇拜祖先、祭祀神灵、为族人提供心灵寄托和灵魂安慰的初始内涵,也被抽空和改造了。祭神去除了其神秘的灵韵,被从其原来的历史、文化和宗教脉络中抽取出来,被纳入现代商业逻辑的生产和运作,成为可以观赏和赚钱的旅游行业的一个重要元素和手段。现代性对云中村的改造是全方位的,不仅是宗教、文化、民俗,为了让游客觉得"好看",要改变农作物种植的种类和单家独户的劳动方式,让劳动变成一种"表演"。

当震中余生的村民搬迁移民村时,阿巴实际上已经失去了"非遗"传承人身份,不再从政府取得补助,因此当他独自一人返回云中村废墟时,

---

[1] 阿来:《云中记》,北京十月文艺出版社2019年版,第57页。

阿巴既不是传统意义上的祭师也不是现代意义上的"非遗"传承人，当他把这两种不同的身份并置时，也就说明他并不明白两者的差异，或者说，"传统/现代"的差异并不重要，重要的是"活着的人有政府管"，那些死去的人和鬼魂就应该由他"管"。

　　返乡的阿巴自觉地以祭师自命，担当起祭师的责任。阿巴身份的吊诡转换和"模糊"，恰恰是"传统/现代"之间充满矛盾与悖论的复杂关系的显现。因此，阿巴作为文学人物，其根本特征在于他存在于"传统/现代"之间的状态。他对祭祀、安魂等"传统""知识"几乎一无所知，说明其身在"传统"却又游离于传统；进入新社会后，他除了掌握基本农科技术，对外来的那些"现代""知识"——观念意识和名词术语，也所知甚少。相对于这两个知识系统来说，阿巴都是一个异质性存在。他因此而尴尬，也由此"受益"。他从现代"知识"中习得扮演祭师的程序和方法，从传统"知识"那里懂得了对神鬼和生命的敬畏，他回云中村后的祭山和安魂，都有很强的个人化特征：依照经验性感知，他始终寻找游魂而不得，这让他既安心又孤独；对人/鬼之不可分关系的理解，使他对"鬼"既有本能的恐惧，又感哀伤并有深切抚慰之心；按照他所学的"现代""知识"，有关云中村来历的故事也即阿吾塔毗的故事仅仅是神话传说，但他却可以借助这些知识来完成祭祀和安魂。在先后被革命意识形态和当代商业观念改造后，祭祀山神、安抚鬼魂已经被仪式化乃至制度化了，其原初相对于现代性理念的异质性已被去除、被"解构"，但在以"祭师"自命的阿巴那里，其抚慰人心和灵魂的功能却在其内心最深层延续下来，成为一种非观念化、非意识形态化、非制度化的生命体认。但这种生命体认，却是一种象征性的文学潜能，在根本上提供了《云中记》写作思想和经验的根本依据和价值核心。

　　为何恰恰是这一曾在现实中身份尴尬的人物，却作为一个象征符号，成为一个经验世界与超验世界、人与鬼、生者与死者的有效沟通者？这是颇有意味的。在阿来小说脉络中，阿巴近似《尘埃落定》中的傻子少爷。他们都没有复杂的头脑和思想，都生活得非常简单，但也能用最简单的方式发现和解决在常人看来非常复杂的难题，他们都是庸常和智慧的统一，在他们身上都有民间智慧的闪光。尤其是，他们在与历史、时代的关系上极为相似。一方面,他们既置身于浩浩荡荡不可阻止的历史进程和时代潮流中,生活在历史、时代和习俗、文化乃至宗教的巨大笼罩下,在外部历史和内部习俗的双重压力下,他们被动地接受历史、习俗对他们生活和命运的影响。历史在改变和塑造着他们,他们在其中随波逐流。另一方面,他们又有超历史超时代的一面,或者说,他们时或能置身历史和时代之外,以超然物外的眼光看取世界。如果说,傻子少爷自始至终凭借其"傻"、简单和灵光闪现穿透了世界的复杂,获得了事物的本质、事实或本相,那么,阿巴却是在重返云中村后,才开始发现本质或真理。如上所述,此时的他既非现代意义上的"非遗"传承人,亦非传统宗教文化意义上的祭师,他只是一个"人","一个"以祭师自命的人,也是一个摆脱了历史和时代影响的超然物外的人。在荒芜的村落旧址和不见人烟的广阔空间里,他的生活、思想和心理活动都变得极为简单。阿巴在最简单的地方用最简单的方式,接近了世界、自然和人的本质。

借助阿巴这样一个有效的隐喻性中介,《云中记》发现了一个无法被"传统/现代"二元性框架有效阐释(既非反传统的启蒙主义和发展主义,亦非反现代的"返传统",甚至也不是揭示"传统/现代"的复杂纠葛),也并未被强大的主流话语和宗教话语所淹没和遮蔽的"新世界",敞开了一个新的人性空间、情感空间、精神空间和意义空间。小说摆脱了现实主义、魔幻现实主义和超现实主义等文学信条的束缚,创造了一个既与经验化生活书写及其意义模式相疏离,又与神秘主义信仰及其意义空间相区隔的新的文学世界。这一世界关联着社会现实经验,更无所不在地渗透着一个艺术家的个人生命体验,是一个有着强烈生命体验的独特经验化世界。当"祭师"不再直接作为某种宗教信仰或区域文化的象征时,以其为视点和依据建立起来的诗学世界,便可以将更多的某种"个人"之间非先享或无法共享的经验,加以吸收、同化,融入一个"共同体"眼光和视野中。这个"共同体"从"个人"阿巴那里无声地生长出来,蔓延到村落、城镇、民族聚居区,渗透到更广阔的民族和人类,乃至世间一切生命机体构成的神秘世界。

如果说,开发云中村旅游资源尚属政府主导下的带领贫困落后地区脱贫致富之举,那么中祥巴开发热气球旅游观光项目,乘坐热气球直播已成废墟的云中村并在网上直播,"旁观他人痛苦,消费苦难",拿云中村人的苦难赚钱,则是遭到网友义正辞严的责难甚至恶毒谩骂的突破道德底线的"没有良心"的行为了。意图通过策划和包装在地震中失去了一条腿的央金姑娘,把她推向舞台"表演,表演,你必须学会表演"的文化公司,同样是为了评奖、赚钱。当苦难蜕变为以赚钱为目的的"表演"时,苦难连同良心、道义一起消失了,这只会带来更大的灾难。拒绝"表演"、展示苦难的央金,虽然再也"跳不出任何激情和感觉",但当她唱起家乡古老的歌谣时,得到了移民村乡亲们的低沉应和,她坐在轮椅上翩然起舞,"但不再是那种激烈的反抗,她的舞姿变得柔和了,柔和中又带着更深沉的坚韧和倔强"。她最终在一位老者苍老的古歌声中"找到了自己生命之舞的节奏"。

小说以死写生,通过死亡表现人性的善良、高贵和生命的尊严。这集中体现在阿巴挨家挨户安魂的过程,小说细致地描述这个过程中阿巴的心理活动和情感体验。每一次安魂都是对逝者生前人事的回忆,都是一次深切的生命体认,都意味着生命的重新发现和升华。即便对那些生前有恶行却已死去的人,亦是如此。在村里蛮横霸道好勇斗狠的祥巴三兄弟,进城后加入了黑社会,回到村里私自加盖楼层,地震发生时他家的房子因此最先坍塌,除了中祥巴以外的全家人都被埋葬在沉重的花岗岩废墟底下。面对祥巴家的房屋废墟,"阿巴心情复杂。但他还是摇铃击鼓。人一死,以前的好与不好,都一笔勾销了。……阿巴听见自己的喊声带着哭腔"。小说写阿巴复杂微妙的心理:"他高兴自己没有幸灾乐祸,但他也不满意自己动了这么大的恻隐之心。他是祭师,他现在要做的就是超越恩怨替他们招魂。"招魂实为安魂,召唤的是鬼魂,告慰的却是逝者连同生者。等待与云中村一起消失的日子里,"充满阿巴心中的不是恐惧,而是对于那些记挂着云中村的人的温柔情感。"① 即便面对着文化公司的无人机和摄像机,他也视若不见,按照自己的心愿把祝福送给央金。阿巴孤身一人照顾鬼魂,便是为活下来的人好好活着。以前阿巴认为只要他和云中村一起消失,世界就消失了,后来他的想法改变了,"只要有一个人在,世界就没

---

① 阿来:《云中记》,北京十月文艺出版社 2019 年版,第 377 页。

有消失。只要有一个云中村的人在,只要这个人还会想起云中村,那云中村就没有消失"①。云中村和阿巴最终的结局,既令人惊心动魄、倍感痛惜,却又在沉默中透出爱的广阔无边和生命的执着与豁达。

四、诗/音乐/小说的交融:"伟大传统"的再生

从美学基质上看,《云中记》是"诗—歌"与"小说"、"渲抒""吟唱"与"叙事""描写"的融合。"前诗人"阿来附身"小说家"阿来发声,"小说家"阿来,通过他的人物阿巴发声。最能将充溢饱满的情感以含蓄节制的形式表达出来的是"诗—歌",是"诵诗般吟唱"。对《云中记》来说,形式(语言)就是内容,内容就是形式(语言)。

事实上,阿来曾特别谈到创作《云中记》时,中国古典文学尤其是诗词而非侧重人际关系和世道人心的古典小说,带给他的启发:"在中国古典诗歌中,有许多一个人的生命与周遭生命相遇相契、物我相融的伟大时刻。……只有中国诗歌中那些伟大的启示性召唤性的经验正是我所需要的。我发现,中国文学在诗歌中达到的巅峰时刻,手段并不复杂:赋、比、兴,加上有形状,有声音,有隐而不显的多重意味的语词。更重要的支撑,是对美的信仰。至美至善,至善至美。……我要沿着一条语词开辟的美学大道护送我的主人公一路向上。"②将阿来的现身说法和《云中记》的文学世界结合起来,我们会发现,小说中情节叙述、景物描写和情感抒写都在生命感知的层面上相契相融相生了。

阿来在成为小说家之前曾是一位诗人。不过,那时的他似乎并没有流露对中国古典诗歌的兴趣。当时他最喜爱惠特曼、聂鲁达的诗,并将这两位伟大诗人的作品中的"兴味"带入了小说创作,从《尘埃落定》、"山珍三部"到《云中记》,我们都可以看到阿来的诗人气质和"兴味关怀"。在这些作品中,阿来通过栩栩如生的人物、事件、风景、风俗的描写,尤其是通过对人的心理、情感世界和精神状况的一以贯之的热切瞩目,在完

---

① 阿来:《云中记》,北京十月文艺出版社2019年版,第358页。
② 阿来:《关于〈云中记〉,谈谈语言》,《扬子江评论》2019年第6期。

整紧凑的情节、生动传神的对话和细腻舒缓的社会风俗之外，写出了人物"内心最深处的东西"。《云中记》所写的就是作家、人物的"内心"，诉诸读者的也是"内心"。阿来的"内心"并不是封闭的，他"具有个人一己问题的迫切性"，但又超出了个人意义的范畴，具有更加广阔而深刻的道德关怀和人类情怀；他从现实中取材，生活气息浓郁，却不止于写实，不黏着于社会、现实和风俗风情的描画，而是将形形色色的素材加以筛选和限定，从中淬炼"内心最深处"的结晶，加以明晰而客观的想象，"当他似乎拿给我们一部社会风俗小说时，他给予我们的实不止于此，他的'诗'才是主要的东西"①。

　　阿来曾撰文回忆自己早年的音乐和阅读。在中学教书时，"我沉溺于阅读，沉溺于音乐，愤怒有力的贝多芬，忧郁敏感的舒伯特。现在，当我回忆起这一切，更愿意回想的就是那些黄昏里的音乐生活。"在音乐声中的阅读使阿来"遭逢一个个伟大而自由的灵魂"。倾听贝多芬《春天》使"我发现了另一个贝多芬，一个柔声吟咏，而不是震雷一样轰响着的贝多芬！这个新发现的贝多芬，在那一刻，让我突然泪流满面！那个深情描画的人其实也是很寂寞很孤独的吧，那个热切倾吐着的人其实有很真很深的东西无人可以言说的吧，包括他发现的那种美也是沉寂千载，除他之外便无人发现的吧"②。阿来谈到，使他走向文学的因素，除了长达二十多年的"艰难困窘、缺少尊严"的生活的触发，便是"孤独时的音乐"。他之爱音乐在文学之前，"我在音乐声中，开始欣赏，然后，有一天，好像是从乌云裂开的一道缝隙中，看到了天启式的光芒，从中看到了表达的可能，并理解行动，开始了分行的表达"。由音乐而诗，"我从辛弃疾、从聂鲁达、从惠特曼开始，由这些诗人打开了诗歌王国金色的大门"③。诗和音乐，

---

① 〔英〕F.R.利维斯：《伟大的传统》，生活·读书·新知三联书店2002年版，第214页。

② 阿来：《音乐与诗歌，我的早年——阿来〈阿来文集·诗集〉后记》，见《阿来散文精选》，长江文艺出版社2017年版，第241—242页。

③ 阿来：《音乐与诗歌，我的早年——阿来〈阿来文集·诗集〉后记》，见《阿来散文精选》，长江文艺出版社2017年版，第243页。

这两类被视为最纯粹的文学和艺术，使阿来获得了最纯粹的灵魂震动，使他在现实、时代的冲撞与个人内心世界之间找到了一种极为个人化、极具个性色彩的精神和美学空间。

《云中记》更为鲜明地体现了音乐、诗对阿来小说的深刻影响。《云中记》实现了更深更高层次的艺术融入和辩证，它以小说的形式传递了"诗"的自由品质，这种自由不仅存在于它所开启和拓展的艺术想象空间和灾难书写模式，也在于其中所潜含的无限阔大的灵魂世界和精神境界。这对于我们反思中国文学与（后）现代性的渊源和纠葛，无疑是一个颇有启示和警醒意义的重要视点。

《云中记》提供了一种新的灾难书写的方式。谈论《云中记》似乎很难避开莫扎特的《安魂曲》。在小说篇首，作家即表明这是一部"向莫扎特致敬"的作品，"写作这本书时，我心中总回想着《安魂曲》庄重而悲悯的吟唱"。在小说出版后的一次访谈中，他又说："莫扎特写《安魂曲》时，他知道自己快死了，面对死亡之期，却那么温暖，那么美。"①莫扎特带给阿来的启示是，死亡并不丑陋、可怕，它同样也可以是美的，死亡也可以用美的方式来表现："我觉得其实我们面对死亡，也可以采用一种美好的方式。这种美好其实更有尊严，或者用我们中国人的话说，更体面。"②或许，莫扎特对阿来的影响不止于此。著名翻译家和艺术鉴赏家傅雷认为：莫扎特"不声不响地忍受鞭挞，只凭着坚定的信仰，像殉道的使徒一样唱着温馨甘美的乐句安慰自己，安慰别人"。③"他的作品从不透露他的痛苦的消息，非但没有愤怒与反抗的呼号，连挣扎的气息都找不到。"④莫扎特的音乐让人无法想象他的遭遇而只能认识他"明智""高

---

① 童方：《阿来：我等这本书等了十年》（访谈），《新华每日电讯》2019年12月13日。

② 童方：《阿来：我等这本书等了十年》（访谈），《新华每日电讯》2019年12月13日。

③ 傅雷：《独一无二的艺术家莫扎特》，见金梅编：《傅雷艺术随笔》，上海文艺出版社2012年版，第96页。

④ 傅雷：《独一无二的艺术家莫扎特》，见金梅编：《傅雷艺术随笔》，上海文艺出版社2012年版，第100页。

贵""纯洁"的心灵。我们没有必要也不可能在文本叙述技术层面上寻找《云中记》与《安魂曲》的内部"对位因素",因为莫扎特对阿来的影响既不止于《安魂曲》,也不止于手法、技巧。莫扎特"朴实而又典雅的艺术""永远乐观、始终积极的精神"和"追求人类最高理想的人间性",使他成为人类"忠实的、亲爱的、永远给人安慰的朋友"①,《云中记》充实、饱满地体现了这种艺术品质、精神品质和普遍人类理想,阿来与莫扎特在更高的精神和灵魂层面相遇相知相通了。《云中记》写震灾发生的经过,呈现了一些场景和细节,其中难免有混乱、残损和死亡,但作家同时以舒缓、低回的笔调召唤生命的尊严、肃穆,写出生命在经历黑暗和惨烈后的真诚与敬谨、洁净与澄澈。阿来以自己的艺术创造征服和超越苦难,以情感和理性的平衡、精神的健康和积极豁然的心情应对残酷,以内心的光明驱逐和消灭黑暗。小说以一个人、一个祭师的内心与行动的自主选择,写出生死之与人、自然、世界、天地万物的息息相关。

如果说,阿巴返回他生命的血地,在那里他找到了生命的根本,超越了此前对生命的无自觉感知,获得了生命的通透与达观;那么,阿来也通过写作返回文学的根本,返回文学之为审美活动的根基,一为语言,"美的语言";二为与"美的语言"紧密关联的"美",这首先是经过作家确认且自己能够相信、读者也能够确信的"美好、高尚的东西"。现实事物写出来未必具有"真实感"和"美感",后者关乎作者和读者的主体感受,但这首先需要作家个体内心的真诚和"相信",如此文学才有"意义"。"意义"并非外在的附加或强加,它同样源于作家内心的"诚与真":"其实到今天为止,我们没有一个真正成立的关于灾难的书写。中国经历了这么多伟大的战争,但是还没有像西方那样伟大的战争文学。我们还是局限于基本的事实、行为,没有更深的理解,还在就事论事。由事情本身,强制性地寻找意义、附加意义。因为我们不太相信呈现事情本身。不把意义

---

① 傅雷:《独一无二的艺术家莫扎特》,见金梅编:《傅雷艺术随笔》,上海文艺出版社2012年版,第102页。

直截了当地说出来，就怕人家不明白，也怕自己不深刻。"①"意义"不是外部的附加，它是作家内心的"光"。作家的心灵、精神状态，决定了他眼里的现实，决定了他对现实思考的广度、深度、高度和表现的方法、路径、风格，以及所能达到的程度和境界。就此而言，《云中记》更重要的意义或许是，它开启了一种回应灾难的视界，一个文学尤其是长篇小说应该具有的境界。

在一篇回忆音乐、诗歌与早年创作的文章结尾，阿来写道："……现在，音响里传出最后一个音符，然后便是意味深长的寂静。而且，我始终相信，这种寂静之后，是更加美丽和丰富的生命体验与表达的开始。"②音乐与诗交融，寂静既是阿来诗歌和小说创作的先导，也构成其观照生命的独特美学方式，生命和美学、诗、音乐和小说在"寂静"中融为一体，舒缓而肃穆。《云中记》便是"美丽和丰富的生命体验与表达"，小说最后那朵唯一的鸢尾花苞在阳光下的悄然开放，便是这忧郁、鲜亮的生命之韧性、圣洁和美丽的表达。

---

① 童方：《阿来：我等这本书等了十年》（访谈），《新华每日电讯》2019年12月13日。

② 阿来：《音乐与诗歌，我的早年——阿来〈阿来文集·诗集〉后记》，见《阿来散文精选》，长江文艺出版社2017年版，第245页。

《回响》：探寻生活和自我的"真相"

文学不是关于社会现实和人的词典和百科全书，它是人的启示录。社会生活和现实关乎人的生存、生活和生命，关乎人在时代现实中的遭遇、处境和命运，对这一现实进行思考和表现的文学，便是人对人的启示录。在此意义上，东西的长篇新作《回响》便是"启示录"式的写作。小说描绘了两种现实场景、两个世界景观：一个是社会生活世界、景观，一个是人的心理和精神世界、景观。通过两个世界、两幅景观，小说形成了一个有意识建构起来的视角，其焦点是"现实"或"事实""真相"。作为一部虚构性小说，《回响》在展示生活和心理世界的同时，营造了一个心灵之梦，从而超脱了普通生活状态，敞开了其沉默部分。这是一部具有强烈的刺痛人心、启迪心灵、升华灵魂的"真实性"的小说。

一、现实、心理与"心理现实主义"

《回响》虽然围绕案件侦破故事和情感故事展开，却具有超出破案和情感故事的强劲的文学力量。故事背后，隐含、回响着一种巨大的回应，一种对作为整体的人和已有的文学经验的回应。

《回响》有着关注和表现日常社会生活的倾向。这一点不仅体现在对"大坑案"的持续侦破过程以及由此关联的城市和乡村生活故事、场景的描述，也体现在对人物的社会生活、家庭生活和情感婚姻生活的描绘。作者将笔触探入较为广阔而又细微的生活，通过细节真实地再现了当下社会现实和人们的生活方式、心理观念和价值观念，对富人、农民、白领、自主创业者、进城打工者、家族产业继承人、警察、罪犯等不同行业、职业、地位、身份、阶层的人群,对社会物质的发展进步、社会阶层的分化和隔膜、贫富悬殊等现实状况,进行了细致描摹,展现了一幅既充满生机、活力又满含艰难、窘迫的栩栩如生的社会网络和肌理。

在小说所展开的现实图景和社会情境背后,我们看到的是作家对丰富驳杂的"人"这一生命体的体验和认知,小说直面的是"人",是有着各种性格、脾气、经历、动机和欲念的具体的生命体。"现实"随着"人"的出现和凸显退隐为时隐时现的背景,它不再是一种纯粹平面的客观存在,而是因为"人"的难以辨清必然还是偶然、理智抑或冲动、理性还是感性的主观意识变得模糊含混、无法捉摸。在"人"的难以捉摸的心理和无意识作用下,"现实"仿佛变成了凭个人的主观意识和意念才能被体验、掌握和理解的存在。小说对冉咚咚和易春阳"被爱强迫症"的描写,尤其是对刑侦大队副大队长破案直觉的反复提及,对其丈夫慕达夫是否出轨的执念,以及由此而来的反复试探、心理分析,包括对慕达夫与贝贞是否偷情的暧昧叙述,对慕达夫是否曾对卜之兰始乱终弃的点到为止的叙述处理,都在有意识地把"现实"纳入"心理""感觉"中,纳入人物(主要是冉咚咚)的主观意识中,通过人物的体验去推理、猜测和摸索。而与此同时,小说又提供各种其他的"事实"来延迟"真相"的发现,甚至揭穿所谓的真相不过是梦境、幻觉或自以为是的臆测。从这个意义上说,《回响》堪称是一部典型的"心理现实主义"小说,作家笔下的"现实"包含着突出的心理体验的内容。

小说精心描绘日常生活中个体相对独立的心理活动和潜意识。小说中的人物,无论是父母和子女、丈夫与妻子、罪犯和警察,还是男女情人,他们都会从自己的处境、地位、阶层和需求出发,小心翼翼、千方百计地按照个人的想法、愿望和想象、预测来设计、"塑造"自己所设想的现实和世界。这些个人化的、不愿公开的意识,以及自己也未必清晰把握的潜意识,是存在于日常生活和伦理关系之下的。与此相对的是社会的而非私人的意识和潜意识。它代表着秩序、稳定,却也处于清晰或不那么清晰的生成与变化中,如以恋爱、婚姻和家庭为主体的伦理道德秩序,以警察和罪犯关系出现的"法的秩序"。慕达夫与父母之间、冉咚咚与父母之间,夏冰清与父母之间,吴文超与父母之间,慕达夫与冉咚咚之间,刘青与卜之兰之间,徐山川与沈小迎之间,慕达夫与贝贞、冉咚咚与邵天伟之间,夏冰清与吴文超之间,吴文超与刘青之间,徐山川和夏冰清及其他情人之间,便交错着各种道德伦理关系。冉咚咚与徐山川、徐海涛、吴文超、刘青等案犯之间,便是"法的秩序"的体现。

《回响》中对各种秩序的描述和设置,很有深度也很耐人寻味。一方面,小说对处于各种伦理道德秩序中的个体的疏离与亲近、隔膜与沟通、冷漠与温情、世故与无情等情感关系有着细致入微的表现。通过言语、行为与心理、情感之间的对位、错位、纠结、矛盾关系,小说深刻揭示了处于道德伦理秩序中的人性、人心的复杂性,以及日常生活与情感的深层复杂性。另一方面,小说对"法的秩序"中人心之真实性的揭示也有振聋发聩之力量。作家不仅深入发掘执法者冉咚咚的性格、心理矛盾,也通过她的"心理追踪"进入案犯的心理和灵魂深处,描画案犯的心理轨迹、心灵世界和人性状态及其与社会现实、家庭出身、职业状况的关系。这就在"法的秩序"、伦理道德秩序和时代生活、社会心理之间,建立了密切关联。于是,奇数章所写的"案件"和偶数章所写的"感情",就始终通过心理、情感和关系、秩序,联系在一起,相互融渗而非彼此隔离:"法"中有情感、心理;"情"一则通过夫妻关系、家庭生活建立与"法"的联系,二则通过心理和意识的试探、交锋和剖析、"侦破",建立了与"法"更深层的关联。因此,围绕案件侦破线索的"法"叙事固然跌宕起伏,围绕冉咚咚、慕达夫情感关系的"情"叙事虽看似静止,却也暗流涌动。这使《回响》具有很强的"情节性",这一情节性不仅限于围绕案件侦破展开的显性故事,更指围绕情感、伦理和道德展开的隐性的"心理故事"。通过这两种不同类型的"故事",《回响》蕴含了两种(两组)不尽相同的文学力量:现实自身的直接经验的力量和对人的热情探索的力量;作为智性的理解的力量和作为文学的创造的力量。

但东西的小说与心理现实主义这一现代主义文学样式又有本质上的不同。心理现实主义的重要倡导者和实践者亨利·詹姆斯虽然强调小说应再现现实、再现生活,但他所谓的"现实""生活"并非客观存在,而是作家对现实的印象和主观性经验。因此,他虽然被称为"心理分析小说家",但其"现实感"却是具有感知力禀赋的作家捕捉"瞬间"、形成经验并出之于意象的"具体陈述的可靠性"。个人的内心感受与知觉是"心理现实主义"所青睐的,而个人与历史、社会,主观愿望与客观现实之间的内在联系则被放弃。心理现实主义强调的"经验"并非现实生活经验,"经验是巨大的感官,它好像是一张用最美丽的丝线编织成的,延及认识领域,本身包括了每一个存在的细节的硕大的网。这是认识氛围本身,而当认识具有想象力时——想象力在天才人物身上特别有力地发展着——认识吸收着生活中最细微的运动,把生活中最小的跳动转化为可以显现的东西。""个人的经验是最好的老师,……现实的空气(典型化的真实)是小说的最大优点,是无条件地、郑重其事地建立在小说的一切其他优点……之上的优点。"当小说家"展示出自己反映现实——现实的意义、色彩、凹凸、性格——人类存在的全部本质的方法时,他才真正地同生活展开竞赛"①。心理现实主义以虚构挑战现实,以个人主观经验取代社会现实经验,以经验为基础建立一个对抗和超越生活世界的虚构世界的做法,很大程度上影响了当代中国的先锋写作。

东西的小说也运用幻觉、梦境、变形、荒诞等手法,但他始终关注现实的痛苦、苦难和生存的沉重、艰难和乖谬。这体现出其作为新生代小说家对先锋小说的反思和超越意图。《回响》情节展开虽以心理和推理为主,但他同样关注现实:"本次写作的难度是心理推理,即对案犯、主人公以及爱情的心理推理,而这样的题材又如何与现实与阅读者产生共鸣?"并有意识地建构一系列"有意思的对应关系:现实与回声、案件与情感、行为与心灵、幻觉与真相、罪与罚、疚与爱等等"(《〈回响〉后记》)。小说围绕刑事犯罪事件展开的侦查、走访、问询,密切关联案件的推理、进展,在生活画面的展开和现实细节的捕捉中,体现着一种理性、智性的介入。这方面的叙事可谓社会心理和社会行为研究,通过对现实生活的深层进入,体现着一种置身事外却持续追踪和观察案件进展的"抽离性"快感。小说的另一部分,关乎丰富的情感、家庭、婚姻内容,作者对这些关

---

① 〔英〕亨利·詹姆斯:《小说的艺术和社会的中心》,刘保瑞译,见崔道怡、朱伟等编:《"冰山"理论:对话与潜对话》(上),工人出版社1987年版,第11、12—13页。

涉道德伦理向度的情节的表现，是将日常生活和工作关系，转换为"心理"关系，从心理层面抵达生活深处。相对于第一部分内容的"抽离感"，它带来的是充满情感内容的"浸入感"，这是关于爱情与谋杀、亲情与疏离、信任与背叛、爱与恨、哀与痛等充满张力和激情的、让人沉醉其中的心理和情感世界。《回响》提供了一种深度文学经验，对人的智性和心理、情感分别进行了富有高度和深度的发掘，延伸和扩展了我们的人性认知和体验，丰富了作为整体存在的人的理解。

相对而言，《回响》虽围绕案件侦破展开叙述，关联城乡诸多阶层和群体人物，描画变动中的生活场景，但其主要目的却不是要展现一个客观世界，表现当下中国现实。小说中的世界不是作为"（典型）环境"而存在的，不是我们所看到的作为客观存在的世界。作家更多时候是通过人物包括案犯们的讲述，提供了他们对这个世界和自我的理解，因此这个世界是一个"人"的世界，人所生存的（实然）世界和人想要或所欲生存的（或然）世界。由案件侦破所关联和建构的是"社会""生活"，由情感状态、心理活动建构的是"心灵""情感"，前者关乎"公"，后者切近"私"，二者尽管分为并行的奇数偶数章，但实际上却并没有泾渭分明的界限。相反，公与私、智性与心理共同表达了一种普遍的经验，建立了一种"阐释"（这一点使小说具有明显的智性色彩，即使对心理、情感的表现，也呈现出细腻的辨析色彩）和表述经验的可能的模式。

因此，《回响》具有突出的"智性写作"特征。它是一部以案件和情感为主要内容和叙事线索，以"大坑案"侦破和慕达夫与冉咚咚的婚姻、家庭走向为"问题"导向的分析性、剖析性小说。不同于常见的侦探破案故事和爱情伦理故事，小说有着严肃的"问题"聚焦和人性追问。它还是一部以人类理性和情感、智性与心理为主，以社会现实生活为辅的小说。它关注人性的复杂结构，整体性观照人的心理、情感、理性和社会性。它是小说、文学与心理学和案情推理学的"合作"。对案件的侦查、推理，对人心的推测、研究，嵌入了小说叙事，构成其基本内容，影响了叙事节奏的快慢。小说在很大程度上体现着一种环环相扣、迂回曲折却又步步推进、深入人心的探究案件和情感真相的思维方式。小说以心理和推理作为基本内容和情节结构形式，对人性人心状况进行了较为广阔、细致和全面的想象性辨析和考察，揭示了隐藏在日常生活、情感和伦理关系之中却被遮掩或无法说出的"真实"，揭示了那些隐秘的不欲示人的思想和欲念在它自身轨迹上的运动。

当下中国正处于剧烈而复杂的历史转型期，"如何在中国社会和现实这一复杂的意义场域中，突破带自然主义色彩的日常化诗学和着重'个体''私人''内心'的叙事模式，将'我'从流行性写实模式中释放出来，并重新写进'我们''现实'以及与之内在关联着的'世界'和'历史'之中，重构一个'我'/'我们'、'生活'/'历史'、'内心'/'现实'相互沟通、对话的'大叙事'，是现时代对文学提出的迫切命题"[①]。在叙事方式上，《回响》无疑提供了崭新的具有启示性的文学经验。

二、形式感与"小说精神"

文学存在于一个以"人"为中心的世界，它关心和表达的现实是以"人"为中心的现实。二十世纪八十年代中期以来，随着个性意识和纯文学意识的觉醒，文学往往被看作以个体为中心的人寻找一种与其"个性""独特性"相关的"形式"。对于年轻一代作家尤其是有过先锋性写作的作家来说，创作不再是一种社会学、政治学或历史学的附庸或隐喻，作品（文本）形式才是文学的本质或本身，历史、现实、社会、时代、意识形态等必须借助这一形式才能成为文学的言说。在此情况下，历史等要么作为非文学因素被淡化、排除，要么以人性的转喻成就某种阴郁的美学趣味。"当日常性私人性成为文学/历史舞台上的唯一主角时，它们就放弃了对自身内在的省思而专注于'展示'自己的形象，文学话语的历史性维度、政治意涵和尖锐性以及日常生活的潜在能量，被心安理得地放弃了。"[②]历史、意识形态包括人本身失去了其硬度、厚度和分量，不再是写作的立足点和

[①] 王金胜：《现实主义总体性重建与文化中国想象——论陈彦〈主角〉兼及〈白鹿原〉》，《中国当代文学研究》2019 年第 4 期。

[②] 王金胜：《"总体性"困境与宏大叙事的可能》，《中国当代文学研究》2020 年第 6 期。

目的地，它们被"人性"化和美学化了。

作为一名曾经的新生代作家，东西对此类风格的先锋写作进行了反思，他对"写什么"和"怎么写"怀有同样的兴趣和热情。他既是尖锐现实和苦难生存的发现者和表现者，也是新的形式和修辞的探索者和寻找者。为特定的生活和人寻找和构造特定的形式，是东西一以贯之的追求。同样，在东西那里，"人"与"个人"与特定的群体也不是隔离、对立的，他并无兴趣回归抽象的宏伟话语，同时，个体意义之人虽构成其写作的基点，东西却又不完全认同流行的却同样抽象的个人或私人。因此，东西对"人"的思考及其围绕"人"的实践，便不再是"先锋小说"之前的社会性、政治性和历史性的附庸式写作，其小说中的"人"具有相对独立性，有着属于自己的内心世界和生活世界，但这一世界并不与外界隔绝，而是生活化、社会化乃至政治化的。或者说，这也是一个"历史"之人，只不过，他不再以投入历史、归化历史为归宿，相反，他常常被迫承受历史和现实的挤压。

《回响》中的人物，或是儿子、女儿如慕达夫、冉咚咚，或是财大气粗的老板如徐山川，或是仅能维持生计得不到尊重的打工者如易春阳，或是夫妻、恋人如慕达夫与冉咚咚、贝贞与洪安格、刘青与卜之兰，或是刑警如冉咚咚、邵天伟。他们既是社会之人，也是内心之人，具有社会性和心理性双重因素，且后者才是《回响》侧重发掘、"实验"的重点。无论是奇数章所写杀人案件侦破，还是偶数章的情感故事讲述，都以人的心理探测、心灵揭示和灵魂展现为主要内容，以隐秘的心理动机作为智性分析和逻辑推演的对象。在小说中，东西始终让他的主人公在破案和情感生活中保持着一种思索、心理探险和真相揭秘的热情，为此，小说有意设置重重悬念，作为情节推进、演变和进入人物深层心理和无意识领域的动力。被列为第一犯罪嫌疑人的徐山川在案件中究竟扮演了何种角色，求职面试后他究竟在包间对夏冰清做了什么，他是如何利用于己有利的证据实施犯罪行为，夏冰清留存的录音是否是她被徐山川强奸的证据，慕达夫与贝贞、与卜之兰是否有过婚外情，等等。这些充满悬疑的故事，不仅推动情节发展，也在逐步接近真相的过程中解开了人性和心理谜团，既有吸引读者的魅力，也有力推动和启示读者进行思考。

东西是一位有着强烈"形式感"的作家,他对"怎么写"的追求不亚于"写什么"。他的小说既有对现实生活题材、内容的选择、掘进,又以日常生活和普通人物的富有新意的发现和表现,吸引读者并让读者在故事的编织、讲述中进入严肃的审视——对现实、他人和自我的审视和反思。《回响》致力于寻找与发现,揭示表象与真相、他人与自我、现实与人心之间曲径通幽的奥秘,精神分析的意味极为突出。可以说,这是一部体现了米兰·昆德拉所提倡之"小说精神"的小说。米兰·昆德拉认为,"小说的存在理由是照亮'生活世界',保护我们不至于坠入'对存在的遗忘'"[1]。为此,他提倡一种"小说精神",以抵抗大众传媒时代制造的"共同的精神",抵抗那种被简化、被一体化乃至被吞噬和被遗忘的生活、世界和存在之意义。昆德拉将小说的精神概括为"复杂性"和"延续性"。"每部小说都在告诉读者'事情要比你想象的复杂'这是小说永恒的真理",他用塞万提斯说明小说的复杂性精神是"有关认知的困难性以及真理的不可把握性的古老智慧"。[2]《回响》是一部简洁的却并非"简化"生活和世界的长篇。小说主要讲述两个事件——杀人及探案,感情纠缠和离婚,却没有将事件简化为媒体新闻或街谈巷议——如此做法便是背离了小说精神的不幸:文学成为作者、读者和大众传媒共同制造和参与的、瞬间就会被弃之如敝屣的"桃色话题"的狂欢。东西没有将"事件"事件化,而是以全部心智将其小说化、文学化,使其成为一个深长的思考性探寻而不是那种被窥视欲控制下生产出来的简化的俗套——一种叙事精致、经过精心包装的陈词滥调。

《回响》以贴近、切入人物内心的方式描述了现实生活中那些具有"认知的困难性"的人与事,而且通篇运用心理和推理手法去接近这些人和事,对其做出认知和评判。在此过程中,小说恰恰体现了真理(真相)的难以把握性。东西意识到避免简化和事件化的必要性,并以内心化、心理化作为叙事对策,应该说,这一策略是有效的,他将我们带进了一个情感、思考和思维的世界,发现了被商业化、市场化掩盖的另一种生活态度

---

[1]〔捷克〕昆德拉:《小说的艺术》,董强译,上海译文出版社2004年版,第23页。
[2]〔捷克〕昆德拉:《小说的艺术》,董强译,上海译文出版社2004年版,第24页。

和生命形式。夏冰清对父母安置自己生活的做法所选择的顺从与反抗，以及她对爱情、物质、金钱的追求让她始终陷入困扰之中无法自拔，并最终酿成悲剧，却也不无合情合理之处。她离开父母和家庭，离群索居，孤单寂寞，却又能在离世之前以特殊的方式"玩幽默""调侃死亡"，表现出意想不到的勇敢和乐观。夏冰清父母自得知女儿死讯开始，直至得知女儿之死的真相，其间的失望、悲伤、酸楚、悲凉、伤感和无奈、自责，也得到过程性、复杂性的细腻揭示。小说对冉咚咚时时陷入案件与感情相互纠缠难以摆脱的心理困惑和生活困境的深入探究，更是通过齐头并进的两条线索得到了完整而饱满的呈现。她在拷问别人，同时也在拷问自己。她在认识别人，同时也在重新认识自己。在此，生活的意义、世界的意义被具体化、个体化和内在化，而《回响》作为一部小说的意义，也通过这一系列复杂性的设置，体现出了其所在的世界的复杂性，世界的复杂性导致"认知的困难性以及真理的不可把握性"。冉咚咚是破案高手，精通犯罪心理学，最终她凭借出色的直觉、推理能力和心理学知识，侦破了徐山川杀人案，但当她将心理学知识和直觉、推理能力运用到夫妻、婚姻和家庭领域中，从蛛丝马迹入手，从伪装层到真实层再到伤痛层，深挖丈夫慕达夫的心理，使其几近崩溃，最终婚姻、家庭破裂。这个自信而敏感多疑的女性主人公何尝真正勘破了身边的爱人，又何尝真正勘破了她自己？关于这一点，文学教授慕达夫的认识倒有旁观者清的意味："别以为你破了几个案件就能勘破人性，就能归类概括总结人类的所有感情，这可能吗？你接触到的犯人只不过是有限的几个心理病态标本，他们怎么能代表全人类？感情远比案件复杂，就像心灵远比天空宽广。"东西以执拗的方式在《回响》写出了人性、世界的复杂与幽微，这也成就了小说言说这个世界的文学复杂性。

昆德拉从小说与"传统"和"现实"的关系出发谈论小说精神的"延续性"："每部作品都是对它之前作品的回应，每部作品都包含着小说以往的一切经验。"他哀叹"时下的事情"占据了太多的空间，"将过去挤出了我们的视线，将时间简化为仅仅是现时的那一秒钟"。在他看来，如果被纳入这种"时代精神"体系中，"小说就不再是作品（即一种注定要持续、要将过去与未来相连的东西），而是现时的事件，跟别的事件一样，是一个没有明天的手势"①。小说不仅要在小说历史发展脉络中确立和确认自己，它更要超出某种狭隘的单质的"时代精神"对自身的简化。小说要避免成为"现时的事件"描述，而成为人类历史和变化的世界的一部分或一个环节。一方面，小说具有历史性的特点，正如它所在的世界、现实是历史性的。另一方面，昆德拉又认为："小说惟一的存在理由是说出小说才能说出的东西。"②他反对大众化小说对"非小说的知识"的表现。那么，何谓"小说才能说出的东西"？在小说的历史性与"小说才能说出的东西"之间是否存在矛盾，如何理解二者的关系？显然，昆德拉在此强调的其实并非只要"小说性"（"文学性"），否则小说会失去它与社会历史的联系。他强调的关键在于如何言说社会历史和现实，而不是不要言说社会历史和现实。东西的《回响》某种意义上也是昆德拉之"小说精神"的回应，他的自述专门谈到了这部小说"怎么写"的问题："奇数章专写案件，偶数章专写感情。"其实，不论写案件还是写感情，两个方面、两条线索的叙事，都描述了这一时代的中国城市乡村的社会现实，都有着作家坚实的现实生活经验和体验的有力支撑。但《回响》不是以表现当今时代的现实环境为目的的小说，东西并非要以小说的形式记录现实生活场景、描绘生活画面。相对于对人物人性和心灵、情感的表现，社会现实在小说中更多是作为背景或促成人物做出选择和实施某种行为的心理动因。从主要人物慕达夫、冉咚咚、夏冰清到案犯吴文超、刘青、易春阳乃至沈小迎、卜之兰，小说分别为他们营造了能显示出其存在的处境和心理活动的现实背景和社会文化空间。因此，与其说《回响》表现的是社会现实，不如说是人的现实，更深入地说，则是促成人的言语、行为和选择的心理现实和情感现实。相对于可见的经验性生活来说，《回响》着重表现的这种现实是深层的、隐秘的甚至是被刻意隐瞒或有意无意忽略的，作家细心而又迅速地进入人物内心，并写出现实和时代的"秘密"——由特定历史情境下个体的人共同折射出的某种集体意识或无意识。

---

① 〔捷克〕昆德拉：《小说的艺术》，董强译，上海译文出版社2004年版，第24—25页。

② 〔捷克〕昆德拉：《小说的艺术》，董强译，上海译文出版社2004年版，第46页。

三、"发现秘密"的可能性写作

《回响》是探索和发现"秘密"的小说,是作家借助心理和推理进入生活、人和自我的隐秘部分的小说。进一步看,这是一部思考"可能性"的小说。谋杀案最终侦破,涉案人被绳之以法,天道轮回,恶有恶报,真相大白,正义得偿。但这只是就作为事件的案件来说,而关于人性和心灵,关于自我和他者,尚有太多难以勘测和言明的秘密。故事结束了,生活还在继续,秘密仍旧是秘密。小说描述冉咚咚通过否认、压抑、合理化、置换、投射、反向形成、过度补偿、抵消、认同、升华等方法,启动自我防御机制,以避免打开和进入自己的真实心理层。当她主动敞开心扉,卸载部分自我防御时,她感受到自己"心理向好的预兆",恢复了见离婚后一直怕见的前夫慕达夫的勇气。自信的回归,是直面自我、发现那份自己一直未能意识到的歉疚的结果,但人心的隐秘与浩大,又岂是个人心智所能窥破的呢?面对慕达夫"你能勘破你自己吗?"的提问,"她想这才是问题的症结"。能否"认识你自己"是关键,却也是天问式的未解之谜。

小说采用了开放式结尾。冉咚咚的感情归宿如何,是与慕达夫破镜重圆还是在自己"准备好"以后与等待着的邵天伟走在一起?未能通过邵天伟检测的她,是否能勘破远比案件复杂的人类情感和心灵?与卜之兰大学期间发生婚外情感的文学教授是否为慕达夫?这个卜之兰无意间提到的往事,真相如何,是否会楔入冉咚咚记忆成为一个随时可能爆发的"炸弹"……小说多处预留了开阔的想象空间,这是生活的现象学描写,也是存在之可能性的叙事征候。

开放式结尾是小说思考存在之可能性的表意形式,也是东西一直以来探寻可能性的诗学思想的延续。《没有语言的生活》以两个版本的开放式结尾,直接表明了这种可能性;《篡改的命》思考"底层"改变自己命运的可能性。《回响》在延续东西对生活、人性和文学可能性之探寻的同时,也具有了新的叙事质素。东西此前的"可能性"写作,常常描述严酷残忍的现实对生命的挤压和榨取,故事往往荒诞不经却有着让人触目惊心的真实感,人物被无法摆脱的悲剧性宿命纠缠,叙述具有强烈的无奈感、绝望感和荒诞感、虚无感。正如有学者指出的："现代主义叙事经营了太多人的危机，将人置于万难拯救的残酷境地，以此探测人的边界和极限。"①在彼时的东西看来，这一切正是生活本身造成的，残酷的现实以强硬的姿态主导着作家的想象。现实的极致性催生了极致性的想象。荒诞意味、戏拟手法、反讽笔调，显示了作家在面对如此现实时的绝望反抗，是作家直面生活和超脱现实的勇气和智慧的表现，但这种极致性写作是否也暗示了作家所对抗的现实及其逻辑也在限制着自己思想、精神和艺术上的创造力和想象力？他在某个方向上写到了某种可能性的极致或某种极致的可能性，使作品具有了问题表现的尖锐性，却也同时丧失了更多的可能性，失去了生活和人性的宽广度？作家是否有效抵达了他所要表现的现实与人性的深处，是否真正抵达了人物自身的内在性？——这里的人物内在性不仅指人物被某种强烈、执拗乃至偏执的愿望或欲望控制的心理感觉，也指他们所在的生活环境、他们的现实生存以及支撑着他们生活的价值系统和意义体系？对于这些问题，东西有着不同于此前的思考并在《回响》中有意识地进行了形象化的回应。

小说深刻描述了转型期中国社会随着市场经济和消费文化的兴起整个社会情绪氛围的变化，尤其是人与人关系所发生的微妙却巨大的变动。人与人之间的亲密关系，人们能够共享和分享的情感也在缓慢无声地发生着嬗变。在亲情上，父母和子女之间随着年轻一代个人自由意识的觉醒和更多个人权利的获得，渐生隔膜、嫌隙和矛盾，如冉咚咚、慕达夫、夏冰清、易春阳、吴文超、刘青等几乎所有的年轻一代与他们各自的父母之间，都产生了生活方式、生活观念和价值观念上的变化。在爱情这个更具私人性质的领域，曾经让人一往情深、天长地久、甜蜜得让人心醉又伤感得让人心碎的浪漫美好的爱情，出现了明显的现实化、功利化和工具化趋势，"天长地久"未必是爱情追求的目标，"曾经拥有"成为众多人的"信念"或选择。男女之间或因为经济原因、地位差异而抛弃对方或被抛弃，如刘青与卜之兰；或丧失了彼此信任、良好沟通的能力，如冉咚咚与慕达夫虽然

---

① 陈培浩：《叙事装置、灵的启示和善的共同体》，《中国当代文学研究》2020年第6期。

彼此仍然相爱，但前者的敏感多疑和后者的言听计从，却导致了婚姻和家庭的破裂；或因家庭贫困、自卑心理等原因无法获得异性青睐而陷入空幻的单相思，如患上"被爱妄想症"的易春阳。随着性禁忌在社会意识中的淡化和消失，男男女女或以"爱"之名行"性"之实或纯粹为了"性"走在一起，如徐山川周旋于众多情人之间，洪安格自己暗度陈仓、却以莫须有的婚外情与贝贞离婚，与婚内出轨对象另立家庭。夏冰清与徐山川之间则纠缠着性的暴力、商品化的交易和情感归宿的追求等多方面复杂因素。沈小迎与徐山川本已无爱，却默契地维持婚姻幸福家庭和谐的假象，各取所需。友情方面，刘青利用吴文超的信任，背叛友情，骗取巨款实现自己的桃源梦。在巨大的生存竞争压力下，理性的计算和谋划介入感情并使之沦为商品化的存在，而利益追逐过程中的不公平不公正、贫富两极分化和社会分层结构的固化，既催化了人的被伤害感、被剥夺感、挫败感和无能无力感，也发酵了羡慕、郁闷、嫉妒、愤懑和怨恨等社会性情绪氛围。这些经验感受和情绪氛围在东西的长篇《耳光响亮》《后悔录》《篡改的命》等未必直接描写当下现实的小说中均有投射和反映。生活的苦难、精神的磨难，冷酷的生存本相，人与人之间的隔膜、冷漠乃至仇恨，生活的无望和绝望等被以荒诞、反讽、黑色幽默等形式表现出来，充满一种敞开思考和意义空间的诗学张力。

如果说东西此前的诸部小说可称为"绝望和反抗绝望"的实践的话，那么，《回响》则在绝望或反抗绝望之外，点亮了希望，在令人失望的土壤里种下了希望的种子，让读者在看到爱的能力衰竭的现实时，也感受到爱的能力缓慢恢复、生长和纯粹化的可能。小说不再以戏拟、调侃、反讽、黑色幽默、荒诞等手法来言说绝望、传达"反抗绝望"的生命意志，而是在暗黑中透出了光亮，在绝望中孕育出了希望，灰暗的调子里也流淌着温暖的汁液。虽然小说人物的内心在复杂的心理追索中呈现出复杂性和矛盾性，但这些人物都是可靠的、能立得住的。小说在案件侦破和情感追踪过程中的理性推理，以及对更广阔生活和人性世界的包容，在揭示人物行动的内在依据和人的内在真实的同时，也给他们提供了更为自然和舒展的意义体系和价值体系。人性善恶的复杂性与变动性，不能只由罪犯来证明，即便是罪犯也并不都如徐山川一般。在带着投案自首的刘青离开埃里的路上,"冉咚咚想刘青的罪感既是卜之兰逼出来的,也是村民们逼出来的。由于村庄的生活高度透明,每个人的为人都被他人监督和评价,于是传统伦理才得以保留并执行,就像大自然的自我净化,埃里村也在净化这里的每一个人"。小说结尾,一向自信正确的冉咚咚也产生了对慕达夫的愧疚,"她没想到由内疚产生的'疚爱'会这么强大,就像吴文超的父母因内疚而想安排他逃跑,卜之兰因内疚而重新联系刘青,刘青因内疚而投案自首,易春阳因内疚而想要给夏冰清的父母磕头"。这种"爱"是对绝望的超越而不是直接的对抗和反抗,东西在小说中没有激烈地理解人性,他借助弗洛伊德、荣格等现代人本主义心理学知识触摸和解析了人性,又用现代人文主义信念化解了人本主义非理性的偏执——后者既有对无意识、潜意识和本我的洞见,也造成了对人文主义、现实生活和人的在世生活状态的遮蔽。《回响》的最大启示和意义,或许就在于,它揭示了在充满"现代性"风险的陌生社会中,重建信任的可能性,在"爱"之流逝和"爱"之能力退化的现实缝隙中、在情感的漂移和传统道德的废墟上,重建友爱、互爱的可能性。从这个意义上说,《回响》也无疑是作家东西在世界观和文学观上的一次自我重建与自我革命。

《暂坐》:"传统"何为?

自二十世纪八十年代中期开始,当代文学中出现了"文化寻根"热。在传统文化复兴情势的促动下,中国本土意识、民族意识在新世纪文学中进一步深化。从"商州"系列、《浮躁》到《废都》《高老庄》再到《秦腔》《老生》《山本》,贾平凹一以贯之地通过他的小说显示了鲜明的传统文化诉求,呈现了发掘民族传统思想底蕴和美学精神的完整脉络。作为延续这一脉络的最新美学实践,《暂坐》在处理当代都市生活与民族传统文化的关系以及展现"传统"在当下的思想和审美有效性方面,进行了意味深长的探索与思考,为当下中国文学如何面对"传统"提供了新的启示。

一、人情、世情与性情:"传统"的贾平凹语境

贾平凹是一个擅长写性情和世情的作家。在他对历史(现代、当代)和现实(改革开放、农村和城市改革)进行表现的作品中,往往是那些从世情和人情角度切入、将历史和现实放在复杂的世道人心和世情伦理层面加以观照的作品,更具艺术魅力和成熟度,如"商州系列"、《废都》《秦腔》《山本》。而那些更为直接地表现现实的作品,尽管或因与时代潮流的呼应或因反映问题的切近性而产生影响,如《极花》《怀念狼》《带灯》《高兴》等虽然揭示了一些公共性问题,描述了一些社会性现实场景,却显得有些局促、坚硬,作家的个性、气质与现实问题有不甚切近之感。

贾平凹善写民风民俗,内含对人情人性的细腻捕捉。作家取法古典诗文和古典小说,又兼顾时代主题和生活潮流,时时参与社会性时代性话题中,"改革""寻根""风俗"乃至乡土社会和传统文化的沦陷、农民工

的生活、乡镇女干部的困窘、被拐卖妇女的不幸等等都会是他小说的表现对象。这些小说显示出良好的艺术感觉和思想"顿悟",在对现实生活和人物心理、情感的感觉捕捉及其语言表现上尤为出色。

相比之下,作家对历史、社会现实内部复杂性、矛盾性的表现,似乎难以让人尽兴。九十年代以来中国现实的复杂性,其内部深层尖锐的矛盾和冲突,受制于作家的现实观、文学观和"自我感",甚至散文化结构和笔记体的小说文体等影响,时或得不到强有力的深度揭示。这是一个作家的不足,也是其个性特点,但不是作家的偶然失误,而是作家的自觉选择。事实上,这个世界上本就不存在"万能"或"全能"的作家,有局限反而更真实。他自认:"我可能不是一个政治性强的作家,或者说不善于表现政治性强的作家。我只有在作品中放诞一切,自在自为。艺术的感受是一种生活的趣味,也是人生态度,情操所致,我必须老老实实生活,不是存心去生活中获取素材,也不是弄到将自身艺术化……只能有意无意地,生活的浸润感染,待提笔时自然而然地写出要写的东西。"① 贾平凹以自己的生活体验、气质个性和艺术修养、审美趣味,选择了一种能够充分展示自己的方式和进入历史、现实的路径。但在时代感、现实感的深层,被时代、现实包裹着的最核心的东西,仍然是贾平凹的"性情"。不仅是书写现实的小说如《废都》《秦腔》《高兴》如此,那些历史写作如《古炉》《老生》《山本》亦是如此。

《暂坐》有《红楼梦》的影响似乎是毫无疑问的。《红楼梦》里的人物,他们的气质、姿态、生活的环境和处境,家族史架构,对二十世纪中国文学影响颇深,如巴金、端木蕻良、张爱玲、苏童、叶兆言等的写作就都有其遗风流韵。曹雪芹通过《红楼梦》奠定了此后家族小说、世情小说和浪漫故事的形式。《红楼梦》不但为中国文化找到了一种完满的表意形式,也塑造了一种历史的演绎方式。由清而至当下,《红楼梦》所连续、连接的那条线,草蛇灰线地传递给了贾平凹和热爱、熟稔"红学"传统的人。这一点在《废都》的人物形象塑造,男性女性关系的设置,小说的情感和

---

① 贾平凹:《贾平凹散文精选》,人民文学出版社2018年版,第126—127页。

道德构架等方面均有体现。同样,《暂坐》也在这个传统中。对于作家来说,"传统"的意义在于现代和当代情境下的再造和创造,亦步亦趋是创作的大敌,是对"传统"和"自我"的双重封闭。"如果将'美'简单地定义为能让我们产生愉悦的形式,那么美就不能被前现代独占。和前现代相联系的'美',只能说是古典美。事实就是这样,所谓'现代'很大程度上是与'古典'相对立的,现代艺术精神就成立于对古典美——崇尚宁静、和谐、均衡、对称的形式美的颠覆和破坏之上。"① 如何在古典美学传统中创造作家个人的现代艺术美学,也是贾平凹必然面对的问题。

从贾平凹的创作脉络来看,《暂坐》是《废都》的延续和改写。《废都》以男性人物庄之蝶为主人公,其余男女人物都围绕他展开,突出的是文人(知识分子)的当代遭遇,映射传统文化在当代的处境和作家的焦虑心境,曾经以精英标榜的作家、知识分子的困境:迷失、迷乱、迷惘。《暂坐》则以十位女性为中心,男性人物是一个围绕女性、游走于她们之间的角色。这里更见出《红楼梦》的影响。她们与"金陵十三钗"的对应,她们的美、智慧、善良、谋求独立、积极的生活态度等。男性人物对她们的态度颇似贾宝玉,而非庄之蝶,对女性是欣赏的、充满善意,他与她们之间更多是情感、情谊联系,几乎没有性的成分。即便描写"性事",笔法简洁,并不刻意在"性"本身,且无庄之蝶式的文人自恋和女性对女性的仰视,呈现出平等的两情相悦关系。与庄之蝶相比,主人公更多的是超越和通脱而无焦虑和绝望。

作为擅长写"情"的作家,贾平凹有着更深的"性情"渊源。可以说,《红楼梦》、明清小说和古诗文,在贾平凹"性情小说"中起到了一个不可或缺的中介作用,通过它们,贾平凹进入了一个更久远的脉络中。无论人情还是世情,作家的"性情"才是关键。"诗者,人之性情而已。"(吕祖谦),"诗所以发性情之和也。"(文天祥)"诗者,人之性情也。(黄庭坚)""诗者,吟咏性情也。"(严羽)进而观之,"性"与"情"又

---

① 蒋寅、孟繁华:《中国古代文论的当代价值与意义——与中国古代文学研究专家蒋寅先生的对话》,《中国当代文学研究》2019年第1期。

不同，二者之间有深刻的差异。按照荀子的经典论述，"性"在人心深处，"情"浮于人心之表。"情"主外而"性"主内；"情"主动而"性"主静；"情"趋向个性张扬、热烈奔放，"性"趋向平淡安谧、物我共泯。贾平凹的文学本性趋向于平淡安谧，不擅长写那种豪情激昂的文字，豪迈奔放不是其文之风。这未必是天生秉性，后天的身世经历和文化教养、文学阅读等的影响可能更为重要。有趣的是，贾平凹的散文和小说却往往"以我观物"，频频见出作家的吟咏之态；但他的文字却是简淡的，有"以物观我"之性。他常常从草木月石天地云等事物中发现"物与我"的感应。早期创作多"抒情"，个体情感意绪投射于物，《废都》之后则有极大克制，抒情性大大减弱，在"物我共泯"中，将"情"融入"理"。① 总体上看，无论是早期还是后期，无论散文还是小说，贾平凹的创作始终有着浓郁的"性灵之言"，这在当代作家中可谓独一无二。作家按照自己的想法、趣味，通过人物形象、通过词句的酝酿和浸染，传达自己的心灵之声，流露自己的性情。这在一定程度上克服了"性"的安谧平淡和过于"实"和"理"的一面，而发乎自然。

贾平凹创作中的"性灵"与他对明清小说的阅读有关。明清时代以性灵诗学闻名，性灵诗学偏"灵"而轻"性"，或者说，它是"灵本体"而非"性本体"的。在袁宏道的"浅近自然"、谭元春的"幽深孤峭"和袁枚"有我""有性情"中对"天机"的看重，都贯穿着对"灵"的推崇。"灵"不单单是"我""性情"，它还与"巫"有关。按照王国维的观点："古

---

① 贾平凹大量小说的"后记"可以看作以"性"说理、叙述的散文随笔，其中包含的文学创作经历、体会，现实感受和文学观、历史观等，还时常作为"副文本"和研究资料成为解读作家作品的材料、依据。如马杰、李继凯对《山本》书名及其易题、题记、题诗、跋、封面图等"副文本"的解读。参见《贾平凹长篇小说副文本研究——以〈山本〉为例》，《中国当代文学研究》2019年第4期。"副文本"是法国文论家热奈特提出的理论，但马杰和李继凯文章中对此理论的运用，与热奈特不尽一致，如将营销广告、报刊电视访谈和《收获》杂志上与《山本》同期刊登的文学评论作为"他跋"等。普遍性的看法是，这些属于媒体时评或专业批评，而非热奈特原意上的"副文本"。

之所谓巫,楚人谓之曰灵。"① "灵"是连接人神,飘忽于人神之间的特殊存在,是人通往神的道路上的玄奥通道,时人常名之"天籁""人籁""天机""灵犀"等。贾平凹成长于秦地,青少年时代生活于陕南商州这一"秦头楚尾"之地,影响他的除了雄浑沉厚的秦文化,还有绮丽灵秀浪漫诡秘的楚文化。从某种意义上说,楚文化在更大程度上影响了贾平凹,对其创作有更根本的影响。相对于黄土高原、关中平原,陕南山地——秦岭之"山"和丹江之"水"对贾平凹的影响更深。这里不仅是说,山水之灵秀,也指由于山水的阻隔和环境的闭塞,而造成贾平凹在考进大学并在西安工作之前,长期生活在巫风盛行的文化氛围中。有意味的是,即便在专写秦腔的散文《秦腔》中,也有如此词句:"高音喇叭里传播的秦腔互相交织,冲撞,这秦腔原来是秦川的天籁,地籁,人籁的共鸣啊!"② 可见楚文化对其影响之深,也可见出贾平凹与明清性灵诗学之间潜隐的脉络。《暂坐》是作家经历"单纯入世""复杂处世"之后,进入"单纯出世"阶段和境界的创作,也可以说,是由"情"而"性""灵"的创作。《暂坐》体现着作家注重心与神、心与自然、心与天地的融通交流,而交流的关键在"天籁""人籁""天机"也即"性灵"。小说在"自然""幽深"和"天籁""天机"等方面体现出其性灵特质。

但《暂坐》的"性灵"不是"单纯入世"阶段晶莹剔透纯美流丽却容不得丝毫杂质的纯净的诗意抒情,而是在经历社会人事的复杂纠葛、人世升降沉浮和世间冷暖炎凉的"复杂处世"之后,进入"单纯出世"境界的本心本性。小说对当下西京城天气环境、社会万象、嘈杂生活的表现,随心随手,心境平淡沉静内在,作家把自己所思所想隐含在对人物心理、言语和行为,以及人物之间关系的微妙变化中,悄无声息地表现出来。未婚和离异的女人们的故事,她们各自生活和工作中的难处,她们的聚与散、哀与乐、生与死,她们的现世生存(现实)与另一世界(超现实)的交错、融合,都以"说话"的形式,自然地表现出一种幽深和天机。"明白了凡

---

① 王国维:《宋元戏曲考》,上海古籍出版社1998年版,第9页。
② 贾平凹:《秦腔》,见《贾平凹散文精选》,人民文学出版社2018年版,第41页。

是生活，便是生死离别的周而复始的受苦，在随着时空流转过程的善恶行为来感受种种环境和生命的果报，也明白了有众生始有宇宙，众生之相即是文学，写出了这众生相，必然会产生对这个世界的'识'，'识'亦便是文学中的意义、哲理和诗性。"①《暂坐》由情而入性，见心见性，在俗世生活、人世众生、烟火气息、俗常人心中，写出了世道与人心之"变"与"常"，写出了生活和人性的沟壑，感叹着、平静着，也悲悯着。《暂坐》便是有"识"之后的见"性"文字。

二、传奇体或笔记体："大传统"的择取与当代生成

中国古代文言小说包括传奇体和笔记体两种基本类型。纪昀分别将二者称为"才子之笔"和"著书者之笔"。相对来说，前者更突出文采风流，后者更具儒雅品格。传奇体小说注重非常之事传非常之情，色调飘逸超拔，多写才子佳人浪漫非凡的爱情，张扬不附流俗成见的狂、任之气。笔记体小说能更为平和地看待人间寻常人事，对爱情的描述也较为克制，既无道学气也无才子气，而只是将其视为现实中的一部分，因此笔记体小说往往具有稳定的现实感，情感表现也较为克制、内敛，注重情感的平衡和健全。与传奇体相比，笔记体更有风土人情和百姓家常的内容描述。应该说，贾平凹"商州"系列小说、《鸡窝洼的人家》《黑氏》《天狗》等小说，借助商州山野风情思考变革时代的人性问题和文化问题，更具传奇性，《废都》是传奇性写作的顶点，也是作家转向笔记体写作的开始。小说中的狷狂之气，是生命力的张扬也是生命力的萎缩和困顿。也许就是从《废都》的出版及围绕它展开的争议和批判开始，贾平凹获得了更内在的智慧：地方风俗、民间杂事、市井琐细、现实关怀、人情人性和文化思索，获得了一种整体性的凝练。如陈晓明指出的，"《废都》在很多方面都表示着终结与开始，它以'有'开始，这个'有'被历史狙击，被历史俘获，恰恰说明历史是多么需要它的给予。贾平凹经历过九十年代的磨练，他要逃离

---

① 贾平凹：《暂坐》，作家出版社2020年版，第275页。

《废都》的记忆和阴影。"《秦腔》的出版,"化解了《废都》留下的历史死结。……那个阉割动作的出现,那是怀恨在心的阉割,那是解开历史的阉割,那是重新开始的美学追寻的阉割。"[①]论者是从历史理性和乡土叙事美学终结的意义上,看待《秦腔》及其与《废都》的关系(更深层涉及的是贾平凹小说的"转型"问题)。换一个角度看,这个"终结"则是从传奇体向笔记体的转换。

自然,终结并不意味着结束,转换也并不是替代。传奇体与笔记体之间的融合关系是一个极为复杂的文学史和文学理论问题。一个基本事实是,《暂坐》有着简约凝练、虚实相生、似有似无、余韵不断的风格。与贾平凹的众多小说如晚近的《秦腔》《古炉》《带灯》《山本》相比,《暂坐》属于"长篇短制"。小说在不到二十二万字的篇幅内塑造了众多人物,勾画出万千世相,是一部具有"简省诗学"的作品。相比之下,《山本》《老生》更具"搜神"和"博物"神采,从中可见干宝《搜神记》、刘义庆《幽明录》类似的对神怪传说、神灵感应、物怪变化等元素的表现,以及与《山海经》和张华的《博物志》相似的对地理、物产的地理学、博物学式的记录。这种"博物洽闻"为表征的写法,无疑使《山本》《老生》具有传奇和志怪小说的特征。《暂坐》则更具笔记特征:更具生活天然之色泽,生活描述和人物神情、形态的勾画,意态自然,笔墨朴素实在,没有刻意之痕。整部小说没有铺张、夸张之笔,情节以生活本身样态展开,不"作意好奇",作家不把精力放在故事的幻设和意象的繁复经营上,用笔节制、气势平缓。尽管小说仍有少量生活中少见的具有神秘色彩的奇异事相,但整体上并未表现出对奇异传闻和想象的特别迷恋。无论人物言行、对话的描绘,还是故事的叙述,小说都没有刻意渲染。人物命运没有戏剧性的变化和转折,相应的情节也是寻常平淡的,不见渲染的痕迹。

《暂坐》的笔墨风格,颇合笔记体小说的品质,尤其在冲淡简约之美上,更有笔记神采。笔记体成熟于魏晋南北朝时期,其中最著名者当属《世

[①] 陈晓明:《众妙之门:重建文本细读的批评方法》,北京大学出版社2015年版,第287页。

说新语》,其中《德行》《言语》诸篇激赏名士文人旷达舒展的风度及隐逸情调,显示出生命力的弘扬和雍容气度,被冠以"魏晋风度"。而这恰恰为贾平凹所赞赏:"在中国的历史上曾经有一个魏晋,那个魏晋洋溢着智慧,充满着哲学思辨和美性思维,其文学、绘画、书法、音乐在精神层面上张扬着生命意识。……魏晋给我的启示在于当今的时代里如何把持自身的风度。"[①]贾平凹的小说、散文创作,他的绘画、书法,他写秦腔、埙,其实都有某种"魏晋"风韵。《暂坐》以个人的人世体悟和审美经验为前提和依据,以主体的"性情"舒展为中心,将茶庄和西京城形形色色的人与事,貌似散乱嘈杂的生活场景,凑合为一个具有鲜明个性、气质、气韵笼罩的整体。这个整体性的文学世界,并不来自某种观念的生产,它没有观念的硬核,看上去,它由一个个人物、一处处场所、一句句对话言谈形成。无论隽言妙语还是日常俗话,或语带讥锋,或然然诺诺,一个个细节,精彩的出彩的,平淡的平常的,基本上都有客观实录的模样。但这是一个"记录"和选择的结果,在这过程中,不可或缺的是贾平凹这一主体简省素朴美学的引导。于是,仿佛是都市女性日常生活的再现,便都成了表现,客观的叙事因主观情致的浸入也具有了情感抒写性,外在的人生世相便化为作家主体的人生体验。《暂坐》简约、冲淡、素朴的品质,体现出它与《世说新语》等笔记体的相通之处,也是与《秦腔》《古炉》《带灯》等小说的差异之处。小说着墨不多、化繁为简,城市景观、时代风尚和人物的心思、面目却历历在目,是为简约;以平淡文字写出日常生活和平凡人物的深意,文字亦由此显出深意,是为朴素;细大不捐,随手写来,并不刻意为文,无笔墨之痕,意态自然,却有悠长韵味甚或玄远旨趣,是为冲淡。

但贾平凹《暂坐》的文学世界又与"世说"不同,它是另一种"当代新语"。《世说新语》点染人物风神,尤重文人名士旷达疏放之风度及隐逸情调,为其作传神勾勒,突出其出人之精神。《暂坐》中的人物,虽不仅等同于普通市井人物,但其风姿、志向、趣味也在常人层面,换句

[①] 贾平凹:《责任与风度》,见《关于小说》,生活·读书·新知三联书店2015年版,第238页。

话说，她们可以说是日常生活中的审美者和艺术家，其个性意识和女性意识较常人为突出者，因此她们大都有普通市民所缺少的失落感，也更有对流俗的反抗、叛离意向。《暂坐》表现的便是一种常态之美，它淳朴，雍容，博大，和顺。贾平凹在他的小说人物身上，寄托着自己的源自古典文学"大传统"的精神和美学趣味，也在传达着同情心、责任感，这种情感的力度和强度不大，却使人觉得温暖、柔和、亲切。

需要特别强调的是《暂坐》的简约之美。简与繁的美学辩证，是作家生命与心灵的形式外化。"真致处言自寡"。当作家对生活、对生命和现实人生有了"真致"的把握和体悟，自然成"简"。"简"不是文字的可以缩减和删除，"谓吉人之辞寡，非择言而出也"（刘孝标）。它在"真致"时不期然而至。在汰除时代的喧嚣、生活的繁冗和浮泛之物后，便有"洗尽尘滓，独存孤迥"的"清微简远"之美。《暂坐》的简约，主要表现在情节的淡化和背景的虚化。小说以海若、夏自花、伊娃等为主要人物，围绕她们编织故事，形成叙事线索。但小说并不对其身世、经历做完整连贯的叙述，小说叙述线是随着其行迹和空间展开的，呈现网络状态，她们各自的故事多以片段的形式，漂浮在叙事编织交错的网络中。这并非无心的偶然之举。其审美效果主要有两点。其一，相对于内容和主题而言，形式显示出了相对独立性，审美意味被凸显出来。作家主体对现实生活经验世界的典型化介入不见了，由典型化形塑的、人为的生活完整性消失了，在一定程度上，情感化、意绪化替代了传统现实主义小说的情节化、故事化处理。如此一来，既有的被现实主义整体性追求和典型化模式，以及与之相依附的时代性追求、史诗美学、庄严风格，所压抑和窒息的神韵、情致和格调，就被释放出来，形成小说与现实主义文学"意义"不同的独有的"意味"。"'意义'的'意'，是以某种明确的意识为其内容；而'意味'的'意'，则并不包含某种明确意识，而只是流动着的一片感情的朦胧缥缈的情调。"① 贾平凹小说的"思想"和"意义"不是观念化的，作家将"意

---

① 贾平凹：《责任与风度》，见《关于小说》，生活·读书·新知三联书店 2015 年版，第 238 页。

义"包含在"意味"中,以"意味"传达了它。其二,淡化情节、虚化背景,更有利于传神。《暂坐》并没有彻底取消现实生活内容和时代因素,而是在对其进行勾勒性、点染性写实的前提下,以淡然通达的笔墨,捕捉、传达出对象之"神",更重要的则是,破除有/无、虚/实、写实/写意、写实/传神之间的界限,以有、实、写实为前提,传达无、虚、神。写实是为着写意以传神。这是作家主体向外在、客观世界的伸展和舒展。《秦腔》《山本》诸作就体现了这种美学追求,《秦腔》"营造的是一个虚构的完整的世界,它不去印证任何社会历史事件,只是这个虚构的完整的世界所散发的情绪,弥漫的气息。它的色彩和味道,与这个时代暗合"①。"它写得很实,……同时又以实写虚,大而化之,产生多义,有所寄托。"②篇幅更简短的《暂坐》以更俭省的文字有效地实现了这一追求,完成了对生活的审美创造。小说没写怪力乱神,没写荒诞怪诞,没有起承转合,无高潮也无结尾。按照贾平凹的理解,写小说就是写生活,写生老病死柴米油盐,没有演绎没有评说没有戏剧化,不求叙述婉转文采斐然,只是顺着生活样子自然写来,如友朋谈天,亲切平易,不吊人胃口,不故弄玄虚,却给人"超现实"之感,自然生发天人合一、人我合一的气象。这就是贾平凹的过人之处。

《暂坐》虽仅有二十一万余字,却四过其稿,整整写了两年,它可能是贾平凹七十岁前的最后一部长篇小说。从某种意义上说,《暂坐》带有"阶段性总结"的意味。贾平凹在"后记"最后谈到齐白石绘画落款时总是写上让作者感到"这是一种释然,还是一种炫耀?"的年岁,作者由此感到自己的"不自信""矛盾和分裂"及"困惑"。其中的关键是,"写作中,常常不是我在写她们,而是她们在写我"③。由人而己,写出自己的困惑、不自信,何尝不是坦然和释然。两年四稿,是一个作家与"她们"对话的

---

① 贾平凹:《〈秦腔〉台湾版序》,见《关于小说》,生活·读书·新知三联书店2015年版,第144页。

② 贾平凹:《在首届世界华文长篇小说奖"红楼梦奖"上的受奖辞》,见《关于小说》,生活·读书·新知三联书店2015年版,第147页。

③ 贾平凹:《暂坐·后记》,作家出版社2020年版,第276页。

过程，也是一个作家处理自己与生活、时代、文学之关系，以重新发现主观与客观之"神"的过程。《暂坐》呈现了简约与繁复、简笔勾画与细腻丰富的艺术辩证法。简省并不意味着简单。按照艺术理论家阿恩海姆的说法："'简化'在艺术领域里往往具有某种与'简单'相对立的特征。……当某件艺术品被誉为具有简化特征时，人们总是指这件作品把丰富的意义和多样化的形式组织在一个统一结构中。……由艺术概念的共同性所导致的简化性，决不是与复杂性相对立的性质，只有当它掌握了世界的无限丰富性，而不是逃向贫乏和孤立时，才能显示出简化性的真正优点。"①文学的简省关键不在于"简"，正好相反，其价值在于"简"背后的繁与丰，它是一种包含了丰富与复杂的简省：以约存博，以简驭众，以少济多。总体上看，文学简省的极致文体是以语言的"变异"为突出特色的诗，而作为叙事文体的小说通用繁法，除了白居易等少数诗人，绝大多数诗人是以自我为调遣语言的绝对主体，小说尤其是现代小说因关注社会政治功能，而将读者纳入创作的期待视野，由此可说，现代小说是一门面向读者、社会、现实和重大社会政治议题的艺术，具有根本上的大众性通俗性和历史化品格。这是其与古典诗歌乃至部分现代诗歌的文人性典雅化个人化的重要区别。与诗相比，小说更直观，更接近形象本身，语言更详尽琐细。将诗与小说融合一体便是在二十世纪中国文学史中长期居于"支流"乃至"逆流"的诗化小说。

三、抒情、细节与审美："小传统"资源的汲取与创造

在中国新文学这一"小传统"或者说中国文学的"现代传统"方面，贾平凹与沈从文、张爱玲、孙犁、汪曾祺之间有着不可忽视的牵系和脉络。《暂坐》在叙事显性层面上，零散的故事，众多的人物和场景，由众多小故事串联而成的写法，对女性穿着服饰、男女情感、家庭亲情的描写零散

---

① 〔美〕鲁道夫·阿恩海姆：《艺术与视知觉》，滕守尧等译，四川人民出版社1998年版，第66—68页。

地夹杂其中,有沈从文《湘西》和张爱玲小说的影子。事实上,在"小传统"视野中阐释贾平凹,是一个常见的研究思路。① 这里需要注意的是,"现代传统"如同古典传统、民间传统一样,并非孤立的本质化的存在,其价值的实现和意义的存续,来自它在新的现实情境和后继作家那儿的当代性体验和思考:"在与'当代'不断对话的过程中,现实对'历史'提问,'传统'对现实做出回应。由此而言,作为反映或回应现代、当代处境与问题的'现代传统',在其不间断的历史流转中,每每被历史化,成为一个有着浓重的当代(当下)问题意识的重要资源。"② "现代传统"是一种历史的存在,其意义在于当代的重新发现和激发。应该看到,尽管贾平凹受到孙犁、汪曾祺小说的影响,但在其小说中却有他们所无的成分,作品的精神气质、文化气息和审美风格也大有差异。他们都有"道心"而无"名心",作品都讲究"天籁"和"天趣""天然",都"近人情",皆具"内""静""平淡"之美,但除了这些,贾平凹尚有"巫""灵""天机"、幽深孤峭等关乎个人和文化的神秘性因素。就此而言,贾平凹对沈从文的深层认同和欣赏,绝非偶然。

注重人事的小说毕竟不同于可直抒性灵的诗和散文,在小说中,叙述者的设置、叙述手法技巧的运用,人物形象和人物关系的设计,情节的组织编排,在"我"与"物"之间形成多层"障碍"。自我之情受到抑制,小说的"非抒情性"造就了"抒情小说"的文体特性。"抒情小说"作者之"性""情"往往借由"人物之情"、风景风情风俗描写得以间接而隐

---

① 如李继凯等认为贾平凹"在《商州三录》中向世人展现了在商州这座'希腊小庙'中所供奉的人情人性之美"。参见李继凯、张瑶:《镜像·乡土·传统——"二贾"新时期小说比较论》,《中国当代文学研究》2019年第1期。此论虽然没有点出沈从文之名,却是将贾平凹与沈从文加以文学史联系的明确看法。在此之前,张新颖已将贾平凹放在"沈从文传统"中对《秦腔》做出有新意的阐述。参见张新颖:《中国当代文学中沈从文传统的回响——〈活着〉〈秦腔〉〈天香〉和这个传统的不同部分的对话》,《南方文坛》2018年第1期。

② 王金胜、吴义勤:《莫言与中国文学"现代传统"的历史关联性——路径、方法与可能性的探讨》,《小说评论》2018年第4期。

含的表露。贾平凹早期乡土小说有较明显的孙犁抒情小说影子,以清新、恬淡、唯美的文字,通过美丽的山川风物和传统乡村女性,传达细腻情思。80年底中期左右,"审丑"因素开始出现,其小说走出抒情的偏执,走进驳杂而粗粝的现实,《废都》是一个标志。在先后挣脱政治和文化符号、观念的束缚后,贾平凹小说形成了生活世俗性、生命本真性和叙述日常性的"反抒情""反诗意"特征,《秦腔》是一个标志。近年来,贾平凹以《山本》在历史叙事中借助传统资源,再造一种独特的抒情话语。《暂坐》既以女性人物为主,又延续作者基本的审美追求,体现着伤感、雅致、温婉的柔性美学。通常说来,"与历史、哲学相比,文学提供的是一种个人化、隐喻化的生活语言。……,文学的个人化和生活化性质,为其自身提供了一种反总体性的可能。"[1]进一步看,诗化小说是一种"非典型化""非历史化"的文体。它游离于现实主义文学主流之外。诗化小说不注重题材的时代性重大性,毋宁说,它更倾向于非重大非时代性题材,其中作家"自我面向"分量远重于"社会面向""时代面向",这决定了其自在性重于自为性。九十年代初,贾平凹在论述孙犁时说:"读孙犁的文章,如读《石门铭》的书帖,其一笔一画,令人舒服,也能像见到书家书时的自在,是没有任何病疾的自在。""他的风格是他生命的外化,只看到他的语言,看不到语言有他的青草的内涵,便把清误认为了浅,把简误认为了少。""孙犁不是个写史诗的人(文坛上常常把史诗作家看得过重,那怎么还要史学家呢?),但他的作品直逼心灵。"[2]这既是贾平凹对孙犁的解读,又可看作贾平凹的夫子自道,是两人的心意相通。贾平凹小说的"自在"心态和"清"与"简"文风、修辞,何尝不是淳朴、纯粹、纯净的生命和心灵的外化。

在二十世纪中国的大部分时间里,宏大叙事都是被鼓励和提倡的历史讲述方式。从八十年代开始,日常生活的细节比重大事件更得到作家的青睐。"日常生活"被认为是生活的常态,而"革命""启蒙"等宏大性主

---

[1] 王金胜:《总体性的生命质询与伦理重构》,《小说评论》2020年第3期。
[2] 贾平凹:《孙犁论》,见《贾平凹散文精选》,人民文学出版社2018年版,第134—135页。

题属于非生活非常态的"突发""事件"让位给"常态"和"普遍";"细节"脱却典型化的深度,它不聚焦于具体象征性普遍意义的表达,不再具有与宏大相关的有机性,往往作为一种"生活感"——日常生活的气息、氛围等的工具,而非表达主题的工具。众多作家倾情投入"日常生活"和"细节",他们把摈弃宏大叙事作为自己的目标和骄傲,其作品涵盖的主题也从历史、现实的中心转移到边缘,从现实中的强者转向生活中的弱者和普通人、常人。《暂坐》除了对羿光和伊娃之间的情爱有简洁的描写之外,几乎没有男女情爱内容。作为小说中最主要的男性形象,他与十二姐妹之间存在的是心心相通惺惺相惜的朋友情谊,而不存在任何情爱和性爱关系。《暂坐》重在讲述与茶庄有关的一众姐妹之间的故事,她们各自的生活琐事,她们之间的姐妹关系和情感联系,以及由她们延伸出的社会关系。林林总总、拉拉杂杂、琐琐细细,交织在一起便组成了《暂坐》中的现实生活世界。《暂坐》的文学世界和这一生活世界是相应相近甚或相通的。所以,在小说中会看到暂坐茶庄的布置,一楼卖茶叶和茶具,二楼为迎接活佛的到来重新装修成为禅室,柜子、桌子、椅子、几案等仿明式家具,玉壶、梅瓶、瓷盘、古琴、如意、玛瑙、珊瑚、飞天的壁画、插花、檀香、佛像、玉器等等,逐一写来。茶庄之外更大的城市空间中,街道、咖啡吧、麻将室、火锅店、筒子楼、泡馍馆、医院等,也不吝笔墨。更不用说,人物对话更是无处不在。这些细节描述,来自《金瓶梅》和《红楼梦》,更为直接的借助则来自沈从文、张爱玲。通过细节,《暂坐》还原众生百态,写出众生之苦之乐、之聚之散。借助细节的精细描摹,贾平凹突破僵硬的现实主义观念外壳,使现实质感和生活实感落到实处,在更具体更微观的层面上,使中国本土经验——生活经验、生命体验——获得了更为直观更为贴切的审美观照。很多人对贾平凹式的铺天盖地、密不透风的"细节"描写不以为然,认为这种柴米油盐、家长里短的自然主义流水账式的"细节"是沉闷、枯燥、不忍卒读的,但其实,贾平凹的细节描写是充满"内在戏剧性"的,似乎平缓不动的细节水面之下是隐含着种种情绪、观念、态度、人性冲突的,某种意义上说,他的日常生活细节在经验、情感、意识与人性层面实际上是高潮迭起的。

  从根本上看,《暂坐》是一种对当下生活的文化性审美性写作。这种写作资源来自沈从文、废名、师陀等作家，是中国文学"现代传统"的重要构成。这一写作不以宏大历史构想为思想和叙事美学依据。它更关心的是历史和现实之中的生命个体，关注自然时间而非历史中的常人的日常生活、日常情感，他们的生活状态和生命状态，思考生命本身的意义。生活中的平凡之人、平常之事，无论如何琐细、轻微和卑微，在他们看来，都是独一无二的存在，平凡个体的生与死、哀与乐，都是独一无二的过程和存在。《暂坐》中无论是西京城的大作家羿光，还是从俄罗斯来的伊娃，无论是西京土著还是都市移民者，她们的生活和生命都与市场、消费和社会、政界、商界人物，都与中国的社会和历史，有着密切关联，但她们的生活和生命是个人化的，都不为社会历史所拥有和取代。她们拥有的是个人化的经验性时间和空间，而这是由日常生活之流构成，而非宏大历史铸造。她们关注自然天气，关注周围人的生老病死，关注自己生活中来来往往的人，关注自己生活中的喜怒哀乐和生活环境的变化。虽然她们并非历史的创造者，甚至无力改变现实的压力和生活的窘迫，但她们依旧忠实于自己的生命，执着地生存着，在人的有限性中守护着自己的情感、生活和生命空间。在个体生命的有限性和世界的无限性之间，每个人都是过客、旅人，每个人的生命过程在无限的时间中都是"暂坐"。夏自花死于疾病，冯迎死于坠机事故，茶庄发生爆炸，海若受政府官员腐败牵连能否安然无事，伊娃来而复去，辛起何去何从等等，生命中充满了无法预知无法控制的偶然性。《暂坐》中的人物和她们的命运，如沈从文所说："生命在发展中，变化是常态，矛盾是常态，毁灭是常态。"他接着说到文艺之于生命的重要："生命本身不能凝固，凝固即近于死亡或真正死亡。惟转化为文字，为形象，为音符，为节奏，可望将生命某一种形式、某一种状态，凝固下来，形成生命另外一种存在和延续，通过长长的时间，通过遥遥的空间，让另外一时另外一地生存的人，彼此生命流注无有阻隔。文学艺术的可贵在此。"[①] 贾平凹在他的小说中呈现着生命的过程，每一个人事、环境中的每一个东西，每一个女性生命中的每一个细节。这些生命在日常

[①] 沈从文:《抽象的抒情》，见《抽象的抒情》，重庆大学出版社2011年版，第3—4页。

生活中自然地本真地流动着，在平凡和简单中，自然地获得了生命的庄严。

四、余论："传统"的困境与重生的可能

贾平凹的《废都》和《秦腔》分别在城市和乡土世界的想象中，揭示了以古代典籍和民间艺术为代表的传统文化（古典文化和乡土文化）在现代性情境中的失落。小说对"传统"在"现代"冲击下分崩离析的命运的书写，造就了挽歌式情调和苍凉美学。那么，"传统"能否在现代存活和生长，它如何延续自己的当下生命，身处困境和绝境的"传统"能否肩负起拯救同样深陷困境的当代文化，它如何面对"世界"并在世界中进行有效的自我言说，或者说，如何在"世界文学"和"人类"这一更宏阔的空间中立身，如何在这一空间中讲述"中国人"和"中国"自己的故事，并且这些故事并非喃喃自语，而是在特殊性/普遍性、本土性/世界性的反复辩证中，进一步发现和确认自己，建构一种开放性的自我认同……这不仅是理论思辨，也是思想和美学实践，或许更是一种信仰、信念和以此为基础的坚韧执着的求索之路。

"传统"不仅是自然存在的经验性事物，它同样是一种具体情境下的阐释和建构，它是生活也是"知识"，是民族、国家建构政治和文化主体性的重要依据，也是作家个体在一个混沌无序的世界中维系自我连续性、同一性甚至合法性的重要资源。我们需要面对世界讲述自己的故事，前提是我们得先有"故事"："一个对我们很重要的故事，无论是像约伯那样的古老故事，还是像赫尔索格那样的现代故事，都会成为我们用来包裹真理、希望和恐惧的包袱。"[1] 一位作家如果失去与祖先、前辈的联系，不能从他们的成就中获得生命的滋养，他就被剥夺了以一种稳定而令人满意的方式进行创造的地形图或者说权利。贾平凹对"传统"的失却与毁弃深怀不满和痛惜："西方在向东方学习时，比如绘画，他们借鉴了日本的浮世绘，创造了印象派，我们在向西方仿效中，已经太多地摒弃了我们的哲

---

[1] 〔加拿大〕罗伯特·弗尔福德：《叙事的胜利：在大众文化时代讲故事》，李磊译，南京大学出版社2020年版，第15页。

学和美学,失去了该有的意韵。""现在,我们的小说里没见了意象,没见了以虚写实,以实写虚,没见了空白,没见了得意忘形,没见了言外之意,没见了象征,没见了空灵,没见了风气流行,没见了色即是空、空即是色,没见了草蛇灰线,没见了了无痕迹,没见了山川与予神遇而迹化,没见了等等等等。"①事实上,贾平凹在宣告"传统之死"的同时,也"复活"了传统。传统的魂魄在贾平凹小说中获得了肉身的转世重生。

80年代以来,我们的文学一直走在回归个人主体和文学本体的道路上,贾平凹也伴随着这一潮流并逐渐形成了自己的文学思想、历史观念和美学品质,成为新时期文学重要的代表性作家之一。我们需要也应该在这一普遍性的潮流性的文学历史发展中,充分地研究贾平凹"这一个"的特殊性、个人化的创造,深入发掘其创作的意义和价值。同时,我们也需要认识到对贾平凹创作之重要性的认知,对他的文学史位置的厘定,需要秉持历史的和审美的原则的统一,"诗人,任何艺术的艺术家,谁也不能单独地具有他完全的意义。他的重要性以及我们对他的鉴赏,就是鉴赏他和已往诗人以及艺术家的关系。你不能把他单独评价,你得把他放在前人之间来对照,来比较"。把当代作家与他的前辈联系起来,放在一个历史和美学传统中进行学理性观照,不是否定作家的"个性"和他的创新意义及创造性贡献,而是要给他一个更严格甚至苛刻的"鉴定","如果传统的方式仅限于追随前代,或仅限于盲目地或胆怯地墨守前一代成功的方法,'传统'就微不足道了。""传统是具有广泛得多的意义的东西。它不是继承得到的,你要得到它,你必须用很大的劳力。"艾略特认为,传统"含有历史的意识","不但要理解过去的过去性,而且还要理解过去的现存性,历史的意识不但使人写作时有他自己那一代的背景,而且还要感到从荷马以来欧洲整个的文学及其本国整个的文学有一个同时的存在,组成一个同时的局面。"这个"历史的意识""使作家成为传统性的,同时也就是这个意识使一个作家最敏锐地意识到自己在时间中的地位,自己和当代的关系"。以传统为资源借助,是为了当代的创造,作家无需也不可能"返

---

① 贾平凹:《我们的小说还有多少中国或东方的意韵》,《当代》2020年第5期。

回"传统,他需要以个体的当代意识,在传统的"过去性"和"现存性"之间深思远虑,持之以恒。因此,一个真正富有创造性的作家,不会拜服于"传统"脚下,强烈的当代感和世界文学意识,既会使他意识到"他的作品中,不仅最好的部分,就是最个人的部分,也是他的前辈诗人最有力地表明他们的不朽的地方",也会促使他求索如何在"传统"造就的文学经典秩序中,通过个体创造实践,使这一秩序得到反思、得到重新调整,"诗人若知道这一点,他就会知道重大的艰难和责任了。"艾略特甚至认为:"一个艺术家的前进是不断地牺牲自己,不断地消灭自己的个性。"这一观点与我们通常认为的诗人、作家应该塑造和表现个性大异其趣。艾略特何出此言?因为他认为,诗人要融入传统,"他必须明了欧洲的心灵,本国的心灵——他到时候自会知道这比他自己私人的心灵更重要几倍——是一种会变化的心灵,而这种变化,是一种发展,这种发展决不会在路上抛弃什么东西,也不会把莎士比亚、荷马或马格德林时期的作画人的石画,都变成老朽。"[①] 诗人由此不是在传统中沉沦,而是带着传统新生了。诗人的新生并非仅仅是其个性的觉醒,而是民族和人类精神的觉醒。诗人的情感与人类的情感融合、统一了。作家以坚实的个人主体性立足深厚民族文化大地,传达的却是融会个人、民族和人类的声音与追求。这应该就是我们对于贾平凹的最大期许。

[①] 〔英〕T. S. 艾略特:《传统与个人才能》,卞之琳、李赋宁等译,上海译文出版社 2012 年版,第 2—3 页、第 6 页、第 4 页。

《人，或所有的士兵》：
历史、暴力与诗的必要性

　　二十世纪是一个战争灾难频仍的世纪，其中第一、第二次世界大战可以说给全人类带来了最为惨痛的记忆，而对战争的书写也一直是世界文学的重要母题和重要类型，涌现出了雷马克的《西线无战事》、肖洛霍夫的《静静的顿河》、海明威的《永别了武器》、海勒的《第二十二条军规》等许多光芒四射的经典文本。二十世纪的中国，也曾经经历了抗日战争这样巨大的战争创痛，但我们的战争文学却因为思维、视野、思想和审美境界上的局限一直未能产生与我们所经受的战争苦难相匹配并在视野上、思想上、品质上能与世界优秀战争文学相媲美的优秀文学作品。朱向前在谈到中国当代军旅或战争文学时说，"在整个文学版图上，军旅文学却遭遇到日趋严峻的形势"。[1] 文学除了为充满战争、暴力和灾难的历史作见证，还有多少突破历史暴力重围的可能？当人道主义被当作陈旧的道德说教弃之不顾时，文学还有多大思想与美学空间承担对具体之人和整体人类的道德关切？在中国当代作家中，邓一光无疑是对战争的思考和表现最为独特的一位，他的《我是太阳》《我是我的神》《父亲是个兵》等战争题材长篇小说都曾因其与众不同的审美追求而带给文学界特别的惊喜，其最新的长篇小说《人，或所有的士兵》则是对于战争的反思与表现进入更高美学境界的标志，是一部能够与世界优秀战争文学对话并试图解答我们的

---

[1] 朱向前：《只知诗到苏黄尽，沧海横流却是谁？——军旅文学70年》，《中国当代文学研究》2019年第4期。

疑问、满足我们文学期待的重量级现实主义长篇。小说描述的日本侵略香港引发的香港保卫战及其后续但也是叙述重心的战俘营生活，是二战期间东西方历史整体的一部分，是世界范围内的暴力和人类之恶的重要表现。邓一光在小说中集中思考困扰着人类的根本问题：战争、暴力、历史与生命、人性、人类的关系，历史、暴力与文学的关系，文学如何思考和表现这些关系，人类是如何以历史、正义之名将自身置于战争的暴力之中，犯下阿伦特所说的"绝对恶"的？

一、"形式"：还原"历史"中的人

《人，或所有的士兵》是一部形式感很强的小说。这并不是说它的结构如何复杂、形式如何错综、修辞如何繁复，恰恰相反，它的形式看上去非常整饬，非常传统。小说全篇共分七部，每部由法庭陈述、法庭调查及其他、法庭陈述及其他、法庭外调查、法庭外供述及其他、法庭举证及其他、结案报告和遗书等看似极为严谨甚至刻板的章节组成。这是一部建立在严谨客观的资料和历史文献基础上的小说。相应地，小说最后附有作者在中国、中国香港、英、美、日等国家地区查阅的档案资料，各国学者编纂的史料、史学著述以及电台电视台录制的影像资料。另外，小说叙述中还配有桑岛示意图、D营战俘示意图、日军进攻香港岛概图等多幅地图。这有助于强化小说的"历史"感，凸显作者还原历史的意图。小说虽然有突出的历史写实性，但它毕竟不同于注重客观性的历史纪实文学，从根本上说，它是小说，是文学——广义上的"诗"。

诗可以兴，可以观。《人，或所有的士兵》围绕香港保卫战和战俘营事件，通过大量史料文献还原本事，反映特定历史现实，表达对现代中国和世界历史的所感所思。这使小说具有很强的实录性质，它通过国家之间、政党之间、侵略者与反抗者、战俘与日方看守之间的结构性关系，还原了动荡战争中包含的复杂矛盾和多重话语。小说承认、理解和接受这种矛盾性和"异质性"，并容纳和展现了它们。战争状态下的香港，备受中、日、英、美等各国瞩目，成为一个牵连、汇聚着各种眼光的聚焦点，介入其中的各国和各方势力因此构成一个彼此息息相关的"共同体"，其间的复杂和混乱难以想象。小说超越偏狭、单质的民族国家视野，既将这段战争历史作为民族集体记忆书写，又集中深入思考引发战争暴力并将人类置于这种惨无人道的暴力情境中的人类自身所应共同承担的责任。小说在对香港保卫战和战俘营等核心历史事件的表现上以叙事的内在多质性和杂语性回应了这一复杂交错的历史经验状态，体现了作家对政治、军事、社会以及历史、文明、人性的发展趋势和复杂走向所抱的一份强烈的兴趣，并且展示了成熟而出色的驾驭历史事实和人物心理事实的能力。

首先，将香港战事和战俘营故事，放在二战这一造成人类前所未有劫难的宏大历史之中，加以整体性观照。二战不仅作为叙事背景，更作为决定着包括主人公郁漱石在内的人或所有士兵乃至文人、市民命运的历史事件，成为思考整体世界历史和人类整体之关系的根本契机。

小说并不局限于发生在香港一地的一场战争，不是孤立地讲述一个人和一个民族的被侵略和反抗的历史，它从头到尾有意识地将个人、民族、国家等因素纳入盘根错节的国际关系和世界形势风云变幻的动态发展中，思考个人、人类和历史的关系，思考暴力情境下生命存在和人性展现的状态。苏联与德国媾和，只顾自己捞好处，出卖中国利益，停止对华援助；美国试图援助重庆政府，英国却对此不满，担心此举会培养中国的民族主义从而影响到其东亚殖民利益。美国也出卖中国利益，自巴黎和约至中华民国成立，它"收着旧中华的老账，做着新中国的买卖"，其对华援助也是出于狭隘本国利益的考虑。日本与法、英、葡、德、意等国均有利益的交易、博弈或协商等行为。国力孱弱、国体落后的中国唯有周旋和挣扎于盘根错节的关系中，虎口图存。同时，小说故事的主要发生地香港，是一个联系着中、日、英、美、俄以及加拿大、印度、菲律宾等各国错综复杂的国家主权、民族利益的"场域"，各国间谍汇集之地，东洋、西洋、国府、南京汪逆政权等间谍、情报机构和各路社团大佬密集此处。香港不仅是一座处于各国权力关系中的战争发生地，它关系着中国和世界各国的历史，也牵系中国和世界的未来发展走向。小说围绕一个人——郁漱石，一座城——香港，写出了世界、历史的宏伟壮阔，以及在这宏伟图景背后不那么崇高神圣的发生于世界、充斥于历史的暴力——主权争夺、利益博弈、权力逐鹿和生命搏杀。

其次，借助档案史料，通过控辩各方陈词，还原香港战事及其前后，中国社会、政治、经济、军事等各方面的历史面目。《人，或所有的士兵》以翔实的历史文献为基础，描述和想象个人史、家国史和战争史。小说以来自各方的陈述、供词、庭内外调查、证人证言、宣判词等形式，通过被告郁漱石，审判官封侯尉，律师冼宗白，郁的养母尹云英，郁的上司梅长治、李明渊，战俘营次官矢尺大介，以及与郁同为战俘和难友的美国军官亚伦等的言说，将香港战事前后的中国形势和现实如其所是地呈现出来。强敌入侵，山河飘絮，人民生活水深火热。歌舞升平的香港，在日本军国主义的窥探之下岌岌可危。小说围绕香港战事，以香港为透镜具体而微地描述中国内部的种种复杂性现实，从中央到地方，从前线战场到重庆后方，从国民党政府到南京汪伪政府，乃至国民党军队内部的种种派系斗争和各路政要达官的言行举措。抗战爆发，最高领袖不断撒谎，部分前线将士一直在贻误战机；前线不少军事将领脚踏两只船，伺机观望；军官克扣军饷，战士食不果腹；下属帮上级料理私家生意；部队走私，军人腐化。国民党军队内部山头林立，派系斗争激烈；中央与粤系的斗争导致粤系遭到极大削弱，成为最弱战区，导致粤系抗战溃败，日军完成对中国的最大合围。还有，中统与军统的矛盾，军统与汪伪政府的斗争，汪伪政府和国府背后的美、日博弈等。国家、政府、军队等各方力量，这些常人眼里宏大却抽象的存在，在根本上决定着香港战事成败及其未来主权归属，也决定着人们的生活、生命状态和未来的命运归宿。

小说的主人公、因被指控通敌叛国受到审判的民国第 7 战区兵站总监部中尉军官、D 战俘营战俘郁漱石，以及与他有或远或近或深或浅的关系的相关人物的言辞，提供了对香港、中国、世界和主人公人世经历、个性、心理、行为举措等的多重互文性、互补性视角，形成了一部庞大的多声部交响乐，一部出场人物众多、情节冲突交错繁杂的多幕历史话剧。这出话剧的编剧、导演，这场历史与人性的交响乐的作曲家和指挥者，也就是这段鲜为人知的历史的思考者和书写者邓一光，展现了一种关于历史、人性和道德的高难度思考和想象。他以历史审判者和灵魂审判者的双重笔触，将这部多层次多向度的话剧，深切地体现于自己的评价、判断和艺术表现中。他让每一个出场人物，每一个人经历的历史情境，都在历史舞台上得到了言说的机会。通过他们的登台亮相，历史也得到不同个体的颇有差异性的揭示。

随之而来的问题是：在诸多人物提供的关于主人公的不同说法中，真相是否成了扑朔迷离的罗生门？"真实"如何在历史与虚构之间产生？说出历史和人性的真相，是《人，或所有的士兵》强烈而执拗的人道主义诉求的叙事伦理基础。没有"真"的发掘和表现，真正的"善"空洞可疑。这里涉及两个问题。一是文学的历史真实性问题。在后现代历史叙事学出现之前，历史真实性并未进入人们的知识视野。但自新历史小说等从民间史、个人史、欲望史角度提供"还原"式叙述模式之后，历史真实的天然性遭到质疑。这延伸到对小说叙述是否真实的怀疑。《人，或所有的士兵》虽为多声部"个人史"的写作，却与新历史式的戏谑、狂欢性写作不同，它是建立在大量查阅、消化、消融各种庞杂历史材料基础上的严肃写作。小说以历史著述为基础，通过对民族历史和世界历史发展过程的理性把握，以冷静客观的态度，力求准确地将人物放在对社会历史和政治、经济、外交、军事、文化的准确描述中塑造。《人，或所有的士兵》与革命历史小说也不同，它并不以传达某种规定的政治和意识形态观念为目的，设置对立性人物和矛盾冲突线索，从而简化历史和人性之复杂，同时它采用的"多人发声"与"个人主线"相结合的方式，将更多思考和想象空间让渡给小说人物和读者。这种基于心理和灵魂的选择，是对人性的考掘、发现，也是对人性的确认和信任。二是史实、文学的真实感和虚构的可能性问题。作者通过历史特定情境下人的生命与人性真相的探索、认知欲求和对历史与人做出深切、理性的真实性论断，获得认识论上的确定性。小说总体上严格尊重史实，让历史本身赋予小说更大的真实感。蒋介石、罗斯福、丘吉尔等各国政要，海明威夫妇、萧红、张爱玲、梁漱溟、陈寅恪等中外作家和文化名人，在特定历史情境中的出现，增强了虚构性历史叙述的真实性、纪实性。但小说并不拘泥于历史事件和人物本身的经验性真实，而是在历史的合理性、可能性限度之内，塑造了郁漱石这一并无直接原型的人物，让他根植于历史生活的土壤并以其为中心，让众多原先占据叙述中心的历史主角、大人物围绕这个小人物的命运得到描述。

显而易见，《人，或所有的士兵》的还原性历史叙事具有深厚的伦理性基础和强烈的伦理性诉求。与其说邓一光是试图通过这些形式传达历史本身，提供一种历史学著述式的理性的历史真实，毋宁说他是要通过长篇小说形式的创造，传达一种只有虚构性长篇叙事作品才能传达的关于人、个人和人类的更具体也更具超越性的真实。"有哪一位小说大家对于'形式'的专注不是取决于他对丰富的人性关怀，或复杂多样的关怀，所抱有的一种责任感呢？——那被具体形象所深刻再现了的责任感？这种责任感，在本质上，就包含了富于想象力的同情、道德甄别力和对相关人性价值的判断——试问，有哪一位小说大家不是这样的呢？"① 小说以主人公是否是通敌叛国罪人为聚焦，致力于从不同立场、态度和动机，具体展现不同人物的立场和态度，围绕主人公的人生道路和战争经历，包括他的身世、经历、交往、遭遇和命运结局，他所牵连的各色人物和那些影响其命运的重大事件，加以向心式的安排，揭示每一种立场、身份对思考历史、人性和人类生活的整体意义所具有的不可或缺的位置和功能。

历史与人的关系，是小说辩证的核心问题。《人，或所有的士兵》在狭窄逼仄、几无个人容身之地的残酷环境中，在极端历史情境下，表现战争与人、历史与个体的关系，尤其是在不损害民族利益、不损害正义的合乎人性的前提下，人有没有选择的权利和自由，人有多少选择的权利和机会。身处无可规避的历史暴力中的个体如何生存，如何选择，他靠什么生存，选择的依据和后果是什么，如何理解和承担这一选择或无可选择的后果？这些作家思考和表现的问题作为思考的驱动力，势必影响到小说形塑人物和历史以及处理二者关系的基本立场和法则。小说体现着"历史的人"的人物塑造法则。小说突出了人的历史性和客观性。小说注重把人物放在具体的历史环境和历史事件中加以塑造和刻画，在二战这一世界历史大背景下，日、中、美、英等国家之间形成了侵略和反侵略等错综复杂的关系，而国际和国内总的情势对人物、对主人公产生限制和规约。小说人物无可避免地陷入战争，受到其所处的时代、民族、国家、阶层、家庭出身等多种复杂现实关系的限定。小说叙述战争带来的普遍性伤害。郁氏家族的遭

---

① 〔英〕F.R.利维斯：《伟大的传统》，袁伟译，生活·读书·新知三联书店2002年版，第49页。

遇即为典型一例。作为一个显赫的军人世家，郁家为国家做出了巨大贡献和牺牲：全家六口人除了母亲，其余五人都成了军人，或死或残或下落不明或命运未卜。小说写及众多与港战历史有关的中外名人。通过许地山逝世于香港，写到因欧战而滞留香港的梁漱溟、陈寅恪，郁漱石在许地山追思会上遇到同样因欧战而就读港大的张爱玲；通过报纸上赵尚志被捕的消息点出东北抗联活动和战争形势发展；通过萧红去世的讣告，叙述郁漱石与萧红在日本、重庆等地的交往。这些人物与太宰治、川端康成、吉川幸次郎等日本作家、学者和萧军、端木蕻良、郭沫若等一起，以独特方式描述了战争环境中文化人的生活与命运。值得一提的是，小说用较多篇幅叙述了与主人公密切相关的三个人物：张爱玲和美国战地女记者玛莎·盖尔霍恩及其丈夫、著名作家海明威。小说写张爱玲，既将个人命运与香港战时形势联系起来，更重要的意义则是二人的惺惺相惜使之互为镜像——他俩是"一路人"，是"在混沌的时代里找不到回家的路，甚至不肯回家的固执孩子"。描述海明威夫妇中国之行，不仅通过人物的目光、眼神、语言、动作简洁传神地勾画其性格、脾性，更借此揭示中美两国政府在日本问题上取舍给予的态度，从侧面讽刺性透露了国民党政府的抗战心理、行为。主人公参与接待过程中险些因无关紧要的问题被掌权者牺牲的遭遇，则是其最终被错误审判命运的预示。所有这些人物，无一例外地受到总的社会现实形势和发展趋势的制约，香港保卫战和战俘营等具体历史环境始终围绕人物，促成和限定了人物的选择和具体行动。在抽象、强大的历史法则支配下，"人"或"士兵"很难避免成为历史暴力的承担者或承受者命运。

小说在历史的总限定下，写出了人物的个性、性格和自身心理的具体性和复杂性，体现着作家对历史中人的命运和价值关注，凸显人在无可规避的历史中的灾难性和悲剧性，以及人之为人的受限制的可选择性。这就涉及《人，或所有的士兵》塑造人物的第二个原则，即"人的历史"原则。

二、"我"/"我们"："人"之于历史

诗可以群，可以怨。《人，或所有的士兵》在还原历史和人的受动性的同时，也突出了人的主观性和丰富、鲜明的个体性，塑造了诸多有着自

己的思想、情感、个性、心理和命运的人物。"作为艺术的一种，文学关系到家园而不是人的生存环境：文学存在于一个简单的、以人为中心的世界，通过关联性语言来描述这一世界周围的自然，使其同人类的关切相联系。"弗莱认为，"作为整体的文学并非系上红色和蓝色彩带的展品的集合，不是秀猫大赛，而是可以言说的人类想象的全部范围，从想象的天堂的高度到想象的地狱的深度。文学就是人的启示录，人对人的启示"。以文学见证历史，为历史作证，凭借的是想象和情感的力量，其聚焦点是人，其出发点和终极目标也是人。"文学批评并非裁定团，而是对这一启示、对人类末日审判的意识。"[①] 文学创造、阅读、批评都以人和人类整体为关注重心和价值内核。"所有的士兵"都是"人"，而不是战争机器上运转的部件。

《人，或所有的士兵》在晦暗无助的历史中，发掘人性的幽微和光亮。通过战俘营非人的悲惨书写，扩大历史、人性的思想容量。既是在写历史、写人性，也是在写"主体的利益"和人的内面世界。作者穿行于档案史料中间，既是对具体历史情境的还原，也是对历史之中"人"的"研究"。与其说《人，或所有的士兵》塑造了战争中士兵或人的形象，毋宁说小说蕴含了深沉博大的人性力量和人性光芒。林林总总的历史档案既是对历史的还原，呈现了彼时彼刻历史的客观面目和原初形态，更是通过看似客观的史料，揭示了其中的"主观"即"人"的因素，人性的斑驳复杂、晦明交错，人性的幽暗与闪光。小说以宏阔的视野、庞大的容量和对人的细腻体察，以及对人和事、情与境的悉心观照，揭示了人物性格、心理本身的内在有机性，使人物性格和命运在一个连续、完整的历史叙述中得到了饱满、从容的表现。

人既受限于历史，受到必然性和客观情景的规约，但人又是历史中的偶然性和能动性因素，是抽象之历史的显影，以人为透镜，我们才能看到历史的具体存在，所谓历史发展趋势或规律，终究是通过人的主体力量而形成的。"否认人类普遍价值的存在，将这些价值定义为抽象的东西，讥

---

① 〔加拿大〕诺思罗普·弗莱：《培养想象》，李雪菲译，中国华侨出版社2019年版，第87页。

讽它们是天真甚至虚伪之物，并以封闭的个体性价值取而代之，这个错误是悲剧性的。"①《人，或所有的士兵》是一种指向"我"同时也指向"他人"的"我们"的写作，是有着极大的"我"和"我们"责任感的有强度的写作。小说通过"我们"中的每一个人的陈词，展现了"我们"在这个世界上的存在方式。而我们对"我/我们"的认识就植根于这多种方式中，就存在于我们与他人的共鸣与冲突中。

通过战火中的香港和黑暗的战俘营生活，小说显示了灾难和苦难作为痛苦且无法回避的历史真实的切身性。人，不仅是蒙受灾难、承受苦难的不幸者，也是制造灾难和导致苦难的罪者、负罪者。他们中有历史之恶的象征。接到抓到战俘都要杀死命令的日军，在进入香港后大肆抢劫奸淫，以杀人为乐；日军战俘营违反《日内瓦公约》对战俘的人道主义待遇的规定，肆意殴打、处死战俘，因饥饿、疾病和自杀造成大批战俘死亡。他们中也有捍卫历史正义的力量。中共游击队的战俘显示了更多的隐忍、智慧和更突出的组织意识和协同能力，他们在成功越狱的过程中展示了他们的信念、信仰和拯救战友的牺牲精神。国民党军队战俘也能团结一致，泣血吼唱陆军军歌，在日军严厉监控下勇敢地亮出三色国旗，显示出民族解放战士的战斗勇气，让人动容。即便作为历史之恶的个体性显影，他们之中的一部分也显现着人之复杂性或善的一面，如以郁漱石为研究案例的从事军事人员战场人格研究的日本女学者冈崎小姬，战俘营台籍上等兵阿朗结衣，战俘营雇员桐下旗上，郁漱石的日本朋友、后参加中国派遣军的阿国乃上。

小说并不强调或重塑人的内在精神意志力，并不以展现人物的"力学的崇高"为重心。战俘营的酷刑和毒打，摧毁人的身体甚至精神，却没有通向神圣或圣洁的境界。地狱般的惩罚并不构成通向圣殿的路径。人不是作为崇高的精神性存在，历史暴力的摧残不仅在伤害着人作为历史主体的形象，而且构成对人的精神和人性底线的考验。小说没有根据某种既定的民族话语、正义话语、真理话语，对战俘营非人道反人道摧残进行重组和

---

① 〔意〕卡洛·安东尼：《历史主义》，黄艳红译，格致出版社、上海人民出版社2010年版，第7页。

升华，肉身之人没有借助精神超越而成为精神的象征，它以强烈的实录色彩，记下战俘和他们的看管者，记下这些暴力的承受者、身体和心理极限以及人、人性变异或极限，它以"非崇高的""非人""非人性"的揭示，作为历史的见证，也作为人性的见证。

小说中的战俘也并没被塑造为一个意志坚强完整、气势雄浑昂扬的聚合性有机整体。人的精神和身体不是坚不可摧的，他们并没有表现出坚贞、崇高的民族魂或军魂，他们饱受摧残，但没有走向悲壮，更遑论圆满、欢悦和谐。他们长期饱受食物匮乏和疾病困扰。严重的食物匮乏，使树皮、草芽甚至泥土都成了食物，老鼠、蟾蜍、蛾子成了美味佳肴。"失去了自由的人，同时也失去了价值和道德体系"。战俘偷窃抢劫同伴口粮事件时有发生，他们中有人出于泄私愤、剪除异己而相互告发甚至变节投敌。

小说多处揭示国人根深蒂固的内讧品格。民族正义战争竟然成为粤系、川系、桂系、湘系各路军阀谋取私利、扩张势力和地盘的一场买卖。前线将士为国担当，内地国民党将领却只顾内地利益的争抢和分配。老咩的游击队和伍副官的孤军有强烈的作战愿望和复仇决心，他们捍卫自己的家园，却遭到政府和军方的拒绝，他们"无法获得信任的情感资源，创造自信的战斗力"。战俘营里，国民党军队仍延续其维持军官及其亲信利益的封建文化军官体制，从未检讨战役失败的教训。郁漱石对D营的恐惧并不来自寒冷、昆虫、饥饿，而是中国战俘，"这里的每一个人都不是正常人"。

《人，或所有的士兵》对历史及其非人性暴力的思考，对"人"的命运和价值的思考，围绕郁漱石展开。郁漱石既是我们窥见历史的窗口，也是窥见人性之窗口，是窥见历史与人、与人性矛盾纠缠的窗口。这是一个中国现代历史小说中前所未有的弱者的英雄形象。个人与历史之间的心灵搏斗，使他成为一个特别的甚至另类的英雄。正是主人公这样小人物的存在，历史才得以鲜活生动，残酷的历史才会闪耀人性的光芒和力量，更具温暖结实的人性和人间气息。

郁漱石走向战场的自我牺牲行为，并非出于英雄主义信念，他的抗战并不是把自己纳入某种外在的别人的思想观念体系中去或为了某种既定的主义。值得注意的是，他没有随着时间和具体情境的变化不断成长，而是在变化的场景——从战场到拘留营、战俘营再到法庭中，始终保留自身一致的个性特征和原有的基本性格。他内心敏感、脆弱、羞涩、矜持，自尊心强，在现实中，他缺少能真正理解并产生深刻精神共鸣的朋友。他没有常见战争历史小说中英雄人物那样坚不可摧的精神意志，却能够排除个人得失，坚守自己的内心和良知，对于自己的选择和为民族所作的牺牲，他并不后悔，而是固执以己意行之。作家为何、如何创造主人公这样的人物，小说是运用怎样的叙事策略和机制将一个被审判的"叛徒"短暂的一生建构为一个完整的另类英雄故事的？这是进入小说人之世界的关键。

历史的巨大旋涡与个人命运变动密切地耦合，并构成触目惊心的反差。小说让主人公日益卷入各种矛盾冲突——父子之间个性、性格、观念和认识上的矛盾，男女感情上的，国家之间日益尖锐的矛盾，战俘营里日占者与战俘之间、战俘之间，他无法主宰自己的命运，只能被迫承受命运的安排、捉弄和践踏，日渐陷入巨大的不可逆转的灭顶之灾。

郁漱石先后在日本和美国读书，留日期间，学业出色，想做一名学识渊博的文学家，与日本女子阿国加代子恋爱，和加代子哥哥阿国也是好友。战争爆发前，他和加藤、千年等日商保持着单纯的朋友关系，彼此心照不宣地为各自国家服务。更为特殊的是，他的生父是中国人，生母是日本人，他出于爱国和希望战争早点结束而归国参战，却不想上前线杀战场上的日本人。他感到困惑、彷徨，不知道"该报生父的国，还是生母的国"。他和日本老师、"兴亚论"中的右派浅野夕照教授，以及日本亲华学人、反战派的同情者吉川幸次郎教授，均有良好的师生情谊。但他没有放弃自己的祖国并完全忠诚于她，献身于反抗异族侵略、改善她被侵凌处境的事业中。他无法赞成某些国民党政府官员的投机和妥协，却又抱着朴素的、纯粹的信念，积极参与反侵略斗争。那些利用战争中饱私囊，发战争财，热心于党派斗争和山头倾轧的人，正是他们这些实质上的民族解放事业的侮辱者和背叛者，却指责主人公的某些属于个人性格或个性的无伤大雅更无关大局的所谓"缺点"，甚至以通敌叛国罪指控他。在语言与政治之间存在根本的联系，斯坦纳认为："鉴于纳粹统治下的德语状况，我在其他地方也表明，当语言从道德生活和感情生活的根本斩断，当语言随着陈词滥调、危境省察的定义和残余的语词而僵化，政治暴行与谎言将会怎样改变一门语言。""在我们时代，政治语言已经感染了晦涩和疯癫。再大的谎言都能拐弯抹角地表达，再卑劣的残忍都能在历史主义的冗词中找到借口。"① 作为一个战俘，他无法活得干净、体面，却不放弃自己的尊严和灵魂的纯洁。深深热爱和敬重自己的同胞的郁漱石，虽然没有丧失自己的民族信仰，却无法保持那种让他自己觉得生命还有价值的力量和热情。在代表民族正义的卑劣蛮横的国家话语面前，主人公虽百口莫辩，却从未从内心感到羞耻和无地自容。他最终选择自缢身亡，这是他生命抵达终点前的最后一道闪光。

郁漱石所恐惧的不是充满暴力和血腥的战争本身，不是身体的饥饿、疾病和伤害、死亡，而是战争情境下暴露出来的人性的不确定性和无尽的黑暗性。战争重新发现了人性，使人或所有的士兵体验、认识到它并由此而恐惧，却被其掌控而无法摆脱和解决。"战争只会渲染和强化恐惧，而不会解决它，它只能由个人来承受和承担。""恐惧"是主人公丰富、多感的内面生活的主要构成。对这种在通常看来属于不合时宜、不健康的心理、情感，小说没有驱逐或删除，而是在战场尤其战俘营情境中极有耐心地去体验、感受，并做出极为细致的描述。这超越了抗战小说中常见的民族层面的结构性设定，避免了欠缺内心生活的同质化、刻板化。主人公虽为英雄，有着与通常个体英雄相近的内在的完整性，但小说并未借助坚实的共同理想和信仰使之获得巍峨、圣洁的形象。郁漱石是"被自身定义的"②，有着丰富的散发着人性光芒的内心生活，从其心灵里产生出喜怒哀乐，闪现着精神的真实性和独特英雄的魅力。主人公既是个人受难者，也是一个民族受难的象征，人类苦难的寓言式人物。他既是作家创造的文学人物，又超越作品，既属于他所在的时代，又超越这一时代。

《人，或所有的士兵》以书写历史中的人、个人、生命与民族、人类的命运，来为人性见证，为文学持久而深入的力量见证。小说深入人物的内心世界，细致描写了其心理和情感活动，他的牺牲、爱和忠诚，完整地

---

① 〔美〕乔治·斯坦纳：《语言与沉默：论语言、文学与非人道》，李小均译，上海人民出版社2013年版，第34、43页。

② 〔英〕利萨·泰勒：《媒介研究：文本、机构与受众》，吴靖译，北京大学出版社2005年版，第38页。

赋予和呈现了人物的人生历程，使人物成为一个拥有敏感却坚韧、完整而深刻灵魂的"人"。郁漱石所体现的建立在个人生命至上基础上的人道主义精神并未被历史逻辑所淹没。他自始至终拥有自己独立、完整的人生逻辑和人性信念。这一人物中蕴藏的深厚人性基础和情感力量，深沉的生命关怀和朴素的人道信念，使坚硬强大的历史不再让人感到隔膜、疏离，我们借此看到了丰富而生动的人和生活，让我们在进入历史的同时置身于一种自然的、极具清晰感的真正的现实中。作家对历史和生活、现实与人性的极度用心和富有同情的关注，使小说以伟大高贵的道德品性，为我们敞开了一种更为广阔、深沉、强烈的历史、人性和文学经验。

三、"诗"：文学的必要性和根本性

诗言志。文学艺术要以记忆的留存，抵抗对历史和现实之实的遗忘，它要穿透历史与现实的假面，从深层洞见生存、生命之实，进而对历史与现实给予超越世俗功利的神圣关怀。伟大的艺术不沉醉于历史与现实的幻影，不把玩纯粹的消闲娱乐趣味，不自娱亦不娱人。真正的诗，不单是自歌自咏自适自怡然之作，遣兴、抒怀、独乐、悦情不是它的目的和功能。

阿多诺曾说，"奥斯维辛之后写诗也是野蛮的"，后来修正道："长久的痛苦当然有获得表达的权利，就如被折磨的人不得不吼叫……所以，说奥斯维辛之后不能写诗或许错了。"但希利斯·米勒认为"将诗歌比作受刑者的哀号，虽说得通，但至少有些奇怪，例如，按照这种说法，我们就很难恰如其分地欣赏保罗·策兰作为大屠杀幸存者所创作的诗歌的复杂性。"[①] 在米勒看来，阿多诺说的是"奥斯维辛之后，甚至写首诗，也是野蛮的"，"野蛮之处在于，现在写诗面对的是让人惬意的白纸或电脑屏，人们或冷静或激愤地坐着写诗——说得更确切些，写些或长或短的诗性文字"。他认为："阿多诺意在强调写作的具体动作，笔在纸上涂涂，手指敲敲键盘，诗歌就写出来了。奥斯维辛之后，这么做是野蛮的。"除了这

---

① 〔美〕J.希利斯·米勒：《共同体的焚毁：奥斯维辛前后的小说·前言》，陈旭译，南京大学出版社2019年版，第1页。

层含义，"阿多诺可能还指奥斯维辛之后，每个人都应尽力确保类似悲剧不会再次发生；倘若不然，就是野蛮。写诗无济于事。恐怖凄惨的年月里，我们无暇审美，无暇超然于政治之外。"①阿多诺强调诗的实践性——对写诗作为一种具体动作的实践性和超越具体的诗本身的每一个人的责任实践性，邓一光也以严肃的拷问写出了那句常识般极其有力的文字作为扉页题词："远离战争，不论它以什么名义。"

阿多诺的"写诗"包括诗歌在内的小说、戏剧等虚构性文学作品。写诗或虚构性文学创作，与现实无涉的情况不只属于西方社会和文化，它在我们当下的社会和文化中同样存在。其表征之一是，我们时常以"现实比文学更魔幻、更有想象力"或"现实超出了文学的想象"等说法表达对文学的不满或现实引发的我们的惊愕。这也是越来越多的非虚构作品受到欢迎的原因之一。但问题是"客观性""非虚构性"能否有力地表达文学对人的终结关怀？与小说等虚构文学相比，它能够在多大程度上带给我们无穷的魅力、持久的美感和终极兴趣，让我们享受精神自由、灵魂澄澈的美感？如斯坦纳所说，"我们对人的本性和内心的知识，大多还是来自诗人之镜"。但当前一个不可否认的事实是："这面镜子的许多部分今日已经破裂、模糊。文学现状的主要特征是'非小说'（报告文学、历史小说、哲理散文、传记、评论）压倒了传统的虚构形式。过去20年的小说、诗歌和戏剧，大多写得不好，感情苍白，难以与事实冲动压倒虚构的写作形式比肩。"②表征之二是，在一些被认为有着突出的现实感、时代感的作品中，铺展和堆砌着大量现实经验碎片，"现实"或以极为浮泛化浅表化的方式被复制生产，或按照理念、观念被机械地截取，纳入某种僵硬偏狭的"时代性"模式。无论哪种情况，它们都"奇特地无涉现实"。米勒对文学"现实性"的强调，目的在于让文学成为具有深度和广度的历史见证，在此基础上由文学的想象实践走向现实行动实践。因此，他认为阿多诺禁

---

① 〔美〕J. 希利斯·米勒：《共同体的焚毁：奥斯维辛前后的小说·前言》，陈旭译，南京大学出版社2019年版，第1页。

② 〔美〕乔治·斯坦纳：《语言与沉默：论语言、文学与非人道》，李小均译，上海人民出版社2013年版，第13页。

令的不合理之处,在于"他没有意识到文学是见证奥斯维辛的有力方式,无论那份证言可能存在什么样的问题。文学本身成为见证,特别能够提醒我们不要忘记那些逝去的超过六百万的生命,并由此指引我们从记忆走向行动。以文学的方式作证,迥异于亲耳聆听受难者的哀号,而阿多诺在回想之后亦承认奥斯维辛之后的诗歌可以表现后者。""我的解读能见证我对这些特定作品的感受,从而有可能指向雅克·德里达意义上的'将到来的民主'(the democracy to come)"。① 诗,是诗人和作家见证历史暴力的方式,批评家的阐释和读者的阅读则是为见证者作证。

历史记载,心理分析研究,回忆录,录制的证词,电影,诗歌,幸存者创作的散文和小说,非历史亲历者的小说和报告文学,以及评论这些虚构或非虚构文学的文章和书籍,它们都试图以某种样式、文体、语言,从某个特定视角观照整个特定历史事件、历史人物。在这诸类文字之中,作为虚构性叙事类文体,小说尤其是长篇小说的作用无可替代。"想象的建构告诉我们那些无法从其他途径得知的关于人类生活的事情。""没有人能够记住战役的名称和时间,除非它们能唤起想象:也就是说,除非有一些文学原因使人们这么做。所有在时间中发生的事情都消逝在时间当中:正如我之前引用过的普鲁斯特所言,只有想象才能将人们看作'时间中的巨人'。"② 人们记得葛底斯堡战役,很大程度上并非史书的记载,而是林肯的《葛底斯堡演说》。在这篇被弗莱称为"一首伟大的诗"的演说中,林肯有句名言:"世界不会注意也不会长久地记住我们在此说了什么,但是永远不会忘记他们在此做了什么。"但事实上正是这篇演说以"伟大的诗"的形式,不仅让后世记住了林肯"在此说了什么",也让人们记住了这次"伟大的内战"和为这个国家生存下去而付出生命的英雄、烈士。这体现着文学与历史,虚构、想象与历史见证之间常被我们忽视的关系,以及想象性文学强大的记忆和见证力量。

---

① 〔美〕J.希利斯·米勒:《共同体的焚毁:奥斯维辛前后的小说·前言》,陈旭译,南京大学出版社2019年版,第4—5页。

② 〔加拿大〕诺思罗普·弗莱:《培养想象》,李雪菲译,中国华侨出版社2019年版,第104—105页。

评论家海伦·加德纳指出："想象性文学与人类行为和人类良知的世界之间关系的整个问题，在这样一个人类行为和人的良知的世界中，我们的精神和思想生活与我们的同胞密不可分，与我们的道德生活密不可分。"①"诗"——有力量的、富有想象力的文学具有解放、烛照和扶持的力量。《人，或所有的士兵》将香港战事和战俘营等鲜为人知的历史写出来，让我们对不幸与罪恶有知，从而担负起生存者和幸存者的责任：对不幸和罪恶一无所知，任其横行肆虐是一种罪，如同目睹不幸与罪恶而保持冷静的看客姿态一样，都在事实上容忍了罪恶并对不幸、灾难无动于衷。面对包括主人公在内的成千上万人的无辜死难，我们能否宽恕自己那种与己无关的看客般的冷漠，能够继续生活在自己对此一无所知的自欺中？显然，需要接受质问和审判的不仅是历史，同样也包括我们这些历史的幸存者。

阿多诺之所以将"诗"与"野蛮"对立并置，原因在于："思想家和艺术家时常描述一种不是身临其境，不是在表演的感觉，仿佛他们根本不是他们自身而是一类旁观者"，"思"和"诗"还是一种"旁观者的姿态"，是"那种使人保持一种旁观者的距离并超然于事物的能力"。②《人，或所有的士兵》面对灾难、不幸都没有采取"审美距离"，没有以一种旁观的客观姿态，对生命困境和厄运采取超然观照。小说中的每一个生命都有其真实与真切，每一个人的罪恶或苦难都是人类生命的苦难与罪恶。对这些苦难、罪恶的真实存在视而不见听而不闻，将人类的荒谬与不幸幻化为与己无关的他人之事，等闲视之，无动于衷，则是"野蛮"的。

何为"诗"？"美"的诱惑使人堕入无功利、冷静客观的"诗意"和技术主义迷途，一种浪漫主义、唯美主义和形式主义的极致化推崇，使感性、审美成为"诗"的本质，却恰恰远离了真与善，沉溺于与现实、生活、生命无关的"审美"。以这种眼光和趣味来看，《人，或所有的士兵》是阴暗、冷硬、阴郁或无趣的，其坚硬的历史学风格和单调的结构布局，令

---

① 〔英〕海伦·加德纳：《捍卫想象》，李小均译，广西师范大学出版社2019年版，第232页。

② 〔德〕阿多尔诺：《否定的辩证法》，张峰译，重庆出版社1993年版，第364页。

审美者望而生畏。《人，或所有的士兵》是反修辞、反审美、反技术论的，它用最"笨拙"、最朴素的方式，拒绝"美"的诱惑，洞见"诗"的本真。小说叙述始终贯穿"善"的伦理学维度、内涵和价值取向，但这并不是说，它是一部劝人向善之作，而是说小说在对历史之恶、人类之恶的剖析中，所隐含的向善之道。它不是传统道德劝谕性的说部，而是向死而生的历史与人性的寓言。作为现代历史暴力的寓言性反思之作，《人，或所有的士兵》之"善"始终未曾脱离凝重的"诗"之本真。此处之"真"，既非逻辑学范畴之内的"真"，也非生活经验意义上的"真"和纯诗学层面的修辞之"真"，而是建立在历史和人性意义上的存在论意义上的"实"与"真"。

文字的魅力和力量，会以多种方式体现：或专致历史进程，瞩目历史现场和细节；或铭刻历史和生命的经验与体验，积淀痛苦与困惑；或定义历史成败，或着眼人性考量，不一而足。但端赖文字与历史之间深切、细密的交会，蕴积和激发丰厚之思辨与想象的能量，开拓无限致思可能，应是根本契机乃至最终目的所在。《人，或所有的士兵》是对法西斯主义、军国主义和历史暴力、战争恐怖的见证，是历史之恶——它以东亚共荣、团结进步等崇高说辞为战争和暴力张目——的见证，也是对那种建立在现代启蒙理性基础上的民主、平等、博爱和进步等意识"终结"的见证。小说是历史与人性之恶的见证，也是善与美的见证。作者并未陷入对历史和人性的彻底绝望，"远离战争"的呐喊便是明证。他行走在历史的黑暗隧道中，观察着暴力情境下人性的幽微、分裂与畸变，他不愿错过每一点微弱的希望：那是在残酷的战场和战俘营中，一个具体的个体生命之人面对另一个具体的个体生命之人未泯的良知，是一种超越阶级政治和国族政治、民族主义意识心态的微小的善与美。在非人的暴力中，郁漱石"必须为自己找到一个生而为人的理由，而活着不是理由"。他认为自己"应该比其他战俘更像个绅士"。他利用自己的留日经历和对英语、日语的熟悉，沟通战俘与管理者，为前者争取最大利益和生存空间。他相信战争结束之后自己会成为绅士，所有的人都可以成为绅士。作为被剥夺生存权利的战俘，"他恰恰不打算放弃生命"。《人，或所有的士兵》蕴藏着一种内在的崇高感和圣洁感，但这并非来自超人化的身体、全能化的能力、神性化的精神，也非来自对暴力历史的壮丽赞颂，这是一种弱者的崇高，"'弱者'的崇高源自对自身生命'内在性'的坚持，弱小、单薄、匮乏的他们，偏偏在与历史的周旋中呈现着令人瞩目的崇高"①。它源自人性深处，是人性的本能，按照某种理性话语来衡量，它甚至是盲目而危险的，它像战争中的个体之人一样，微小、孱弱、卑微，然而却是未被历史暴力之恶碾碎的细微的人性的种子。这些人性的种子，见证和承受了战争、灾难，却也在阴暗、潮湿、沉重的整体色调中，闪现出一丝人性之光，一种非政治、非理论、非意识形态、非宗教的人性之善和人际之善与爱。如果说《人，或所有的士兵》体现着历史的崇高，那也是因为有了郁漱石这样的战争亲历者、参与者和历史暴力的受害者、反抗者的存在，才给历史的崇高躯壳注入了灵魂和血肉。

《人，或所有的士兵》用"诗"的方式，以弱者对生命与死亡的思考和追问，实现了个体生命对历史的超越，复活了被宏大历史叙述所湮没和抹除的"执拗的低音"。小说所叙述的历史以及那些挣扎于历史中的生命，一起成为作家这个历史—生命主体对他所身在其中并为之忧思的世界的深挚表达。

---

① 王金胜：《弱者的反抗与莫言文学的崇高美学》，《当代作家评论》2020年第1期。

日常性·戏剧性·中国故事
——读陈彦长篇新作《喜剧》

在近年来的中国文学场域中，陈彦的长篇小说《装台》《主角》堪称是"横空出世"之作。他以朴素、传统的手法讲述典型的"中国故事"，描摹生活和人物本身的丰富与浑厚，复活、呈现并验证了现实主义文学的巨大魅力，给当代文坛带来了持续的冲击与震动。而由作家出版社新近推出的"戏剧三部曲"收官之作《喜剧》则既延续了前两部长篇绵密、坚实的现实主义品格，又以更强的故事性和更尖锐的当下思考引人注目。小说通过喜剧这一介于传统与现代的戏剧形式，关联广阔时代生活和不同人群，塑造了贺少天、贺加贝、潘银莲、南大寿、万大莲、贺火炬等各具特色的典型形象，挖掘他们的心理世界和情感世界，从特殊的情感和心理维度完成了对现代人内在精神结构的解剖以及对当今时代各种荒诞文化现象的批判性思考。

一、日常性与戏剧性：陈彦小说的"不奇之奇"

《喜剧》是一部兼具戏剧性与日常性的小说。一方面，叙事动作性强，人物和故事情节充满传奇性。小说保持了戏曲戏剧对语言和动作描写的重视，注重通过语言、动作刻画人物，揭示人物在特定情境下的心理情感状态，尤其是对人物内在心态的复杂性和矛盾性、冲突性有着丰富细致的表现。相貌丑陋得不凡的丑角父子三人，贺加贝带荒诞悖论色彩的命运遭遇，贺少天对喜剧时代即将来临的预言，贺氏父子的绝活儿，贺加贝对万大莲始终不渝的单恋，潘银莲的忍让、包容，乃至万大莲与潘银莲难分彼此的长相容貌等，这些人物和故事都带有程度不同的超越生活常见形态的传奇性。作家将复杂的社会生活和人物的生活经历进行艺术化简处理，删削那些与人物和情节无关的生活内容，强化冲突和人物、事件之间的因果逻辑，将原初形态的生活经过集中提炼而成为戏剧性的人物、冲突性的事件和情节结构，使戏剧与时代、演员和观众、喜剧与悲剧与闹剧之间呈现出短兵相接的状态，形成一种充满紧张感的张力关系。同时，《喜剧》还多方运用巧合（如万大莲与潘银莲容貌的极端相似）、突转（如当贺氏父子喜剧演得热闹红火时，贺少天被发现已患癌症晚期；贺加贝在高档别墅区买楼时，万大莲恰好因丈夫的犯罪行为而逃离别墅）、误会（如贺火炬因对贺加贝、潘银莲夫妇的怀疑和不满，而发生兄弟失和、叔嫂矛盾之事）等艺术手法，让矛盾冲突在有限的时间空间内迅速形成、发展、激化、推向高潮并迅速得到解决，使小说故事情节的戏剧性和传奇性不断得到强化。

另一方面，《喜剧》又注重呈现"戏剧性"背后的"日常性"，尽力避免因人物事件的离奇性而造成不真实感。作家将笔墨和笔力集中于平凡人物的现实人生，注重在平淡的日常生活情景中展现人的命运遭际，揭示作为"社会典型"而非"抽象人性"的人物之内心世界，表现生活和生命本身的"内在戏剧性"，书写生活和人的"不奇之奇"。贺少天是闻名遐迩的"大艺术家"，贺加贝、贺火炬兄弟虽然比不上父亲，但也是广有影响的著名丑角演员。作为现实中的人物，他们的相貌、扮丑技艺和绝活儿，无疑具有一定的神秘性、传奇性，但作家没有刻意突出其荒诞怪异，没有夸大这种传奇性、神秘性，而是在与现实生活的关系中，通过鲜活的生活画面和平常的人际关系、矛盾冲突，在世情和民情的层面及向度上，自然而然地写他们作为普通人的不无烦恼、痛苦和无奈的人生体验。

在《喜剧》中，既有对人物心理的矛盾性的揭示，力图展现人物内心情感的复杂性，这是陈彦小说的现代性表征，其中有鲁迅、陀思妥耶夫斯基等中外现代文学大师的影响；又超脱了个人与社会、与时代之间的对立性设置，不同于现代文学创造作为典型的个人以显示从传统向现代转型的历史趋势和现代性本质。在小说中，个人不仅是她或他自己，而是一个具有相对恒定性和稳定性的整体。这个整体或者是那些处于社会底层的弱势群体，或者是传统文化、思想、道德和美学的艺人形象。在他们身上，陈彦表现了一种民胞物与的传统人道主义悲悯，和对其个体心理情感、生活命运的热切关注，同时，又在他们身上体验并发掘到更多更丰富的东西——人性、情感、欲望等。

二、真实性与荒诞性：穿透日常生活经验的文学方式

《喜剧》是一部在现实性、历史感和真实性等方面带有典型陈彦气质的现实主义小说。作家以饱满、厚重、细腻的笔墨呈现了当今中国日常性、社会性的广阔"真实"：通过丑角人物的行迹、命运写戏曲在当下现实中的命运；通过丑角、喜剧，关联广阔的城乡和更广泛的人群，写出当下社会生活的真实一面；通过人物之间的爱情、亲情、家庭、婚姻等，写出当下民众的伦理道德和心理情感的真实。当然，作家并不满足于这种日常性层面真实感的表现，他追求的是一种超越日常性的层面和境界，他试图通过超越经验性的现实描述，进入另一个世界和境界。这表现在：

其一，通过贺少天、潘银莲等进入中国人的深层情感结构。这些人物都表现了喜剧／戏剧与中国／中国人的现实生活之间的关系。贺少天、潘银莲尤其是前者，在小说中并不占有太多叙事篇幅，却有着不容忽视的重要性。贺少天寄托着作家对喜剧之为喜剧的"本"性思考，小说通过他，侧重于从艺术方面表达戏剧如何契合时代变动中的国人审美趣味。潘银莲虽非戏剧艺人，但她却从艺术的现实基底意义上，构成对喜剧／戏剧的"根"性观照，小说通过她，侧重于从生活方面表达喜剧／戏剧如何贴近中国人的生活现实和道德经验。无论生活如何变迁，戏剧如何变革，都要守持艺术（美）之"根"之"本"之神髓或更本真的生活与生命形态。如果说，贺少天与《主角》中的"忠孝仁义"和秦八娃一样，代表的是一种面对时代挑战却又生生不息的艺术美学传统，那么潘银莲则类似《主角》中的忆秦娥，代表着一种遭受现实挑战却绵延持久的伦理道德传统，他们分别在伦理和审美向度上蕴含作家对传统与现代之关系的思考。事实上，伦理与美学的"传统"并不与"现代""时代"矛盾而不兼容。对于小说来说，这一问题以人物、形象和情感的方式得到具体的颇具复杂性的表现。同时

关联二人也即关联这两种传统的人物主要是贺加贝，贺加贝与贺火炬在喜剧演艺问题（实际上也是喜剧在现实中的"演绎"）上的歧见。贺加贝与潘银莲在感情、婚姻、家庭问题上的矛盾，则突出了现时代社会现实中"审美／艺术"和"伦理道德"问题上的分流、分化与分歧。就此而言，贺加贝是一个叙事结构中的网结，也是传统说书艺术或民间说唱文学中的"扣子"。作为文学形象的"贺加贝"，是一个体现着作家"结构意识形态"的人物，他是"形式"也是"内容"。换一个角度看，在审美／艺术问题上，贺加贝与贺少天、贺火炬形成对照；在伦理道德问题上，贺加贝与潘银莲、潘银莲与万大莲、潘银莲和她的嫂子"好麦穗"同样形成对照，这何尝不是一种兼具"形式"与"内容"的戏剧性设置？

其二，由日常性生成荒诞感，揭示存在于常态生活和生命中的荒诞体验。在这个意义上，《喜剧》是现实感与荒诞感的融合。小说扉页关于喜剧／悲剧、虚构故事／对号入座的表述，便是这一荒诞／现实的直观表述。

《喜剧》的荒诞不是《等待戈多》式"荒诞派戏剧"那种存在本体论意义上的荒诞，它所传达的不是普遍的生存的无聊、空虚、绝望和意义缺乏、真理隐遁。《喜剧》的荒诞，近似宗璞、王蒙的"中国荒诞派小说"，有着中国的现实情景做根底和依托。作为生活与生命的常态，"荒诞"通过强烈的戏剧化场景、细节，揭示一种现实中的怪诞体验和荒谬感受。如贺少天的遗体告别仪式，不仅完全有违逝者初衷，更因过于郑重其事而又喧嚣闹哄而几乎变成闹剧，此可谓悲、喜、闹难辨。再如贺加贝对万大莲痴情不改，却不断落入与若即若离的万大莲共同编织的"心造幻影"中，此可谓真假难辨、"虚实相生"。贺加贝、潘银莲夫妇本意为贺火炬做长远规划，却遭到后者的误解，兄弟阋于墙。著名喜剧编剧南大寿经历屈辱后放弃喜剧，最终以散文家和动物保护协会名誉顾问闻名于世。传统喜剧没落后，喜剧笑点和"包袱"要靠电脑和数字模型计算出来；葫芦头泡馍生意红火的老板王廉举转行喜剧演出，历经大红大紫，最终落得街头卖艺，等等。红火与塌火、快乐与悲伤、痛苦与欢乐，彼此轮换、纠结、缠绕。可谓日常中的荒诞，充满荒诞的日常，"生活和生命中的常态"而已。《喜剧》的荒诞源自生活经验和个人生命体验，是生活、世态中的荒诞一面使然，蕴含作家对现实社会和世道人心的体悟和理性认知，体现着作家对世间之人与事深感可笑、可悲或可悯的态度，由是在文本中生产出杂糅幽默、讽刺、戏谑、调侃、夸张等包含复杂意味的喜剧效果。此外，小说中那只被潘银莲收养的流浪柯基犬，也颇有魔幻色彩。柯基犬令人辛酸的坎坷经历，折射出现实中的残忍与残酷、无趣与无奈。通过柯基的"魔幻之眼"看到的同样是"现实"的荒诞。柯基犬的遭遇、见闻及其所关联的小说人物置身其中却不自知的"视角"，借由一种对照和反讽的叙述，提供了对现实和人性的具有弥补性效果的体验与认知。在此意义上，流浪犬的"魔幻性"提供的却是一种现实主义式的生活和人性景观，是一种生活中不为常人所关注的隐秘面。

《喜剧》的荒诞感是生活、人性、世道人心中的荒谬、荒唐、怪异的文学表现，属于我们所在的当代现实，有着民族感、历史感、现实感和时代感。小说以荒诞、魔幻的形式揭示了更深层次的现实机理与肌理。那些不合常情常理仿佛不正常的不可能之事，以乖谬、歪曲或荒诞的形式发生与存在，而它们对人物的命运轨迹起着根本的甚至决定性的作用，构成当代中国暗流涌动的世情画面。看似夸张幽默、令人莞尔却又无可奈何的尖锐的现实，在陈彦笔下得到了兼具同情、反讽和批判的揭示。

三、寓庄于谐和"含泪的笑"：思想性、时代性、批判性之艺术表达

《喜剧》是一部充满对时代、现实严肃思考的具有现实主义思想力量的小说。杨辉称其为"寓意小说"①。陈彦以贺氏喜剧的兴衰沉浮，通过编剧、演员与观众之间的关系，揭示喜剧与时代与具体历史情境之间的关系，展现喜剧的多种实践形态与内涵，表达对喜剧及其关联的现实生活和人性的严正思考。

《喜剧》中贺氏父子的"戏曲改良小品"对人物相貌、装扮和声色技艺的追求，在二十世纪八十年代以来中国日益世俗化、商业化的氛围中不

---

① 杨辉：《须明何"道"？如何修"艺"？将何做"人"？》，《中国当代文学研究》2021年第4期。

断走向畸形的繁荣。在小说中，普通市民和乡民观众在观看戏剧表演时喜欢"戏"的内容及剧中热闹的部分甚于演员自身的表演，更关心技术层面，而非艺术层面。而丑角、扮丑、唱丑在"热闹"和"技术"上更受观众欢迎。比起生角、旦角等角色行当，丑角更能以科诨表演博观众一乐，即便在这些嬉戏逗趣中多无聊、庸俗、低俗成分而缺少深刻内涵。出洋相、作怪样也能够活跃气氛，娱乐观众。因此，当秦腔等传统戏曲以及万大莲、廖俊卿和秦腔剧团走向衰落时，贺氏喜剧却随时代大潮迅速走红。当贺氏喜剧、贺加贝等专为迎合观众趣味放弃戏剧的美学品味和严肃的教化作用，制造噱头，与低俗趣味妥协，失去品味追求和艺术底线时，喜剧也就被搞得不伦不类，日趋败落，沦为一种表演夸张、以插科打诨和制造噱头吸引观众的低级滑稽文化。喜剧之热火与塌火，除了时代原因，亦有观演关系的处理：完全排除夸张和噱头会失去观众，从根本上影响喜剧发展；完全迎合观众的趣味而缺少现实的切实关注和对艺术品质的尊重，喜剧也只能成为市民生活的点缀和小玩意儿，同样会失掉它的价值。

陈彦将戏剧（戏曲）作为小说观照对象，有着时代动因——"民族文化伟大复兴"。对此，小说在叙述贺火炬重返西京，欲重振喜剧事业时写道："西京秦腔团这时也在慢慢恢复元气，说是又要重视传统文化了。"但《喜剧》也颇有意味地写道，在新中国成立前，贺少天所在戏剧班子一时被"国军"征为慰劳队，一时被"共军"编成文工团，一会儿被打耳光，一会儿被戳红缨枪的颇带喜剧色彩的悲惨经历，却成为喜剧与历史、时代之错位乃至悖谬关系的症候性写照。《喜剧》特别关注这种喜剧艺术和喜剧艺人的吊诡性处境，如贺少天对"喜剧时代"来临的前所未有的准确预言；如曾经红火一时的旦角、生角、净角在"新时期"的没落；如贺加贝命名是个喜剧演员，却始终经历着悲剧性或闹剧性的情感波折，甚至其个性气质与所演角色也是偏离和乖谬的：他在台上演出时，"剧情要求他色胆包天、气焰嚣张，他却偏是缠绵悱恻、羞羞惭惭"；再如，为了适应观众趣味和要求，贺氏喜剧多番实验，甚至动用高科技手段，却离喜剧的本真和神髓越来越远。对于个人来说，悲欢离合，悲喜交集，人生多番滋味纠缠难言；对于喜剧来说，既要不拘泥僵化、与时俱进，又不迎合观众趣味，被时代风潮裹挟，既要守住初心本心，又要做出调整和"修订"，何谓艺术本心喜剧本真，如何调整"修订"，其依据何在，尺度如何把握？更深层的问题是，如何处理"传统与现代"这一带有原命题性质的大话题，如何实现"传统的现代转换"？

喜剧是幽默、搞笑、滑稽、调侃、讥讽、教训等多种元素均包容其间的艺术形式。它或者体现为酸辣尖刻的嘲讽，或者体现为冲淡自然的幽默，或者以噱头笑料营造滑稽效果。喜剧可以批判，亦可歌颂，它可以沦为无聊的文字游戏，亦可表达严肃的、悲剧性的崇高主题。喜剧可以迎合时代失去批判功能，亦可以成为特定文化情境中的异质性力量，它可以逃避现实、粉饰现实，又可以挑战现实、对抗现实。寓庄于谐，是《喜剧》的基本手法；"含泪的笑"是小说的基本美学风格；以杂糅写实、荒诞和魔幻甚至"元小说"手法（借柯基犬之口说出小说的情节发展和结尾），对现实生活中的荒诞及令人痛惜、辛酸之人事的讽刺与同情，使《喜剧》具有讽刺性写作的内在品质。

陈彦虽然受到鲁迅、陀思妥耶夫斯基等批判现实主义文学的影响，但他对中国传统戏曲之民间性、草根性的认知和理解，又使他的写作与通常所谓的启蒙主义精英文学区别开来。《喜剧》既非启蒙主义写作，亦非民间主义和趣味主义写作。这部小说可以说是《主角》之后，陈彦以丑角、喜剧的形式，对"另一种"更加具体的戏曲与小说融合方式的探寻，也是作家对更适宜、更有力的"理想喜剧"（非文类意义上）的探寻。《喜剧》是否定的、解构的，也是肯定的、建构的，其中有讽刺、批判，也有调侃、嘲谑和滑稽。这一杂糅理性与感性、清醒认知和感觉狂欢色彩的特点，不仅体现在贺加贝、王廉举、史托芬、潘银莲等人物形象上，也体现在贯穿小说的向上生长或向下探源的执着不息的精神力量上。这是一种包含作家理性精神、民族意识和伦理正义的、进入历史的向上向前的努力。

陈彦的小说以戏曲为装置，连接了个人与社会、民族、传统文化智慧，建立了个人与民族、世界和人类之关系。同时，陈彦的"戏曲"又具有"语言"和元符号的性质，潜在地反驳了专注个人、内心和私人生活的创作倾向，干预了惯常小说叙事姿态、立场和美学品质。如果说现实主义的真实性源自语言的创造性功能，那么戏曲（传统）与流浪狗（现代主义）的介入，使《喜剧》不再停留于反映、再现性表达，而是借助戏剧的创造性功能，展示了我们生活于其中的意义结构和精神结构。相比悲剧的沉思表情，喜剧仿佛天生带着一副欢乐的面孔，其切近的生活性、世俗性和生命本性特征，使之始终面临着如何避免庸俗化的问题。陈彦在《喜剧》中通过南大寿之口将庸俗化称为"杂耍""搞怪""胡球鸡巴闹"，称"那不是艺术"，"现在的喜剧不叫喜剧，那叫把人压倒，硬胳肢人的脚心板哩"。基于生活和艺术的辩证法，陈彦并没有将时代与喜剧作直接的对应，悲剧还是喜剧的认定，取决于不同的视角、存在环境和生命感受。小说借追随潘银莲的流浪柯基犬写道："喜剧让人智慧而陶醉；悲剧让人开悟而警醒；而正剧，就是大家现在正在进行的生活，离喜剧和悲剧也就一步之遥。"悲喜与否具有相对性、具体性、偶然性和变易性。这是艺术的、美学的辩证法，也是对时代生活之复杂性与可能性的认知。问题的关键还在于"人"，在于如何理解和处理自己与时代、现实和世界的关系，如何理解和处理时代、现实与历史、传统的关系，以及如何在这个时代和它的历史连续性中，通过自己的生活和艺术实践，在交汇、融通、激荡的全球化语境中，在"液态"流动的高度现代性情境下，建立自己稳定、切实和开放的个体和民族群体文化认同。

四、"传统"和"乡村"：在当下进入中国之心

陈彦运用小说的形式，以戏曲、戏剧和角色行当为入口，描述并反思审视那些偏离艺术和人性人伦轨道的人物行为，确立道德立场和超越意识，借助传统文艺范式模型，重述民众熟知的故事，将所谓低级的喜剧形式吸纳进一种二元性道德系统，在长篇小说中探讨伦理道德文化和艺术等问题，探讨艺术的承传与革新，艺术与时代生活之关系，思考艺术的人性基础、民族意识以及更扩大的人应该怎样生活，怎样的生活是正当，如何获得个人以及超越个体之人的尊严等问题。

上述问题，可简要概括为：个人/族群如何在传统/现代之复杂关联中，获得安身立命之本，如何在高度现代性语境中建构有效的主体认同。个人的身份不能只在当下的经历和体验中找到，中国的身份亦摆脱不了"传统"的根基，但"传统"并非对抗现代或西方的工具、手段，它只是

全球化时代的中国建构自身主体认同的一个价值向度,其意义不能只在对抗现代西方的冲击、渗透时获得,否则,它只是一个东方主义式的被动被凝视的存在。"传统"作为一种现代的发现或发明,不应只存在于学术话语和理论思辨中,它更应作为一种现实实践形态,存在于生生不息的社会现实生活中。

《喜剧》以"传统"和"生活"为资源,以长篇的形式探寻传统与现代、中国与世界的具体的个体的连接方式。陈彦的思考和探寻,是五四以来中国新文学发展历史过程的一个环节,也是现代性个人主体和国族主体建构的一种变奏。在当代都市生活之外,《喜剧》发掘了生活深层的另一个世界,重构、重显"传统"和"乡土"的普遍性。

首先是"传统"。小说中的"传统"包括伦理道德传统和美学艺术传统,主要通过戏曲戏剧艺人及相关的其他人物形象(如潘银莲、潘五福、罗天福等,尽管并非戏剧中人,但一则他们与戏剧相关,二则其本身也承载传统伦理观念)塑造得以体现。民族戏曲、戏剧是一种从我们自身传统中生长出来的艺术形式。与话剧、歌剧等借鉴西方却被视为普遍性的现代艺术相比,戏曲、戏剧具传统性、本土性、民族性和区域性特征,体现着中国传统文化的独特性。同时,这些独特的传统,其意义也需在当今语境下加以理解和诠释,以重新认识其"好处"和"不好处"。好处与不好处,自是相对而言,且二者相互缠绕纠结,常为一体两面的存在。如陈彦所言:"现代性是和传统对照出来不是孤立形成的。没有传统,也就没有现代。有些现代是对传统的反叛,而更多的现代仍然是对传统的继承、发展和螺旋式上升。社会肯定要向现代化进发,是不以个人意志为转移的。但现代和传统之间不是非此即彼的对立撕裂,而是水乳交融、轩轾难分的,是驮着历史辎重前进的演进关系。"① 关键问题是,现代生活、时代发展对艺术之特质、功能及表现形式与程式,提出了不容回避的挑战;观众的审美趣味和艺术观念亦有新变,这对既有传统观念及其表现形式也有了新的要求,戏剧——秦腔、喜剧,既深刻扎根于中国传统和中国民众日常生活中,

---

① 刘茜:《陈彦:"一手伸向传统,一手伸向生活"》,《中国文化报》2021年1月26日。

又作为五四新文化运动和左翼文化运动的重要载体和组成部分，它在当下面临的挑战更为严峻。《喜剧》《主角》分别写出了喜剧和秦腔在当下遭遇的困境和转型的可能，并对其进行了颇具根源性、本体性的思考。

其次是"乡村"。在老一辈戏曲戏剧艺人那里，"传统"显示为一种"乡愁"式的美感经验。他们意识到无可阻挡的时代巨变，意识到自己所信仰和坚持的技艺正在年轻人的趣味和喜好面前，失去曾经的魅力。陈彦以挽歌的形式写出了这种"乡愁美学"，也写出了这一老魂灵新生的必要和可能。在陈彦小说中，"乡土"既是与市场消费文化主导下的当代都市空间相对的另一处"异质性空间"，更是戏曲得以产生和获得持续生长动力的"民间"。就前者而言，《喜剧》写到潘五福潘银莲兄妹，潘五福好麦穗夫妻，好麦穗与其情人这对亡命鸳鸯等"乡村世界"的人物，他们的世界同样是驳杂的而非纯粹的美与善的世界，却沉实而饱满；相对于过于势利和世俗的扁平化的都市空间，它包含的情义，它的立体性和饱满性、充实感，却是都市所不能相比的。它与"土"相伴，从"土"中获得营养和滋养。相对于动荡不居、充满流动感和机动性的时代生活，它处于底层和偏远荒僻之地，但只有依托它，居于大地和世界之中的人，才能创造出比平面化的"当下"更高的更具超越性的生活，而在彼岸消失时，才能避免沉沦于"当下"。因此，《喜剧》中的"乡土"，既是过往和历史，又是赋予"现在"以可期望的前景和可能的"未来"。相对于当下，它是一个异质性空间，其异质性建立于不同于"当下"的既在历史之中却又超越历史的时间性——一种独特的历史性。相对于历史与时代之宏大，它是"小"的；相对于历史与时代叙述之身居高位，它处于"下位"，但它能以小见大、自下而上。存在于宏大叙事和大写历史中的小与大、上与下的结构性关系，并未在此消失，这就是陈彦小说中"独特的历史性"。而这便是陈彦在《主角》之后，通过《喜剧》重构普遍主义和总体性美学的历史哲学依据。①

《喜剧》借助"人同此心，心同此理"的力量，体现着共情的力量，

---

① 关于《主角》的历史主义叙事哲学与现实主义总体性重构问题，可参看王金胜的《现实主义总体性重建与文化中国想象——论陈彦〈主角〉兼及〈白鹿原〉》，《中国当代文学研究》2019年第4期。

通过人物的生活体验和人生阅历，感同身受人物所处的情境、所遭遇的生活和心灵的困境，感同身受他们及塑造他们的作者所投入所倾注的情感和态度。同时，小说又没有沉溺于人物的心理、情感，而是由内心而向外延伸、辐射。这在某种程度上弱化了主观性，使情感走出封闭的内心而走向广阔而复杂纠缠的社会生活。正如《主角》没有停留在主人公忆秦娥的个人生命体验或其心灵世界中一样，《喜剧》同样没有聚焦在一位或几位丑角艺人的生活和情感世界，而是通过喜剧这一艺术门类和丑角行当，容纳广阔的社会生活内容和丰富的思想和文化面向。如此叙述，既有共情，又暂且跳出了内心，减弱了内倾性，而多了一份沉静和通透。《喜剧》的现实观照是关于中国现实心理和精神结构的，而非追随时代做镜像式的反映。小说中大大小小的人物，都属于人学意义上的人，但也都是当代中国现实生活中的中国人，他们都有这个时代的心理、性格，也有时代性所不能涵盖的、在长期生活中形成的世俗性、历史性和文化性格。他们遭遇的问题是每一个生活在中国社会现实中的普通人都可能会遭遇到的。小说在"问题"中塑造人物，描述他们应对问题的方式，由此在社会现实、时代生活和心理结构、情感结构之间建立呼应和联系。这种叙事方式，或可称为陈彦式的世俗心理结构分析。《喜剧》《主角》采用的便是这种世事洞明、人情练达的"在地性"中国现实主义，不仅是贴着地面、贴着中国人的实际生活和当下中国现实状况的思考，也是进入"中国之心"的思考。

当然，《喜剧》人物塑造和人物关系设置上的戏剧化倾向也是很多人关注的话题。小说中，个人的有限性和超越有限性的无限追求之间，个人情感愿望与理性和伦理道德规范之间，人物的丰富性、人物关系的矛盾性与人物塑造上某种程度的脸谱化和叙事的程式化之间，存在着某种程度的龃龉或不协调。从另一角度看，按照现代小说的艺术惯例，陈彦小说人物塑造有扁平化特点，人物设置也倾向于矛盾冲突关系。"中国戏曲的脸谱化，有其弊端，也有好处。弊端是一眼望穿，难有惊喜改变；好处也是一目了然，明牌亮打，观众不易上当受骗。"[①]《喜剧》在人物上，体现着

---

① 陈彦：《喜剧是人性的热能实验室——长篇小说〈喜剧〉后记》，《文艺报》2021年3月5日。

陈彦在"传统与现代"之间的选择。这不仅是一种美学选择,也是一种伦理道德价值判断的选择。这一选择发生在陈彦获得"现代"和"传统"的双重自觉之后,因此是颇有意味的,颇有赵树理经历"新文学"挫折之后,对民间文化传统和民间说唱艺术如民间故事、快板、戏曲曲艺的选择。只不过,在陈彦这里,人物不再是竹内好所称赵树理小说人物时所说的"个人就是整体"的状态,"个人与整体既不对立,也不是整体中的一个部分,而是以个体就是这个这一形式出现的";或者说,陈彦小说更具"人生观或美的意识"的现代性[①]。

[①] 〔日〕竹内好:《新颖的赵树理文学》,见韩意译、阮其灿校、黄修己编:《赵树理研究资料》,知识产权出版社2010年版,第431页。

成长叙事与诗意抒情
——读徐贵祥长篇新作《琴声飞过旷野》

一、个人与历史的成长

徐贵祥的最新长篇小说《琴声飞过旷野》（以下简称《琴声》）以现代中国革命历史为时代背景，在战争尤其是抗日战争的情境下，揭示了"战争/革命儿童"的发生和成长过程，以及在此过程中时代生活、历史演进及各种话语系统的塑造作用。

小说关注特定的历史语境中，战争带来的迁移和流动，儿童与不同身份、阵营和群体之间的关联和互动，细腻形象地展现了战争/革命对儿童命运和生活、情感和心理状态的影响，以及这些影响又如何在根本上塑造了儿童新的、重要的文化信念和文化身份。在此意义上，《琴声》是一部独特的成长小说。儿童们的成长是小说的叙事主线。小说呈现出儿童叙事与革命战争叙事的交错，对未成年个体与历史之间的关系的表现，是小说不容忽视的重要内容。

成长的过程是培养儿童的群体生活习惯，进行组织和纪律教育，在个体生活经历和体验基础上，逐步提高其理性认知，建立其理想信念的过程。成长意味着健全的心智和体魄的养成。人物的成长离不开各种话语的塑造和引导——这在小说中主要体现为，以朱玛丽老师和韩子路为代表的艺术话语，以乔咏秋为代表的科学技术话语，蕴含在各种人物尤其是儿童形象中的人性话语和个性话语，以及不可或缺的、以《国际歌》《团结起来到明天》为代表的无产阶级、共产主义话语。

作家对人物有着极为深厚的感情，而自然出之为对人物身心发展的特点、条件的尊重，从其切身遭遇、具体处境中发动其积极参与文艺宣传活动，使之在战斗的、生活的实践中成长，从而获得控制、改造和创造特定环境乃至历史的能力。小说借韦思源司令之口表达了孩子们的历史成长性和思想成熟性："这些孩子，在战斗中成长，看起来幼稚，在大是大非面前，心里都有一本账。"他们学知识、学文化、学技术、学战术；既参加报务训练，又从事抗日宣传鼓动工作；既是战斗员，又是宣传员。他们在反扫荡斗争最严峻最困难的时候，留守下来建立临时根据地，配合主力部队打持久战，为主力部队分忧。

作为一个群体，他们起初是在别茨山混饭讨生活的戏班小演员。共产党员李桐来到戏班后，把戏班子"看成一家人"，"有劲往一处使，我们争取把茶山戏班带出黑暗，带向光明，带到一个新的天地"。在他的带领下，戏班子破除旧的规矩和观念，搞得红红火火，逐渐发展成共产党掌握的一支秘密力量，后又被整编为红军崇山支队宣传队，小演员们成为红军的"文艺战士"，直至组建新四军战地文艺工作团。

在这群孩子中，白尔扎年龄最大，进步最快，他第一个到战斗部队当警卫连连长，带领部队冲锋陷阵，作战本领出神入化。乔咏秋八岁开始便跟随爸爸在白区做地下工作，爸爸牺牲后，李桐把他带入队伍。他不仅识字，有文化，会编戏文，更有"科技意识"，用破烂制成口哨、比例尺、潜望镜、"打火镜"等神奇有用的物件。聪明、坚强、心思缜密的秋子最终留在韦司令身边做他所擅长的地下工作。

以二胡的琴声传递作战信息，为重山根据地立下大功的韩子路，是贯穿始终的主人公，也是另一个成长典型。小说开篇第一句话"十岁之前，韩子路的名字不叫韩子路，叫拉倒"。没有自己的正式姓名，意味着地位的贫贱低下和没有尊严，给她"命名"的是年轻的共产党员李桐。与此意味深长的开头相呼应的是结尾，当韩子路成功用二胡的琴声传递情报后，总攻打响了，"霎时，沉寂的夜幕被火光撕裂了"。"韩子路闭上眼睛，看见了波浪一样起伏的小秧苗儿。"结尾清晰地显示了"成长"蕴涵。光明撕裂和冲破了黑暗的封锁，在经历曲折和牺牲之后，历史进入了新的发展阶段，而孩子们则是历史发展的见证者、参与者和推动者。小说第一章以"小秧苗儿迎风长"为题,又以"波浪一样起伏的小秧苗儿"终篇,呼应开头,又深化了历史在一代代人那里延续和发展、不断壮大的主题。

正是这种革命/战争的历史,把中华民族——儿童和成年人,教育成具有民族精神和凝聚力的共同体、建设未来新国家的力量和新中国的主人。

作为现代意义上的革命,其本身便意味着从传统向现代的转型,历史进步不仅是现代革命的目标,也构成现代意义上的文学尤其是小说的重要叙事动力、信仰甚至基本模式。从"文学革命"到"革命文学",从启蒙到救亡,是中国传统文化向现代文化转型或者说中国文化现代化进程的历史必然,革命文学及其所讲述、阐释和想象的革命历史,是中国现代性建构和发展的重要历史阶段和历史构成。从这个意义上看,深受现代历史主义叙事法则影响的革命历史小说,属于广义上的"成长小说"。新中国"十七年"的《红旗谱》《青春之歌》《保卫延安》《红日》《三家巷》等讲述中国革命故事的红色经典,共同构成了包含成长和发展、革命主题的完整的中国现代革命历史讲述,《红旗谱》《青春之歌》《三家巷》不仅包含"成长"主题更以之为重要叙事模式和范型,而被看作"成长小说"的典范。二十世纪八十年代中期开始,随着反思现代性潮流的出现,兼之现代人本主义思潮的影响,在历史题材包括革命历史题材领域出现了"新历史小说"思潮,这些小说虽则构成形态斑驳多彩,却大多有着反思历史必然性、历史进化论、发展论等现代性价值观,祛除历史主义叙事原则的基本取向,有着或多或少或隐或显的"反成长"意涵。徐贵祥《历史的天空》有着与莫言《红高粱家族》等类似的以农民革命为话题的现代性反思性,小说毫不避讳历史的偶然性、历史中个人欲望的动力性作用,力图还原出主人公梁大牙身上那种正负因素杂糅并存的复杂性。如果说梁大牙代表了人性之复杂,那么他与陈墨涵之选择、命运的对照与并置,既揭示了历史的吊诡,又构成中国革命复杂性全景的隐喻。

但不同于"新历史小说"中普遍存在的"反成长"意涵,《历史的天空》恰恰运用"成长"范式,传达了成长主题。主人公不但在上级领导的不断羁縻和约束下,实现了从自发反抗到自觉革命的成长,实现了精神上的质变,而且他对东方闻音的感情在经历了血与火的革命洗礼后,也由基于生命冲动的生理性欲望性层面而升华为精神层面的真正的爱情。对于最终成长为历史主体的梁必达来说，革命意识的自觉和爱情的升华是同步进行和完成的。

《琴声》讲述儿童的革命意识的自觉，是一部《历史的天空》式的中国现代革命者的革命哲学（如在小说中反复出现的《国际歌》和《团结起来到明天》）和精神成长史。如果说，《历史的天空》以对革命的现代性反思，容纳了更为丰厚复杂的内涵，那么《琴声》因更着眼于儿童的成长而更具纯净的质地和明净的色彩。

但这并不等于说，《琴声》并不存在"复杂性"的揭示。从人物形象上说，这一点主要体现在同样承载着"成长"意涵的成人如黄奎和张得开两位人物身上。黄奎原本是茶山戏班的老戏把式，他按照戏剧班子的传统做法，对孩子练功要求极其严苛，"只知做戏不会做人"，但他讲义气、明事理，看似不讲人情，却能为不幸失足身亡的旦角请愿，不惜得罪班主，只能如孤魂野鬼般在风雨中仓皇流浪，以乞讨谋生，直至在李桐邀请下重返戏班，加入红军成为崇山支队司号班班长，作战英勇屡立战功，最终壮烈牺牲。茶山戏班原班主张得开，兵痞出身，刁钻油滑，"多吃多占，欺压穷人"。他利用戏班走村串户演戏的机会贩卖私盐，暗中盘查李桐的底细，实施告密。脱离戏班后，他先是做过国民党军官，在此期间，偶遇叶晨霞、秋子和韩子路并将其行踪告密，邀功请赏；后参加伪军，为虎作伥，虽然又跟随部队改邪归正，成为一名起义军官，却因吃不了苦，一直寻思开小差。在听了孩子们演唱《团结起来到明天》后，彻底转变，"重新做人"，决心"好好地当一个中国人"，在实战中成为一名有勇有谋的真正的抗日战士。

小说还塑造了一个"艺术至上者"朱玛丽。她是韦思源司令从上海请来的艺术老师，是一位基督教徒而非共产主义信仰者。她不习惯红军艰苦的生活条件，也不认同红军培养艺术人才的观念和方式。但善良本性和负责敬业的职业态度，让她从红军和孩子身上看到了"信仰"和"意志"，从而改变了思想认识，彻底消除了误解、隔阂，由此理解、佩服和敬重这支穷人的军队和穷人的孩子。虽然作家并未让朱玛丽老师加入革命队伍，但这一形象却提供了进入中国革命发生和成长的另一独特视角：由革命的局外人而转变、成长为革命者同情者甚至同行者同路人。

二、现代叙事与诗意抒情

　　无论讲述个体的成长，还是民族国家的成长，都意味着一种新的异质性的话语和经验对主体的改造。无论儿童还是成人，作为一种现代主体，其生成和成长，都离不开历史，离不开现代历史叙事。从这个意义上讲，作为成长小说的《琴声》是一种典型的现代叙事美学实践。"叙事是'现代'的产物，它不仅仅等同于讲故事的地方就在于它是一种共同故事……这个共同主题是一种抽象的、超验的整体性，叙事的目的就在于把一个社群中的每个具体的个人故事组织起来，让每个具体的人和存在都具有这个社群的意义。"① 韩子路、乔咏秋等儿童的故事，戏班的故事，红军、新四军抗敌的故事，在现代中国语境中，被编织成"现代中国"叙事。值得注意的是，作为典型叙事文本的《琴声》同时也是一个有着鲜明抒情质地和氛围的、诗意氤氲的诗性文本。换句话说，这是一个叙事与抒情、诗语与小说语水乳交融的作品。

　　所谓抒情，并非狭义上的个人化的情感直抒、宣泄或借景抒情、托物言志的间接抒情，而是指在那些情感丰厚的作品中，情感的组织、编排和表现。在学者王德威看来，"一般论述往往将抒情和感伤自恋、耽美浪漫联系在一起。与此相反，我把抒情视为触摸现代中国历史危机和'感觉结构'的重要基石"。在其论域中，"'抒情'可以是一种文学和艺术类型、一种情怀，也可以是一种表征体系、知识系统，甚至可以是一种由情感、历史驱动的意识形态"。抒情作为一种话语，其构成要素、质地色彩及编织方式，不仅仅是艺术手法或修辞学问题，而是一种关涉情感主体的位置、姿态及其背后隐含的文化政治或意识形态问题。王德威以抒情话语作为"重思中国现代性理论范式"的批判性界面，在抒情与史诗、"有情的历史"与"事功的历史"之间建立一种矛盾重重的结构性张力关系："'史

---

①　李杨：《抗争宿命之路："社会主义现实主义"（1942—1976）研究》，时代文艺出版社1993年版，第9页。

诗时代的抒情'具有双向张力，或曰二律背反之处，在于强调所有'事功的历史'背后，还有'有情的历史'。'有情的历史'与'事功的历史'相互作用，但更多的时候前者仅存在于后者的阴影下。"①"有情"与"事功"、史诗与抒情诗又何尝南辕北辙、势同水火？在二十世纪中国文学中，二者固然存有矛盾和龃龉，但其间亦不乏彼此借助、互为动力乃至疏离/依附缠绕并存的关系。

《琴声》是作家颇为看重的、以极严谨和耐心的态度创作的一部尝试性、创新性文本。小说在对孩童们的描写中，投射了作家细腻深切的个人情感，展现了小主人公的个人生命体验及这一体验的私人性、隐秘性，及其与山水、自然间的相通。因此，小说对战时孩童的描述便多了份诗性、抒情性和个人性，多了份儿童心灵经验和感觉。这构成了小说表现的对象和方式，遂使叙事包含诗性的意识和想象，与诗人感觉世界和表达经验的方式相类。

但小说既不追求传统革命历史叙事蕴含的那种理性分析和夸张的激情，尽管它在历史与自然的杂糅中追求一种浑然一体的效果；同时，小说却又不以"朦胧"的诗意为尚。它的诗意有着纯净明朗的质地和色泽。作家辟出了孩童与成人、个人与"众人"之间的对立与疏离，却并不试图构建一种芜杂慌乱的世界图景。在兵荒马乱的时代，作家赋予了一种秩序，用世界、历史的理性、秩序，梳理和重建了一个物质贫瘠而精神富有、战火频仍却诗意盎然的充满真善美的世界：历史、信仰之真，人性、品质之善良，人情、文学之美。

小说描写孩子的特征，富有"童心"，写出了儿童普遍性的天真、可爱、纯净，充满童真童趣，不仅使人过目难忘，也使小说所讲述的革命活动具有了一份可贵的浪漫性、理想性和纯净性、纯粹性。

小说不仅围绕孩子们描写单纯的诗意的生活，也尽可能刻画出身、遭遇、心情和性格较为复杂的人物，比如乔咏秋、黄奎、张得开。相对于其他人物来说，他们更显出作为出身和经历较为复杂，受过多种生活和文化

---

① 王德威：《史诗时代的抒情声音：二十世纪中期的中国知识分子与艺术家》，生活·读书·新知三联书店2019年版，第425、426、443页。

影响的人物心理上和情感上的多层性繁复性和成长性。但作家在这些人物身上同样着墨不多,同样用简洁明净的文笔赋予其鲜活、亲切的个性。

《琴声》与孙犁的抗战系列小说心神相通,遥相呼应。二者都放弃宏大叙事的结构模式,站在人道主义和真善美的立场上,讴歌人情美人性美,贬斥非人性非人道的暴虐行为。与徐贵祥的其他长篇小说相比,《琴声》篇幅更为短小,语言也走向精致、优美,注重氛围和情调的营造、渲染。情节相对淡化,叙事性减弱,抒情性增强。激奋人心、动人心魄的外在大场面描写消失,小说用浸润和渗透着主体情致的主观性较强的语言,勾画了一个流溢出淡淡抒情气息,带给我们一种诗意审美享受的美的世界。

平畈、山地、丘陵、冈峦、山脊、小河、小渠,挂在夜空中的半轮月亮,漫天飘舞的雪花,缭绕在空旷山野中的稚嫩的童声,枣红马仿佛精灵般纵横奔驰于绵延起伏的冈峦,深山里时时响起的《国际歌》,在阳光里散发着紫色光芒的山花,如河水般荡漾的月光,蜿蜒于草木间的月光小路……《琴声》的诗意抒情,既来自山水自然之美的捕捉,也源自对人心人性人情之美与善的发现。山水自然之美,在根本上是善之心灵的发现和心灵之美的播撒。

小说用诗一般的语言描述主人公们的童年和少年生活,尤其刻画种在童年和少年心灵里的友情和成年人对他们的悉心关爱。有武装斗争经验的红军干部、共产党员叶晨霞、李桐、韦思源,戏班师傅黄奎、姚三金,艺术老师朱玛丽等的关照、指导,孩子们如白尔扎、乔咏秋、姚菊、韩子路彼此的关切,乔咏秋、白尔扎对年幼的烈士子女单宁、卓雅的体贴照顾,乔咏秋与胡桃母子情深……作家敏感、迅捷、精炼而又富有诗意地捕捉善与美的事物,而又富有诗意地抒写出来。他让我们看到的不是血腥、暴力和悲苦、残酷的记述,而是在山地、树林、市镇吹响的、吟唱的、具有民歌风味的诗篇。它像一只号角,召唤着向往光明、自由和平等的人们,也同样召唤着今天的我们,就像孙犁在《吴召儿》中所写:"她的生活和历史会在我们这一代生活里发光的。"①

---

① 孙犁:《吴召儿》,见郭志刚编:《孙犁·诗意小说》,上海文艺出版社2012年版,第161—162页。

作家采撷生活自身的音响节奏,并注意其与外部自然的呼应。一方面,与自然、山水有着近乎天然的和谐与默契,另一方面,由于成年人承载相似的政治象征寓意;一方面,他们有着作为未成年人的自然性、纯洁性,从而划出了孩童与成年人的界限,另一方面,正如山水、自然是在戏班(文艺工作队)撤离或转移、游击的过程中被发现,与现代革命、战争纠结一处,他们肩负成年人的使命,是被革命、战争话语启蒙和教育的对象,一个经历了现实和话语双重召唤的现代意义上的历史主体,而非纯自然个体。

言说中国现代历史主体的生成和成长,离不开中国革命/战争以及其中的创伤性体验。小说中儿童与战争的关系不是间接的或想象性的,而是直接的、切身性的战斗、战争和战场经验。这种创伤性体验既是个人性的,更是一种群体或集体的经验。它既属于儿童和少年,也属于成年人。正是在这种切身性的直接经验和群体性阶级性话语的交互作用下,催生和铸就了小说人物的"战士"身份认同和"团结起来到明天"的坚定而神圣的信仰。

重要的问题是,如何表现革命/战争及其中的暴力,它们是以何种方式被表述和呈现的?小说从积极性、建设性的方面而不是将其单纯地看作战争暴力的无辜受害者和牺牲者,简单地从受害者受难者角度,去写战争及其创伤性经验。战争是其成长过程中重要的、具有建构性意义的参与性要素。

小说中的孩子大多是失去父母和家人或父母在其日常生活中缺席的"孤儿"。他们虽然身处艰难、困乏、残酷的战争情境下,却坚韧、乐观、积极向上,享有平等、自由、自力更生的自豪感。他们是在反抗和参与中,而不是在痛苦和灾难中长大成人。通过文艺演出和宣传活动,这些以"战士"而非"孤儿"或难民身份出现的儿童,显示了自己能够独立且能为国家、民族效力的能力、潜力。

对于他们来说,参加文宣队,随着大部队一起行动、转移或留驻某地,不仅是一种归宿,也是一种重要的政治教育方式、革命行动实践,和一种赋予其未来国家和新世界建设者以责任感和思想革命的过程。

儿童们以个人融入群体、参与生活,巧妙却有力地回应时代现实的诉求,进入了历史。他们的行为超越了在战火中求生的狭隘意义,而成为一个自我教育、自我启蒙的也是救国救亡的过程。他们是社会力量的一部分,是革命斗争中的生力军，在成人们的帮助、引导下，他们通过自己的团结、斗争，在艰难的环境中，增长了能力，体现了阶级解放、民族解放和人类解放的精神，一种创造历史、创造世界的精神与力量。因此，小说中的诗意抒情，自由、活泼、生动、富有朝气和生命力，充满光明的、斗争的和前进的力量。

同时也要看到，《琴声》以反"围剿"战争、抗日战争为背景，描述了黑石渡战役、燕子河战斗、洪埠镇阵地战、史沣河阻击战、张集拔点战斗、与抢粮行动同时进行的收复洪埠的战斗等等诸多大大小小的军事行动。小说对此并未做细致描述，有的只是一提而过。对于重要人物如李桐、黄奎的牺牲，小说也是通过他人之口，通过回叙的方式，侧面简洁写及，而不以浓墨渲染。但淡化战争场面和情节，不直接描写尖锐复杂的矛盾和剧烈的冲突，并不意味着小说离开了重大主题，放逐了作家心中念念不忘的英雄主义和崇高情节。一方面，作家采用"淡妆"而非"浓抹"的笔墨描述历史，总体上用淡笔，人物、情节、环境、场景……都是淡淡的，即便抒情，也出之简淡的文字，诗意也是淡淡的。

小说中的英雄人物没有强烈耀眼的光芒和绚烂的色彩。无论是崇山支队司令韦思源，还是孩子们成长的直接引导者、启蒙者叶晨霞，抑或为革命付出生命的李桐、黄奎，都是平民化的甚至有着缺陷和不足的英雄。作家也并未花费众多笔墨去表现反动角色。如狡猾残忍的国民党军官后又附逆的伪军军官马本林，作家也只是在叙述我军和孩子们的斗争故事时提及，而并无对其做深入刻画。总之，无论对革命者还是反动人物，作家只是做淡淡的勾画，尤其是反面人物，基本是小说情节的行动元或作为动力性情节因素而存在。

与传统革命历史小说和徐贵祥本人以前的创作相比，《琴声》有意识地淡化叙事性，突出以真善美为价值基础和内核的抒情性。但在其诗意抒情中又蕴含叙事性。"反复"是小说一再运用的抒情技法。且不说《国际歌》《团结起来到明天》反复歌唱引发的动力性叙事效果，"飞向旷野的琴声"就不仅仅使文本流贯着诗意的抒情气息，也是用以传递情报信息的重要手段。"校音器"既具有秋子寻找和解救李桐等叙事功能，也是朱玛丽和韩子路等孩子之间师生情感的寄托和见证；既饱含朱玛丽对孩子艺术发展的期望，也是她民族国家情感和意识的寄托，"对抗战尽的一点心意"。作家敏锐抓取它们，加以突出、强化，随着情节发展，数次让其出现，既作为叙事性"扣子"，也作为抒情性意象，经过出现、反复、变化，不仅使意蕴充实饱满，更有悠长韵味。

三、儿童、历史的文学"发现"

在本雅明的视野中，任何叙事都具有历史编纂学的意义。作为对人的命运的展示，小说不仅是在反映历史，也是在塑造历史。《琴声》亦可作如是观。从这部小说中，可见出作家对文学和历史的重新发现和"解读"。小说在集体、总体中写出个体化、个性化的儿童，在话语、宣传中显出童真、童趣，在战争、革命经验中召唤出心理体验和情感经验，如此做法，既体现出作家对儿童个性和天性的尊重，对人、个人生命权利的尊重，也显示出作家对历史、革命之发生发展的合理性的理解，乃至对儿童、文学和历史之关系的根本性理解。

首先，儿童的"发现"。在历史中想象和"发现"儿童，"儿童"成为想象中国革命和民族国家救亡的象征性"符号"，和讲述中国发展和成长故事的一种路径与方式。或者说，儿童成为《琴声》的基本的和重要的装置。

小说以少年儿童为主人公，从少年儿童的心理特点、天性出发，在特定历史和文化情境下，刻画其耐劳、乐观、坚韧的品质、勇武牺牲精神和集体主义意识、互助团结观念。他们在战争环境中，过着漂泊不定的生活，但他们不屈从于恶劣的环境和被压迫的地位，而是向往一种自由、平等、独立的生活，并为此而积极从事着集体性的反抗压迫的实践。

无论是最初的茶山戏班，还是后来的新四军战地文工团，无论是底层民众为着谋生而流浪迁徙的讨生活，还是按照组织安排集体迁移和进行抗战宣传，他们收获和发展了远远超出自我照顾衣食住行的意识和技能，小说在一种将其作为中国底层百姓命运、遭遇和反抗、抵抗的意义上，进行了一种整体性的理解和表现。

其次，文学的"发现"。在作家看来，儿童不仅是中国革命的潜在力量和民族的未来，他们同样代表着真善美和弥可宝贵的初心。文学同样代表着一种初心，一种言说和传达真善美的美学实践方式，一种立足于人，以人为中心和重心的艺术力量。中国现代历史尤其是革命历史，是中国底层百姓团结抗争救亡图存的历史。作家徐贵祥曾在其《历史的天空》《八月桂花香》《高地》等小说中思考和表现了这一历史的恢宏跌宕、动人心魄。在这部最新长篇中，他又进一步发掘革命的种子和历史的萌芽，做另一种战争叙事的尝试。这种尝试表现在以下方面。

其一，以"人"而非客观的历史事实为核心。"相比之下，历史叙事侧重于历史事件、历史人物和历史事实，文学叙事则更侧重对人尤其是对人的内心的表现。如何处理历史与人、历史与文学的关系，是作为历史叙事的长篇小说面临的问题。"①《琴声》暂且搁置了作家所熟悉和擅长的史诗范式，极大降低战争场面的描绘，将敌我双方及各自内部、儿童与成人之间的各类复杂关系，做极大压缩。在历史叙事与文学叙事之间，在历史与人之间，倾向于"文学"与"人"，以历史为舞台，上演"人"的悲欢离合爱恨情仇的故事。小说以人为中心，意味着情感、伦理将会在小说中占据重要地位。小说在革命同志和上下级领导关系之外，更为细致地描述了乔咏秋胡桃的母子关系，叶晨霞与孩童们亲如母子母女的情感关联，李桐、黄奎、姚三金与孩子们的师徒关系，以及白尔扎、乔咏秋、姚菊、韩子路等儿童之间亲如兄弟姐妹的伙伴关系。

作家深爱他笔下的人物，倾心关注他们的情感与幸运、顺利与挫折。这体现了"文学是人学"，是情感学、心理学和伦理学的思想，避免了过度历史化而将文学变成历史理念的僵硬演绎和历史逻辑、规律的机械复制。

其二，历史具体地个性化地体现在儿童形象中，同时，儿童又并未成为史诗性或寓言性历史叙事的注脚。战争中的儿童经验和儿童体验，在以往的成人政治话语和革命历史叙事中未能得以充分展现。另一是儿童经验和体验中的战争、暴力和伤痛，包括他们在根据战争形势和战略安排转移或留守的过程中，对农村、市镇和河流、山林等自然风景、地方风俗的发现、

---

① 王金胜：《当代历史的现实主义美学重构》，《中国当代文学研究》2021年第6期。

观览和亲近。村镇街市的风景是《琴声》的重要组成部分，这可视为儿童在特定历史情境和心境下对"战时中国"的特殊体验。

再次，宏大叙事的可能性路径的发现。有学者指出："现实主义长篇小说的兴起是新世纪中国文学的重要现象。作家试图通过对当代社会现实生活和现当代历史的具有广阔时空跨度的史诗性书写，以历史眼光和当代意识重新观照和审视'中国'，进入中国历史和文化内部，发现和重塑中国形象。"[①] 也有学者谈到宏大叙事之于中国和人类历史大变局的重要性和必要性："1990年代以后有一个历史面向曾经是正面的，就是所谓的琐碎历史时代的来临，告别大叙事、大历史，但我觉得到今天为止，我们需要重新抵达大叙事，或者重建某些大叙事，没有大叙事的话，就无法因应人类历史突如其来的大的格局变动。"[②]《琴声》有意识规避作家以往宏大叙事模式，但这并不意味着彻底放逐宏大叙事和超越性精神关怀。

在空间维度上，小说建构了中国革命的国际视野。通过反复出现的《国际歌》，小说打开了叙事的国际视野，从而使得聚焦于儿童特定群体和大别山特定偏僻区域的地方性斗争，获得了世界性的识读，并超越救亡图存的单一目的，把世界无产阶级革命的深厚蕴含纳入其中，展现了对"新世界"的想象。

抗战不仅仅是反抗异族侵略和统治者欺凌，同时也是要建立一个新的社会。作家在大别山的集镇上百年以上的老宅墙壁上残留的标语和大门上方"列宁小学"四个大字中，发现了中国革命的底层社会基础，刷新了其"中国革命"认知。这一认知既包括中国共产革命深厚高远的文化维度，也包括中国现代革命所包含的现代世界视野。由此，发生在古老东方偏远地区的以农民为主力的底层反抗，就与"中国"以外的世界的认识和理解联系在一起。中国工农红军和国民革命军新四军的民主革命与民族解放斗争，就与人类的和平、解放联系起来，是世界无产阶级革命和反法西斯斗争的一部分。中国，是世界的中国；中国革命者，包括小说中的小主人公，

---

① 王金胜：《当代历史的现实主义美学重构》，《中国当代文学研究》2021年第6期。
② 吴晓东、李国华等：《文学、1980年代与重建感性学》，《中国当代文学研究》2021年第6期。

他们所编所唱的《团结起来到明天》《国际歌》，都隐含了一种超越国族的国际视野。两首歌曲之间存在着中国/世界的互文性和互补性，前者成为后者的中国革命的本土版本，而前者之歌曲名称即取自后者之歌词，这也可视为中国革命之为世界革命的有机构成，以及其作为世界革命之本土化实践的性质。"我们红军闹革命，是世界革命的一部分。"巴黎公社、欧仁·鲍狄埃、英特纳雄耐尔等陌生的外来词汇与受苦人、人下人、亲人、好人、中国人、革命人、幸福人等具中国传统底层民间色彩的语词，彼此映照、互为说明，成为关于中国革命与世界无产阶级革命关系的喻象。

在时间和历史维度上，小说梳理革命精神谱系，建构历史和信仰的精神纵深。小说既以"成长"为主题、内容和形式，从个体到群体进而至民族国家、全人类，那么，小说人物所生活和战斗的"现在"就不是封闭的、静止的和空洞的。"现在"来源于历史的累进，并构成未来的始基。小说一方面简要讲述小主人公尤其是乔咏秋和韩子路各自的出身、经历、遭遇，将这段"革命前史"与当下加以连接，并进而将其同民族解放及未来福祉联系在一起。

小说完整地描述了主人公从"拉倒"成长、蝶变为"韩子路"的经历。"拉倒"是一个从小没穿过鞋袜的净干大人活的苦孩子，进入茶山戏班后也以干杂活为主。只有在李桐、叶晨霞进入戏班后，她才得到"韩子路"的命名和平等学艺的自由。在戏班加入红军后，她才真正直起腰来，成为一个人，"一个能吃饱饭、有鞋袜的人"。在穷人的军队里，她不仅获得了自由、平等和尊严，更作为一名战士为革命做出了巨大贡献。

小说屡屡通过叶晨霞、姚菊之口及胡桃的回忆，交代秋子一家人的革命血脉传承。小说还将懂外语、学过几何并立志学好物理化学，喜欢钻研的秋子作为"知识的力量"的代表，多次让其展开未来新国家的展望以及自身新社会建设者的身份认同，"地球上很快就会开满鲜花，到处都有高楼大厦和面包"；"革命成功了，搞建设"，新中国成立后在别茨山区建既防洪又灌溉的水库。这不是秋子个人成功的梦想，是所有革命者/建设者的理想，是关于人民当家作主的新政权新国家想象，"到那时候，我们就好好地建设我们的国家"，是关乎"我们的未来"的"我们的理想"和"我们的奋斗目标"。

通过儿童、文学和宏大叙事美学的再发现，《琴声》提供了一个关于自然、山河之美，关于生命、生活之美和心灵情感之美的艺术文本。这种美关乎真与善，它轻柔轻盈而不纤弱，它回荡着历史和信仰的力量，充满坚韧乐观的可敬的民族精神。它以可感可信的方式讲述了一个动人的中国故事，塑造了一个可亲可爱的中国形象。小说通过儿童成长史的形象叙述，寻索中国现代革命之源与流，以独特的视角和方法，写出了现代中国的生活史、心灵史和精神史。